JELLA BENKS

Ewig & Wir

Wintersonnenstrahlen

Liebe Leser:innen,
dieses Buch enthält potenziell triggernde Inhalte, deshalb befindet sich auf Seite 500 eine Triggerwarnung.
Achtung: Diese enthält Spoiler für das gesamte Buch.

Zweifle an der Sonne Klarheit,

zweifle an der Sterne Licht,

zweifle, ob lügen kann die Wahrheit,

nur an meiner Liebe nicht.

William Shakespeare

Playlist

Birdy	Best Shot
Ben Platt	Grow as We Go
Ingrid Michaelson	I've Got My Love
Ben Platt	In Case You Don't Live Forever
Jonah Kagen	Broken
Ed Sheeran	Afterglow
Frances	Don't Worry About Me
Jaymes Young	Happiest Year
Erio	Only You
Miley Cyrus	The Climb
Anson Seabra	Keep Your Head Up Princess
Anson Seabra	Stay With Me
Maisie Peters	Maybe Don't
Meadowlark	About You Now
Beth	See You Again

Kapitel 1

Fynn

Keine Tränen – das besorgte mich am meisten.

Gleich danach kam Mayas Blick.

Sie starrte auf die Kopfstütze des Taxifahrers, und das schon seit Minuten.

Regungslos.

Als wäre sie eingefroren.

Meine Hand lag zwar auf ihrer, aber es fühlte sich nicht an, als schaffte es die Berührung in ihr Bewusstsein. Genauso wenig wie das stoppende Taxi vor dem Tor. Selbst nachdem ich mich von ihr löste, um den Fahrer zu bezahlen, gab es von ihr keine Regung. Nur diesen Blick, der so verloren wirkte, dass er mir das Herz zerschmetterte.

»Hey?« Ich flüsterte, weil ich mich daran erinnerte, dass man Schlafwandelnde nicht erschrecken sollte.

Maya schlafwandelte zwar nicht, aber es fühlte sich an, als wäre sie irgendwo anders.

Nicht hier in diesem Taxi.

Nicht neben mir.

Die Schuld fühlte sich an wie eine Welle, die über mich hereinbrach und mich nach unten riss. Monatelang war ich mir sicher gewesen, dass alles einfacher wäre, wenn Maya zu uns stünde. Ihre regungslose Miene machte deutlich, wie sehr ich mich geirrt hatte.

»Maya?«, fuhr ich einen Hauch lauter fort und bekam wieder keine Reaktion. Dafür fand ich den ungeduldigen Blick des Fahrers im Rückspiegel. »Moment.« Ich stieg aus. Mit wenigen Schritten erreichte ich Mayas Tür und öffnete sie.

Zum ersten Mal, seit wir eingestiegen waren, gab es eine echte Reaktion von ihr. Seidiges Haar in der Farbe von Herbstlaub bewegte sich, gab den Blick frei auf ihr blasses Gesicht. Maya blinzelte und Verwirrung fand sich in ihrer Miene. Bis jetzt hatte sie anscheinend nicht einmal realisiert, dass ich nicht mehr neben ihr saß.

»Wir sind da.« Ich reichte ihr die Hand. Einen winzigen Augenblick lang fürchtete ich, sie würde erneut erstarren, doch dann landete ihre Hand in meiner und sie stieg aus.

Während das Taxi abfuhr, öffnete ich das Tor. Nachdem ich tagelang nicht hier gewesen war, fühlte es sich merkwürdig an, hier ohne Gepäck aufzutauchen. Aber alles aus dem Krankenhaus hatte mein Vater direkt hierherbringen lassen. Eigentlich hätte das auch für mich gelten sollen, nur hatte ich andere Pläne gehabt.

Pläne waren scheiße.

Mindestens genauso scheiße wie diese Ohnmacht in mir.

Sonderbar, dass die Hand, die ich hielt, einer der Gründe für die Ohnmacht war und gleichzeitig der einzige Grund, weshalb ich mich weigerte, in diesem Meer aus Panik zu versinken.

Bevor Maya mein Leben durcheinandergewirbelt hatte, war mein Gefühlsleben überschaubar gewesen. Ein wenig Hass hier, eine Prise Selbstverachtung da und hin und wieder ein paar mittelmäßige Augenblicke. Es war eintönig und ruhig gewesen. Eine Art Steingrau, passend zu den Wänden meiner Wohnung. Dann war Maya in mein Leben gestürmt und hatte ein Gefühlschaos darin verteilt. Seit der Siedlung fühlte es sich an, als wäre ein ganzer Farbkasten in mir explodiert.

Dieses weinfarbene Wutrot in dem Chaos pulsierte förmlich in mir, kaum dass ich meine Wohnungstür öffnete und registrierte, dass wir nicht allein waren.

»Was willst du hier?«

Verspätet spürte ich Maya zusammenzucken und ahnte, dass es nicht an den harschen Worten lag, sondern an meinem Vater, der wie selbstverständlich an der Küchenarbeitsplatte lehnte. Im Krankenhaus hatten sich die beiden ignoriert. Ihn hier in unserem Rückzugsort zu sehen, musste sich für sie schlimmer anfühlen.

Er griff hinter sich, zog einen vertrauten Prospekt hervor, auf den Maya eines ihrer kleinen Herzen gemalt hatte.

Auch das noch.

Konnte dieser Tag nicht endlich enden?

»Die Mantua-Universität? Hast du den Verstand verloren?«

»Es ist nur eine Option«, rang ich mir ab.

»Ist es nicht«, gab er eisig zurück. »Das ist lächerlich. So lächerlich, dass ich nicht einmal fasse, dass wir darüber reden müssen.« Er warf den Prospekt achtlos fort und der rutschte vom Küchentresen auf den Boden. Sein Blick blieb an Maya hängen. »Was macht sie überhaupt hier?«

»*Sie* ist meine Freundin.«

»Noch.« Seine Miene ließ keinen Zweifel daran, dass sich diese ärgerliche Sache eh demnächst von allein lösen würde.

Weil ich nicht in der Lage war, eine Beziehung zu führen.

Wow.

Von all den unangebrachten Erwiderungen hatte er die schlimmste überhaupt gefunden. Und das keine halbe Stunde, nachdem Maya ihr bisheriges Leben für mich aufgegeben hatte. Das Wutrot in mir pulsierte heftiger, während gleichzeitig die Spannung in Mayas Hand nachließ. »Raus!«

Er bewegte sich nicht einen Zentimeter. »Erst reden wir!« Seinem Ton nach wollte er kein echtes Gespräch, sondern einen seiner endlosen vorwurfsvollen Monologe halten, die er so lang mit Drohungen versah, bis ich einknickte.

Das konnte dauern.

»Kommst du klar?«, raunte ich Maya zu. Die zwang sich ein Nicken ab, um meinen Vater loszuwerden. »Ich bin direkt vor der Tür«, setzte ich sicherheitshalber hinzu und trat hinaus. Schnelle, pochende Schritte hinter mir verrieten, dass er sich anschloss. Kaum war er draußen, zog ich die Tür zu und nahm einen tiefen Zug der kühlen Herbstluft. Meine gereizten Nerven blieben aber genau das – *zutiefst gereizt.*

»Mantua?« Er ließ mir keine Zeit zu verschnaufen und kurz wünschte ich mich zurück ins Krankenhausbett. Die letzten Stunden hatten mir so ziemlich alles abverlangt und ich ahnte, dass mir die nächsten Minuten auch noch die kümmerlichen Reste entziehen würden. »Wegen ihr?« Er schob die Frage wie zum Beweis voller Verachtung hinterher.

»Vielleicht.« Das Herz auf dem Prospekt ließ kaum Raum für Lügen. Dennoch war ich außerstande, selbst diese Offensichtlichkeiten vor ihm einzugestehen.

»Lächerlich«, wiederholte er und ich war mir nicht sicher, ob er damit die Uniwahl, meine Beziehung oder mich meinte.

Wahrscheinlich alles.

»Ich hab dir diesen Unsinn mit dem Musikinternat durchgehen lassen. Das werde ich bei der Uniauswahl nicht. Wähle eine von meiner Liste oder du kannst zusehen, wie du dein Leben finanzierst.«

Wie überraschend.

Nicht.

»Rechne zum Vatertag nicht mit einer Dankeskarte.«

Seinem verwirrten Blick nach wusste er nicht einmal, dass es einen solchen Tag gab. »Ich überlege es mir«, setzte ich widerwillig hinterher. Nicht, weil ich das vorhatte, aber damit konnte ich mir Zeit erspielen. »Übrigens, diese Sache mit meinem Geburtstagsgeschenk, ich habe es mir anders überlegt. Ich will es doch.«

»Den Autogutschein, den du mir am nächsten Tag in den Briefkasten geworfen hast?«

»Ja.«

Seine Augenbrauen schoben sich zusammen. »Den, auf den du geschrieben hast, dass ich mir meine ewig gleichen Geschenke dorthin stecken kann, wo die Sonne nicht mehr scheint?«

Schlecht gelaufen.

»Genau den.«

Nicht blinzeln.

Unter seinem verachtenden Blick war es nur so verdammt schwer, meine eigene Verachtung im Zaum zu halten.

»Was hast du diesmal vor?«

»Nichts.«

Wir wussten doch beide, dass ich ihm das nicht sagen würde.

»Ein zurückgegebenes Präsent kann nicht mehr eingefordert werden.« Er verschränkte die Arme. »Wenn du Glück hast, bekommst du nächstes Jahr das ewig gleiche Geschenk.«

»Kann es nicht erwarten.« Jetzt hielt es meine Verachtung nicht länger in mir aus. »Dann will ich Grans Ring.« Kaum dass die Worte draußen waren, wünschte ich mir, sie wieder zurückzunehmen.

Das war strategisch Bullshit gewesen.

Deshalb sollte ich nur mit ihm reden, wenn ich nicht komplett neben mir stand.

»Was soll das?« Wut durchbrach die Verachtung in seinen Augen. »Erst schleppst du diesen kleinen Pro-Bono-Fall hier an und nun forderst du ernsthaft den Ring meiner Mutter?«

»Reg dich ab, er ist nicht für sie.«

Seine Augenbrauen wanderten so hoch, dass sie beinahe von seinem Haaransatz verschluckt wurden. »Wartet etwa bereits die Nächste? Hoffentlich ist die angemessener.«

Ich hasste Gespräche mit ihm.

»Niemand wartet!«, erwiderte ich und es fühlte sich an, als stünde ich haarscharf davor, im Stehen einzuschlafen. »Ich brauche Geld.«

Shit. Das hätte ich nicht sagen sollen.

»Vergiss es!« Kurz hatte er sich entspannt, doch nun flackerte die Wut erneut in seinen Augen.

»Es ist meiner!«

»Und sie hat mich damit beauftragt, ihn für dich zu verwahren.«

»Ich bin erwachsen!«

»Dann benimm dich auch so!« Erschreckend, ich war sogar zu müde, um darauf etwas zu erwidern. »Du brauchst das Geld für die Studiengebühren, oder?«

Ich betete, dass mein Gesicht ausdruckslos genug aussah.

»Vergiss es!«, fuhr er grimmig fort. »Du willst erwachsen sein? Bitte – sieh zu, wie du von nun an dein Leben finanzierst. Betrachte deine Konten mit sofortiger Wirkung als gesperrt, bis du mir die Aufnahmebescheinigung einer annehmbaren Uni vorlegst.«

»Wenn du irgendwann genug von der Ausbeutung der Menschheit hast, veröffentliche doch Erziehungsratgeber«, erwiderte ich trocken. »Oder ich schreibe ein Buch mit dem Titel: ›Mein Vater – das Arschloch‹.«

Er zuckte nicht einmal mit der Wimper. »Das hältst du keine drei Seiten durch.«

Ich wandte mich ab, weil wir beide wussten, dass er damit richtiglag.

Dieser Tag hatte alles, was es brauchte, um der mieseste überhaupt zu werden.

Kapitel 2

»Geh ins Bett!«

Noch bevor die Tür hinter mir ins Schloss fiel, war Maya bei mir. Ich musste ähnlich erschöpft aussehen, wie ich mich fühlte, denn nun war ihre Regungslosigkeit dahin und Besorgnis verdunkelte ihren Blick wie eine Gewitterfront. Sie legte den Arm um mich, als fürchtete sie, ich könnte erneut vor ihren Augen zusammenbrechen. Es waren diese Kleinigkeiten, die verrieten, wie viel Angst ich ihr gemacht hatte. Und wieder nagte diese gottverdammte Schuld an mir.

»Es geht mir gut.«

»So wirkst du nicht.« Sie steuerte mich sanft weiter in Richtung Schlafzimmer.

Wenn es Maya schlecht ging, schaltete etwas in mir auf Autopilot. Ich konnte noch so panisch sein, aber ich verlor mich nicht in der Panik, weil Maya mich brauchte. Jetzt fühlte es sich an, als würde es ihr mit der Eisglocke ähnlich gehen. Meine Erschöpfung schien es durch diese Eiswände hindurchzuschaffen und ihre Starre aufzubrechen. Sie würde wiederkommen, aber für den Moment war ich erleichtert darüber, dass Mayas Blick auf mir lag, statt leer durch mich hindurchzugehen.

Immerhin durfte ich noch Schuhe und Jacke ausziehen, bevor sie mich ins Bett zwang. Nach den letzten Tagen war die Anstrengung heute tatsächlich zu viel gewesen. Ich musste schlafen und gleichzeitig fühlte sich das Chaos in meinem Kopf nicht an, als würde es mich schlafen lassen.

Maya verstand, ohne dass es Worte brauchte. Sie streifte sich ihre Schuhe ab und sank zu mir ins Bett. Ihr weiches Haar kitzelte mir sanft die Wange, doch das reichte nicht aus. Ich rutschte näher, bis meine Stirn ihre fand, weil ich mehr von Maya brauchte.

Mehr von uns.

»Es tut mir so leid«, flüsterte ich.

Sie schluckte auf diese Art, die mich ahnen ließ, dass ein ganzes Gebirge ihren Hals versperrte. »Das muss es nicht, Fynn«, gab sie genauso leise zurück. »Es war meine Entscheidung.«

Die Schuld flutete mich dennoch und füllte jeden Winkel in mir aus. Ihre Hand legte sich an meine Wange und meine Lippen fingen sie ab, hauchten Küsse hinauf.

»Sie haben mich von der Verona Hall abgemeldet.«

Was stimmte nur nicht mit diesem Tag?

»Ich kümmere mich drum.«

Dann verkaufte ich halt das Auto. Ob das reichen würde?

»Das Einzige, um das du dich kümmerst, ist, wieder gesund zu werden.«

»Wäre ich nicht gesund, hätten sie mich kaum entlassen.« Ein Versuch, sie zu beruhigen, doch sie rutschte zurück, um mir einen dieser Blicke zuzuwerfen, der deutlich machte, wie ernst es ihr war.

»Dort dachten sie wohl, dass du es ruhiger angehen lässt.«

»Ruhe mochte ich nie«, erwiderte ich und zog sie wieder näher zu mir. »Gib mir zwei Minuten, dann ruf ich im Autohaus an.«

Maya blinzelte. »Wow, du bist erschreckend schlecht im Ruhigsein.« Sie befreite sich sanft aus meinen Armen und setzte sich. »Damit das klar ist, du bleibst im Bett und ruhst dich aus. Und du wirst nicht meinetwegen dein Auto verkaufen. Ich finde eine Lösung.«

»Wie?« Wir standen kurz vor dem Abschluss. Keine Schule würde sie jetzt noch aufnehmen. »Du hattest einen schlimmen Tag. Gib mir einfach mein Handy. Ich habe alles im Griff.«

»Fynn! Keiner von uns hat hier irgendetwas im Griff. Außerdem hatte ich diese Woche schon schlimmere Tage. Zum Beispiel die, an denen ich gedacht habe, dass du stirbst!« Ich wollte mich ebenfalls aufsetzen, aber sie drängte mich behutsam zurück und ihre energische Miene ließ wenig Zweifel daran, dass sie das immer wieder tun würde. »Bleib liegen.« Ihre Stimme wurde sanfter. »Wir sind ein Team, oder? Ich übernehme jetzt.« Maya beugte sich hinunter und ihre Lippen fuhren mir über die Wange – viel zu kurz.

Sie war fort, lange bevor ich sie zurück in meine Arme ziehen konnte.

Dunkelheit.

Überall.

Mein Herz raste.

Beklemmung drückte mir den Atem aus der Brust.

Es fühlte sich an wie damals im Schrank, als ich das Gefühl hatte, dass die Wände immer näher kamen.

Ohne einen Ausweg.

»Maya?« Der Ruf, der aus mir herausbrach, klang nicht wie meiner und das befeuerte diese Panik nur noch mehr.

Schweiß lag mir wie ein feuchter Film auf der Stirn und mein Herz trommelte mir schmerzhaft gegen den Brustkorb.

Licht.

Plötzlich war da Licht.

Und Maya!

Sie flog mir geradezu entgegen.

»Alles in Ordnung?« Ihre Hand legte sich an meine Wange und ich griff danach, drückte sie enger an mich, weil sich unter dieser Berührung die Panik auflöste. Ihre Augen, die sonst mit dem Sommerhimmel um die Wette strahlten, wirkten heute so viel dunkler.

»Nur ein Albtraum.«

Sie sank zu mir aufs Bett. Nach den letzten Tagen fühlte sich das hier unangenehm vertraut an. Da musste ich andauernd liegen. Maya hatte neben mir gesessen oder gelegen, was meinen Vater bei seinen Besuchen zu einigen spitzen Bemerkungen veranlasst hatte, die sie gekonnt ignoriert hatte.

Die Erinnerungen ans Krankenhaus ertrug ich gerade nicht. Rasch setzte ich mich auf und lehnte mich ans Kopfteil des Bettes. Gleichzeitig hielt ich Mayas Hand fest umklammert, weil ich außerstande war, mich von ihr zu lösen. Dafür schwang, was immer das gewesen war, noch zu beklemmend in mir nach. Vor einem Jahr hätte ich niemals zugelassen, dass mich jemand in diesem Zustand zu Gesicht bekam. Maya strich mir beruhigend durchs Haar, machte mir einmal mehr deutlich, wie tief unsere Verbindung war.

Sie war die Einzige, vor der ich Schwächen eingestehen konnte.

»Wie geht es dir?«, fragte sie sanft.

»Keine Ahnung. Irgendwas zwischen mies und verwirrt. Aber es wird besser.«

»Du hast viel geschlafen, vielleicht liegt es daran.« Der Hauch eines Lächelns zupfte an ihren Lippen. »Du hast die guten Neuigkeiten verschlafen. Das Schulgeldproblem ist nicht länger ein Problem.«

»Wie …?« Ich hatte den Tag schon aufgegeben – bis jetzt.

»Das war nicht ich, sondern Mr Hemskey. Nachdem Magnus mich abgemeldet hat, war er sich sicher, dass ich gerne ein paar Monate an der Verona Hall bleiben würde, um mein Zeugnis in Empfang zu nehmen. Er hat für mich ein Stipendium bewilligen lassen und durchgesetzt, dass die Gebühren anteilig gesenkt werden, sodass ausnahmsweise nur für die noch kommenden Monate Schulgeld zu zahlen ist. Das war zufällig die Summe, die sich in der Kasse der Stipendiaten befindet.« Das, was mit viel gutem Willen ein Lächeln hätte sein können, vergrößerte sich ein winziges Stück. »Schulabbrecher bekommen keine Rückerstattungen und dieses nicht ausgezahlte Geld wird für Stipendien genutzt.«

»Das bedeutet, der Kreis hat dich abgemeldet, kommt aber weiterhin für deine Schulgebühren auf?« Maya nickte.

Ich hätte nicht gedacht, dass ich heute noch einmal Grund bekam zu grinsen – jetzt tat ich es mit voller Begeisterung. Wie gerne wäre ich dabei, wenn Xander und die anderen Kreisler davon erfuhren.

»Wir bekommen das hin.« Maya rutschte zu mir. Ich legte den Arm um sie, zog sie eng an mich und gleichzeitig schien es nicht genug zu sein.

»Mein Vater hat mir die Konten sperren lassen, bis ich eine seiner Protz-Unis besuche. Ich fürchte, wir haben ab sofort kein Geld mehr.«

»Ich bin es gewohnt, kein Geld zu haben.« Sanft fuhren ihre Finger meine Wangen entlang, strichen mir übers Kinn.

»Das wird eine weitere kleine Horizonterweiterung für dich.«

»Essen wäre schon sinnvoll.«

»Was ist mit Luft und Liebe?« Und da kehrte es kurz zurück, dieses Leuchten in ihren Augen.

»Das klingt gut, aber ich fürchte, das reicht mir nicht.«

»Dann frag ich Mr Hemskey nach den Resten aus der Cafeteria.«

Lustig.

Ich lachte.

Bis ich registrierte, dass Maya das nicht tat.

Diesen Blick kannte ich.

Shit.

»Keinesfalls esse ich Reste aus der Cafeteria.«

»Dann wären wir wieder bei dieser Luft-und-Liebe-Sache«, sagte sie und schob die Unterlippe dieses winzige Stück vor. »Ernsthaft, Fynn, das ist perfekt. Mr Hemskey wird nicht erlaubt, das übrige Essen zu spenden. Er kann nicht ungesehen Tonnen davon abholen lassen, aber ich bin mir sicher, dass er nichts dagegen hat, wenn wir uns an den Resten bedienen.«

»Das klingt widerlich.«

»Du bist jetzt arm, sei nicht so wählerisch, Fynnigan.«

Kapitel 3

Maya

Es war zu früh, um zur Verona Hall zurückzukehren.

Eine Woche hatten wir uns in Fynns Wohnung verbarrikadiert. Er hatte darauf bestanden, uns mit Essen von diversen Lieferdiensten zu versorgen. Wahrscheinlich wäre es klüger gewesen, sein Bargeld zu sparen, doch es war Fynns, auch wenn er dazu übergegangen war, alles als *unseres* zu bezeichnen.

Unsere Wohnung.

Unser Auto.

Unser Geld.

Wahrscheinlich wollte er mir so helfen, bei ihm anzukommen, aber es blieb, was es war.

Fynns Wohnung.

Fynns Auto.

Fynns Geld.

Dennoch wünschte ich mir, wir könnten wieder zurück.

Nur noch eine Woche.

Oder zwei.

Doch schon bog Fynn auf den Parkplatz der Verona Hall ein und mein Magen verknotete sich.

Ich hätte ihn bitten sollen, mich vorher rauszulassen. Jetzt war es zu spät dafür. Er lenkte ein, stoppte auf dem Platz neben Matt, der gerade sein Auto verließ.

»Bist du bereit?« Fynn sah zu mir und in vergissmeinnichtfarbenen Augen funkelte es verstohlen.

»Nein! Hattest du nicht mal davon geredet, uns eine Insel zu besorgen? Ich wäre jetzt so weit. Wir können direkt los.«

Er grinste dieses schiefe Fynn-Grinsen, das in mir diesen unbändigen Drang auslöste, ihn zu küssen. Offenbar selbst dann, wenn mein Magen sich anfühlte als versuchte sich jemand an ihm in Origami.

»Hatte ich – aber jetzt bin ich arm. Du hast deine Chance vertan, Lieblingsfrea…« Fynn stoppte und mit ihm sein Grinsen.

Ich war kein Freak mehr.

Es war meine eigene Entscheidung gewesen.

Ich wünschte nur, sie würde weniger schmerzen.

»Hey«, raunte er mir zu, »der erste Tag wird der schlimmste. Morgen ist es nur halb so schlimm und nächste Woche haben sie sich an uns gewöhnt.«

Es fühlte sich eher nicht danach an.

»Also noch einmal: Bereit, Schönste?« Er wechselte auf diesen zweiten Kosenamen, den er mir als Andenken an unser Aufeinanderknallen in den Waschräumen gegeben hatte. Damals, nachdem ich ihn mit Taira gefunden hatte.

Seitdem war so viel geschehen.

»Nein«, stieß ich aus. »Doch das werde ich nie sein. Bringen wir es einfach hinter uns.«

»Nicht ganz die Begeisterung, die ich mir erhofft habe«, gab Fynn zurück. »Aber ich nehme, was ich bekomme.« Er öffnete die Tür und im nächsten Augenblick fand ich mich allein im Auto wieder.

Das hier war so viel schwieriger als mein erster Tag an der Verona Hall.

Weil ich nun wusste, was mich erwartete.

Ein letztes Mal atmete ich tief durch, dann stieg auch ich aus.

Fynn stand noch an seiner Fahrertür, doch erst als Matt an ihm vorbei zu mir sah, begriff ich den Grund dafür.

Matts Entgeisterung traf mich ähnlich unvorbereitet wie Matt selbst.

Ich befand mich auf Yuppiegebiet.

Und es fühlte sich falsch an.

Fynn schien zu bemerken, weshalb sein Freund zu einer Statue mutiert war, denn er tauchte neben mir auf. »Immerhin können wir uns die Vorstellungsrunde sparen.« Er ließ es wie einen Scherz klingen, verschränkte seine Hand dabei mit meiner, doch keiner von uns lachte.

»Wir müssen rein«, mühte ich mir tonlos ab und zog ihn mit. Fynn strich mir beruhigend mit dem Daumen über die Hand. Matt blieb zurück. Vielleicht wartete er darauf, seine Fassung wiederzufinden. Meine eigene hatte ich wohl in Fynns Wohnung zurückgelassen, denn es fühlte sich nicht an, als könnte ich sie in den nächsten Stunden wiederbekommen.

Kurz hatte ich gedacht, es wäre eine Erleichterung, den Parkplatz zu verlassen.

Welch gigantischer Fehler.

Ich hatte einen entgeisterten Blick gegen ein ganzes Meer davon eingetauscht.

Nun spürte ich sie überall.

Auf Fynn.

Auf unseren ineinanderliegenden Händen.

Auf mir.

Ich hasste es.

Ein besonders lautes Stimmengemurmel erklang und ein spitzer Schrei drang an mein Ohr.

»Warum habe ich die Insel abgelehnt?«, raunte ich Fynn zu, während wir weiter Richtung Eingang gingen.

»Das läuft doch gut.«

In welcher Welt lief das gut?

Entgeistert sah ich zu ihm.

Registrierte das Funkeln in seinen Augen.

Sein breites Lächeln.

»Macht dir das hier etwa Spaß?«

»Ob es mir Spaß macht, das Gleichgewicht der Verona Hall zu zerschmettern, indem ich deine Hand halte?« Er lachte auf und Sonnenstrahlen schienen in seinen Augen zu tänzeln. »Natürlich! Ich liebe alles daran.«

Es war schwer, auf ihn wütend zu sein, wenn er so voller Begeisterung war. »Du hast sonderbare Vorlieben«, mühte ich mir ab und peilte schneller den Eingang an.

Nur vier Meter bis zur Tür.

Noch dutzende bis zum Unterrichtsraum.

Und dann …

Nein.

Heute gab es kein Entrinnen vor den anderen.

Bevor ich die Tür aufziehen konnte, stoppte Fynn mich. »Vertrau mir.« Ich bekam diesen Blick, den er aufsetzte, wenn er eine seiner wahnwitzigen Ideen hatte, und diese zwei unheilvollen Wörter.

Nichts davon fühlte sich ansatzweise gut an.

»Was hast du vor?«

»Ich ersticke alle Spekulationen im Keim.«

Nein.

Ich wollte rein.

Mittlerweile musste jeder hier zu uns schauen.

»Sie reden ohnehin. Dann lass sie wenigstens über das reden, was wir ihnen vorgeben.«

Verdammt.

Das ergab sogar Sinn.

Natürlich wusste Fynn, wie man die Hyänen bändigte.

Er war ihr König.

»Übertreib es nicht.«

»Tu ich nie.« Bevor ich erwidern konnte, dass das bereits die Übertreibung des Jahrtausends war, sah ich sie.

Die Kreisler, die von den Radständern zu uns herüberkamen.

In wenigen Sekunden würden sie uns bemerken.

Mein Herz flatterte, nur diesmal nicht auf eine gute Weise.

Ich wollte hier weg.

Doch Fynn hielt mich fest.

Weil er wusste, wie entscheidend unser Auftreten war.

»Xander!«, rief Fynn ausgerechnet und dessen Kopf zuckte zu uns. Im nächsten Augenblick verharrte er fassungslos.

Ob er gewusst hatte, dass ich weiterhin Teil der Verona Hall war?

Sein schockierter Blick fühlte sich nicht danach an.

»Perfektes Timing«, fuhr Fynn fort und im Gegensatz zu mir schien er das tatsächlich so zu sehen. »Ich habe gehofft, dass du es mit deinen Anhängern rechtzeitig schaffst.« Obwohl er die Worte an Xander richtete, ließen sie keinen Zweifel daran, dass alle sie hören sollten. Einmal mehr bewies Fynn, wie gut er die Verona Hall kannte, denn nun kamen sie von überall näher.

Sie erhofften sich eine spektakuläre Show.

»Es gibt da ein paar Dinge, die ihr wissen solltet.« Fynn drehte sich von den Kreislern weg, ließ seinen Blick über die anderen streifen. »Ich nehme an, dass hier die Gerüchteküche überkocht.

Also ja – Maya und ich sind zusammen. Schon seit einiger Zeit, und jetzt ist der perfekte Zeitpunkt, um euch einzuweihen.« Er zog mich näher zu sich heran. »Keiner von uns will den anderen täuschen. Es geht nicht um Geld, nicht um Macht und nicht um Noten, sondern allein um schnöde, langweilige Gefühle. Das ist alles. Verschwendet nicht eure Lebenszeit damit, über uns zu spekulieren.«

Das lief einigermaßen gut.

Ich wollte reingehen und Fynn mit mir ziehen, doch der widersetzte sich und blieb, wo er war.

»Eine Sache noch …« Die Lässigkeit wich aus seiner Stimme und jetzt lag unverhohlene Wut darin. Sie klang so rau, als hätte er stundenlang geschrien. »Ich will wissen, wer bei dem Überfall auf Maya dabei war. Mr Hemskey wartet auf die Namen für die Entlassungen. Der Erste, der sie mir nennt, bekommt mein Auto.«

Fassungslosigkeit schlug ihm entgegen.

Fassungslos fühlte auch ich mich.

Fynn wollte seine eigenen Leute von der Schule werfen lassen?

So viel zum Nicht-übertreiben.

»Fynn!« Ich zog ihn mit mir in die Vorhalle. Für heute hatte die Verona Hall genug Gossip bekommen.

»Gott, war das gut!«, stieß er aus und warf mir ein breites Grinsen zu. »Kann ich noch mehr große Reden halten? Ich bin gerade in Fahrt.«

»Ein bisschen zu sehr«, gab ich zurück. »Was hältst du stattdessen davon, wenn wir den restlichen Tag damit verbringen, uns unauffällig zu verhalten?«

»Langweilig.« Jetzt war er es, der an mir zog, und zwar in Richtung seines Spindes. »Heute sind wir wild.«

»Das hören deine Ärzte bestimmt gern.«

Er ließ meine Hand los und öffnete den Spind. »Mir geht es gut«, erwiderte er routiniert wie die anderen fünfzig Mal am Tag. Wenig beruhigend, schließlich hatte er das auch gedacht, kurz bevor sein Herz ausgesetzt hatte.

»Denk daran, heute den Termin beim Spezialisten auszumachen.«

Er drückte mir sein Mathebuch in die Hand. »Nur wenn wir das Thema dann endlich abschließen.«

Sein Heft landete auf dem Mathebuch, ohne dass er überhaupt zu mir sah. »Deal.« Irgendwo da fiel mir auf, dass sich das hier kein Stück sonderbar anfühlte. Zwar wusste ich, dass uns alle beobachteten, aber hier mit Fynn zu stehen und mit ihm zu reden, war so … *normal.*

Sein Kopf tauchte aus den Tiefen seines Spindes auf. Vergissmeinnichtfarbene Augen blitzten vergnügt. »Es ist großartig, oder? Gib es zu.« Fynn legte seinen Arm um mich. »Ich kann hier endlich mit dir reden, ohne zu streiten.«

»Aber wir sind SO gut darin.«

Zu dem Blitzen gesellte sich ein Grinsen. »Und wie …«

Weiter kam er nicht.

»Ernsthaft?« Taira tauchte neben uns auf. Ihre dunklen Augen erinnerten heute an Kohle, weil die Wut darin glühte. »Hast du zufällig vergessen, mir die ein oder andere Sache aus deinem Leben zu erzählen?«

Fynns zerknirschtem Blick nach hatte er das hier erwartet. »Das konnte ich nicht. Es durfte niemand wissen, ein falsches Wort zu den Freak…« Zum zweiten Mal innerhalb weniger Minuten stoppte er sich. Es waren diese Dinge, die mir immer wieder bewusst machten, wie ernst es ihm mit uns war. Offenbar hatte er sich vorgenommen, die Kreisler nicht länger Freaks zu nennen.

Weil er wusste, dass er mich damals damit verletzt hatte.

»Du machst es dir so leicht«, fuhr ihn Taira unterdessen an. »Und was war mit den hundert Nachrichten, die ich dir seitdem geschrieben habe? Ich musste Mr Hemskey anrufen, um herauszufinden, wie es dir geht! Drei Mal! Wie wäre es mit einem winzigen Lebenszeichen gewesen? Irgendwann einmal?«

»Punkt für dich.« Er fuhr sich durchs Haar und zerzauste es ein wenig mehr. »Beim nächsten Mal schwöre ich, dir zu schreiben.«

»Das ist nicht lustig, Fynn.« Wahrscheinlich sollte ich mich raushalten und scheiterte grandios. Witze mochten seine Art sein, mit der Situation umzugehen. Nur war es nicht die Art, die ich ertrug.

Jetzt landete Tairas zornentflammter Blick auf mir. Ich spannte mich unter ihm an, wartete auf die obligatorische Beleidigung, aber stattdessen nickte sie. Es war nur eine Winzigkeit, doch in dieser Sache stimmten wir anscheinend überein.

»Wie lange geht das schon zwischen euch?« Mein Einmischen schien sie daran zu erinnern, dass sie noch etwas diskussionswürdig fand.

»Maya kam zum letzten Auftritt der Band. Wegen ihr bin ich wieder zurückgekommen.«

Nicht die Antwort auf die Frage, die Taira gestellt hatte. Fynn war erschreckend gut darin, die Wahrheit zu biegen, ohne zu lügen.

Sie sah zurück zu mir.

Ich wusste, was sie wissen wollte.

»Wo stehst du jetzt? Man erzählt sich, dass du bei den Freaks rausgeworfen wurdest.«

Nicht die Frage, die ich in ihren Augen fand.

»Weiß ich nicht.« Wieder kam er angekrochen, dieser eisige Schmerz. Es gab für mich niemanden mehr außer Fynn und sein Leben war nicht meines. »Ich will mich nicht einsortieren, sondern einfach die nächsten Monate überstehen.«

»Hilfst du uns, Taira?« Seine Hand legte sich wieder in meine, als hätte er gespürt, dass die eisige Kälte in mir zurückkam. »Sorgst du dafür, dass die wildesten Gerüchte frühzeitig eingedämmt werden?«

Taira erwiderte nichts. Ihr Blick strich über uns, schien damit ausgelastet, alles an uns wahrzunehmen und einzuordnen. Er stoppte an unseren ineinanderliegenden Händen. »Was war mit Sid?« Ich kannte Tairas Stimme laut, wütend und spitz, aber so wie jetzt hatte ich sie nie gehört – *unsicher.*

Fynn schwieg und überließ es mir, ob ich darauf antwortete. Bis vor zwei Minuten wäre es noch undenkbar gewesen, dass ich überhaupt darüber nachdachte. Aber ich wollte die letzten Monate hier tatsächlich nur überstehen.

Ohne Katastrophen.

Ohne Krieg.

»Sid hat mich nach dem Schwimmtraining unter der Dusche bedrängt.«

Tairas Augen weiteten sich entgeistert, bevor sie Hilfe suchend zu Fynn sah. Sie wollte hören, dass ich log.

»Das stimmt«, sagte er stattdessen und strich erneut über meine Hand. »Und ja, es gibt Beweise. Ich war dafür, ihn anzuzeigen … Sid hätte Schlimmeres verdient als diesen Rauswurf.«

»Warst du bei der Racheaktion dabei? Im Schwimmtrakt?« Die Frage hielt es nicht länger in mir aus, sie stürzte geradezu heraus. Tairas Kopf zuckte zu mir und es fühlte sich an, als flackerte da Schuld in ihren dunklen Augen.

»Und wenn es so wäre?«

»Was?« Fynn stieß entgeistert ihren Namen aus, doch Taira sah nicht zu ihm.

Stattdessen musterten wir einander.

Bis heute waren unsere Rollen klar gewesen.

Taira stand auf der einen Seite, ich auf der anderen.

Jeder, der bei dem Überfall mitgemacht hatte, würde von der Verona Hall fliegen.

Das würde Taira ihren Abschluss kosten und das Schwimmteam.

Das Schwimmteam.

Bilder flackerten vor mir auf.

Taira, die plötzlich im Wasser war.

Ihre Hände, die mir halfen, Fynn hochzuhalten.

»Dann würde ich mich über eine Entschuldigung freuen«, sagte ich leise und Fynn keuchte meinen Namen.

Taira nickte wieder, so winzig wie vorhin, aber ihr Blick blieb fest auf mir liegen. »Hat er wegen dir mit mir Schluss gemacht?« Da war sie, die Frage, die ich die ganze Zeit in ihrem Gesicht gefunden hatte.

Ob sie ihn geliebt hatte?

Ich wollte es lieber nicht wissen.

»Ja.« Zwar hatte ich nie mit ihm darüber gesprochen, aber ich wusste, dass ich der Grund gewesen war. Fynn hätte es weiter mit ihr probiert. Schon, um sich und allen zu beweisen, dass es ihm gelang. Doch ich hatte dazwischengefunkt und Taira war mir gleichgültig gewesen. Bis ich die Frage in ihrem Gesicht gesehen hatte, hatte ich mich deswegen niemals schuldig gefühlt.

Jetzt tat ich es.

»Dann denke ich, dass ich ebenfalls eine Entschuldigung verdiene«, stellte sie fest.

Verdiente sie.

»Waffenstillstand?« Zögernd reichte sie mir die Hand.

Ich ließ Fynns los und ergriff sie.

Wir würden nie Freundinnen werden.

Aber ich wollte sie auch nicht länger zur Feindin haben.

»Taira!« Fynn klang wie ein Dampfkochtopf, kurz bevor er explodierte. »Was zur Hölle hast du dir dabei gedacht?«

Sie sah zu ihm. »Für dich gilt das Gleiche. Ich habe einige Gründe, auf dich wütend zu sein.«

»Wer war noch dort?« Fynn knallte seine Spindtür regelrecht zu, doch Taira zuckte nicht einmal zusammen.

»Von mir erfährst du nichts. Also schweigen wir über das, was war, oder schreien wir uns an?« Trotz seiner Wut hielt sie ihm unbeeindruckt die Hand entgegen. Er starrte auf ihre Hand, hoch in ihr Gesicht und dann zu mir.

Wut funkelte in seinen Augen.

Die gleiche wie damals nach dem Angriff.

Er wollte nicht verzeihen.

Fynn wollte Rache.

»Maya entscheidet«, mühte er sich ab und schien Schwierigkeiten zu haben, seine Stimme ansatzweise ruhig zu halten. »Ihr habt *sie* angegriffen.«

Es hatte eine Zeit gegeben, in der ich mir gewünscht hätte, Taira und Fynn voneinander zu trennen. In der ich auf die Verbindung zwischen ihnen eifersüchtig gewesen war. Jetzt bekam ich die Chance dazu und wollte es nicht.

»Er nimmt an«, sagte ich und Verblüffung flackerte in ihren Augen. »Wir vergessen, was vorgefallen ist.«

Fynns finsterem Blick nach war das nicht die Antwort, auf die er gehofft hatte. Er brauchte einige Sekunden, bevor er seine Hand in Tairas legte. Es fühlte sich richtig an. Sie war einer der wenigen Menschen, die ihm nahestanden.

Gute Freunde sollte man festhalten, sonst fand man sich irgendwann allein wieder.

Ich hatte gedacht, das Schlimmste wäre der Gang in den Klassenraum, wenn alle uns musterten und über uns redeten.

Was für ein Irrtum.

Der Weg war ein Spießrutenlauf, aber immerhin hatte ich dabei Fynn an meiner Seite. Wenn er mich ablenkte, gelang es mir sogar auszublenden, was um uns herum vor sich ging.

Viel schlimmer war der Unterricht, denn da saß er hinter mir. Ich konnte nicht einmal zu ihm sehen. Die Blicke der Yuppies und Neutralen bohrten sich unterdessen in mich und suchten nach neuem Gesprächsstoff, um die Pausen zu füllen.

Aber am schlimmsten waren die Kreisler.

Nach dem Camp hatten sie mich ignoriert, doch damals hatten sie mich zumindest angesehen, enttäuscht oder wütend. Jetzt waren ihre Mienen wie in Stein gemeißelt, wenn ihre Blicke über mich hinwegflogen, als wäre ich ein Gegenstand.

Das hier war tiefer und kälter.

Ich wurde nicht ignoriert.

Für sie war ich gestorben.

Für alle bis auf einen.

Und der saß ausgerechnet am Tisch neben mir.

Xanders Blick war bohrender als die der Yuppies und Neutralen und ich spürte ihn ununterbrochen auf mir.

Gleichgültig, wie sehr ich mich bemühte, dem Unterricht zu folgen, es gelang mir nicht, Xander auszublenden.

Alles an mir wollte vor ihm flüchten.

Permanent.

Fynn hatte mir angeboten, mit mir den Platz zu tauschen.

Aber ich hatte abgelehnt, weil ich dachte, dass die Kreisler darin nur eine weitere Provokation sehen würden.

Ein Fehler.

Kaum klingelte es zur Pause, sprang ich auf und schnappte mir meine Sachen. Ich stürzte damit regelrecht in die Reihe hinter mir. Fynn sah auf, doch ich drehte ab, hin zu dem Tisch seiner Sitznachbarin. Eine der Schwimmerinnen aus Tairas Team. Wir mochten einige Wochen gemeinsam trainiert haben, aber es fühlte sich nicht an, als hätten wir schon einmal miteinander gesprochen – wenn man von Beleidigungen absah. Verständnislosigkeit lag in ihrer Miene, weil ich ausgerechnet vor ihr stoppte.

»Was willst du?«, fragte sie knapp. Wahrscheinlich lag es an Fynn, dass sie sich überhaupt dazu herabließ, mit mir zu reden.

»Deinen Platz.«

Sie lachte.

Ich nicht.

»Wenn du mit mir tauschst, übernehme ich deine Mathehausaufgaben für die ganze Woche.«

Ihr Lachen stoppte und augenblicklich wurde ihr Blick interessierter. Sie sah an mir vorbei, hin zu dem Platz, auf dem ich bis gerade gesessen hatte. »Pack noch Englisch dazu.«

Ich nickte und sie grinste zufrieden, nahm ihre Tasche und gab den Tisch frei. Sie glaubte, ein gutes Geschäft gemacht zu haben. Dabei hätte sie jedes Fach von mir haben können, beliebig lange, wenn ich dafür Xander entkam.

Kaum stellte ich die Tasche an ihren neuen Platz, war Fynn auch schon da. Er lehnte sich mit einer Selbstverständlichkeit an meinen Tisch, die mich daran erinnerte, dass sich nicht alles zum Miesen gewendet hatte.

»Warum hast du mich nicht mit ihr reden lassen? Hätte ich sie darum gebeten, wäre sie auch so gegangen.«

»Weil ich dich nicht all meine Kämpfe für mich austragen lasse.«

Er zog mich in eine Umarmung. Irgendwo in meinem Kopf flackerte die Erkenntnis, dass uns wohl gerade alle beobachteten, aber in seinen Armen war der Gedanke weniger nagend.

»Das weiß ich doch«, raunte er mir zu. »Gönnst du mir wenigstens hin und wieder einen?«

»Vielleicht.« Sein Lächeln übertrug sich auf mich, löste die Anspannung in meiner Brust auf, die Xanders Nähe mit sich gebracht hatte.

»Mr Ferres«, kam es seufzend von Mr March, der von uns unbemerkt den Raum betreten hatte. »Und Ms McGrey. Wir alle wären begeistert, wenn Sie sich voneinander lösen könnten, um Ihre Plätze einzunehmen.«

Fynns Grinsen vergrößerte sich. Er schien das hier wirklich zu lieben. Seine Arme machten Anstalten, sich von mir lösen, aber ich hielt sie fest.

Ich brauchte einen winzigen Augenblick mehr von ihm, um die nächste Stunde zu überstehen.

»Gleich«, erwiderte Fynn, ohne sich zu unserem Lehrer umzudrehen. Sein Grinsen löste sich auf. Er schien zu ahnen, wie schwer es mir fiel, mich von ihm zu lösen. »Ich liebe dich«, flüsterte er mir zu. »Du schaffst das.«

Mr March rief erneut unsere Namen und ich zwang mich, Fynn freizugeben. Während er zurück zu seinem Tisch huschte, sank ich auf meinen neuen Platz. Gerade bückte ich mich, um die Hefte aus der Tasche zu nehmen, da ertönte ein sonderbares Schleifen. Irritiert sah ich zu der Quelle des Geräuschs unmittelbar neben mir und fand – wie konnte es anders sein – Vergissmeinnichtblau.

»Was wird das, Mr Ferres?« Da lag nicht einmal Verärgerung in der Stimme unseres Lehrers, nur eine tiefe Resignation.

Ungerührt schob Fynn seinen Tisch an meinem. »Hier ist die Aussicht besser.«

Einen Augenblick lang war es so leise im Klassenraum, dass man eine Stecknadel hätte fallen hören können.

Alle warteten auf Mr Marchs Reaktion.

Er blinzelte … und dann drehte er sich um, wandte sich dem Whiteboard hinter sich zu. Ich ahnte, dass die Antwort darauf *Ferres Enterprise* lautete. In einigen Jahren würde Fynn zu den mächtigsten Menschen des Landes gehören.

Niemand wollte sich mit ihm anlegen.

Nicht einmal unsere Lehrer.

Es gab Momente, in denen fühlte sich das, was ich getan hatte, wahnwitzig an.

Dass ich mein Leben für einen Ferres hinter mir gelassen hatte.

Doch dann legte sich seine Hand in meine.

Weil er wusste, dass ich ihn brauchte.

Und nichts daran fühlte sich länger wahnwitzig an.

Sondern genau richtig.

Kapitel 4

Fynn

Ich liebte diese winzigen kritischen Falten, die sich manchmal zwischen Mayas Augenbrauen schoben. Wie jetzt, als sie das Essen vor sich musterte, als könnte es sie anspringen.

Das Essen in der Cafeteria war den Kreislern ein Dorn im Auge. Sie nannten es dekadent und bei ihnen klang es nicht wie ein Kompliment.

»Ist das hier so mies wie der Automatenkuchen?«, fragte sie vorsichtig und zog ihre Gabel durch den Brei. Sie hatte sicherheitshalber auf so gut wie alles verzichtet. Nur der Süßkartoffelbrei und der Apfel, der neben ihrem Teller wartete, hatten ihrer Prüfung standgehalten.

Zu Hause war Maya entspannter, was die Auswahl ihres Essens anging, aber hier spürte ich ihre Anspannung wie ein Echo in mir.

Weil sie wusste, dass alles, was sie tat, bewertet wurde.

»Hätten wir dann nicht längst einen Aufstand veranstaltet?«

»Habt ihr das bei dem Kuchen gemacht?«

Sie rang mir ein Schmunzeln ab. »Auch wieder wahr. Aber das Essen hier ist in Ordnung.« Ich deutete auf mein Mango-

Maracuja-Fruchtmus, das mit Zitronengras garniert war, und sah dabei zu, wie sich die Falten zwischen ihren Augenbrauen ein winziges Stück vertieften. »Komm schon, kommentier mein Essen und halt mir einen Vortrag, wie früher«, neckte ich sie und rang ihr ein kleines Lächeln ab.

»Ich wusste immer, dass du irgendwann darum betteln würdest«, gab sie zurück und versenkte ihren Löffel im Brei, der fairerweise wenig attraktiv aussah. »Zu spät. Für mich gibt es keine Insel und für dich keine Moralvorträge.« Die Antwort, mit der ich gerechnet hatte. Sie schob sich den Brei in den Mund und ich hätte schwören können, dass jeder hier drinnen uns gerade beobachtete.

Ich hoffte wirklich darauf, dass sich diese Aufregung um uns bald legte. Selbst ich fand diese dauerhafte Aufmerksamkeit anstrengend, doch für Maya war es mehr als das. Manchmal verharrte ihr Blick diesen winzigen Augenblick zu lang auf einem der Kreisler und dann flackerte Schmerz über ihr Gesicht, flüchtig wie ein Wimpernschlag.

Aber ich nahm ihn wahr.

Also lenkte ich sie ab.

Immer wieder.

Und wieder.

Und wieder.

Das würde ich so beibehalten.

Notfalls, bis wir unsere Zeugnisse in den Händen hielten.

Es klingelte an der Haustür und augenblicklich versteifte sich Maya in meinem Arm. Wir waren beide nicht naiv genug, um anzunehmen, dass es die Reinigungsfirma war.

So viel Glück hatten wir nicht.

»Ich werde ihn schnell los«, flüsterte ich in ihren Nacken und weil meine Lippen schon einmal dort lagen, hauchte ich einen Kuss hinterher. Erst dann erhob ich mich seufzend, pünktlich zum zweiten Klingeln. »Wehe du machst ohne mich weiter.«

»Als wenn ich das nötig hätte.« Es blitzte in ihren Augen und eines dieser herrlich provokanten Lächeln schloss sich an. Sie setzte sich auf, legte demonstrativ ihr Heft und den Stift auf den Tisch. »Ich mache dich ganz ohne Schummeln fertig, Fynnigan.«

»Niemals.«

Das dritte Klingeln erinnerte mich daran, dass es Zeit wurde, an die Tür zu gehen, damit Maya und ich unseren kleinen Hausaufgaben-Wettkampf beenden konnten.

»Warum dauert das so lang?« Noch bevor ich die Tür ganz geöffnet hatte, drang die grimmige Frage meines Vaters schon herein.

»Auch reizend, dich zu sehen«, gab ich zurück. »Ungefähr so reizend wie Ammoniak.«

Ich bekam den obligatorischen vernichtenden Blick. Er machte Anstalten, an mir vorbeizugehen, aber ich versperrte ihm den Weg. »Was soll der Unsinn?«

»Ich bin gegen Gefahrstoffe in der Wohnung.«

Und da war er, der zweite vernichtende Blick, innerhalb weniger Sekunden. Früher hatte ich gezählt, wie viele davon ich ihm abringen konnte. Damals hatte sich jeder wie ein Erfolg angefühlt.

Wahrscheinlich weil er mich so beachtet hatte.

»Was gibt es?«

»Also ist *sie* wieder hier?« Seit Jahren erzählte ich ihm nichts über mich und trotzdem besaß er manchmal erschreckend gute Instinkte.

»*Sie* ist meine Freundin.« Er hatte nicht nach ihrem Namen gefragt und er würde ihn von mir auch nicht bekommen. Selbst um Kleinigkeiten wie den Namen meiner Freundin führten wir einen erbitterten Kampf. »Deshalb kann sie hier sein, wann immer sie will.«

»Nur geht sie nicht mehr weg.«

»Reicht es nicht, dass du den Rest des Landes überwachst, kannst du da nicht wenigstens mich in Ruhe lassen?«

»Wenn du verlässlicher wärst, müsste ich das nicht.« Er trat zur Seite, sah über meine Schulter. Von hier aus konnte er das Sofa nicht sehen und Maya war aus der Schusslinie, aber das reichte nicht.

»Ich rede nur draußen.« Er nickte knapp, wusste, dass das hier das beste Angebot war, das er bekommen würde. Ich folgte ihm hinaus und zog zur Sicherheit die Tür hinter mir zu. Falls er weiter über Maya diskutieren wollte, sollte sie das besser nicht hören.

Es gab genug Dinge, mit denen sie zu kämpfen hatte.

»Also?«

»Mein Beraterteam macht sich Gedanken darüber, dass ich nicht ausreichend sympathisch rüberkomme.«

»Du bezahlst ein Berater-Team für etwas, dass ich dir jeden Tag gratis sage?« Es musste lange her sein, dass ich zum letzten Mal bei einem Gespräch mit ihm gelacht hatte. Jetzt tat ich es.

Seine nach unten hängenden Mundwinkel erreichten daraufhin ganz neue Tiefen. »Meine Berater stehen dafür immerhin morgens aus ihren Betten auf.«

»Amateure.«

Er atmete auf, überlegte wohl, ob er dagegenhalten sollte, aber ein Blick auf seine Uhr ließ ihn den Kopf schütteln.

Offenbar war die Zeit, die er für mich einkalkuliert hatte, knapp bemessen. Eine weitere gute Nachricht.

»Noch hat der Präsident keine endgültige Wahl getroffen, wen er bei seiner Wiederwahl zum Vize macht«, fuhr er fort. Als wenn ich das nicht wüsste. Sobald das geschah, würde ich gezwungen werden, auf irgendwelchen Veranstaltungen Champagnergläser für die Zeitungen in die Höhe zu halten.

»Also wirst du ab sofort Teil davon. Die Menschen sollen wahrnehmen, dass ich einen Sohn habe, um mich als Vater zu erleben. Das macht mich menschlicher.«

»Schlechte Idee. Denn ich halte dich selbst für einen herzlosen Androiden, der irgendwann den Körper meines echten Vaters übernommen hat und nun mit Gedankenkontrolle die Menschheit versklavt.«

Seinem verständnislosen Blick nach verstand er den Scherz nicht. *Schade, es war nicht mein miesester gewesen.* »Das kannst du vergessen. Ich hab kein Interesse daran, an deiner Promoshow mitzuwirken.«

»Und ich keines, deine Freundin auszuhalten.«

Deshalb die Fragen zu Maya.

Gott, er ging mir dermaßen auf die Nerven.

»Das ist mein Anwesen und ich will sie nicht hier haben.«

Ich zwang mich, ruhig zu bleiben, obwohl es längst in mir stürmte. »Falls du sie zwingst, zu gehen, gehe ich mit ihr. Wie würde es aussehen, wenn durchsickert, dass du mich rausgeworfen hast? Das war es dann mit dir als liebende Vaterfigur.«

»Das würdest du nicht tun«, protestierte er zwar, aber sein linkes Augenlid zuckte verheißungsvoll.

»Finden wir es heraus.« *Wenn ich seinem Blick jetzt nicht standhielt, war es das.* Also fixierte ich ihn und ließ ihn all meine Entschlossenheit sehen.

»Fünf Veranstaltungen«, erklärte er. »Die ich aussuche.«

Ganz sicher nicht.

»Ein Zeitungsartikel und ich spiele den charmanten Sohn auf der Ernennungsparty.« *Falls es wirklich so weit kam.* »Dafür bleibt Maya, solange sie will.«

Das Zucken seines Augenlids stoppte augenblicklich. »Gut.«

Gut?

Ich hatte mit Protesten und Gegenangeboten gerechnet.

Das hier war zu einfach.

Hatte er ohnehin nur auf einen Artikel spekuliert und den Preis deshalb so exorbitant hoch angesetzt? In mir flackerte dieses miese Gefühl auf, dass er mich gerade über den Tisch gezogen hatte, und seine zufriedene Miene verstärkte es.

Er sah sonst nie zufrieden aus.

Kapitel 5

Nachdem wir die ersten Tage überstanden hatten, wurde es einfacher. Uns begleiteten weiterhin entgeisterte Blicke und zusammengesteckte Köpfe, sobald wir durch die Schule oder übers Gelände gingen, aber sie wurden weniger.

Gestern hatte Matt in der Pause mit Maya geredet, ohne sie einen Freak zu nennen, und Taira hatte sich in der Cafeteria zu uns gesetzt. Zwar hatte sich beides gezwungen angefühlt, aber es waren immerhin kleine Schritte. Wenn meine Freunde Maya akzeptierten, würden langsam auch die anderen folgen.

Hoffte ich.

Für gewöhnlich besaß ich ein gutes Gespür dafür, wie es auf der Verona Hall lief, doch seit wir die Gruppen aufgebrochen hatten, war die Stimmung hier merkwürdig. Zwar grüßten mich alle wie immer, lachten über meine Scherze, nur klangen ihre Grüße verhaltener und ihr Lachen bemühter.

Vielleicht hätte ich nicht darauf bestehen sollen, meine eigenen Leute von der Verona Hall zu werfen.

Andererseits würde ich das weiterhin gern tun. Doch sobald ich das dachte, fiel mir ein, dass Taira dabei gewesen war. Dann verfluchte ich sie gedanklich, bis meine Wut auf sie nicht mehr ganz so groß war.

Mit dem Überfall abzuschließen, war Mayas Entscheidung.

Also akzeptierte ich sie.

Fluchend.

Immerhin besaßen wir dadurch noch ein Auto und solange mein Vater die Firmentankkarte nicht einforderte, würde ich es nutzen. Wir waren damit zum Tauschladen gefahren, hatten ein paar ausgemusterte Kleidungsstücke von mir hingebracht und welche für Maya mitgenommen, aber sonst besaß sie nur ihr Handy und die Schulkleidung, die Mr Hemskey für sie besorgt hatte.

Es war erschreckend, wie wenig von ihrem Leben geblieben war.

Mittlerweile war ich gut darin, ihre Blicke zu erkennen, die Momente wahrzunehmen, in denen sie mir aus den Fingern glitt. Dann lenkte ich sie ab. Das half.

Meist.

Heute meinte es der Herbst gut mit uns. Sonnenstrahlen beleuchteten den Rasen, der über und über mit farbigem Laub bedeckt war, weil der Gärtner längst nicht mehr mit dem täglichen Harken hinterherkam. Mir gefiel der Anblick besser als die grüne Wiese.

Das hier war einer der guten Tage. Wir lagen unter einem der Bäume, deren Äste sich deutlich geleert hatten. Eine leichte Brise fuhr über uns hinweg und brachte den Geruch nach herbem Holz gemischt mit Laub mit sich. Mayas Kopf lag auf meiner Brust. Eigentlich hatte ich die Freistunde auf unserer Treppe verbringen wollen, aber Maya hatte es hinaus in diesen goldenen Herbsttag gezogen. Es hatte hier tatsächlich seinen Reiz.

Ich hielt die Augen geschlossen, genoss das Gefühl von Mayas seidigen Strähnen, die mein Kinn kitzelten. Genau so fühlte sich Glück an. Ich hasste schon vorsorglich den Moment, wenn wir wieder hineinmussten.

Ob ich sie überreden konnte, hierzubleiben?

Wohl kaum.

Sie war zu sehr damit beschäftigt, das Verpasste aufzuholen. Selbst jetzt ließ sie nicht von ihrem Chemiebuch ab und das leise Rascheln der Seiten drang immer wieder an mein Ohr, wenn sie umblätterte.

»Ich habe es dir gesagt!«

Ausgerechnet diesen perfekten Augenblick suchte sich Xander, um sein eisiges Schweigen zu brechen.

Maya fuhr so schnell hoch, als hätte sie sich zu Tode erschreckt. »Verzieh dich!«, schleuderte ich ihm entgegen, öffnete die Augen und blinzelte gegen die Sonne.

Dort, wo ich ihn vermutet hatte, war alles wunderbar xanderfrei. Dann fand ich ihn. Mit schnellen Schritten peilte er die Fahrradständer an. Dabei gab es noch einige Stunden abzusitzen.

Wollte Xander schwänzen?

Und was hatte er überhaupt bei uns gewollt?

Irgendwas hatte ich nicht mitbekommen.

Ich sah zu Maya und erst da registrierte ich, dass das winzige Rascheln von Papier nicht länger von den Seiten ihres Chemiebuchs kam, das nun neben ihr im Laub lag.

Was hielt sie da in der Hand?

Eine miese Vorahnung durchzog mich, als ich mich aufsetzte. »Was ist das?«

Sie rührte sich nicht und ihr Rücken verdeckte mir die Sicht. »Hey?« Ich strich über ihre Schulter, wollte neben sie rutschen, aber Maya schüttelte meine Hand von sich.

Was auch immer los war.

Es war mies.

Verdammt mies.

»Erklär mir das!« Langsam drehte sie sich nun doch zu mir und alles in ihrem Gesicht war zu hell.

Nur ihre Augen wirkten besorgniserregend dunkel und die Leere darin schien mich zu verschlucken.

Ich brauchte eine Sekunde, um die Zeitung in ihrer Hand zu registrieren. Wobei Zeitung eine schmeichelhafte Bezeichnung für diese Art von Hochglanz-Schmierblatt war. Ich hatte nie verstanden, dass Menschen diese Pseudo-Promi-Artikel lasen, noch dazu auf Papier. Welch Verschwendung von Ressourcen. Nur begriff ich nicht, weshalb Maya mich anstarrte, als hätte ich höchstpersönlich diese Zeitung verbrochen.

Dann sah ich die Überschrift und sie traf mich wie ein Hammerschlag.

Der Ferres-Erbe und das Sektenmädchen.

Die reißerischen, fett gedruckten Buchstaben brannten sich in meine Netzhaut.

Sie wussten, dass Maya zum Kreis gehört hatte.

Wie zur Hölle war das geschehen?

Ich schnappte mir die Zeitschrift.

Fand ein Bild meiner Auffahrt.

Fand uns, wie wir gerade vom Auto zur Wohnung gingen.

Ich stieß so ziemlich jeden Fluch aus, den ich kannte, während ich den Artikel überflog.

Sie machten aus unserem Leben eine schräge Kitschgeschichte.

Eine Bewegung ließ mich hochschauen.

Maya.

Sie war aufgesprungen.

Ich rief ihren Namen und versuchte, ihre Hand zu erwischen, aber sie war außerhalb meiner Reichweite, bevor ich sie zu fassen bekam.

Sie lief über das Gras.

Hin zum Eingang.

Fort von mir.

In ihrer ersten Zeit hier waren wir andauernd aufeinandergeknallt, aber sie war nie bereit gewesen, auch nur einen Zentimeter vor mir zurückzuweichen.

Jetzt schien das nicht mehr zu gelten.

Das Kupfer ihres Haares, das perfekt mit dem Herbstlaub harmonierte, wurde von der Verona Hall verschluckt.

Und das machte es noch schlimmer.

Weil ich mir sicher war, dass sie woandershin geflüchtet wäre, wenn sie gekonnt hätte.

Aber es gab keinen anderen Ort mehr.

Meine Schuld.

Alles.

Weil ich nicht wusste, was ich tun sollte, blieb ich, wo ich war. Ich starrte zurück auf das Foto, das irgendein drittklassiger Fotograf heimlich gemacht hatte, und wünschte, es würde in Flammen aufgehen.

Leider zeigten sich keine Flammen.

Nicht einmal auf die Herbstsonne war noch Verlass.

Also riss ich die Seite heraus.

Zerriss das Foto.

Alle hier würden denken, dass ich Maya ausnutzte.

Ich nahm die Teile, zerriss sie erneut.

Um meinen Vater als möglichen Vize zu pushen.

Und erneut.

Niemand würde mir mehr glauben, dass ich sie liebte.

Ich zerfetzte es weiter.

Niemand würde ihr glauben, dass ich sie liebte.

Weiterreißen.

Gegen die Wut.

Die Ohnmacht.

Die Hilflosigkeit.

Unsere nächste Unterrichtsstunde hatte längst begonnen, als auch ich die Verona Hall betrat. Momentan machte mir das noch weniger aus als sonst. In meinem Tagesablauf gab es mittlerweile andere Zeiteinheiten. Da zählten keine Schulstunden, sondern wie viele Katastrophen umschifft worden waren. Wie oft ich Maya zum Lachen gebracht hatte und wie ihr Haar meine Wangen kitzelte.

Das waren die Augenblicke, die zählten.

Ich wusste, wo ich sie finden würde.

Es gab zwei Plätze hier, an denen sie es aushielt. Doch einer davon besaß ein elektronisches Sicherheitsschloss.

Die Gänge waren leer und meine Schritte hallten darin, als ich auf die Bibliothek zuging. Ich ließ die Tür einen Hauch lauter zufallen, damit Maya mich hörte und mich fortfluchen konnte, wenn ihr danach war. Aber zwischen den Regalen mit den Klassikern blieb alles still.

Ich ging an den unbesetzten Tischen vorbei und sah das Dunkelblau ihres Jacketts durch die Bretter blitzen. Sie saß auf dem Platz, an dem sie bis vor kurzem allein ihre Pausen verbracht hatte. Ein weiterer Stich mitten in meine Brust.

In diesen kitschigen Filmen, die mir Taira gern aufgezwängt hatte, wären Maya und ich jetzt mitten in unserem Happy End. In dem Augenblick, in dem ihre Wahl auf mich gefallen war, hätte kitschige Musik eingesetzt, wir hätten uns geküsst und wären glücklich gewesen, bis an unser Lebensende.

Das hier fühlte sich nicht an wie ein Happy End.

Es war ein Herumirren zwischen perfekten Augenblicken und schmerzhaften Abgründen. Dazwischen fand sich so viel Schuld, dass ich immer noch drohte, darin zu versinken.

Das Leben schrieb kein Happy End. Man konnte nur versuchen, jeden Tag ein winziges Stück davon zu bekommen.

Ich wusste, dass sie meine Schritte wahrnahm, vielleicht überlegte, ob sie bereit war, mit mir zu reden, während ich in die Reihe vor ihrer einbog.

Seit zwei Wochen sahen wir uns ununterbrochen. Früher hätte ich mir nie vorstellen können, so viel Zeit mit einem anderen Menschen zu verbringen, und dennoch liebte ich es, in ihrer Nähe zu sein. Nur hatte ich keine Ahnung, wie Maya das gerade sah. Das Letzte, was ich wollte, war, ihr noch einen Platz zu nehmen, an dem sie durchatmen konnte.

Drei Minuten.

Das musste reichen.

Ich setzte mich an die Wand, genau wie es Maya keine zwei Meter von mir entfernt tat. Es wirkte, als beobachtete sie mich, aber ich sah nicht zu ihr. Stattdessen griff ich in meine Tasche, zerrte das Konfetti heraus, das vor einer Stunde noch eine Zeitung gewesen war. Damit formte ich ein neues Herz auf dem Boden vor mir.

Eine weitere Liebeserklärung.

Mit dem Mehlherz hatte es damals angefangen.

Ich hatte es immer wieder ins Mehl gemalt.

Weil es perfekt hatte sein müssen.

Andauernd hatte ich mir eingeredet, dass es nur eine Aufmerksamkeit zu Mayas Geburtstag war, und mich damit gnadenlos selbst belogen. Der Tag war meine Möglichkeit gewesen, ihr zu schreiben und zu hoffen, dass sie mir ein Bild zurückschickte.

Darauf zu hoffen, dass es weiterging.

Irgendwie.

Dieses Herz hier musste nicht perfekt werden. Ich zog mein Handy, ahnte, dass Maya es sah, dass sie wissen würde, dass ich ihr gerade ein neues Bild schickte. Dann starrte ich auf die Uhr.

Drei Minuten.

Wenn es bis dahin keine Reaktion gab, würde ich mich zurückziehen und ihr den Raum lassen, den sie brauchte. Vielleicht konnte Taira nach ihr schauen …

Ich starrte aufs Display, hörte das Rascheln von Stoff, der übereinanderstrich. Nur Sekunden später sah ich, dass sie online war.

Auch wenn man sich andauernd sah, konnte es so verdammt schwer sein, Worte zu finden. Bilder waren einfacher.

Deshalb war ich mit dem Herz zurückgekehrt, an unseren Anfang – einen unserer Anfänge.

Noch zwei Minuten.

Ein weiteres Rascheln.

Dann Maya, die sich erhob.

Ich sah auf, fand ihre Umrisse zwischen den Regalbrettern.

Hoffte, sie würde zu mir kommen.

Betete, dass ich sie nicht erneut in die Flucht trieb.

Schon huschte sie in meinen Gang und Erleichterung durchflutete mich.

Sie machte einen großen Schritt über das Herz und sank neben mich.

»Soll ich gehen?«, fragte ich dennoch, um sicherzugehen.

Ihr Kopf fand seinen Weg auf meine Schulter. »Bleib, sonst fehlst du mir.« Damit löste sie den Druck auf der Brust und es fühlte sich wieder an, als könnte ich richtig atmen.

»Es war Richard?«

Wie gerne würde ich es abstreiten, behaupten, es sei eine Racheaktion vom Kreis.

Irgendwas.

Alles wäre besser gewesen als die Wahrheit.

Dieser verdammte Artikel, den ich ihm zugebilligt hatte.

Mit mir!

Wie hatte er Maya nehmen können?

Wie hatte er überhaupt herausgefunden, wer Maya war?

Die diensthabende Polizistin hatte mir versichert, dass niemand von dem Einsatz an der Siedlung erfuhr. Aber wie hatte er es sonst erfahren?

»Ich spreche mit ihm.«

»Dafür ist es zu spät.« Die Bitterkeit in ihrer Stimme war so tief, dass ich mich darin hätte verlaufen können. »Richard hat sicher meinen Hintergrund überprüft, bevor er mit der Geschichte an die Presse ging. Sie kennen jetzt meinen Namen. Auch wenn sie nicht seine Möglichkeiten haben, früher oder später finden sie den Rest. Sie werden es lieben. Der Ferres-Erbe ist ausgerechnet mit der Tochter der ermordeten Demonstrantin zusammen. Wenn ich Richard verzeihen kann, wird er ja kaum so schlimm sein, wie der Kreis behauptet …« Sie wischte sich Tränen aus den Augenwinkeln. »Ich werde seine verdammte Eintrittskarte in das Amt des Vizes sein!«

»Du weißt, dass ich nichts damit zu tun habe?«, flüsterte ich in ihr Haar und sie nickte leicht. Haarsträhnen strichen über meine Lippen und ich hauchte einen Kuss hinein.

»Aber alle werden es denken. Hier auf der Verona Hall, im Kreis …« Ihre Stimme zitterte verräterisch und das Zittern übertrug sich auf mich, brannte in mir.

Eigener Schmerz war nichts verglichen mit dem des Menschen, den man liebte. Ich spürte Mayas Schmerz, ihre Verzweiflung wie ein Spiegelbild in mir und gleichzeitig war da diese grenzenlose Ohnmacht – weil ich ihr nicht helfen konnte.

Ich verschränkte meine Finger mit ihren. »Bereust du es?« Die Frage rumorte in mir, jeden Tag, seit ich im Krankenhaus begriffen hatte, dass ihre Wahl auf uns gefallen war.

Bereust du uns?

»Nein«, raunte sie mir zu und drückte meine Finger. »Niemals.«

Es mochte keine Happy Ends geben, aber dafür Momente wie diesen.

Kapitel 6

»Das ist selbst für dich ein Tiefpunkt!«

Operngesang schallte mir entgegen. Wahrscheinlich Wagner – er liebte Wagner.

Ich hasste Opern.

Und Wagner.

Seufzend sank sein Löffel in den Suppenteller vor sich.

Ich hasste Suppe.

Mein Vater drehte sich zu mir um.

Ich hasste meinen Va…

Ach, ließen wir das.

Er tippte auf sein Handy und der Tenor stoppte mitten in seinem leidenschaftlichen Gesang …

Gott sei Dank.

»Du hast also den Artikel gesehen?«

Ich sank auf den nächstbesten Stuhl. Manchmal ärgerte ich ihn, indem ich am anderen Ende des Tisches Platz nahm. Selbst schuld. Niemand brauchte einen Tisch, an dem zwanzig Leute sitzen konnten. Heute war ich sogar zu wütend, um ihn zu ärgern.

Erschreckend.

»Tu nicht so. Ich bin an der Verona Hall – der Schule, wo jede Kleinigkeit bewertet wird. Du solltest sie noch gut genug kennen, um zu wissen, dass sie dort alles finden.« Wahrscheinlich suchten sie stündlich nach Maya und mir und ausgerechnet mein Vater hatte dafür gesorgt, dass es etwas zu finden gab. Ich hatte es ebenfalls überprüft, das war fünf Minuten her. Vor einem halben Jahr hatte ich zum ersten Mal Mayas Namen eingegeben und kaum Treffer gefunden.

Nun fand sie sich überall.

Zusammen mit mir.

Ich wollte ihm so schrecklich gern seine Cremesuppe über den Kopf gießen.

»Hast du Hunger?« Er deutete meinen Blick falsch, griff bereits nach seinem Handy, wohl, um mir einen Teller bringen zu lassen. Dabei hatte ich noch nie Suppe gegessen. Solche Dinge konnte er sich nicht merken.

»Hör auf!« Irgendwie schaffte es der geknurrte Befehl aus mir heraus. »Von allen Menschen musstest du ausgerechnet Maya für deine Propagandashow benutzen? Warum?«

»Weil man denjenigen auswählt, der den größtmöglichen Nutzen einbringt.« Er klang wie früher, als er versuchte, mir seine Lebensweisheiten einzubläuen. Wieder und wieder. Und wieder. Bis er es irgendwann aufgegeben hatte.

»Das ist widerlich! Maya hasst dich!«

»Aber offenbar mag sie dich.« Seine Mundwinkel hoben sich ein winziges Stück. »Gut gemacht. Du hättest mir niemand Brauchbareren bringen können.«

Ab und an hatte ich darüber nachgedacht, was er sagen würde, wenn er herausfand, wer Maya war. In keinem dieser Szenarien hatte er mich gelobt.

Das hier war noch so viel schlimmer als in meiner Vorstellung.

»Plötzlich stört dich nicht mehr, dass sie arm ist?«

Kurz blitzte Verärgerung in seinen Augen auf, dann streifte er sie ab. »Manchmal gibt es andere Arten zu bezahlen. Geld haben wir genug.« Er zuckte mit den Schultern. »Was wir brauchten, waren Sympathiepunkte und solange sie mir die bringt, darf sie bleiben.«

Wow. So viel Ekelhaftes, dass ich mich nicht einmal entscheiden konnte, auf was ich zuerst einging.

»Rede nicht von *uns*. Ich habe nichts damit zu tun. Deine Skrupellosigkeit widert mich an.« Die Verärgerung kehrte zurück in seine Augen, aber sie war nicht groß genug. »Du bestimmst nicht die Dauer meiner Beziehung. Und wo wir gerade dabei sind: Halt dich von Maya fern. Wenn du noch einmal Informationen über sie an jemanden gibst, wirst du es bereuen.«

Seinem Blick nach versuchte er herauszufinden, was ich vorhaben könnte.

Da war ich flexibel.

»Was hältst du von einem Drogenskandal? Wäre doch nett. Dann könnte ich der Presse auch direkt sagen, weshalb ich damals von der Verona Hall geworfen wurde.«

»Das wagst du nicht!«

»Nur wenn du mich zwingst.« Ich lehnte mich an die Rückenlehne. »Diese eine Sache in meinem Leben lass ich dich nicht zerstören. Ein Versuch und ich rufe den nächstbesten Fernsehsender an. Mir fallen bestimmt auch ein paar Anekdoten über dich ein. Maya hat dir Sympathiepunkte gebracht, aber ich kann sie dir alle wieder nehmen und noch mehr.«

»Gut.« Er schob den Teller von sich, offenbar war ihm der Appetit vergangen. Immerhin. »Nenn mir deinen Preis.«

So regelten wir unsere Probleme.

»Ich nehme an, du willst deine Konten zurück? Und Studiengebühren?« Er musterte mich auf die Art, von der ich ahnte, dass er darüber nachdachte, ob es ihm Pluspunkte einbrachte, würde ich mit meiner Kreis-Freundin auf eine No-Name-Uni gehen.

Wäre ich nicht so müde, würde ich schreien.

»Dafür verlange ich aktive Mitarbeit. Bilder, Interviews von euch beiden.« Offenbar war er zu dem Entschluss gelangt, dass seine Vizekandidatur wichtiger war als eine Elite-Uni für mich.

Plötzlich war ich frei.

Aber es fühlte sich nicht danach an.

»Nein.«

Seine Augen weiteten sich verständnislos. »Zwei Interviews im Monat und jede Woche ein Bild. Das ist mein letztes Angebot.«

Er verstand nicht, dass sich das hier erledigt hatte. Zeit, deutlicher zu werden. »Wir brauchen dein Geld nicht, wir schaffen es ohne.« Ich stand auf, sah auf ihn hinab – in mehr als einer Hinsicht. »Halt dich von Maya fern, sonst schwöre ich dir, ich mache ernst.«

Ich ging und er hielt mich nicht auf.

Wie auch?

Geld war sein Druckmittel, ohne blieb nicht viel übrig.

»Eine Sache gibt es da noch«, sagte ich und stoppte.

Eigentlich hatte ich damit aufhören wollen – aber ich brauchte es – ein letztes Mal. Ich wartete darauf, bis er sich zu mir umdrehte, hierbei wollte ich sein Gesicht sehen. »Ich breche mit der Familientradition.«

Jetzt gerade fühlte ich mich tatsächlich wunderbar frei. »Das goldene Nest«, fuhr ich fort und spürte, wie sich mein breites Lächeln in die Wangen zog. »Das geht dieses Jahr nicht an unsere Familie. Es geht an einen Freak.«

Kapitel 7

Raya

Das Raunen hatte wieder zugenommen und die Blicke zurückgebracht.

»Wie kann man so naiv sein? Der Oberfreak glaubt ihm echt alles.«

Und manchmal war es mehr als ein Raunen.

Ich hatte gerade die Kabinentür aufschließen wollen, um in den Waschraum zu gehen. Nun verharrte ich. Helles Lachen drang in meine Kabine. Früher wäre ich dennoch rausgegangen. Jetzt blieb ich hier und hörte mit, wie sie mich dafür auslachten, auf Fynn hereinzufallen.

Weil es nichts änderte, hinauszugehen.

Alle hier glaubten, es besser zu wissen als ich.

Sie waren verhaltener, ihr Gelächter leiser, um Fynn nicht zu verärgern, doch ich nahm es wahr.

»Er ist echt heiß. Mir dürfte er auch ein paar Lügen zuflüstern.« Die zweite Stimme, weicher, ließ Kälte durch mich hindurchwehen. »Heute mach ich es. Ich geb ihm jetzt endlich meine Nummer.«

Mehr Gelächter jenseits meiner Tür.

Mehr Kälte in meiner Brust.

Wasser floss, stoppte.

Dann endlich Schritte und eine Tür, die ins Schloss fiel.

Und ich blieb zurück.

Mit der Kälte.

»Alles ok?« Fynn stand mit Taira auf dem Gang und hatte sie offenbar dazu gebracht, ihm ihren Kaffeebecher zu überlassen. Sein Blick war nur kurz zu mir gezuckt, als ich mich wieder zu ihnen gesellte, und schon hatte sich die Frage angeschlossen. Ich wusste nicht, wie er das machte, er schien die Kälte instinktiv wahrzunehmen, wenn sie sich regte. Als wäre sein Verstand mit meinem verbunden.

»Klar«, sagte ich und versuchte, nicht zu den beiden Mädchen im Jahrgang unter uns zu schauen, die keine zwei Meter entfernt offenbar darauf warteten, Fynn allein zu erwischen. Ich musste ihre Stimmen nicht hören, um zu wissen, wer sie waren.

Ob es ihnen unangenehm war, dass ich sie gehört hatte?

Oder waren sie zu sehr auf Fynn fixiert, um es überhaupt wahrzunehmen?

»Die Ärztin meinte, du sollst keinen Kaffee trinken.«

»Fynn!«, kam es entrüstet von Taira und sie zog ihm den Einwegbecher aus der Hand. »Was stimmt manchmal nicht mit dir?« Die Information hatte sie also bisher nicht gehabt.

»Es war nur ein Schluck.« Er schnaubte.

»Was muss ich sonst wissen? Gibt es noch mehr Verbote?« Taira wandte sich demonstrativ mir zu.

»Einige. Er darf nicht schwimmen und keinen Leistungssport betreiben. Für die nächsten Wochen sogar überhaupt keinen Sport. Ausgewogene Ernährung …«

»Echt jetzt? Ihr verbündet euch, weil ich einen Schluck Kaffee trinke?«

»Wenn, dann verbünden wir uns, weil du manchmal besorgniserregende selbstzerstörerische Anwandlungen hast«, gab Taira zurück und drehte sich wieder zu mir. »Sobald du nicht bei ihm bist, schnappt er sich regelmäßig meinen Kaffee. Ich dachte, ihr habt da eine sonderbare Kreis-Yuppie-Sache laufen, aber jetzt …«

»Verräterin!« Fynn schnaubte erneut auf.

»Das sagt der Richtige«, erwiderte sie provokant lächelnd und deutete zwischen mir und ihm hin und her. »Hier.« Sie reichte mir den Becher. »Du brauchst ihn dringender, schließlich musst du Fynnie jetzt den ganzen Tag koffeinfrei aushalten.«

Ich blinzelte, starrte auf den Kaffee in meinen Händen.

Vielleicht brauchte ich ihn tatsächlich, denn das hier kam nicht richtig bei mir an.

Fynn bedachte mich mit einem weiteren dieser Blicke, die mir ohne Worte sagten, dass er die Eisglocke spürte.

Gleich würde er versuchen, sie für mich aufzulösen.

Das würde schwer werden.

Da ich den Becher ohnehin hielt, trank ich davon und hoffte, die Wärme würde sich in mein Innerstes übertragen.

Fynn sah zu Taira, musterte sie. »Du willst mich also in meiner Heilung unterstützen?«

»Ich hasse diesen Ton in deiner Stimme, Fynnie.« Sie verdrehte die Augen. »Was willst du?«

»Du bist ab sofort im Planungskomitee des Winterfests.«

Was?

Zur?

Hölle?

Ich verschluckte mich vor Schreck am Kaffee. Nur mit Mühe gelang es mir, ein Husten zu verhindern. Er wollte ausgerechnet Taira und mich zusammenarbeiten lassen? Das fühlte sich nach einer grandios schlechten Idee an. Bis auf Fynn besaßen wir keinen Berührungspunkt. Selbst den Becher in meinen Händen verdankte ich ihm.

»Das ist Freak-Revier!«, protestierte sie entgeistert und schüttelte den Kopf so heftig, dass ihre kurzen Strähnen flogen.

»Ist es nicht. Maya gehört nicht mehr zu ihnen. Komm schon, Taira. Es ist zu viel Stress. Wir packen das nicht allein und ich brauche regelmäßig Pausen. Die Arbeit ist zu anstrengend.«

Klar.

Würde ich ihn nicht zwingen, welche einzulegen, hätte er bisher wahrscheinlich nicht eine gemacht.

»Gebt es ab.« Taira suchte hilflos nach einem Ausweg, aber Fynn hatte sich bereits in diese Idee verbissen.

»Geht nicht, dann schnappen sich die Kreisler das Winterfest. Das bekommen sie nicht.« Zumindest diesen Part überspielte er nicht mit Lässigkeit. Der Besuch in der Siedlung hatte uns beiden zugesetzt.

»Ich hasse dich.« Taira untermalte ihre Worte mit einem Stöhnen.

»Und ich finde dich toll«, erklärte er breit grinsend. »Da ist Matt. Den hole ich auch dazu, dann klären wir die Termine.«

Sie gab ein Knurren von sich, das Fynn nicht mehr hörte, weil er schon auf und davon war, um Matt anzuwerben.

Und ich stand hier.

Mit Taira.

Wir sahen uns an.

Schienen beide zu überlegen, wie wir hier wegkamen, ohne dass es danach wirkte.

Wir hatten uns nichts zu sagen. War sie bei uns, redete sie mit Fynn und ich hielt mich zurück. Zwei Wochen waren zu wenig Zeit, um zu vergessen, was alles zwischen uns vorgefallen war.

»Er ist manchmal so … *Fynn*«, stieß sie aus und diese frustriert-verzweifelte Art, mit der sie die Erkenntnis aussprach, ließ mich nicken.

»War er schon immer so?«

»Immer.«

Gekicher setzte hinter uns ein und Tairas Blick landete zielgenau auf den beiden Mädchen, die nun auf Fynn und Matt zugingen. »Nervige kleine Groupies.« Sie verdrehte die Augen und sah zu mir. »Alles in Ordnung?«

»Wieso?«

»Weil du den unschuldigen Becher gerade zerquetschst.« Sie nickte in Richtung des Einwegbechers und ich versuchte, ihn weniger fest zu halten.

Es war erschreckend schwer.

Ich hasste das alles hier.

»Was ist mit den Groupies?«, fragte Taira langsam. »Du glaubst doch nicht, dass sie Chancen bei ihm haben?«

Verdammt.

Dieses Gespräch nahm eine beängstigende Wendung.

»Sagst du Fynn, dass ich auf dem Parkplatz warte?«

»Waren sie fies?« Taira ließ nicht locker und sie besaß offenbar ein gutes Gespür für Menschen.

»Nicht mehr als der Rest der Verona Hall.«

»Gott, ich hasse es hier.« Sie stieß ein kleines, raues Lachen aus. »Nur noch ein paar Monate, dann haben wir es geschafft.«

»*Du* hasst es hier? Ausgerechnet *du*?« Gäbe es eine Königin an der Verona Hall, wäre es Taira.

»Hasst nicht jeder seine Schule?«

Ich sah zurück zu den Mädchen, die mittlerweile mit Fynn und Matt redeten. »Die einen mehr, die anderen weniger. Ich sollte …«

»Bleib«, erwiderte Taira. »Schau es dir an.«

»Ich vertraue ihm. Das ist es nicht …«

»Aber manchmal fühlt es sich trotzdem gut an, es zu sehen und es nicht nur zu wissen. Na los.«

Das hier war das sonderbarste Gespräch überhaupt und ich führte es ausgerechnet mit Taira.

Ich zögerte einen Moment, dann sah ich zurück, fand Fynn, der lächelte und den Kopf schüttelte. Den Zettel, den ihm die Größere der beiden entgegenhielt, nahm er nicht an.

Ich hatte gewusst, dass er sie abweisen würde, dennoch behielt Taira recht. Die Kälte in mir fühlte sich ein Stück weniger schneidend an.

»Er ist verantwortungslos und treibt einen in die Verzweiflung, aber er ist es wert.« Taira gab mir einen winzigen Knuff. »Denk einfach daran und blende den Rest der Verona Hall aus.«

Dein Dad hatte einen Zusammenbruch.

Xanders Schrift war mir so widerlich vertraut, dass ich das Papier zerfetzen wollte. Und es doch nicht konnte.

Weil mir meine Familie fehlte.

Wie konnte ich etwas hassen und es gleichzeitig vermissen?

Es gab Zeiten, da verstand ich mich selbst nicht mehr.

Zum Beispiel, wenn ich zuließ, dass ausgerechnet Xander mir einen seiner Zettel zusteckte. Xander, den ich aus so vielen Gründen hasste.

Ich hatte Fynns heimliche Kaffees kaum kommentiert – aus schlechtem Gewissen. Weil ich selbst ähnliche zerstörerische Ambitionen entwickelte.

Die heutigen Worte hatte ich so oft gelesen, dass sie sich in mein Gehirn eingebrannt hatten.

Ich hatte in Schuld gebadet.

Mir tausend schreckliche Szenarien ausgemalt.

Und jetzt musste ich den Zettel loswerden.

Bevor es in Fynns Wohnung ging.

Jemanden aus seinem Leben streichen klang so einfach.

War es aber nicht.

Da gab es Millionen von Erinnerungen, die zurückblieben.

Dad, der mit mir auf dem Arm zu einem von Mums Liedern tanzte.

Dad, wie er mir beibrachte, Fahrrad zu fahren.

Dad, der mit mir Sandengel am Strand machte.

Mein Leben lang war er mein Dad gewesen.

Er blieb es.

Trotz allem.

Ob ich ihm auch fehlte?

Ich hatte Angst vor der Antwort.

Xanders Zettel waren die einzige Verbindung zu meiner Familie. Ich war nicht in der Lage, sie nicht anzunehmen, wann immer er einen unbeobachteten Moment ausnutzte, um sie mir zuzuschieben. Selbst Mary fehlte mir mit einer Wucht, dass es mir den Atem raubte.

Und das Schlimmste war, dass ich gleichzeitig wusste, dass es falsch war.

Ich sollte sie nicht vermissen.

Und ich sollte Xander und seine Zettel ignorieren.

Deswegen warf ich diesen hier in den Müll und verschwieg ihn Fynn.

Genau wie all die anderen.

Weil er fordern würde, dass das endete.

Weil ich wusste, dass er recht hatte.

Kapitel 8

»Das macht Fynn doch absichtlich.« Taira stöhnte beim Anblick des Posterbergs fürs Winterfest. »Wie lange dauert sein Arzttermin?«

»Zu lange und anschließend ist er auf einem Familiengeburtstag.«

Ja, Fynn hatte diesen Termin mit Taira sicher absichtlich so gelegt – allerdings nicht, um sich vor den Postern zu drücken. Sondern um mich zu beschäftigen.

Er wusste, dass ich mich sonst mit meinen Büchern im Bett verbarrikadiert hätte, bis er wiederkam – wenn es gut lief.

Offenbar war er der Ansicht, dass ich eine andere Beschäftigung brauchte. Deshalb hatte er mir Taira aufgezwungen, die nun Teil des Planungskomitees war, zusammen mit diesem unnötig hohen Plakathaufen.

Ich wollte zu meinen Büchern.

Jetzt.

»Hilft Matt uns?«

»Ich habe ihn nicht gefragt«, gab Taira zurück und schüttelte den Kopf angesichts der überdimensionalen Schneeflocken auf den Hochglanzplakaten. Offenbar teilte sie Mr Hemskeys Geschmack nicht. Ich ebenfalls nicht. Es war so unnötig, jedes Jahr neue Plakate drucken zu lassen. »Matt mag mich nicht.«

»Wir beide mögen uns auch nicht«, gab ich zurück und Tairas Blick fuhr von den Postern zu mir, verharrte kurz, dann zuckten ihre rot gemalten Lippen. »Stimmt«, sagte sie zwar, aber mit diesem Anflug eines Lächelns fühlte es sich nicht an wie früher, wenn wir uns gepiesackt hatten. Das hier war neu und fremd. »Bei Matt ist das was anderes.«

»Warum?«

Gerade hatte sie sich einen Teil der Plakate geschnappt, nun verdrehte sie die Augen. »Weil wir früher befreundet waren und es nicht mehr sind.«

»Weshalb?« Sie drückte mir die Plakate in die Hände und nahm sich selbst die übrigen.

»So etwas passiert abseits eurer Kuschelwelt, Maya. Wege trennen sich.« Äußerlich gab sie sich gelassen, aber dieser raue Unterton hörte sich an, als hätte ich einen wunden Punkt erwischt. In meiner Zeit als Oberfreak hatte ich so lange nach einem an ihr gesucht. Nun fand ich ihn ungewollt und er war bedeutungslos geworden.

»Klingt nicht, als hättest du gewollt, dass sich eure Wege trennen?« Es sollte mir gleichgültig sein, aber das war es nicht. Dieser raue Ton in ihrer Stimme fühlte sich an wie ein weit entferntes Echo zu dem Schmerz in mir.

Ich erkannte Verlust, auch wenn er sich hinter spöttisch verzogenen, knallroten Lippen versteckte.

Sie griff sich das Klebeband.

Es war schwer, mir die beiden zusammen vorzustellen. Matt zählte zwar zu den Yuppies, aber gleichzeitig war er einer der zurückhaltendsten. Taira war das Gegenteil davon, sie war laut, wild und sie hatte nie einen Hehl aus ihrer Abneigung zu uns Kreislern gemacht.

Offenbar hatte die beiden dennoch etwas verbunden.

»Ich hab euch nie zusammen gesehen.«

»Deine Ausfragerei ist schlimmer als die meiner Mutter.« Sie spitzte die Lippen und bedachte mich mit einem grimmigen Blick. »Schickst du mich gleich mein Zimmer aufräumen?«

»Falls es unordentlich ist«, gab ich zurück und erntete einen dieser entgeisterten Blicke, die sie mir neuerdings zuwarf, wenn sie versuchte herauszufinden, ob ich es ernst meinte. »Das war ein Scherz.«

»Sie sind nicht für Privatgespräche hier!«, kam es von der Tür. Nur ein Mensch konnte so viel Genervtheit in so wenige Worte packen. Ich drehte mich um und fand die Gottesanbeterin, deren grimmiger Blick auf mir lag.

»Wir sind schon unterwegs«, sagte Taira mit einem für sie ungewohnt charmanten Tonfall und löste damit die harte Miene der Gottesanbeterin ein winziges Stück auf. Er hielt ihr sogar die Tür auf, als sie an ihm vorbeiging, und ich schloss mich ihr schnell an, bevor er sie mir vor der Nase zuknallen konnte.

»Die Leiter steht bereit, Ms Mercutio«, rief er Taira hinterher und zum ersten Mal triefte seine Stimme nicht vor tiefster Verachtung. Sie schien er weniger zu verachten als den Rest von uns.

»Du hast die Gottesanbeterin gezähmt«, stellte ich fest, kaum dass die Tür hinter uns ins Schloss fiel.

Sie drehte sich zu mir um, blinzelte verständnislos und grinste dann breit. »Kein Wunder, dass er dich hasst.«

»Ich bin auch nicht besonders angetan von ihm.«

Ihr Grinsen vergrößerte sich. »Los, Freak, lass es uns hinter uns bringen. Ich habe Besseres zu tun, als stundenlang Plakate zu kleben.«

Mit dir.

Letzten Monat hätte sie die Worte noch ausgesprochen. Wobei, letzten Monat wäre das alles hier undenkbar gewesen.

»Wie viele sind es noch?«, fragte Taira über mir genervt, aber diesmal war nicht ich der Grund für ihre schlechte Laune.

»Zu viele. Häng es nicht so hoch«, ermahnte ich sie zum gefühlt hundertsten Mal.

»So sieht man die albernen Schneeflocken aber schlechter«, gab sie - wie die hundert Mal zuvor - zurück und streckte sich, um das Plakat doch wieder möglichst hoch zu hängen. »Halt die Leiter gefälligst fest.«

Wir waren ein Traumpaar.

Nicht.

Den entgeisterten Blicken der anderen nach schienen die Ähnliches zu denken. Immerhin war später Nachmittag und es kehrte langsam Ruhe auf den Gängen der Verona Hall ein. Die Meisten hatten die Schule hinter sich gelassen und Dunkelheit zog jenseits der Fenster auf. Es würde dauern, bis ich mir Fynns Rad schnappen und zurückfahren konnte.

Schritte näherten sich. Instinktiv drehte ich mich um und alles an mir wollte zurückweichen, als ich Xander fand.

Zu nah.

Mein Herz flatterte panisch und mein Hals fühlte sich an wie ausgedörrt. Dennoch blieb ich, wo ich war.

Ich verachtete mich dafür, dass ich ihm die Hand entgegenstreckte. Seine neueste Nachricht einforderte.

Keine davon war bisher ansatzweise gut gewesen.

Das würde auch für diese hier gelten.

Dennoch musste ich sie haben.

Mit starrer Miene ging er an mir vorbei.

Seine Hand streifte meine. Die Wärme, die von ihr ausging, erweckte tiefe Übelkeit in mir. Papier strich über meine Haut und dann war Xander fort und der Zettel in meiner Hand.

»Was war das?«

Taira!

Verflucht!

Sie würde es Fynn erzählen.

»Nichts.« Zur Sicherheit zog ich die Hand mit dem Zettel tief in den Ärmel meines Jacketts. Taira stieg von der Leiter und der Miene nach, mit der sie mich dabei betrachtete, glaubte sie mir kein Wort.

»Nur das Übliche«, zwang ich mir ab. »Er hat mir zugeraunt, dass ich direkt in die Hölle fahre.« Es sollte ein Scherz sein und fühlte sich gleichzeitig nicht wie einer an. *Weil ich genau diese Worte in seinem Blick gefunden hatte.*

»Ich muss kurz aufs Klo«, setzte ich hinterher. »Bin gleich wieder da.«

Mum.

Sie lächelte.

Sanft. Voller Leben.

Auf dem Bild musste sie ähnlich alt gewesen sein wie ich.

Es fühlte sich an, als schabte jemand mein Innerstes fein säuberlich mit einem Löffel aus und ließ nur Leere zurück.

Das Foto aus dem Zeitungsartikel war verblichen.

Wo auch immer sie es aufgetrieben hatten, die Zeit hatte ihm zugesetzt.

Die Zeit hatte uns allen zugesetzt.

Sie hatte ein Leben beendet und Pläne zerschmettert.

Mum hätte Fynn genauso wenig zugelassen wie der Rest des Kreises.

Ich hatte sie verraten.

Konnte man jemanden mehr verraten?

Ich überflog den Artikel, ohne dass die Worte in meinem Kopf hängen blieben.

Sie waren ohnehin gleichgültig.

Jetzt wussten alle von ihr.

Ausgerechnet Mums Tod würde Richard den Vize-Posten einbringen.

»Maya?« Tairas Stimme besaß die Fähigkeit, mit nur einem Wort einen ganzen Raum einzunehmen. Das galt selbst für Toilettenräume.

Ich schwieg.

Sie sollte gehen und mich allein lassen, bis sich die Leere in mir weniger schneidend anfühlte.

Bis ich mich dazu überwinden konnte, zurück zu Fynns Wohnung zu fahren und in sein Bett zu kriechen.

Das würde dauern.

»Maya!« Diesmal klang Taira sonderbar nah. Ein Fakt, der mich genug irritierte, um es durch meine Eiswände zu schaffen. »Was tust du da?« Ich hob den Kopf und fand Tairas, der über die Trennwand zur Nachbarkabine zu mir heruntersah.

Mist.

Schnell knüllte ich den Artikel zusammen.

»Nichts.«

»Ich weiß, wie *nichts* aussieht«, erklärte sie und legte die Arme auf die Wand, die unsere Kabinen trennte. »Das ist nicht *nichts*. Weiß Fynn davon?«

Ich schob den Papierball in die Tasche meines Jacketts. »Es ist *nichts*«, wiederholte ich und diesmal zwang ich mich, gelassen auszusehen und nicht wie das erschreckte Reh im Scheinwerferlicht, nach dem es sich in mir anfühlte. »Wir sollten weitermachen.«

Ich stand auf, atmete durch und versuchte gleichzeitig nicht so zu wirken. In der Nebenkabine schien Taira vom Klositz zu springen, denn ihr Kopf verschwand und ein Aufprall ertönte, noch bevor ich mich dazu überwinden konnte, die Tür aufzuschließen.

An die Fliesen gelehnt empfing Taira mich. Ihr prüfender Blick löste in mir den Drang aus, wieder in die Kabine zurückzuweichen. »Wir sind fertig.«

Das war unmöglich.

»Du warst zwei Stunden hier drinnen und hast mich die ganze Arbeit machen lassen.«

Ich war was …?

Entgeistert starrte ich sie an, bis ein Lächeln aus ihr herausbrach. »Scherz.«

Lustig.

Nicht.

»Ich habe mir ein paar von den Kleinen geschnappt und ihnen verbotenerweise Karten für den Abschlussball versprochen, wenn sie die Plakate für uns aufhängen. Wir haben jetzt frei.«

»Ich beginne zu verstehen, weshalb Fynn und du befreundet seid.«

»Weil wir beide keine Lust haben, Plakate aufzuhängen?«

»Auch.«

Das bedeutete, ich konnte zurück.

In die Wohnung, die sich fremd anfühlte.

In das Bett, das ohne Fynn zu leer war.

»Ich weiß, es geht mich nichts an, aber du siehst nicht aus, als wäre alles in Ordnung.«

»Stimmt«, gab ich zurück und trat ans Waschbecken. »Es geht dich nichts an.« Sie kam mir hinterher und ich fand ihr Gesicht im Spiegel. »Entschuldige«, fuhr ich fort, weil meine Worte mir plötzlich zu harsch vorkamen. Das hier war sonderbar. Wie redete man mit jemandem, mit dem man sich so bekriegt hatte? »Es ist alles momentan ein wenig ... *viel.*«

Sie nickte langsam. »Muss scheiße für dich sein«, sagte sie und rang mir etwas ab, was ein Lachen hätte werden sollen und verunglückte. Es klang bitter und passte damit zu dem Geschmack auf meiner Zunge. Gleichzeitig war es so leer, wie es sich in mir anfühlte. »Kann man wohl sagen.«

»Du solltest hier mal raus.«

»Ich hole jetzt meine Tasche ...«

Ihr Spiegelbild schüttelte energisch den Kopf. »Um dann zu Fynn zu fahren? Hast du irgendwas ohne ihn gemacht, seit dich die Freaks rausgeworfen haben?«

Worte, die sich wie Stiche anfühlten. Auch wenn sie wohl nicht so gemeint waren.

»Plakate aufgehangen?«

»Gott.« Sie prustete. »Und das findest du normal? Erst hängst du nur mit deinen Leuten ab und dann nur mit Fynn? Mach was ohne ihn! Hab Spaß.«

Der Gedanke war sonderbar. »Ich weiß nicht einmal, ob ich das möchte«, erwiderte ich nach einer langen Pause, und das auch nur, weil sich Tairas Blick geradezu in mich bohrte.

»Wie willst du das herausfinden, wenn du dich einmauerst?« Das Licht der Lampen brach sich in ihren schwarzen Haaren, während sie den Kopf langsam hin und her bewegte. Sie seufzte, schien selbst nicht zu glauben, was ihr als Nächstes über die Lippen kam. »Los, hol deine Tasche, Oberfreak. Ich zeig dir, was ich mache, wenn mich mein Leben ankotzt.«

Kapitel 9

Fynn

Tairas Witze waren auch schon besser gewesen.

Ich schloss ihre Nachricht, ohne sie zu kommentieren.

Als wenn Maya mit ihr tanzen gehen würde.

Sie hätte mir genauso gut schreiben können, dass die beiden heute noch zu einer Marsmission aufbrachen.

So lustig.

Nicht.

Vielleicht hätte ich zumindest geschmunzelt, wäre ich nicht dermaßen müde gewesen. Es war spät, viel zu spät.

Ich schickte Maya ein Foto meines Autos, damit sie wusste, dass ich mich endlich hatte losreißen können. Eigentlich hatte ich darauf spekuliert, dass mich mindestens eines ihrer Fotos erwartete. Ihre Schulbücher im Bett – so etwas. Aber ihr letztes Bild blieb dieser Haufen Plakate.

Ich stieg ein und gab Gas. Die Straßen waren leer. Die Dunkelheit fachte meine Müdigkeit weiter an, also drehte ich die Musik auf. Der Bass fuhr mir in den Magen und vertrieb die schlimmste Erschöpfung. Immer wieder sah ich zum Handy, wartete auf Mayas Antwort, aber die kam nicht.

Eine Viertelstunde lang beruhigte ich mich damit, dass beinahe Mitternacht war, dass Maya vielleicht beim Lernen eingeschlafen war. Dann scheiterte ich.

Das passte nicht zu ihr. Momentan noch weniger als sonst.

Sie würde auf mich warten.

Maya würde antworten.

Tairas kryptische Nachricht zupfte an meinem Verstand, erst sanft – weil die Vorstellung so lächerlich war –, doch mit jeder weiteren Minute, die ohne Antwort verging, verstärkte sich das Zupfen, bis ich es nicht länger aushielt.

Ich stoppte die Musik und rief Taira an. Unruhig trommelte ich mit den Daumen aufs Lenkrad, während nun gleichmäßiges Tuten die plötzliche Stille hier drinnen durchbrach.

Ein Knacken und Lärm drang mir entgegen. Laute Musik. Irgendwo darunter mischte sich Tairas Stimme, so fern und abgehackt, dass es unmöglich war, sie zu verstehen.

»Wo ist Maya?« Zumindest sie schien sich tatsächlich im Nyx zu befinden. Das Zupfen in mir nahm zu, übertrug sich auf meinen Magen. »Taira?«

Der Anruf endete abrupt. Wahrscheinlich hatte sie aufgelegt, weil sie mich mit dem Lärm um sich herum nicht hörte.

In mein Knurren mischte sich das Geräusch einer eingehenden Nachricht.

Nicht Maya.

Taira.

Komm ins Nyx.

Echt jetzt?

Ich wollte nach Hause.

Ins Bett.

Was zur Hölle ging hier vor sich?

Mein Blick fuhr zur Straße und wieder zurück zum Handy. Kurz spielte ich mit dem Gedanken, Maya anzurufen und brachte es nicht über mich. Ich wollte unsere Bilder-Tradition nicht für einen unnötigen Anruf brechen.

Wenn das alles ein Witz war, konnte ich Taira zumindest persönlich sagen, was ich davon hielt.

Der Parkservice begrüßte mich sogar namentlich, trotz des neuen Autos und der Tatsache, dass ich ewig nicht hier gewesen war. Wahrscheinlich spekulierte er auf das übliche Trinkgeld. Nach heute Abend würde er mich weniger enthusiastisch begrüßen. Ich war so pleite, dass ich abends Reste aus der Cafeteria aß. Fairerweise waren es ziemlich gute Reste, aber wann immer mich der Gedanke streifte, fühlte er sich sonderbar an. Manchmal schummelte ich und stahl heimlich Essen aus dem Haupthaus. Mein Vater würde es nicht merken und dort gab es ohnehin zu viel davon – also würde einiges weggeworfen werden. Im Grunde war es wie das Zeug aus der Cafeteria. Maya runzelte dann jedes Mal die Stirn, auf diese Weise, die mir klarmachte, wie gern sie lautstark ein Veto einlegen würde, aber sie blieb still.

Momentan blieb sie viel zu oft still.

Ich ging an der Schlange vor dem Club vorbei und der Türsteher winkte mich so anstandslos durch wie immer. Nur Augenblicke später fand ich mich im Inneren wieder. Pinke Scheinwerfer wanderten über pflaumenfarbene Wände und beleuchteten das Meer an Menschen. Ich kämpfte mich hindurch, suchte nach Taira, dabei wusste ich, dass sie mitten im Getümmel sein würde.

Maya konnte nicht hier sein.

Das war so weit weg von ihrem Leben, dass es sich anfühlte wie eine Parallelwelt. Ich kam an einem Typen vorbei, der eine Art groteske Maske mit Hörnern auf dem Kopf trug, und im abgetrennten Bereich wurden gerade die obligatorischen Magnumflaschen Champagner ausgeschenkt.

Nein, das hier war Mayas Albtraum.

Taira konnte was erleben.

Ich peilte Tairas Lieblingstanzfläche an. Noch bevor ich sie erreichte, schoss mir die Vibration der Musik in den Körper. Es war voll für Freitagnacht. Vielleicht, weil es draußen ungemütlich und kalt geworden war. Hier drinnen kam nichts von der Kälte des nahenden Winters an. Es war so heiß, dass ich mich verfluchte, weil ich nicht daran gedacht hatte, meine Jacke auszuziehen.

Arme legten sich um mich, pressten mir die Luft ab und im nächsten Moment tauchte Taira im weißen Minikleid vor mir auf.

»Was sollte das?« Ich versuchte, die Musik zu übertönen, aber der Lautsprecher über uns machte das unmöglich. Taira löste sich von mir und zog mich in Richtung der Bar.

Ich baute auf eine Erklärung, warum ich hier war und nicht bei Maya im Bett lag. Eine, die nicht dafür sorgte, dass ich gleich einen dramatischen Wutanfall hinlegen musste. Doch Taira warf mir eines ihrer überbreiten Lächeln zu und erntete augenblicklich Misstrauen. Wenn sie so lächelte, gab es dafür genau zwei Gründe: Sie wollte etwas oder sie hatte ein schlechtes Gewissen.

»Flipp nicht aus, in Ordnung?«

Also das schlechte Gewissen.

Das tobende Dröhnen der Boxen begleitete ihre Worte unheilvoll.

Scheiße.

Konnte ich mich so getäuscht haben?

»Wo ist Maya?«, fragte ich langsam, hoffte nun sogar, dass Taira mir sagte, dass das hier ein schlechter Witz gewesen war. Dennoch huschte mein Blick über die Tanzfläche und tat das Sonderbarste überhaupt – suchte in der Menge der Tanzenden nach Maya.

»Das versuche ich dir gerade zu sagen.« Taira legte kurz die Hand an meine Wange und lenkte meinen Blick wieder zurück auf sich. »Sie ist ein wenig *drüber*.«

Sie war tatsächlich hier.

Der erste Schock.

Der zweite folgte augenblicklich.

Drüber?

»Was soll das heißen?«, fuhr ich Taira an und drehte mich wieder um, suchte nach Maya. Schneller diesmal.

Warum musste das Licht hier so gedämpft sein?

Mein Blick blieb an der wilden Gruppe Feiernder hängen, die alles gleichzeitig zu tun schienen, sich vor lachen krümmen, tanzen, springen, trinken.

Und dazwischen fand ich sie.

Maya.

Sie hatte den Kopf in den Nacken gelegt und lachte.

Ein Stich mitten in meine Brust.

Weil sie seit Wochen nicht gelacht hatte.

Ein zweiter folgte – weil das hier nicht Mayas Lachen war. Etwas daran fühlte sich fremd an.

Fremd wirkte auch die Kleidung, in der sie steckte. Ein Scheinwerfer fuhr über sie, bestätigte den Eindruck. Maya trug goldene

Shorts und darüber ein schwarzes Oberteil, das in Wellen über ihre Brust fiel, bis zur Höhe ihres Bauchnabels. Darunter war nichts als blanke Haut. Ihre Haare waren hochgesteckt, wie Taira sie früher häufig getragen hatte. Ich erkannte ihre Handschrift und allen voran erkannte ich die goldenen Shorts.

»Was hast du getan?« Ich fuhr zu ihr herum und die Zerknirschtheit in ihrer Miene erreichte ein ganz neues Level.

»Es ging ihr nicht gut. Ich dachte, es würde helfen, wenn sie ein wenig Spaß hat.«

Ich starrte zurück zu Maya, die gerade von jemandem, den ich nicht kannte, umhergewirbelt wurde. »Was hast du ihr gegeben?« Das war definitiv nicht das Ergebnis von ein paar Gläsern Champagner.

Ihr Schweigen war verräterisch. »Ecstasy?« Jetzt war ich laut genug, um die Musik spielend zu übertönen. Mir war gleichgültig, wer mich hörte. Für den Moment musste diese lodernde Wut aus mir heraus, damit ich nicht platzte.

Ich hatte geglaubt, es wäre eine sichere Sache, die beiden mit den Postern allein zu lassen. Dass sie sich vielleicht annäherten. *Offenbar eine katastrophale Idee.* »Was hast du dir dabei gedacht?«

»Es waren nicht meine, in Ordnung? Jemand hat sie verteilt und Maya hat sie geschluckt, bevor ich irgendwas tun konnte. Außerdem haben wir sie früher auch genommen.«

»Weil wir dämlich waren! Und ich bin damit durch. Maya ist nichts hiervon gewöhnt«, fuhr ich grimmig fort. »Keine Clubs, kein Tanzen, nicht diese Kleidung, keinen Alkohol, keine Drogen …«

»Keinen Spaß«, beendete Taira die Aufzählung kühl. »Hast du Angst, dass sie dich sitzen lässt, weil sie sich auch ohne dich amüsiert?«

»Darum geht es nicht!« Ich war müde – so unglaublich müde. »Du sollst nur nicht dermaßen übertreiben. Dein Pensum ist sie nicht gewohnt. Und lasst die verdammten Drogen weg!« Ich für meinen Teil hatte eine genaue Vorstellung, wie sich Maya morgen fühlen würde.

Wieder sah ich zurück zur Tanzfläche, atmete gereizt auf, als ich registrierte, dass sie aus irgendeinem Grund auf den Schultern des Mannes saß, der gerade noch mit ihr getanzt hatte. Wahrscheinlich war das ein guter Zeitpunkt, um sie abzufangen – oder aufzufangen – wenn ich die schwankenden Bewegungen des Typen richtig deutete.

»Warte, Fynn.« Taira hielt mich zurück. »Xander hat ihr einen Zettel zugesteckt. Danach hat sie sich eine halbe Stunde im Klo eingeschlossen.«

Xander.

Immer wieder er.

Ich hatte gehofft, dass wir ihn endlich hinter uns gelassen hatten.

Hatten wir offenbar nicht.

»Momentan glauben alle an der Verona Hall, dass du mit ihr spielst. Ich hätte nie geglaubt, dass ich das einmal sagen würde, aber sie tut mir leid und ich dachte, es würde helfen, wenn die anderen sie lockerer erleben.«

Wie gern würde ich Taira noch ein wenig anschreien, einfach weil ich so verdammt in der Stimmung war. Ich konnte es nicht, dafür klang sie zu zerknirscht. Außerdem hatte Maya die Pille selbst genommen. »Zumindest das Letzte hast du wohl geschafft.«

Taira musste widerwillig grinsen. »Ja, sie hat heute Nacht viele Fans gefunden. Los, rette sie, bevor Toby sie fallen lässt.«

Ich hoffte für Toby, dass er das nicht tat!

Rasch schlängelte ich mir einen Weg zwischen den tanzenden Menschen hindurch. Mir war heiß und kalt zugleich, während mich der schnelle Rhythmus ausfüllte. Alles an mir wollte hier raus, dabei war ich früher ständig Teil dieser feiernden Menge gewesen.

Ich erreichte die beiden und legte den Arm an Tobys Oberarm. »Lass sie runter!« Wieder musste ich gegen die Musik anbrüllen. Es brauchte einige Augenblicke und einen weiteren, lauteren Befehl, bis er mich und meinen Griff überhaupt wahrnahm. Wahrscheinlich hatte er ebenfalls mehr als nur Champagner intus.

»Warum sollte ich?«, fragte er grinsend, wollte sich schon abwenden, aber ich war schneller und strich über Mayas Bein. Im Gegensatz zu ihm registrierte sie mich sofort. Sie rief mit solch einer Begeisterung meinen Namen, dass es unmöglich war, nicht zu lächeln.

Das hier war der beste Augenblick der letzten Stunden.

Toby schien zu begreifen, dass er Maya dringend hinunterlassen musste. Sie wartete nicht, bis sie auf dem Boden ankam, sondern sprang geradewegs in meinen Arm.

Ich lächelte wieder.

Oder vielleicht hatte ich auch nicht damit aufgehört.

Ihre Arme schlangen sich fest um mich und ihre erhitzte Haut wärmte meine Wangen. Um uns herum tanzten sie ausgelassen weiter, doch wir beide bewegten uns zu einem eigenen hauchzarten Rhythmus. Meine Finger fuhren ihren Rücken entlang, drückten sie enger an mich. Es waren nur ein paar Stunden ohne sie gewesen und dennoch hatte sie mir mit einer Wucht gefehlt, die mich selbst überraschte.

Ein Ellbogen bohrte sich in meinen Rücken. Vermutlich der von Toby, als kleine Racheaktion. Er erinnerte mich daran, dass ich hier wegwollte, um mit Maya allein zu sein. Ich kam nicht mehr dazu, ihr das zu sagen, schon drängten sich ihre Lippen auf meine.

Sie küsste mich.

Maya küsste mich.

Inmitten dieser Menschenmenge.

Und ich?

War verloren.

Wenn Maya mich küsste, wurde jeder Gedanke winzig.

Dann gab es nur uns beide.

Ich fand dieses erwartungsvolle Funkeln in ihren Augen. Erkannte die Art, wie sie durch mein Haar streifte und im Anschluss die Finger tiefer gleiten ließ. Jetzt wünschte ich mir nur noch drängender, wir wären allein.

»Lass uns gehen.« Ich kämpfte gegen die Musik an, deren Rhythmus mir heute zu schnell und dröhnend vorkam. Maya lachte erneut mit diesem fremden Lachen. Das Geräusch bohrte sich sogar tiefer in mich als die Musik. Sie schüttelte den Kopf, setzte wieder dazu an, zu tanzen, doch diesmal zog sie mich mit sich.

Die Welt schwankte bedrohlich.

Der Bass hämmerte in meinem Magen.

Scheinwerfer brannten in meinen Augen.

Die Masse aus Menschen verschmolz vor mir zu Schemen.

Zu viel.

Von allem.

Ich wollte es ihr sagen, aber schaffte es nicht.

Abrupt verlangsamte sich das Schwanken. Mayas Gesicht mischte sich aus den Schemen. Das fremde Lachen war fort, dafür grub sich Besorgnis hinein. So sah sie mich seit dem Krankenhaus oft an. Es schien, als drang ihre Angst um mich an allem anderen vorbei. Maya legte den Arm um mich, schob mich von der Tanzfläche. Fort von den Menschen. Dem Ausgang entgegen. Mit jedem Schritt löste sich dieses unsichtbare Gewicht auf meiner Brust ein winziges Stück auf. Den Rest wischte die kühle Nachtluft davon. Ich nahm mehrere tiefe Züge, während Maya mich genau beobachtete. »Was ist los, Fynn?«

»Überanstrengung«, presste ich zwischen zwei weiteren Atemzügen aus.

»Was sagt der Arzt?« Trotz der Droge, die ihr Gehirn vernebelte, fand sich Wachsamkeit in ihrem Gesicht.

»Das, was sie alle sagen. Dass ich es ruhig angehen soll. Kein Sport, kein Schwimmen, keine Partys ... Das Übliche.« Ich nickte in Richtung des geöffneten Eingangs, vor dem eine beachtlich lange Schlange Feiernder darauf wartete, eingelassen zu werden. »Lass uns gehen.« Nun war ich es, der sie mit sich zog.

Maya widersprach nicht, wie sie es sonst getan hätte, als ich mich hinters Steuer setzte. Stattdessen fuhr sie ihre Fensterscheibe komplett hinunter und starrte hinaus in die Dunkelheit, die nur vom Licht der Laternen durchbrochen wurde.

»Es riecht nach Winter.« Worte, die klangen, als wären sie für sich selbst bestimmt, doch es war mein Magen, der sich anfühlte, als fiele ein unsichtbares Gewicht darauf.

Ich fuhr los und sie streckte den Arm hinaus, schien den Fahrtwind auf ihrer Haut spüren zu wollen. Einige der gekürzten Haarsträhnen hatten sich bereits aus ihrer Frisur befreit und flatterten umher. Es war schwer, den Blick wieder auf die Straße vor uns zu lenken. Er wollte so viel lieber bei Maya bleiben.

»Wie findest du meine Kleidung?« Sie klang sonderbar gedankenverloren.

»Irritierend. Wie fühlt es sich an, sie zu tragen?«

Maya sah an sich herab, musterte die goldenen Shorts, das bauchfreie Top, als sähe sie beides zum ersten Mal. »Eisig.« Sie zuckte mit den Schultern, wandte sich wieder dem offenen Fenster und dem Fahrtwind zu.

Wahrscheinlich müsste ich ihr sagen, dass sie das Fenster schließen sollte, bevor sie uns beide in lebensgroße Eiswürfel verwandelte. Aber ich konnte nicht, weil sie das hier offenbar brauchte.

Und ich brauchte ohnehin nur Maya.

Eine rote Ampel stoppte uns und gab mir Gelegenheit, aus meiner Jacke zu schlüpfen. »Nimm die.« Ich legte sie ihr über die Schultern. Maya schien es nicht einmal zu bemerken und strich weiter mit den Fingern durch die Kälte. Alles an ihr wirkte, als wäre sie irgendwo anders.

Unheilvoll drängte sich das Bild ihrer Eisglocke in meinen Kopf. Eigentlich hatte ich bis morgen warten wollen, nur ließ Maya inmitten der Kälte so verflucht wenig Platz für Zurückhaltung.

Sie liebte mich, aber sie schwieg mich jeden Tag mehr an. Gleichzeitig spürte ich, wie die Eiswände um sie herum dicker wurden und sie weiter von mir abschirmten.

Es wurde immer schwieriger, sie zu erreichen.

Ich hatte Angst vor dem Tag, an dem ich nicht mehr zu Maya durchdrang.

»Wie lange geht das mit Xander schon?«

Ausgerechnet damit drang ich problemlos zu ihr vor.

Sie fuhr herum und starrte mich an. Versuchte, an meiner Miene abzulesen, was ich wusste und woher.

»Wo ist meine Jacke?«

Nicht die Erwiderung, die ich wollte.

Was er ihr zugesteckt hatte, befand sich also darin.

»Wahrscheinlich bei Taira.«

Ich könnte Taira bitten, für mich nachzuschauen.

Ein paar Sekunden lang war die Versuchung gigantisch groß.

Dann gestand ich mir ein, dass ich es nicht tun konnte.

Verdammt schade.

Endlich breitete sich die Auffahrt vor uns aus. Ihr Anblick machte mir bewusst, dass dieser Tag zu lang gewesen war. Obwohl die Erschöpfung an mir nagte, ahnte ich, dass ich die nächsten Stunden keinen Schlaf finden würde. In meinem Kopf fuhren die Gedanken Karussell. Irgendeines von diesen wilden Dingern, bei denen man andauernd herumgeschleudert wurde, und das Ganze in Dauerschleife.

Ich öffnete Mayas Beifahrertür, weil sie sich nicht regte, und erntete einen verständnislosen Blick, bevor sie mir hinein in die Wohnung folgte.

Schnell stieg ich aus den Schuhen, warf nacheinander Jacke, Schlüssel und Handy auf die Kücheninsel und nahm mir eines der Gin-Gläser aus dem Schrank. Ich füllte es, zwang mich, es nicht zu übertreiben. Aber es war ein verdammt anstrengender Tag gewesen und Tairas Worte über Xander waren die miese Krone darauf.

Maya kam auf mich zu. Die Erkenntnis sorgte dafür, dass ich den kompletten Gin mit einem Zug trank. »Du hast mir nichts übrig gelassen?« Sie klang irgendetwas zwischen belustigt und empört, als das leere Glas auf der Arbeitsplatte hinter uns landete.

»Sorry.« Eine halbherzige Entschuldigung, die eigentlich nicht einmal eine war. Keinesfalls würde ich zulassen, dass Maya heute Nacht noch etwas trank.

»War die Feier so schlimm?« Sie begann, die Klammern aus ihrem Haar zu ziehen. Mit einem kaum wahrnehmbaren hohen Klirren landeten die ersten neben dem Glas.

»Ja, komm beim nächsten Mal mit. Ich lass dich meinen Vater auch den ganzen Abend mit Gabeln piksen.«

Sie lachte. Diesmal klang sie dabei wie immer und ließ es hinter meiner Brust flattern. Das Flattern intensivierte sich, als Maya sich vorbeugte und mich ohne Vorwarnung küsste.

Das hier war keiner dieser unschuldigen Küsse.

Dieser hier setzte mich innerhalb von Sekunden in Brand. Ich schlang die Arme um sie und Maya drängte sich so eng an mich, dass ich ihren Herzschlag spürte. Wir hatten uns längst in diesem Kuss verloren. Ihre Finger fanden den Weg unter mein Hemd und deren Kälte ließ mich nach Luft schnappen. Irgendwo aus den Tiefen meines Verstandes kämpfte sich eine Erinnerung zu mir vor, weshalb ich das hier stoppen sollte.

Gott, wie ich es hasste, der vernünftige Part von uns zu sein.

Musste ich wirklich …?

Ihre Küsse fühlten sich nicht danach an.

Verflucht.

Während ich mit mir kämpfte, setzte Maya alles daran, die Überreste meines Verstandes aufzulösen. Ihre Hände änderten die Richtung und fanden meinen Gürtel.

Doppelt verflucht.

»Vielleicht ist das keine gute Idee«, raunte ich ihr zu, während alles in mir schrie, dass es die beste Idee überhaupt war.

»Ist es wohl«, flüsterte Maya zurück und küsste mich erneut. Und wieder drängte sie spielend jeden Gedanken fort.

Da war nur noch sie.

Meine Hände ließen sich von ihren anstecken, bahnten sich einen Weg über ihre Beine, die heute so wenig bedeckt waren.

Es reichte nicht aus.

Ich wollte mehr.

Bevor ich sie aufhalten konnte, strichen sie höher, halfen Maya dabei, sich von dem Top zu befreien. Im nächsten Moment öffnete sie meine Hose. Heute war es schwer, mit ihrem Tempo mitzukommen. Sie zerrte mir bereits die Hose hinunter. Und ausgerechnet das war der Augenblick, in dem mein Körper und mein Verstand zu einem weiteren Streitgespräch ansetzten.

Ich sollte nicht …

Verdammt …

Oder doch …?

Plötzlich hielt Maya ein Kondom in der Hand. Ich konnte nicht einmal ansatzweise sagen, woher das stammte, aber es machte mir klar, dass ihr heute nicht der Sinn nach großem Vorspiel stand. Mir blieb keine Zeit mehr zum Abwägen.

Ich musste stoppen.

Sofort.

Keine Ahnung, wer von uns beiden entgeisterter war, als ich mich von ihr löste und schwer atmend zurücktrat. »Heute nicht«, erklärte ich mit jedem Fitzelchen Selbstkontrolle, das ich aufbringen konnte.

»Warum?« Verständnislos starrte sie mich an.

»Weil du Ecstasy genommen hast und dich das Zeug pusht. Das hier bist nicht du.«

Im Küchenlicht erinnerten mich ihre Augen an Diamanten, nur funkelten sie jetzt unheilvoll. »Ich entscheide, wer ich bin und was ich will, Fynn! Nicht du!«

»Du willst also so sein?« Ich versuchte, ruhig zu bleiben, weil Maya einen miesen Tag hatte. Doch genau diese Tatsache fühlte sich an wie ein überdimensionaler Dorn, der sich immer tiefer in mich schob.

Weil ich wusste, dass es ihr mies ging.

Denn sie machte diese maya-untypischen Dinge, statt mit mir zu reden. Und sie nahm an, was Xander ihr zusteckte. Ja, es war schwer, ruhig zu bleiben, während es in mir stürmte.

»Was hast du dagegen? Das hat dich früher bei den anderen nicht gestört.«

»Die anderen sind nicht du!« Auch meine Beherrschung hatte ein Ende und so, wie es sich anfühlte, hatten wir es gefunden.

»Ich wusste, dass du die Kleidung nicht ausstehen kannst!«, fuhr sie mich an. »An Taira hast du sie gemocht!«

Das war der Grund, weshalb ich mich für gewöhnlich nicht mit jemandem stritt, der Drogen genommen hatte.

Das endete nie gut.

»Was hat Taira damit zu tun? Und was willst du von mir hören? Ja, du siehst aus wie eine von uns. Wenn du das erreichen wolltest, Glückwunsch.«

Maya starrte mich einige Sekunden lang an, dann drehte sie sich um. Ich rief ihren Namen, aber sie ging weiter und der Knall, mit dem sie die Schlafzimmertür hinter sich zuwarf, klang nicht, als sollte ich ihr folgen.

Vielleicht steckte Mayas Eisglocke an, denn nun fühlte ich mich, als würde ich allein unter Eiswänden stehen.

Ich nahm mir erneut die Flasche Gin und goss mir etwas davon ein. Doch der Gin hatte keine Chance gegen die Kälte, die sich in mir aufstaute. Nicht einmal gegen die düsteren Gedanken, die angekrochen kamen.

Es dauerte, bis ich mich überwinden konnte, Maya ins Schlafzimmer zu folgen. Ich klopfte, wartete, aber die Sekunden vergingen ohne eine Antwort. Langsam öffnete ich die Tür ein Stück.

Ich hatte keine Ahnung, was mich erwartete.

Würde sie mich anschreien?

Mich anschweigen?

Beide Möglichkeiten fühlten sich mies an. Einer der Gründe, weshalb ich nie eine Beziehung gewollt hatte. Weil diese Dinge so verdammt kompliziert waren. Für Maya und mich musste wohl eine ganz neue Komplikationsskala geschaffen werden.

Ich fand sie schlafend auf dem Bett. Die Hände unter den Kopf geschoben, die Beine angewinkelt. Im Licht der Nachttischlampe schimmerte ihr bronzefarbenes Haar, das nun wieder wild auf ihre Schultern fiel. Nur die goldenen Shorts erinnerten daran, dass das hier keine alltägliche Nacht gewesen war.

Leise ging ich hinüber, deckte Maya zu, bevor ich mich neben sie legte. Heute zwang ich mich, sie nicht zu berühren.

Kein um sie gelegter Arm.

Kein Kuss auf ihre Stirn – nichts.

In meinem Kopf stürmte es zu sehr, um Schlaf zu finden. Stattdessen sah ich Maya dabei zu, wie sie schlief.

Ihr gelang, was dem Gin nicht gelungen war. Ihr Anblick besänftigte den Sturm, drängte ihn Stück für Stück zurück. Er löste nicht nur die düsteren Gedanken in mir auf, sondern auch diese eisige Kälte, bis mir schließlich die Augen zufielen.

Kapitel 10

Ein Stöhnen.

Bewegungen auf der Matratze.

Hastende Schritte.

Gefühlt kam alles auf einmal.

Maya rannte ins Bad.

Scheiße.

Und so schnell war ich hellwach.

Ich zog mich aus dem Bett, folgte ihr und fand sie würgend vor dem Klo hockend. »Soll ich bleiben?«

Maya zögerte eine Sekunde, dann nickte sie und ich setzte mich hinter sie. Behutsam fing ich ihr Haar ein, hielt es fest, während ich meine Hand auf ihrem Rücken ablegte.

Als es vorüber war, reichte ich ihr ihre Zahnbürste.

Wir hatten kein Wort mehr geredet.

War das ein schlechtes Zeichen?

Ich war gerade so schrecklich müde, alles um uns herum zu deuten, um herauszufinden, wo wir standen.

»Hier.« Ich gab ihr den Bademantel, kaum dass sie fertig war. Ihre Lippen formten einen stummen Dank, dann drehte sich Maya auch schon wieder weg. Da ich für den Augenblick zu erschöpft war, um weiter zu stehen, sank ich zurück auf den warmen Badezimmerboden.

»Ist zwischen uns alles in Ordnung?« So ziemlich das Einzige, was ich mir abringen konnte, und es brachte Maya immerhin dazu, sich zu mir umzudrehen. In dem übergroßen Bademantel wirkte sie winzig und schmerzhaft zerbrechlich. Langsam nickte sie und sank zu mir herunter. Diesmal hielt es meine Arme nicht bei mir. Kaum lehnte sich Mayas Rücken an meine Brust, umschlang ich sie.

»Ich liebe dich«, raunte ich ihr zu.

»Und ich liebe dich, Fynn«, erwiderte sie mit dieser beruhigenden Selbstverständlichkeit. Sie rutschte tiefer und ich war gezwungen, sie freizugeben. Doch schon legte sie ihre Arme in meinem Schoß übereinander und bettete ihren Kopf darauf. Sie schien von einer Sekunde auf die andere einzuschlafen.

Es war skurril.

Dennoch legte sich bei dem Anblick eines dieser Dauerlächeln auf meine Lippen, die sich partout nicht vertreiben ließen. Und nun flackerte so viel Wärme in mir auf, dass es sich anfühlte, als würde mir niemals wieder kalt werden.

Es mochte kompliziert sein.

Aber das war es wert.

Als sich Maya wieder rührte, stöhnte sie leise. Ich hatte ziemlich viel Zeit damit verbracht, über ihr Haar zu streichen, und mir dabei einige Zeilen für ein neues Lied überlegt. Es war unleugbar ein produktiver Morgen gewesen.

Sommerhimmelblaue Augen öffneten sich, starrten verständnislos zu mir herauf. Sie runzelte die Stirn, versuchte wohl, zu begreifen, was wir hier taten. Ihr Blick huschte weiter über die Fliesen, den Boden und fand das Klo.

Sie stieß ein zweites, entgeisterteres Stöhnen aus.

Anscheinend kamen die Erinnerungen zurück.

Die Erkenntnis verstärkte sich, als Mayas Gesicht unter ihren Händen abtauchte.

»Sag mir bitte, dass nichts davon geschehen ist.« Die Hände auf ihrem Mund ließen die wenigen Worte dumpf klingen und dennoch hörten sie sich wieder beruhigend nach Maya an.

»Was genau? Dein Date mit dem Klo? Oder dass du dich danach wie ein Kätzchen in meinem Schoß eingerollt hast? Zumindest warst du dann nicht mehr wütend, weil ich mich geweigert habe, mit dir zu schlafen, solange du unter Drogen stehst.«

Hinter den vorgelegten Händen erklang ein drittes Stöhnen, diesmal leidend. »Fynn!«

»Du warst ein ausgesprochen niedliches Kätzchen.« Ich musste sie einfach noch ein wenig necken. »Sonst hätte ich dich längst vertrieben.«

Ihre Hände verschwanden von ihrem Gesicht und Maya warf mir einen dieser unwiderstehlichen, grimmigen Blicke zu, dann zog sie sich hoch. »Es tut mir leid. So ziemlich alles davon. Ich stand gestern etwas neben mir.«

»Stimmt.« Gerade noch hatte ich sie necken wollen, doch schon näherten wir uns Themen, die dafür keinen Spielraum mehr gaben. Ich erhob mich ebenfalls, streckte die starren Glieder. Mayas Lippen öffneten sich ein winziges Stück und ihre Augen vergrößerten sich, während sich ihre Atmung verflachte. Ich wusste, dass sie all die Fragen in meinem Gesicht lesen konnte. »Was war los?«, setzte ich nach, weil Maya sich ausschwieg.

Ich bekam ein Blinzeln.

Ein zweites.

»Ich muss duschen.« Sie wandte sich ab, kehrte mir und meinen Fragen den Rücken zu. »Wie fühlst du dich, Fynn?« Maya musterte mich zwar, wie sie es seit dem Krankenhaus jeden Morgen tat, doch heute nutzte sie dafür den Spiegel.

»Frustriert«, gab ich zurück. »Irritiert und wütend.«

Mayas Augenbrauen hoben sich und schnell wich sie meinem Blick im Spiegel aus. »Lass uns später reden.«

»Wann?«

Wahrscheinlich sollte ich ihr Zeit geben und konnte es nicht.

»Später!« Das Wort war scharf wie eine Rasierklinge. Ich ahnte, dass sie mit später nicht heute meinte.

Oder morgen.

Oder irgendwann.

»Wir müssen reden!«

»Nein«, gab sie zurück. »Ich muss duschen und loswerden, was immer ich hier trage.« Ihr Blick huschte abwärts und ihre Augen weiteten sich schockiert angesichts der goldenen Shorts. »Soll das ernsthaft eine Hose sein?« Mayas ehrliche Bestürzung hielt meine Wut zumindest für den Moment an.

»Mach dir nichts daraus. Die ist kaum aufgefallen.« Sie drehte sich zu mir um, hoffte wohl auf etwas Erlösendes. Das konnte sie vergessen. »Dein bauchfreies Shirt hat mehr Blicke auf sich gezogen.«

Sie schüttelte den Kopf. »Das war nicht bauchfrei!«

»Ich fürchte, das sehe ich anders. Hast du die Nummer von dem Typen, von dessen Schultern ich dich auffangen musste? Vielleicht kann der uns seine Meinung dazu sagen.«

Ich wusste selbst nicht, ob das hier noch ein Necken war oder eine erneute Erinnerung daran, wie dringend wir reden mussten.

Maya scheinbar auch nicht. Wieder drehte sie sich von mir weg, nahm sich eines der Handtücher aus dem Regal. »Ich muss duschen«, erklärte sie einmal mehr und ging an mir vorbei, huschte hinter das eingezogene Wandstück, das den Sichtschutz zur Dusche bildete.

Das Geräusch des einsetzenden Wassers machte mir klar, wie überflüssig ich hier geworden war.

Ich drehte mich ab, wollte das Bad verlassen, als mein Blick auf den Platz fiel, an dem ich Maya stundenlang beim Schlafen zugesehen hatte. Zeilen huschten durch meinen Kopf, erinnerten mich daran, dass wir schon ganz andere Sachen überstanden hatten.

Ich folgte Maya, fand ihre wenigen Kleidungsstücke achtlos auf dem Boden liegend. Es waren diese Kleinigkeiten, an denen ich erkannte, wie sehr sie aus dem Takt geraten war.

Ganz kurz zögerte ich, dann zog ich mich ebenfalls aus, warf meine Kleidung zu ihrer.

Maya zuckte zusammen, als ich hinter dem Blickschutz auftauchte.

Verdammt.

Wäre ich nicht so müde, hätte ich daran gedacht, mich rechtzeitig bemerkbar zu machen. Duschen waren schwieriges Terrain.

»Soll ich gehen?« Maya schüttelte den Kopf, noch bevor es die Frage ganz aus mir hinausschaffte.

»Bleib, sonst fehlst du mir.« Worte, die mich lächeln ließen. Ich trat zu ihr und Wasser besprenkelte meine Haut. Die Schwüle war bereits angereichert mit dem Geruch der Zitrone aus dem Duschgel. Ich griff nach der Shampooflasche, gab etwas davon auf meine Hand und wies Maya an, sich umzudrehen. Falten drückte sich in ihre Stirn. Das hier hatte sie nicht kommen sehen. Ich auch nicht.

»Hast du das schon einmal gemacht?« Langsam drehte sie sich um und hielt still, während ich das Shampoo in ihrem Haar verteilte.

»Ständig.«

Sie fuhr herum. Ihrem finsteren Blick nach überlegte sie, mich vielleicht doch aus der Dusche zu werfen.

»Bei mir«, erwiderte ich grinsend und bekam zur Strafe einen winzigen Biss in die Stelle hinter meinem Ohr, der mich innerhalb von Sekunden mit Hitze ausfüllte. Aber für mehr war gerade nicht die Zeit.

»Umdrehen«, forderte ich daher und sie gab erneut nach, ließ zu, dass ich durch ihre nassen Haare streifte. Es fühlte sich gut an. Wahrscheinlich hätte ich die Vorstellung bis vor ein paar Minuten sonderbar gefunden, jetzt nicht mehr. Es schuf eine Nähe, die wir beide dringend brauchten.

Ich ließ mir Zeit. Nahm mir ab und an einen Augenblick, um mit den Fingern über ihre Schultern oder ihren Nacken zu fahren.

»Wie schlimm war ich?« Die Art, wie die Frage aus ihr herausplatzte, verriet, wie sehr sie die letzte Nacht beschäftigte. Und dass sie sich vor der Antwort fürchtete.

Ich behielt recht.

Das hier brauchten wir beide.

Maya vielleicht sogar mehr als ich.

»Du warst bezaubernd. Etwas euphorisch, aber bezaubernd.«

»So schlimm also?«

Ich fuhr erneut durch ihr Haar, verstrich den Schaum darin. »Es war überhaupt nicht schlimm, nur ein wenig ungewohnt. Außerdem ist es gleichgültig, die meisten waren auch aufgeputscht. Sie werden sich kaum daran erinnern.«

»Mir ist es nicht gleichgültig.«

Das wusste ich.

Genau damit hatte ich gerechnet, als ich Maya gestern auf der Tanzfläche gefunden hatte. Ich hatte befürchtet, dass sie es bereuen würde. Es stand im vollkommenen Gegensatz zu ihrem bisherigen Leben.

»Warum hast du es genommen?« Auf diese Frage wollte ich seit gestern Nacht dringend eine Antwort. Ich strich weiter über ihr Haar, während Maya mir den Rücken zugedreht hielt.

Mich weiterhin anschwieg.

Gut.

Nicht.

»Ich habe Angst.« Ich spürte, wie Maya unter meinen Worten zusammenzuckte. Verständlich. Hiermit hatten wir beide nicht gerechnet. Nicht nur Maya tat sich schwer damit zu reden. Aber wenn sie nicht redete, musste ich das übernehmen. »Ich habe Angst um uns«, fuhr ich langsam fort und strich die nassen Strähnen entlang. Manchmal war es einfacher, jemanden die Abgründe in sich zu zeigen, wenn man ihm dabei nicht in die Augen sehen musste. »Weil ich weiß, dass du mich nicht mehr einbeziehst. Ich spüre deinen Schmerz, aber du versteckst ihn vor mir. Du versteckst dich vor mir. Ich fühle mich hilflos, weil ich nichts dagegen tun kann.«

Maya wirkte wie festgefroren.

Sie schien nicht einmal zu atmen.

»Mehr?«, fragte ich langsam. Einige Sekunden kam nichts und dann bekam ich ein winziges Nicken.

Ich wünschte, sie hätte den Kopf geschüttelt.

Ein Kloß bildete sich in meinem Hals. »Ich habe Angst, dass du deine Wahl bereust. Vielleicht nicht heute, aber morgen oder nächste Woche. Dass du mich irgendwann dafür hasst, dass du für mich dein Leben aufgegeben hast.« Es brannte hinter meinen Augen. Alles, was mich davon abhielt, hier in der Dusche in Tränen auszubrechen, war Mayas Haar, über das ich immer wieder fuhr, obwohl der Schaum darin längst verschwunden war.

»Ich will nicht, dass du mitbekommst, wie erbärmlich ich bin.« Mayas wenige Worte waren so leise, dass sie sich beinahe in dem Prasseln des Wassers verloren. Ich schüttelte den Kopf, vergaß, dass sie mich nicht sehen konnte. Mein Mund öffnete sich bereits zum Protestieren, aber ich zwang ihn zurück.

Maya hatte mich sprechen lassen.

Jetzt musste ich ihr das Gleiche zugestehen.

Gleichgültig, wie schmerzhaft es war.

Also legte ich meine Lippen an ihre Schulter und wartete.

»Nach allem, was geschehen ist, sollten sie mir nicht fehlen und sie tun es trotzdem«, fuhr sie fort. »Ich verachte mich dafür, dass ich Xanders Botschaften annehme. Aber ich kann nicht anders. Ich muss wissen, wie es Dad geht und Mary.« Jetzt fühlte es sich an, als wäre ich an ihrer Schulter erstarrt, gegen die ich noch immer meine Lippen presste. Weil ich ihr so dringend zeigen musste, dass ich hier war.

»Mehr?«, fragte sie und ihre Stimme bebte.

Wie schwer konnte ein Nicken sein?

Sie atmete spürbar auf, als meine Lippen an ihrem Rücken hoch und hinunter fuhren. Es schien, als hätte nun sie auf eine andere Antwort gehofft – wie ich vorhin. »Ich fühle mich in deinem Leben wie ein Fremdkörper. Ich gehöre nicht hierher.«

Das war schlimmer als gedacht.

»Wahrscheinlich war das gestern ein verzweifelter Versuch, dazuzugehören. Kurz hat es mir damit tatsächlich gefallen, dafür gefällt mir jetzt nicht mehr, wozu mich dieses Zeug gemacht hat.«

Halt suchend lehnte sie sich an mich und ich zog sie enger zu mir, spürte ihre nasse Haut an meiner.

»Du solltest dich nie verändern, um irgendwo hineinzupassen, Maya.«

»Aber ich weiß nicht, wer ich jetzt bin.« Ihre Stimme war so leise, dass sie wieder fast im Geräusch des prasselnden Wassers unterging. »Ohne den Kreis. Ohne diese ganzen Regeln. Ich weiß nicht einmal, welche davon meine und welche ihre sind.«

»Du hast alle Zeit der Welt, das herauszufinden.« Ich hauchte einen Kuss auf ihren Hals. »Und es ist nichts erbärmlich daran, sie zu vermissen.«

Sie drehte sich zu mir um und da fand ich sie endlich.

Die Tränen, die sie bisher nicht geweint hatte.

Tränen um ihr altes Leben.

Um ihre Familie.

Ihre Pläne.

Mayas Kopf legte sich an meine Schulter und sie weinte in meinem Arm, während ich ihr unzählige winzige Küsse auf die nassen Haare hauchte.

Kapitel 11

Raya

Xander hatte eine neue Nachricht für mich.

Das erkannte ich an seinem grimmigen Blick, der immerzu an mir hängen blieb. An der Art, wie er unsere Umgebung musterte und allen voran Fynn. Auch Xander wusste, dass er die Botschaften vor ihm geheim halten musste, weil Fynn sonst darauf bestanden hätte, dass sie endeten.

Zu Recht.

Xander ahnte nicht, dass ich keine Geheimnisse mehr vor Fynn besaß.

Dass ich nicht vorhatte, wieder welche zuzulassen.

Was auch immer er diesmal für mich bereithielt, ich würde es nicht annehmen.

Es wurde Zeit, dass ich die Regeln festlegte.

Beim nächsten Mal, als er sich zu mir umdrehte, wich ich seinem Blick nicht aus. Stattdessen starrte ich zurück und hoffte, dass er etwas von der Verachtung und der Wut für ihn in meinem Gesicht fand. Seine Augen weiteten sich überrascht, nur um sich im Anschluss sofort wieder zu verkleinern. Er war gezwungen, sich als Erstes abzuwenden. Ein winziger Erfolg.

Ich spürte, dass Fynn mich musterte, als ich Mrs Bennett bat, aufs Klo gehen zu können. Er wusste, was ich vorhatte, ohne dass ich mit ihm darüber reden musste. Fynn hatte mich nicht gedrängt, auf die Botschaften zu verzichten. Mir nicht die vielen Gründe dargelegt, weshalb ich Xanders Nachrichten nicht annehmen sollte. Stattdessen hatte er Xander seit der Dusche mit keinem Wort erwähnt.

Wie sehr konnte man jemanden lieben?

Ich schloss die Tür hinter mir, lehnte mich gegen die Wand und wartete. Es dauerte keine Minute, bis Xander mir auf den Flur folgte. »Das endet jetzt.« Die ersten Worte, die ich überhaupt zu ihm sagte, seit die Polizistin mich aus der Wohnung geleitet hatte. Wieder regte sich dieser Schmerz in mir, aber diesmal schnitt er weniger tief.

Xanders Miene las sich gerade wie ein offenes Buch.

Darin flackerte so viel Wut.

Wut auf mich.

Wut über meine Worte.

Wut, weil er mir hierher gefolgt war.

Er griff in die Tasche seines Jacketts und zog einen gefalteten Zettel heraus – unverkennbar ein neuer Zeitungsartikel.

Weitere miese Neuigkeiten.

Es war schwer, nicht danach zu greifen, als Xander ihn vor mich hielt.

Was konnten sie noch über mich herausgefunden haben?

Sie hatten doch alles?

Oder?

Der Drang, mir den Artikel zu schnappen, vergrößerte sich mit jeder Sekunde, die verging.

Aber ich verharrte – genau wie Xander.

»Nimm ihn.« Seine Stimme klang so rau, als hätte er sie an Schleifpapier gerieben. Ich war mir sicher, dass er gerade gegen eine Regel verstieß. Magnus hatte ihm bestimmt befohlen, niemals wieder mit der Verräterin zu reden.

»Nein!« Das musste reichen, um ihm zu zeigen, dass ich es ernst meinte, und meinen Abgang nicht wie eine Flucht wirken zu lassen. Ich wollte die Tür öffnen, aber Xander stoppte mich.

»Willst du wissen, was dein Dad von deiner neuen Kleidung hält?«

Neuer Kleidung?

Die aus dem Tauschladen hatte ich schon seit Wochen?

Doch Xanders Blick nach war nicht die das Problem.

Was …?

»Du feierst halb nackt mit ihnen?«

Mein Herz setzte seinen nächsten Schlag aus.

Und den übernächsten gleich mit.

Woher wusste Xander von den Shorts und dem Club?

Wie konnte Dad davon wissen?

Er machte einen Schritt auf mich zu, schob mir den Artikel in die Hand.

Ich war unfähig zu protestieren.

Oder ihn zu zerreißen.

Ihn fallen zu lassen.

Stattdessen zerrte ich ihn auseinander, so schnell ich konnte, und fand mich.

Ich, wie ich ausgelassen mit Menschen tanzte, die ich nicht kannte.

Ich, lachend auf den Schultern von jemandem sitzend.

Ich, mit einem Drink in der Hand.

Viel zu viel nackte Haut.

Fynn hatte recht, das Top war definitiv bauchfrei gewesen.

Auf einem Foto war er zu sehen.

Wir beide auf der Tanzfläche.

Eng umschlungen drängten wir uns beinahe unanständig aneinander. Doch das Schlimmste daran war, dass wir uns leidenschaftlich küssten.

Ich küsste Fynn auf diesem verdammten Foto.

Und jeder konnte es sehen.

»Ja«, bestätigte Xander grimmig meine Gedanken. »Jetzt weißt du, wie es deinem Dad geht. Er redet nicht einmal mehr mit Mary.« Er drehte sich ab und nur Sekunden später fiel die Tür ins Schloss.

Ich blieb, wo ich war, sank die Wand hinab und fand mich auf dem Boden sitzend wieder.

Dad.

Meine Schuld.

Ich hätte die Shorts nie anziehen dürfen.

Die Tablette nicht schlucken dürfen.

Und niemals hätte ich Fynn öffentlich küssen dürfen.

»Hey.« Plötzlich war Fynn da und kniete vor mir. »Was ist los?«

»Jemand hat heimlich Fotos von uns gemacht.« Ich reichte ihm den Artikel, den ich längst in meiner Hand zusammengeknüllt hatte. Fynn zerrte ihn auseinander, stieß die Luft aus bei der Überschrift. Irgendwas mit Sektenmädchen – das liebten diese Zeitungen. Ich war für sie alle das Sektenmädchen und Fynn der Ferres-Erbe.

Unsere Namen spielten keine Rolle.

Es ging nur darum, die Masse bestmöglich zu unterhalten.

Diese verdammten Artikel fühlten sich an, als hätte sich die ganze Welt in die Verona Hall verwandelt.

»Dad hatte deswegen einen Rückfall.« Fynn starrte auf unser Bild. »Scheiße«, flüsterte er und schien zu ahnen, wie groß der Aufruhr im Kreis darüber war. Es hatte eine Zeit gegeben, da hätte er den Kreis liebend gern in Panik versetzt. Jetzt nicht mehr – weil ich mitlitt. Bei jedem dieser verfluchten Artikel.

»Ich bin sofort zurück«, raunte er mir zu, strich mit dem Zeigefinger über meine Wange, bis ich mich ihm zuwandte und nickte. Er verschwand im Klassenzimmer und kam beladen mit unseren Sachen wieder heraus. Ich fragte nicht nach, welche Ausrede er Mrs Bennett erzählt hatte.

Es war mir gleichgültig.

Für heute hatte ich keine Lust mehr auf die Verona Hall.

Oder auf den Rest der Welt.

»Ich habe großartige Neuigkeiten.« In Fynns Augen blitzte es auf diese Weise, die mir verriet, dass ich weniger begeistert sein würde.

Viieel weniger.

»Und die wären?« Taira zog die schwarzen Augenbrauen hoch. Sie kannte Fynn gut genug, um dieses Funkeln ebenfalls einzuordnen. Nur Matt schien tatsächlich auf gute Nachrichten zu hoffen.

Verständlich.

Wir waren zu viert.

Für die gesamte Organisation des Winterfests.

Wir brauchten ein Wunder, um alles rechtzeitig organisiert zu bekommen.

Fynn breitete übertrieben begeistert die Arme aus. »Wir haben eine Band!«

Stille.

Ein Muskel zuckte in Tairas Wange.

Matt wirkte abgrundtief verwirrt.

Und von mir gab es einen stillen Fluch.

Ich ahnte, welche Band Fynn organisiert hatte.

»Fynnie …« Taira hatte hörbar Mühe, ihre Stimme ruhig zu halten. »Es sind noch drei Tage bis zum Winterfest. Wir haben gefühlt unendliche Listen mit Aufgabenpunkten, die wir schon jetzt nicht bewältigt bekommen. Wie kommst du auf die bescheidene Idee, uns ein weiteres Dutzend draufzupacken?«

»Es ist nur einer.« Das Blitzen in seinen Augen blieb, wo es war.

»Ist es nicht.« Ich bekam von ihm einen gespielt grimmigen Blick dafür, dass ich Taira unterstützte, dabei musste er gewusst haben, was ich davon hielt – aus verschiedenen Gründen. »Dann müssen wir mit Mr Hemskey reden. Uns um die Bestuhlung im Saal kümmern. Um die Technik und das Licht und …«

»Wofür brauchen wir eine Band beim Winterfest?«, fuhr Matt verwirrt dazwischen. »Soll die Weihnachtslieder spielen?«

Fynns Mundwinkel bebten, weil er bei der Vorstellung sichtbar mit einem Lachen kämpfte. »Nicht ganz. Es wird grandios. Seid nicht solche Spielverderber! Wir haben nicht einen künstlerischen Beitrag. Jemand muss auch an die Kunst denken …!«

Taira verdrehte die Augen und sah zu mir. »Es kostet uns wahrscheinlich mehr Nerven, mit ihm zu diskutieren, als den Auftritt zu planen, wenn er *SO* drauf ist, oder?«

»Ja«, gab ich widerwillig zu. Dieser betont unschuldige Blick, der auf mir lag, ließ mich ahnen, dass Fynn in dieser Sache nicht einen Millimeter zurückweichen würde.

Super.

Nicht.

»Wann hast du sie gefragt?«

»Letzten Monat.«

Ich liebte ihn.

Sehr.

Sehr, sehr, sehr.

Jetzt war einer der Augenblicke, in denen ich mich daran erinnern musste, um ihn nicht anzuschreien.

Fynn hatte mir extra nichts davon gesagt, weil er wusste, dass dann permanent in meinem Kopf diese eine Frage kreisen würde.

Was, wenn mich seine Bandfreunde nicht mochten?

Tatsächlich war die eine Hälfte von mir dankbar, dass er mir die Wochen des Grübelns erspart hatte.

Dennoch wollte ihn die andere Hälfte gern anschreien.

»Sie schlafen übrigens bei uns«, fuhr Fynn ohne den Anflug eines schlechten Gewissens fort.

Natürlich.

Ich atmete tief durch.

Und zur Sicherheit noch ein zweites Mal.

»Großartig«, gab ich zurück und nichts dabei fühlte sich großartig an. »Klär du das mit Mr Hemskey. Ich geh mit Matt die Lichterketten aufhängen, bis ich nicht mehr ganz so wütend auf dich bin.« Matt gab ein tiefes Seufzen von sich, setzte sich aber protestlos in Bewegung.

»Mir reicht's. Ich organisiere uns Hilfe beim Aufbau.« Taira, warf Fynn einen letzten finsteren Blick zu, schnappte sich ihr Handy und entfernte sich fluchend.

Ich wollte gerade Matt nach draußen folgen, als Fynns Finger sich in meine schoben. »Sie werden dich lieben«, sagte er so sanft, dass er die Wut einfach anhielt. Ehrlichkeit war mir wichtig gewesen, bevor ich mich auf Fynn eingelassen hatte. Doch je länger ich mit ihm zusammen war, desto mehr begriff ich, dass er seinen eigenen Umgang mit ihr hatte.

Wie jetzt.

Dass es mir gut ging, war ihm wichtiger.

Und irgendwie verstand ich ihn.

»Ich zeige dir, wie perfekt du in meine Welt passt.« Mit gespreizten Fingern strich er durch mein Haar und ohne zu wissen, wie es geschah, fand ich mich so nah bei ihm wieder, dass sich unsere Nasenspitzen berührten.

Verlor mich im Vergissmeinnichtblau seiner Augen.

»Irgendwann muss ich lernen, länger wütend auf dich zu sein«, flüsterte ich ihm zu und meine Lippen kribbelten, weil nun Fynns Zeigefinger andächtig darüberwanderte.

»Bloß nicht«, flüsterte er zurück und lächelte eines dieser Lächeln, das mir geradewegs in den Bauch schoss und eine Horde Libellen aufscheuchte.

»Ich dachte, du lässt mich im Stich.« Matt hielt bereits eine der Lichterketten in die Höhe und angesichts der Kisten, die hier standen, betete ich, dass Taira Verstärkung fand. Sonst würden wir die Verona Hall in den nächsten Tagen wohl nicht mehr verlassen.

»Natürlich nicht.« Unter seinem wissenden Blick schoss mir Wärme in die Wangen und steigerte sich, als er schmunzelte.

»Wir sind die sonderbarste Kombination überhaupt.«

»Wir?«

»Du, Fynn, ich …« Sein Lächeln erlosch.

»Und Taira«, beendete ich den Satz und erinnerte mich an das Wenige, das sie mir zu Matt gesagt hatte. »Warum magst du sie nicht?«

Gerade war er dabei gewesen, die Lichterkette um den ersten Baumstamm zu wickeln. Nun verharrte er und starrte mich entgeistert an. »Wie kommst du darauf?«

»Weil ihr Freunde wart und es offensichtlich nicht mehr seid?«

»Sagt sie das?« Ein ungewohnt rauer Ton klang in seiner sonst sanften Stimme mit. »Manchmal trennen sich Wege.« Ähnliche Worte hatte auch Taira gewählt, nur hatte es bei ihr nicht geklungen, als wüsste sie den Grund für diese Trennung. Matt offenbar schon, denn der starrte gedankenverloren auf die Lichterkette in seinen Händen, ohne sich auch nur ansatzweise wieder in Bewegung zu setzen.

»Was ist zwischen euch passiert?«

Er sah auf, schien zu überlegen, ob er mir antworten sollte, und zuckte dann die Schultern, als würde der Grund nicht mehr zählen. »Sie wurde Teil des Fanclubs.« Er zwängte sich ein Lächeln ab, das seine Augen nicht erreichte.

»Des Fanclubs?« Noch während ich die Worte formte, begriff ich.

Des Fynn-Fanclubs.

»Du warst verliebt in Taira?«

»Schhhht!« Matt riss den Kopf herum, als fürchtete er, dass sie jeden Augenblick neben ihm auftauchen könnte. »Nein. Vergiss es, Maya. Das ist lange her und eigentlich will ich nicht darüber reden. Hilf mir lieber, sonst müssen wir die Nacht durchmachen.« Er begann, die Lichterkette energisch um den Baum zu wickeln, und gleichzeitig war seine Kinnpartie so angespannt, wie ich sie noch nie zuvor gesehen hatte.

Kapitel 12

Fynn

Was. Zur. Hölle?

Mein entgeisterter Blick blieb an den beiden Typen hängen, die an uns vorübergingen – wobei nur einer ging. Der andere saß auf seinen Schultern, schob lasziv sein Hemd hoch und grinste Maya höhnisch an.

Eine geschmacklose Erinnerung an den Club.

Ich wusste, dass die anderen über uns tuschelten, aber das hier war eine neue Dimension. Zum ersten Mal machten sie sich nicht einmal die Mühe, es vor mir zu verbergen.

Entweder meine Stellung hier hatte durch die Beziehung zu Maya so gelitten, dass es ihnen gleichgültig war, dass sie mich verärgerten. Oder – und das war noch schlimmer – sie glaubten, es könnte mir gefallen. Weil sie dachten, was hier jeder zu denken schien – dass Maya lediglich ein naives Spielzeug für mich war.

Das Ganze dauerte nur Sekunden und schon waren sie an uns vorbei. Zu wenig, um mir zu überlegen, wie ich darauf reagieren sollte, aber diese Winzigkeit hielt mich nicht davon ab, ihnen zu folgen.

Das übernahm Maya.

Ihre Hand krallte sich um meinen Arm und sie selbst stellte sich mir in den Weg.

»Vergiss es, Fynn«, sagte sie mit einer Miene, die deutlich machte, dass sie ahnte, wie meine Reaktionen aussehen könnten.

Offenbar gefiel ihr keine davon.

Dafür gefiel mir nicht, dass sie keine zeigen wollte.

»Ich will nur mit ihnen reden.«

»Und ihnen drohen?«

»Ein wenig.« Ich zuckte mit den Schultern. »Sie betteln geradezu danach.«

»Sie sind es nicht wert, dass wir uns mit ihnen beschäftigen«, gab sie zurück und zog mich mit sich. Maya hatte bedrückend viel Erfahrung darin, Beleidigungen auszublenden.

»Erzähl mir lieber von deinen Bandfreunden, damit ich mich heute nicht blamiere.« Erschreckend, wie gut sie mich kannte. Der Satz reichte aus, um mich bleiben zu lassen.

»Das wirst du nicht. Wir werden dir unglaublich peinlich sein.«

Sie lächelte, wie nur Maya es konnte, und es war unmöglich, nicht einzusteigen. Ihr Lächeln waren wie Sonnenstrahlen, die dunkle Wolkenfronten aufbrachen. Sie drängten einen wunderbaren Augenblick lang alles Miese in der Welt zurück.

Als die Jungs nachmittags klingelten, sah ich Mayas Blick. Sie bemühte sich, es nicht zu zeigen, aber ich fand die Anspannung in ihren Augen. *Wenig verwunderlich.* Ich legte den Arm um sie, zog sie näher.

»Was wenn sie mich nicht mögen?«

»Dann jagen wir sie davon.«

Immerhin bekam ich ein winziges Lächeln. »Fynn«, beschwerte sie sich halb ernst. »Niemand von deinen Leuten mag mich.«

»Was ist mit Taira und Matt?«

»Die bemühen sich nur, weil sie Angst haben, dass du sie sonst verklagst.« Nun blitzte es provozierend in ihren Augen. Maya wollte, dass wir uns weiter neckten, um zu vergessen, wer dort gleich auf der anderen Seite der Tür stand. Und ich konnte es verstehen. Das, was sie von meinen Leuten kannte, gefiel ihr nicht. Mit Matt und Taira schien sie eine Art Frieden geschlossen zu haben, aber alle anderen ignorierten sie. *Wenn sie Glück hatte.*

»Vertrau mir. Es wird funktionieren, sonst wären sie nicht hier.« Sie atmete so fest aus, dass eine ihrer Haarsträhnen flatterte. »Die Jungs werden dich lieben und du wirst sie lieben, in Ordnung?«

Sie nickte zögerlich. Überzeugung sah anders aus. Hier halfen keine Worte, Maya musste sehen, was ich meinte. Ich hauchte noch einen Kuss auf ihre Stirn, dann ließ ich sie los und öffnete die Tür.

Georges rostfarbener Van parkte bereits hinter meinem Auto und erinnerte mich an all die Abende, an denen wir darüber gestritten hatten, wie unser Equipment am besten hineinpasste. Fantastische Erinnerungen und es wurde noch besser, denn George kam breit grinsend auf mich zu.

Verdammt, hatte er mir gefehlt.

»Ihr habt euch Zeit gelassen«, konnte ich gerade sagen, schon zog er mich in seine Umarmung. Von irgendwo tauchten nun auch Nick und Tarve auf und aus der Umarmung wurde eine Art Gruppendrücken, das immer fester wurde, bis wir uns schließlich lachend befreiten.

»Ich wusste nicht, dass du ein Bonze bist.« George schüttelte den Kopf. »Warum hast du das nie gesagt?«

»Du hast halt nie gefragt.« Meine Antwort brachte mir einen Klaps gegen die Schulter ein. George gehörte zu den drei Menschen, die mich am besten kannten. Wir hatten nächtelang durchgeredet und dennoch hatte ich nie verraten, dass ich einer *der* Ferres war. Weil mein Name für ihn keinen Unterschied gemacht hätte.

George sah an mir vorbei und sein Stirnrunzeln machte deutlich, dass er gerade das zweite Geheimnis musterte, das ich vor ihm gehabt hatte. Bei der Einladung hierher hatte ich zwar verraten, dass meine Freundin spontan bei mir eingezogen war, aber bis jetzt wusste er nicht, wer Maya war.

»Hi«, hörte ich sie hinter mir sagen und ich musste mich nicht umdrehen, um zu wissen, dass sie vor lauter Anspannung so steif wie ein Stock dastand.

»Ich kenn dich.« Georges Augen weiteten sich entgeistert. Die paar Augenblicke, die er sie in unserer Wohnung gesehen hatte, schienen ausreichend gewesen zu sein, um sie einzuordnen.

»Das ist Maya.« Ich drehte mich um, legte den Arm um sie und hoffte, dass das half, während ich sie sanft zu uns schob.

»Das ist deine Freundin?«, fragte George fassungslos und hängte ein lautloses *What the fuck* an. Ich spürte, wie sich Maya weiter anspannte, als rechnete sie mit einem fiesen Kommentar.

Die Zeit an der Verona Hall hatte Spuren an ihr hinterlassen. *Ich und meine Leute hatten Spuren an ihr hinterlassen.*

Wie gern würde ich in der Zeit zurückreisen und meinem jüngeren Ich einen Tritt in den Allerwertesten verpassen.

Während es George die Sprache verschlagen hatte, begrüßten immerhin Tarve und Nick Maya.

»Nur, um das richtig zu verstehen«, mischte sich George wieder ein. »Sie war in unserer Wohnung? Nach dem letzten gemeinsamen Konzert?« Sein Blick ließ von ihr ab, wandte sich mir zu. »Und am nächsten Tag bist du abgehauen.« Jetzt begriffen offenbar auch die anderen beiden und musterten Maya entgeistert.

»Wir kannten uns, bevor ich ins Internat kam.« Ich konnte ihnen nicht länger erzählen, dass Maya eine Zufallsbekanntschaft war. »Damals war es zwischen uns kompliziert, deshalb habe ich euch nichts gesagt. Ihretwegen bin ich zurück und habe es nicht bereut.« Ich schloss sie fester in den Arm und sie hob die Hand, drückte meine.

»Ich habe echt gehofft, dass du das sagst!« Triumphierend stieß George die Faust in die Luft und drehte sich zu Nick um. »Es lag tatsächlich an einer Frau. Ich bin ein Genie und du schuldest mir ein neues Mikro.«

»Fynn!« Ein finsterer Blick von Nick traf mich. »Eine Frau? Niemand verlässt eine Band für eine Frau! Das ist so vorgestern.« Er sah entschuldigend zu Maya. »Hat nichts mit dir zu tun. Ich bin einfach menschlich zutiefst enttäuscht von ihm.«

George trommelte derweil begeistert auf Nicks Schultern. »Hör nicht auf ihn. Er meckert nur, weil er auf einen neuen Verstärker gehofft hat.«

Irgendwo dazwischen musste sich Mayas Nervosität aufgelöst haben, nichts an ihr fühlte sich noch angespannt an. Sie grinste Nick an. »Ich weiß, wo Fynn seinen Gin versteckt. Würde der deinen Schmerz lindern?«

Nick sprang nach vorne auf Maya zu und wich so Georges trommelnden Händen aus. »Du sprichst meine Sprache, Schwester. Lass uns vor den Chaoten hier flüchten. Eigentlich kenne ich die eh kaum. Bist du zufällig auf der Suche nach einem Schlagzeuger? Ich muss mich von meiner Band trennen, die sind mir zu anstrengend.«

Mayas Lachen wehte über uns hinweg und ich musste wie immer darauf einsteigen. Sie schlüpfte aus meinem Arm und ging mit Nick in unsere Wohnung. So unkompliziert hatte ich mir das Aufeinandertreffen zwischen den Jungs und ihr vorgestellt.

»Fang, du Bonze …« Tarve hatte den Aufruhr genutzt, um die erste Tasche aus dem Van zu ziehen. Er warf sie mir zu und ich musste nach vorn springen, bekam sie aber nicht mehr gefangen. »Du bist schlecht geworden«, erklärte er feixend. »Hier, nächster Versuch.« Schon flog ein Rucksack auf mich zu, den fing ich auf und erhielt zwei erhobene Daumen von Tarve.

Als wir die Sachen abgeladen hatten und hineingingen, fanden wir Maya und Nick auf dem Sofa sitzend. Die Flasche Gin stand auf dem Couchtisch, ein paar leere Gläser drum herum und zwei gefüllte hielten sie in ihren Händen. Offenbar war Nick dabei, ihr einige unserer Bandgeschichten zu erzählen. Maya sah kurz auf, lächelte, als wir uns zu ihnen setzten, und hörte Nick dann begeistert weiter zu. Tarve sank auf Mayas andere Seite, kommentierte grinsend Nicks Erzählungen, während George und ich uns auf dem Boden niederließen.

Wir redeten und lachten, aßen das gerettete Essen aus der Cafeteria. Es wurde ein perfekter Abend. Irgendwann trommelte Tarve auf den Tisch und Nick und ich holten unsere Gitarren. George sang und klatschte begleitend den Takt mit.

Maya hatte die Füße aufs Sofa gezogen und lächelte, wann immer ich zu ihr sah. Ihre Augen funkelten.

Ich wusste nicht mehr, wer es gewesen war, der gefordert hatte, dass Maya mitspielte. Sie protestierte lachend, aber ich fand die Idee großartig. Ohne auf ihren Protest einzugehen, reichte ich ihr die smaragdgrüne Gitarre. Während Maya mit sich rang, suchten George und ich eines der Lieder aus und sie gab wie erwartet nach.

Sie war zu ehrgeizig, um es nicht zu versuchen.

Selbst beim Spielen war sie hoch konzentriert. Ihr dabei zuzusehen, löste so verdammt viel Wärme in mir aus. Schließlich vertrieb ich Nick von seinem Platz, setzte mich zu ihr, um ihr bei einigen der Wechsel zu helfen. Nach ein paar Anläufen hatte sie es raus und ich griff mir erneut meine eigene Gitarre. Wir spielten in der Nacht viele Stücke und schwelgten dazwischen in Erinnerungen.

Als Tarve Maya gerade zeigte, was sie für das nächste Lied spielen musste, nutzte ich die Gelegenheit. Ich zog das Stück Papier aus meiner Hosentasche, das dort seit Stunden wartete. Kaum reichte ich es George, versank der auch schon darin, nickte zu den Takten, um sich die Worte dazu vorzustellen – genau wie früher. Es dauerte einige Minuten, bis er sich wieder mir zuwandte.

»Klingt, als wäre es nach wie vor kompliziert«, stellte er mit Blick auf Maya fest.

»Du hast keine Vorstellung, wie sehr.«

Er sah wieder zu mir und schüttelte verständnislos den Kopf. »Aber ihr scheint glücklich miteinander zu sein. Was ist dann kompliziert?«

»Das ist eine lange Geschichte …« Eine, die ich gerade nicht erzählen wollte. Wir hatten nie wirklich über Beziehungen gesprochen. Schon im Internat hatte es für mich nur Maya gegeben und George hatte so viel Lust auf eine Beziehung wie ich auf ein Abendessen mit meinem Vater. Nur einmal hatten wir ansatzweise darüber geredet, an dem Abend, als ich ihm einen ähnlichen Zettel gereicht hatte. Daran schien auch er gerade zu denken. »Dein Lied damals war also für Maya.« Er nickte. »Das hier ist gut geworden. Wir bekommen das hin.«

Kapitel 13

Raya

Ich wartete auf die Katastrophe.

Das Winterfest lief zu gut.

Auf dem Außengelände der Verona Hall roch es nach Schnee und Kälte. Der Winter kam näher und gleichzeitig fühlte es sich zu früh dafür an. Ich zog den Kragen der Jacke höher, die Fynn mir überlassen hatte, während ich mich umsah.

Taira hatte heimlich einige der jüngeren Schüler mit Abschlussballkarten bestochen, damit sie uns beim Aufbau halfen. Die Lichterketten, die wir um die Bäume geschlungen hatten, tauchten zusammen mit den Laternen alles in ein zauberhaftes Licht. Der Geruch nach Backäpfeln und Zimt erfüllte die Luft. An einem der Stände erklärte der Apfelbauer zum gefühlt hundertsten Mal, wie man Apfelcidre und Saft herstellte, und das mit nicht nachlassender Begeisterung. Bei einigen der Zuhörer kam es mir vor, als hätte ich sie bereits dort stehen sehen, sie warteten wohl auf die anschließende Verkostung.

Es hatte unleugbar Vorteile, mit einem Yuppie zusammenzuarbeiten. Fynn wusste, wie seine Leute tickten. Laut ihm warfen sie regelmäßig Dinge weh, die im Tauschladen besser aufgehoben waren. Deshalb hatte er Karten drucken lassen, die er exklusive Einladungen für mehr Minimalismus nannte. Ich hätte nie gedacht, dass er damit durchkam, aber die Yuppies rissen sich um die Karten. Mittlerweile stand er bei den Heizpilzen, zusammen mit den Mitgliedern des Schwimmteams, die damals im Flur die Fotos hatten schießen lassen. Diesmal trugen sie immerhin Bademäntel, aber das war wohl eher der Kälte als Mr Hemskey geschuldet. Der hatte diesen Programmpunkt mit zwei hochgezogenen Augenbrauen kommentiert. Doch der Strom an Menschen, die ein Foto mit ihnen wollten, nahm nicht ab. Wenn das so weiterging, würde die Spendensumme gigantisch werden.

Alles sah perfekt aus.

Aber ich wusste, wie trügerisch Perfektion war.

Dieser Abend würde in einer Katastrophe enden.

Ich kannte nur den Grund dafür noch nicht.

Eine Gruppe von Kreislern ging, ohne mich eines Blickes zu würdigen, an mir vorbei. Sie taten, als wäre ich eine Fremde, genau wie all die anderen Kreisfamilien, die sich hier heute eingefunden hatten.

Beruhigend.

Es machte mir nichts aus.

Wenn ich mir das oft genug sagte, würde ich es irgendwann glauben.

»Ms McGrey!« Mr Hemskey tauchte vor mir auf und stoppte für den Moment dieses schmerzhafte Ziehen. »Das haben Sie vier fantastisch hinbekommen. Es ist das bisher beste Winterfest. Jeder ist begeistert.« Er lächelte so entspannt wie selten.

»Es liegt am Gleichgewicht – Sie hatten damals recht. Wir sollten mehr zusammenarbeiten.« Es blitzte in den dunklen Augen vor mir bei der Erinnerung an meinen ersten Schultag.

»Mit dieser Meinung stehen wir beide ziemlich allein da. Aber das wird sich hoffentlich irgendwann ändern.« Sein Lächeln verblasste. »Wie geht es Ihnen? Sie wissen, dass Sie bei mir jederzeit ein offenes Ohr finden?«

Manchmal war Freundlichkeit noch schwerer zu ertragen als Verachtung. Sie konnte die Mauern einbrechen, an denen die Verachtung abprallte.

Es brannte hinter meinen Augen. »Danke. Mir geht es gut.« Die Art, wie sich Mr Hemskeys Augenbrauen zusammenschoben, ließ mich ahnen, dass mir das Lächeln verunglückte. »Vielleicht nicht immer … *gut,* aber besser.«

Er nickte langsam. »Es gibt da jemanden, den ich Ihnen schon seit Längerem vorstellen möchte …«

»Apfelcidre?«, erklang es wutentbrannt hinter uns. Ich fuhr herum und fand Magnus, der mit Xander geradewegs auf Mr Hemskey und mich zukam. »Sie lassen Alkohol zu? Auf einem Fest?«

Natürlich.

Der Cidre.

Wie die anderen Kreisler sah auch Magnus an mir vorbei. Sein grimmiger Blick bohrte sich wie ein überdimensionaler Eissplitter in Mr Hemskey. Xander jedoch starrte mich an. Seine aufeinandergepressten Lippen ergaben eine schmale Linie. Seit dem letzten Artikel hatte er nicht mehr versucht, mir etwas zuzustecken. Wohl weil er ahnte, dass Fynn davon wusste. Ich hörte Mr Hemskey sagen, dass der Cidre so gut wie keinen Alkohol enthielt und selbstverständlich nur an Volljährige ausgeteilt wurde. Nicht, dass es Magnus beruhigen würde. Der Cidre hatte sich angefühlt wie ein Kompromiss beider Welten. Offenbar war es keiner, mit dem der Kreis leben konnte.

»Von den unnötigen Lichterketten fange ich überhaupt nicht erst an!«, fuhr Magnus Mr Hemskey grob ins Wort. »Dieses ganze Fest ist eine Zumutung!«

Xanders durchdringender Blick klebte an mir und fühlte sich noch mieser an als Magnus' Worte.

Ich musste hier weg.

Kaum dachte ich das, legte sich eine Hand in meine.

Fynns.

»Entschuldigen Sie, Mr Hemskey«, sagte er und ignorierte sowohl Xander als auch Magnus demonstrativ. Letzterer nahm Fynns Erscheinen zum Anlass, seine Strafpredigt entsetzt zu stoppen, und starrte ihn aus zornfunkelnden Augen an. »Leider muss ich Ihnen Maya entführen. Die Band beginnt gleich und sie hat bisher noch kein Foto von sich mit dem Schwimmteam.«

»Wenn das so ist, übe ich mich in Verständnis.« Mr Hemskey lächelte zwar erneut, doch er wirkte dabei gezwungen. Wahrscheinlich hätte er sich uns liebend gern angeschlossen, um Magnus zu entkommen.

Ein kleines Ziehen von Fynn und augenblicklich setzte ich mich in Bewegung.

Fort von Magnus' Worten.

Weg von Xanders Blick.

»Hey.« Er strich mit dem Finger über meine Hand. »Hör nicht auf sie. Die Kreisler suchen nur nach Gründen, weshalb sie das Fest nicht ausstehen können. Mach dir keine Vorwürfe.«

»Du kennst mich erschreckend gut.«

»Und weil ich dich so gut kenne, weiß ich auch, dass du dich absichtlich vom Fotostand fernhältst. George hat mir geschrieben, dass sie mit der Soundprobe durch sind. Ein guter Grund, um zu den Jungs zu gehen, oder?« Im Vergissmeinnicht seiner Augen blitzte es so erwartungsvoll, dass es unmöglich war, mich nicht von seiner Begeisterung anstecken zu lassen.

Jubelnd begrüßten uns die Jungs von der Bühne aus, kaum, dass wir die Aula betraten. Noch war der Saal so gut wie leer. Nur vereinzelt saßen bereits Besucher auf den Plätzen, um der Kälte draußen zu entgehen.

»Wo ist dein schicker Bademantel, Bonze?«, rief Tarve Fynn zu, als der die Stufen zur Bühne erklomm.

»Hab ich eingetauscht, war mir hier zu luftig.« Grinsend strich er sich durchs Haar. Zu seiner Jeans trug er nun die Pulloverjacke, die wir im Tauschladen für ihn besorgt hatten.

Nick klatschte mich derweil ab. »Eure Schule ist sonderbar«, stellte er fest. »Gerade kam jemand und wollte wissen, ob wir vorhaben, gottlose Lieder zu spielen.«

Ein winziges genervtes Seufzen brach sich seinen Weg aus mir heraus. Das konnte nur ein Kreisler gewesen sein.

»Was hast du geantwortet?«, fragte Fynn.

»Gottverdammt, ja!«

Fynn lachte und klatschte Nick nun ebenfalls ab. »Ich wusste, auf euch ist Verlass.« Er peilte seine Gitarre an, während sich George zu mir und Nick gesellte.

»Bis heute dachte ich, Fynn übertreibt«, sagte er. »Aber diese Schule ist seltsam.«

»Wahrscheinlich«, rang ich mir ab. »Doch sie finden uns auch seltsam.« Mein Blick huschte zu Fynn, der begann, seine Gitarre zu spielen. *Wie gelassen er hier wirkte.* Vielleicht, weil er auf der Bühne keine Masken brauchte, hier konnte er ganz er selbst sein.

»Habt ihr alles?« Fragend sah ich zurück zu den beiden vor mir.

»Bier wäre gut.« Nick setzte ein charmantes Lächeln auf, doch das würde ihm hier kaum helfen.

Wie zum Beweis mischte sich Fynn ein. »Vergiss es. Hier gibt es ein Alkoholverbot.«

Als wenn ihn das früher gestört hätte.

Nick atmete frustriert auf. »Ich hasse es hier.«

»Was hältst du von Cidre?« Vielleicht hatte der Apfelbauer noch eine Flasche über.

Nick reckte beide Daumen in die Höhe. »Ich mag sie lieber als dich.« Er streckte die Zunge in Fynns Richtung aus, was der mit einem Luftkuss kommentierte.

»Das tu ich auch. Jetzt zeig, ob du dein Instrument noch beherrschst!« Nick schnappte sich seine Gitarre und die beiden begannen zu spielen, während ich mich wieder auf den Weg nach draußen machte.

Mittlerweile hatte sich der Vorplatz der Verona Hall spürbar geleert. Jetzt stand nur noch das Konzert auf dem Programm und weit und breit war keine Katastrophe in Sicht.

Konnte dieser Tag tatsächlich ohne Drama enden?

Ich schlängelte mich an den Besuchergruppen vorbei, versuchte, die dort Stehenden gerade genug zu beachten, um ihnen auszuweichen. Ich wollte so wenig Aufmerksamkeit wie möglich auf mich ziehen.

Der Apfelbauer überließ mir direkt seinen letzten Karton mit ganzen sechs Flaschen, für die ich mich überschwänglich bedankte. Mit dem Karton im Arm drehte ich mich um und fand Magnus. Unmittelbar vor mir.

Dieses Mal ignorierte er mich nicht. Er starrte den Karton in meinen Armen an, dann wanderte sein finsterer Blick höher in mein Gesicht.

»Denkst du jemals an deinen Vater, Maya?« Seine Stimme war schärfer als jede Klinge und sie drang problemlos in meine Eingeweide. Durchschnitt sie. »Er ist nur noch ein Schatten seiner selbst. Pat hat dich dein ganzes Leben lang beschützt, dich unterstützt und gefördert.«

Ein weiterer Schnitt.

»Du dankst es ihm, indem du ihn zerstörst.«

Noch einer.

»Und du zerstörst den Kreis. Deine Heimat! Du ermöglichst Ferres den Vizeposten!«

Ein weiterer.

»Alles, was dir einmal wichtig war, geht zugrunde, weil du nicht begreifst, dass du ihm gleichgültig bist. Er spielt mit dir!«

»War es das?« Ich presste den Karton fester gegen meine Brust. »Oder willst du noch irgendwelche Beleidigungen, Drohungen oder Schuldzuweisungen loswerden?«

Offenbar nicht, denn er blieb still.

Ich zwang mich, seinem Blick standzuhalten.

»Gut. Denn das bringt nichts. Ihr seid nicht mehr meine Heimat. Das ist Fynn.« Ich drängte mich an Magnus vorbei. Kurz fürchtete ich, er würde mich wieder festhalten, wie beim letzten Besuch in der Siedlung, doch diesmal ließ er mich gehen.

Einige Leute waren auf mich aufmerksam geworden, musterten mich und begannen zu tuscheln, als ich an ihnen vorbeiging. Spätestens jetzt schienen alle hier das Sektenmädchen in mir zu erkennen.

Wie sehr ich mir wünschte, unsichtbar zu sein.

Schnell steuerte ich den Versammlungssaal an.

Fynn lächelte mir zu, kaum dass ich eintrat. Ein Sonnenstrahl, der die eisige Kälte in mir so verlässlich wie immer vertrieb.

Es war keine Lüge gewesen.

Fynn fühlte sich nach Heimat an.

Nach der besten von allen.

Ich drückte Nick eine der Flaschen in die Hand und suchte mir selbst einen Platz abseits der Stuhlreihen auf dem Boden. Die Einzigen, zu denen ich mich hätte setzen können, wären Taira oder Matt gewesen und keinen von beiden fand ich hier. Also zog ich die Abgeschiedenheit dem Rest der Verona Hall vor.

Fynn sprang von der Bühne, kam zu mir und die anderen folgten ihm, setzten sich keinen Meter entfernt von mir auf den Boden, ohne meine sonderbare Platzwahl zu kommentieren. Fynn sank hinter mich. Seine Arme umschlossen mich und sein Kopf legte sich auf meine Schulter. »Reden wir darüber?«

Wie auch immer er gemerkt hatte, dass mich etwas aus der Bahn geworfen hatte. »Ein Beinahe-Zusammenstoß mit Magnus. Es war unschön.«

Sein Mund lag nah an meinem Ohr und ich nahm wahr, dass er tief ausatmete. Sein Versuch, sich nicht in seiner Wut zu verlieren. »Sie wollen, dass du unglücklich bist. So zeigen sie dir, dass dich nur ein Leben im Kreis erfüllt.«

»Du bist erschreckend klug.«

Er lachte leise. »Das höre ich von niemandem lieber als von dir. Zeig es ihnen. Sei glücklich, das nervt sie am meisten.«

Damit ließ er mich lächeln, gerade, als Mr Hemskey auf die Bühne trat. Er sagte ein paar nette Worte zum Winterfest, dankte den Organisatoren und kündigte die Band an.

Leider.

Ich hätte für den Augenblick wenig dagegen gehabt, hier weiter mit Fynn zu sitzen. Mr Hemskeys Worte veranlassten Nick dazu, noch rasch einen großen Schluck Cidre zu nehmen.

»Lampenfieber«, flüsterte mir Fynn zu. »Wenn Nick mitbekommt, dass ich dir das verraten habe, lässt er mich gegen dich austauschen.« Er stand auf, wartete nicht einmal auf einen Kuss, weil er wusste, dass er hier mit den Menschen um uns herum keinen bekommen würde.

Es sollte wahrscheinlich einfach sein, all die Regeln des Kreises abzuwerfen – war es aber nicht. Weil ich dafür erst einmal herausfinden musste, welche der Regeln Teile von mir waren und welche nicht. Fynn akzeptierte es nicht nur, er drängte mich dazu, in Ruhe herauszufinden, was ich brauchte.

Wer ich sein wollte.

»Ich liebe dich«, raunte ich ihm zu. »Rock die Verona Hall.«

Er grinste, formte mit den Fingern ein Herz für mich, dann folgte er den anderen auf die Bühne.

Ich hoffte, dass sich keine Kreisler hier fanden. Denen hätte die Band nicht zugesagt, aber mir gefiel sie. Die Texte waren klug und Georges Stimme passte perfekt. Doch mein Blick blieb die meiste Zeit auf Fynn liegen. Ich liebte diese überschäumende Begeisterung, die ich auf seinem Gesicht fand. Hierfür war er gemacht.

Erneut brannte tosender Applaus auf, dem ich mich begeistert anschloss, um mir im Anschluss eine der Cidreflaschen zu nehmen. Ich schraubte den Verschluss auf, während George sich dem Publikum zuwandte. »Für das nächste Lied bitten wir um Verstärkung.«

Wollten sie den Refrain mitsingen lassen?

Könnte interessant werden.

Kaum dachte ich das, verschwand Fynn hinter der Bühne.

Weshalb?

Argwohn zerrte in meinem Bauch.

Schnell nahm ich einen tiefen Schluck Cidre, gerade als er zurückkam.

Mit meiner Gitarre.

Ich verschluckte mich.

Die Flasche rutschte aus meinen Händen und tränkte Fynns Jacke.

Mist!

Schnell hob ich sie auf und schon erklang mein Name auf der Bühne. »Maya, wo bleibst du?«, fragte George und sein Blick zuckte zu mir. Augenblicklich setzte ein Raunen ein, das den ganzen Saal auszufüllen schien.

Mistiger Mist!

Ich zerrte Fynns durchtränkte Jacke ab.

Was sollte ich tun?

Aus dem Saal stürmen?

Auf die Bühne gehen?

Mich unter Fynns Jacke verstecken?

Nichts davon fühlte sich besonders verlockend an.

Fynn tauchte am Mikrofon auf und George überließ es ihm. »Komm hoch, wenn du dich traust.«

Fynn!

Verflucht!

Er wusste, dass ich das nicht auf mir sitzen lassen konnte.

Fynn grinste triumphierend, als ich mich erhob, ohne dass mein Verstand meinem Körper den Befehl gegeben hatte. Doch je näher ich der Bühne kam, den Jungs, meiner Gitarre und Fynn, desto sicherer wurde ich mir, dass ich das hier wollte.

Ich wollte wissen, wie es sich anfühlte, dort zu stehen.

Mit so viel Gelassenheit, wie ich trotz meiner cidregetränkten Kleidung aufbringen konnte, zog ich mich auf die Bühne. George reichte mir die Hand und half mir hoch. »Ich dachte, du lässt uns hängen.«

»Es war knapp.«

Ich nahm die Gitarre entgegen und Fynn grinste breit. »Du riechst unglaublich verführerisch, Schönste.«

»Cidredusche. Hiermit hast du mich eiskalt erwischt.«

»Du liebst meine Überraschungen, gib es zu.« Er zwinkerte. »Die Lieder kennst du von gestern.«

Nick und Tarve riefen nach mir, um mich abzuklatschen. Nick zeigte mir die Zettel auf Mr Hemskeys Rednerpult, auf denen sie die nächsten Lieder und Akkorde für mich aufgeschrieben hatten.

Sie hatten alles geplant.

Ich sah auf.

Fand die Menge vor mir.

Und fragte mich, was zur Hölle ich hier tat.

Ich spürte ihre Blicke auf mir, spürte ihre Verständnislosigkeit.

Sie alle sahen nur Fynns naives Anhängsel in mir.

Das Sektenmädchen, das nicht erkennen wollte, was um sie herum geschah.

Ich hatte es satt.

Alles.

Zeit, ihnen zu zeigen, dass sie sich irrten!

George drehte sich um, gab ein Zeichen und Tarve setzte ein. Nick und ich folgten.

Plötzlich waren da nur noch wir und die Musik.

Unter den ersten Anschlägen löste sich jeder Anflug von Nervosität auf und Glück strömte durch mich hindurch.

Ich verstand Fynns Faszination.

Das hier fühlte sich großartig an.

Wie ein Rausch.

Applaus setzte ein und erst der rief mir in Erinnerung, dass die Welt aus mehr als uns bestand.

Mir blieb gerade genug Zeit, das nächste Blatt umzudrehen, schon ging es weiter.

Hier mit ihnen zu spielen, war noch so viel besser als gestern. Seit Wochen huschte ich durch die Gänge, wollte mich auflösen unter den Blicken der anderen.

Ausgerechnet auf der Bühne fand ich zu mir zurück.

Plötzlich war mir gleichgültig, was die Menschen dort im Dunklen über mich dachten.

Über uns.

Fynn kam zu mir und wir spielten gemeinsam. Für den Moment waren wir vollkommen versunken darin. Als das Lied schließlich endete, beugte Fynn sich vor. »Ich wusste, dass du kommst.« Er strich eine Strähne hinter mein Ohr und schon rief George nach ihm. Ich hielt Fynns Hand einen Moment fest, bevor ich bereit war, ihn freizugeben. Sein Finger wanderte tiefer und fuhr über meine Lippen. Ein Ersatz für den Kuss, den wir uns gerade beide wünschten. Einen Augenblick lang stand ich so schrecklich kurz davor, ihn dennoch zu küssen.

Nur ein winziger, aufgehauchter Kuss.

Doch bevor ich eine Entscheidung treffen konnte, war Fynn fort.

Das Kribbeln auf meiner Lippe aber blieb, zusammen mit dem Libellenschwarm, der wild durch mich hindurchtobte.

Ich blätterte um zum nächsten Lied und fand nur ein Blatt, auf dem lediglich ein Herz gemalt worden war.

»Du pausierst«, rief Tarve. Mein Blick zuckte verständnislos von ihm nach vorn.

Warum hielt George plötzlich Fynns Gitarre?

Und weshalb stand Fynn jetzt am Mikro?

Was zur …?

»Dieser Song ist für euch«, rief Fynn in Richtung Publikum und steigerte meine Verwirrung ins Endlose. George begann zu spielen und die anderen setzten ebenfalls ein.

Fynn sang.

Härter als George.

Rauer.

Wütender.

Er umklammerte das Mikro, als wäre es das Ventil, um seinen Zorn freizusetzen.

Er sang von uns.

Von wilden Spekulationen.

Von Überfällen, Beleidigungen und Drohungen.

Davon, dass jeder eine Meinung zu uns hatte, obwohl keiner von ihnen wusste, wer wir waren.

Was wir uns waren.

»Scheiß auf euch!«, rief Fynn gerade, als die Instrumente abrupt verklangen und zeigte dem Publikum den ausgestreckten Mittelfinger.

Sein Ruf füllte die Aula aus.

Fynn hatte mit ein paar Zeilen die gesamte Verona Hall beleidigt.

Es schien, als wäre die Luft um uns herum plötzlich hochexplosiv.

Ein Funke und es würde knallen.

Die Stille, die uns entgegenschlug, fühlte sich an wie die Ruhe vor dem Sturm.

Dann erklang ein vereinzeltes Klatschen und jemand aus der ersten Reihe erhob sich.

Mr Hemskey.

Ausgerechnet.

»Sie sind davon ausgenommen, Mr Hemskey.« Fynn klang, als schmunzelte er. Die Wut hatte sich offenbar in diesem kurzen Song entladen. »Sie bekommen irgendwann einmal ein eigenes Lied. Aber jetzt ist erst jemand anderes dran.« Nick ließ einen kleinen Trommelwirbel hören, als Fynn sich zu mir umdrehte. »Ich habe das alte ein wenig überarbeitet. Bist du bereit für die neue Version?«

Nein.

War ich nicht.

Mein Hals trocknete in Sekundenbruchteilen aus wie ein ausgedörrtes Blatt in der Sommerhitze.

Mein Herz beschleunigte sich – nur diesmal nicht auf die gute Weise.

Erinnerungen flackerten in mir auf.

Mein Geburtstag.

Xander, der den gesamten Kreis versammelt hatte.

Wie alle auf die Antwort gewartet hatten, die zu geben ich nicht bereit gewesen war.

Fynn runzelte die Stirn, versuchte wohl herauszufinden, was mit mir los war. Plötzlich weiteten sich seine Augen entgeistert und im nächsten Moment lachte er nicht minder entgeistert auf.

Er hatte verstanden.

Sein Kopfschütteln hätte es nicht mehr gebraucht, um mir deutlich zu machen, dass das hier nicht in einem Antrag enden würde. Die Fassungslosigkeit in seinem Blick reichte aus, um meinen Herzschlag wieder in einen gemächlicheren Rhythmus zu drängen.

»Dann los«, rief ich ihm zu. »Noch schockierender kann der Rest nicht sein.«

Die anderen schienen zu wissen, was sie zu tun hatten, begannen zu spielen. Ich brauchte einige Sekunden, bis ich registrierte, dass es wirklich das Lied war, das ich bei meinem Besuch gehört hatte. Damals hatte es George gesungen, nun sang Fynn dazu.

Er hatte es nicht abgeändert.

Es war ein komplett neuer Text.

Damals hatte niemand wissen dürfen, wem die Zeilen galten. Jetzt gab es dafür keinen Grund mehr.

Fynn sang unsere Geschichte.

Er begann damit, wie wir uns gesehen hatten, im Büro. Wie er sich geweigert hatte, es ohne meinen Namen zu verlassen. Davon, wie wir auf der Treppe Geheimnisse ausgetauscht hatten. Dass er sich schon damals in mich verliebt hatte, aber zu feige gewesen war, um es zuzugeben.

Dann sang er vom Schrank.

Von den versteckten Küssen, die sich fest in ihn eingebrannt hatten.

Davon, dass er versucht hatte, mir zu sagen, was er für mich empfand, aber zu stolz war, um es auszusprechen.

Er beschrieb, wie wir uns gegenseitig das Leben schwer gemacht hatten.

Wie ich ihn als Yuppie und er mich als Freak bezeichnet hatte und davon, dass er mich die ganze Zeit über geliebt hatte.

Er sang über geteilte Bilder und Momente.

Herzen, die wir uns nur heimlich hatten schicken können.

Weil niemand akzeptiert hätte, was wir einander waren.

Sein Blick brannte sich in mich, als er damit endete, dass er mich liebte. Wie großartig es war, das in die Welt hinausschreien zu können, weil ihm gleichgültig geworden war, was die Welt davon hielt.

Im nächsten Moment lag ich in seinen Armen.

Die Stimmen in mir schwiegen.

Da gab es kein Eis in mir.

Keine Zweifel.

Nur Liebe.

Ich küsste Fynn.

Eine Sekunde lang stockte er entgeistert, dann zog er mich enger zu sich und versank in unserem Kuss.

Kaum lösten wir uns, strahlte er mich an, hob mich in die Luft und ich lachte, bevor er meine Lippen wieder mit seinen verschloss.

Ich hatte mich zu lange an diese Regel geklammert, die nicht meine war.

Sollten sie mich doch alle verfluchen.

Fynn hatte recht.

Wer nicht erkannte, wie wertvoll das zwischen uns war, konnte mir gestohlen bleiben.

Ich war wieder auf dem Boden angekommen, aber gleichzeitig fühlte es sich nicht danach an. Fynns Finger fuhren meine Wangen entlang, während ich die Arme um ihn schlang …

»Ähm?« George räusperte sich. »Wie lange wollt ihr noch weitermachen? Wir müssten demnächst fahren.«

Damit brachte er Fynn und mich dazu, uns widerwillig voneinander zu lösen. Ich blinzelte gegen die Lichter an und stellte fest, dass sich die Welt um uns herum verändert hatte. Der Vorhang war vorgezogen und trennte uns vom Rest des Saals. Davon hatte ich nicht das Geringste mitbekommen. Wärme kribbelte in meinen Wangen und ich ahnte, dass sie unter Georges amüsierter Miene gerade an Farbe zunahmen. Aber ich bereute nichts. »Wir sind fertig.«

»Fürs Erste.« Fynn legte locker den Arm um mich und der Blick, mit dem er mich bedachte, rief einen weiteren Libellenwirbelsturm in mir hervor.

»Wir schenken uns die Zugaben.« George schien Schwierigkeiten zu haben, nicht zu grinsen. »Da lag keine richtige Harmonie in der Luft. Also *abseits* der Bühne.« Das Grinsen brach nun doch aus ihm heraus.

»Heute war echt viel dabei.« Nick drängte sich zwischen Fynn und mich, legte seine Arme um unsere Schultern. »Das Publikum zu beleidigen, war ein unerwarteter Move. Chapeau.«

Fynn lachte. »Das haben die sich alle verdient.«

Tarve trommelte ein dramatisches Solo, das seine Worte unterstrich.

»Beim nächsten Mal will ich die Geschichte hören.« Georges Finger wanderte von Fynn zu mir und wieder zurück. »Das ein oder andere verstehe ich noch nicht.«

»Nächsten Monat?«, fragte Fynn und George nickte, schüttelte seine ausgestreckte Hand. »Deal.«

Mr Hemskey tauchte hinter der Bühne auf, um sich bei der Band für den Auftritt zu bedanken. Schmunzelnd erklärte er, dass Fynn und ich wohl niemals aufhören würden, für Überraschungen zu sorgen. Bei ihm klang es, als wäre das eine wirklich gute Sache.

Kaum war er fort, gab es einen schrillen Schrei und Taira huschte durch den Vorhang. »Fynnnnnnie!« Sie verpasste ihm einen Stoß gegen die Schulter. »Ernsthaft? Du kannst sowas und schenkst mir einen Shopping-Gutschein zum Geburtstag?« Er bekam einen zweiten winzigen Knuff, wich dem dritten lachend aus.

»Er war aus deinem Lieblingsladen!«

Taira grinste, entblößte die perfekten Zähne zwischen knallroten Lippen. »Du bist so unverbesserlich, dass es wehtut. Ich verzeih dir trotzdem, weil das heute süß war. So zahnschmerzend süß. Dabei hasse ich das eigentlich.« Sie drehte sich mir zu. »Ich habe doch gesagt, er lohnt sich. Du tust ihm gut. Ihr tut euch gegenseitig gut.«

Das klang so ehrlich, dass mich einen abstrusen Moment der Wunsch überkam, sie zu umarmen.

Taira zu umarmen.

Taira.

Ausgerechnet.

Sonderbar, welche Wege mein Leben in letzter Zeit nahm.

»Wer ist das?« Tairas Blick fuhr über uns hinweg und ich folgte ihm, fand George, der Taira breit anlächelte.

»Nein!« Fynn schob sich vor sie. »Vergiss ihn sofort. Er ist schlimmer, als ich jemals war!«

»Aber er ist süß«, protestierte sie und machte einen Schritt an Fynn vorbei, grinste George ebenfalls breit an.

»Leute!«, kam es kopfschüttelnd von Fynn. »Das ist echt eine miese Idee!«

Und irgendwas in mir gab ihm recht.

»Rede mit Matt.« Nun hatte ich nicht nur Tairas Aufmerksamkeit, auch Fynn starrte mich verständnislos an.

»Warum?«, fragte sie zu Recht verwirrt, schließlich war Matt nicht einmal hier.

»Weil du ihn magst.« Wahrscheinlich verstieß ich hier gerade gegen ein Dutzend zwischenmenschlicher Regeln, aber sie sollten nicht die gleichen Fehler machen wie wir.

Taira schluckte und kurz glaubte ich, Schmerz in ihrem Blick wahrzunehmen, bevor Kühle ihn ablöste. »Das geht dich nichts an!«

Sie stritt es nicht ab.

»Er mag dich auch.« Taira hatte den Mund geöffnet, vielleicht, um noch eine Beleidigung hinzuzusetzen, doch was immer es hätte werden sollen, schaffte nie den Weg aus ihr heraus.

Einen Moment lang herrschte Stille.

»Woher weißt du das?«

Die Frage kam diesen verräterischen Hauch zu schnell.

So klang Hoffnung.

»Weil er es mir gesagt hat.« In Gedanken schickte ich Matt eine Entschuldigung.

Taira wirkte, als wehte in ihr ein Gedankentornado.

Wie lange sie Matt wohl schon liebte?

Wie lange sie wohl schon versuchte, ihn zu vergessen?

»Hi.« George tauchte bei uns auf und hielt Taira die Hand hin. Ich musste zugeben, dass sie nicht unrecht hatte. Er war süß, mit diesen kastanienbraunen, strubbeligen Locken und den Augen, die immerzu zu strahlen schienen.

Tairas Blick zuckte von seinem Gesicht zu seiner Hand. »Sorry. Falscher Alarm. Ich bin weg.« Damit drehte sie sich um und verschwand.

Sichtlich entgeistert starrte George ihr hinterher. »Was stimmt mit dieser Schule nicht? Hier versagt sogar mein Charme.«

»Als wenn du Charme besäßest«, kam es von Tarve, der ihm eine Gitarre reichte. »Jetzt beeile dich, Nick ist schon am Wagen und du weißt, was das heißt.«

»Shit!« Georges Blick ließ sofort von Taira ab. Er stieß einen weiteren, heftigeren Fluch aus und Fynn lachte.

»Offenbar musst du mir später erklären, was zwischen Taira und Matt abgeht. Schnapp dir deine Jacke, Schönste«, flüsterte er mir zu. »Denn wir werden jetzt eine Stunde darüber streiten, wie sich das Auto am besten bepacken lässt, und ich will dich in meinem Team. Du wirst sie alle fertig machen.«

Es dauerte tatsächlich fast eine Stunde, bis alles seinen Platz in Georges Van gefunden hatte und wir uns mindestens zwei- oder dreimal umarmt hatten.

Fynn behielt recht, die Jungs waren großartig. Ich freute mich jetzt schon darauf, sie nächsten Monat wiederzusehen. Hupend fuhr der Van schließlich den Parkplatz entlang und verschwand. Plötzlich fühlte es sich zu ruhig an. Die drei hatten in so kurzer Zeit so viel Leben mit sich gebracht.

»Lust auf einen Einbruch?«, raunte Fynn mir ins Ohr.

»Jetzt?«

»Wir sind noch nie am Wochenende eingebrochen?«

»So klingt das natürlich unheimlich logisch.«

»Nur ein kleiner Besuch auf der Treppe. Wir sind nicht mehr lange hier.«

Ich sah hinüber zu der Verona Hall, die hell erleuchtet hinter uns lag. Die meisten Menschen waren zwar mittlerweile gegangen, aber noch waren wir nicht allein. Das bedeutete, wir mussten zumindest nur in einen Raum einbrechen.

»Ganz kurz.« Seit Wochen hatten wir nicht mehr auf der Treppe gesessen – weil wir sie nicht länger brauchten. Wahrscheinlich lag es an Fynns Lied, dass sie mir jetzt fehlte.

Wir huschten durch die Flure und es fühlte sich an, als würde jeden Augenblick die Gottesanbeterin erscheinen, um uns lautstark daran zu erinnern, dass wir nicht rennen durften. Doch heute Nacht hatten wir schon andere Regeln gebrochen.

Wir erreichten den Hausmeisterraum und Fynn öffnete die Tür. Ich sank auf meinen Platz, erwartete, er würde den Schalter drücken, stattdessen nutzte er sein Handy als Lampe, lehnte es an die Stufe hinter uns. Das Licht war sanft und passte zu diesem Abend.

»Interessanter Auftritt«, sagte Fynn und sank neben mich.

»Mir gefallen die Veränderungen, die du an dem Lied vorgenommen hast.« Ich legte den Kopf auf seine Schulter und strich mit der Nasenspitze über seinen Hals, inhalierte seinen Duft.

»Ja, das letzte ist mir ein wenig aussichtslos geraten. Schlimmer Anfall von Liebeskummer.« Er hauchte einen Kuss auf mein Haar. »Wie bist du auf den abstrusen Gedanken gekommen, ich könnte dir einen Antrag machen? Auf einer Bühne? Vor lauter Menschen, die wir nicht ausstehen können?« Selbst jetzt schwang da etwas von der Fassungslosigkeit mit, die ich in seinem Gesicht gefunden hatte.

»Schlechte Erfahrungen.«

Wir hatten nie darüber gesprochen, wie Xander damals vorgegangen war. Er hatte gewusst, dass ich ablehnen würde, also hatte er mich in eine Situation gedrängt, die es mir unmöglich gemacht hatte, abzulehnen.

Mittlerweile würde ich ablehnen.

Der Gedanke brachte mich zum Lächeln.

»Lass uns hier nicht über *ihn* reden. Die Zeit gehört uns.«

Einige Sekunden schien Fynn zu überlegen, dann nickte er und begann mit einer meiner Haarsträhnen zu spielen. »Was würdest du dir wünschen, falls ich dich irgendwann einmal frage?«

»Wieso glaubst du, dass ich dich fragen lasse? Ich könnte dir zuvorkommen.«

Er lachte auf. »Nur du machst aus einem hypothetischen Antrag einen Wettkampf.«

»Und nur du steigst darauf ein.« Ich hob den Kopf, um ihn anzusehen. Es funkelte im Vergissmeinnichtblau.

»Ich habe zumindest schon einmal diese Runde gewonnen, denn meine Frage kam vor deiner. Also, was müsste ich tun, um den Hauch einer Chance auf ein Ja zu bekommen?«

Darüber hatte ich nie nachgedacht. »Auf einen Überraschungseffekt hoffen. Außerdem will ich keine Menschen, nirgends.« Dieser Punkt war nicht verhandelbar. »Es sollte an einem Ort sein, der sich nach uns anfühlt.« Was genau ich damit meinte, konnte ich nicht einmal sagen. Nur, was ich nicht wollte. Keinesfalls einen Antrag auf dem Ferres-Gelände.

»Also etwas wie das hier«, stellte er fest und musterte mich so durchdringend, dass mein Herz entgeistert stoppte. Quälend langsam kam er näher. Er legte seine Finger auf meine Wangen und lächelte. Der Augenblick verging und Fynn blieb genauso still wie ich.

»Sonst noch etwas?«, fragte er provokant gelassen.

Er hatte mich nur necken wollen.

Warum dachte ich heute ständig, dass er mir einen Antrag machen wollte?

Allein der Gedanke war wahnwitzig.

»Auf keinen Fall etwas Großes oder Übertriebenes. Wenn du mir Rosenblätter und Kerzen präsentierst, gehe ich.«

»Das hätte ich mir dann so was von verdient.«

»Hättest du. Das wären wohl die optimalen Bedingungen, aber versprechen kann ich dir nichts. Jetzt bist du dran. Was ist mit dir?«

»Gib mir neunzig Sekunden.«

»Du brauchst anderthalb Minuten Bedenkzeit, um herauszufinden, wie genau ich dich fragen muss?« Ungläubig starrte ich ihn an. »Neunzig Sekunden?«

»Stopp die Zeit, wenn du mir nicht glaubst.« Er deutete demonstrativ auf meine Jacke. Offenbar war das sein Ernst. Seufzend zog ich mein Handy raus und registrierte, dass eine neue Nachricht von Fynn eingegangen war.

In den letzten Wochen hatten unsere Bilder nachgelassen, weil wir uns andauernd sahen, doch diese hier hatte er erst vor wenigen Minuten abgeschickt.

Davon hatte ich nichts mitbekommen.

Ich öffnete sie und fand ein weiteres Herz für unsere Sammlung.

Kreide auf einer Tafel.

Einer Tafel, die ich gut kannte, weil ich von genau diesem Platz immer auf sie sah, wenn das Licht nicht wie jetzt gedämmt war.

Gerade erkannte ich von ihr kaum mehr als ihre Umrisse.

»Wann warst du hier?« Wir waren während des Fests doch die meiste Zeit zusammen gewesen? Statt mir zu antworten, nahm Fynn sein Handy, tippte darauf und das Licht der Deckenlampe flutete den Raum.

Ich fand das Herz auf der Tafel.

Alles an ihm war perfekt.

Ein vollkommenes Herz.

Hier, an dem vollkommenen Ort.

Das gleiche wie auf dem Foto. Doch nun fanden sich darin Worte.

Marry me …

Heirate mich …

Er hatte alles geplant und ich hatte es nicht begriffen.

Ungläubig sah ich zu Fynn. Das Blitzen in seinen Augen konnte spielend mit dem Sternenhimmel mithalten.

»Was denkst du?«, fragte er sanft. »Möchtest du?«

Darauf war ich nicht vorbereitet.

Ich brauchte Pläne, an denen ich mich entlanghangeln konnte.

Für Entscheidungen dieser Größenordnung sollte ich nachdenken.

Wochenlang.

Monatelang.

Listen erstellen.

Das Für und Wider abwägen.

Doch ein Blick in Fynns Augen löschte all die Gedanken.

Bis auf den einen.

Es war wahnwitzig.

Aber ich wollte es.

Da war kein Chaos in mir.

Keine fremden Stimmen, die miteinander rangen.

Nur eine einzige – meine.

»Natürlich.«

Fynns Lächeln überstrahlte die Lampe. Ich legte die Hände an seine Wangen und küsste ihn.

»Ich nehme an, die anderthalb Minuten sind um?«, fragte ich, kaum dass unsere Lippen in der Lage waren, sich zu trennen.

»Ja. So wie es aussieht, muss ich nicht mehr über deinen möglichen Antrag nachdenken. Ich war schneller.« Wieder funkelte es in seinen Augen auf. »Aber an sich fand ich den hier schon gut.«

»Das fand ich auch«, flüsterte ich zurück.

»Eine Kleinigkeit fehlt noch«, erklärte Fynn und zog einen Ring aus seiner Tasche.

Kapitel 14

Xander hatte seine Taktik geändert. Ein ausgerissener Artikel begrüßte mich auf meinem Platz, noch bevor ich den Tisch erreichte.

Ich wüsste zu gern, wie er so schnell an diesen ganzen Tratsch kam. Durchsuchten sie im Kreis jetzt sämtliche Klatschblätter nach Geschichten von uns?

Ich fand zwei Fotos von Fynn und mir auf der Bühne. Auf dem einen spielten wir gemeinsam auf unseren Gitarren und grinsten dabei um die Wette. Auf dem andern küssten wir uns.

Natürlich.

Warum konnten sie nicht damit aufhören?

»War das jemand von euch?« Fynn trat neben mich und hob den Artikel in die Höhe. »Informiert einer von euch die Presse?« Die Gespräche verstummten. »Gibt es hier irgendjemanden, der nichts Besseres zu tun hat, als Maya und mich zu verfolgen?« Vereinzelt ertönten Lacher, doch niemand meldete sich.

»Wunderbar«, erklärte Fynn grimmig. »Nachdem das jetzt geklärt ist, erwarte ich, dass dieser Unsinn aufhört. Konzentriert euch auf die Abschlussprüfungen, den Ball oder was auch immer. Wie erbärmlich muss man sein, um heimlich Fotos von anderen zu veröffentlichen?«

»Schreib doch ein Lied darüber«, rief jemand und wieder hallte Gelächter auf.

»Nein«, gab Fynn zurück, »wenn ich denjenigen erwische, darf er sich mit einer Armee von Anwälten auseinandersetzen. Ich verschwende nicht noch mehr Zeit mit diesem Unsinn.« Er reichte mir den Artikel, wohl für den Fall, dass ich ihn lesen wollte.

Wollte ich nicht.

Das war vorbei.

Ich knüllte ihn zusammen und warf ihn quer durch den Raum in Richtung der Papiertonne. Auch wenn ich sie um einen guten Meter verpasste, brannte Genugtuung in mir auf.

»Woher kommt der Ring?«, stieß Taira schrill aus und deutete auf meine Hand.

Verdammt.

Jetzt sahen alle zu mir.

Ich hatte damit gerechnet, dass er Taira auffallen würde – aber nicht damit, dass dann der halbe Jahrgang zuhörte.

»Ihr seid verlobt?« Tairas Stimme überschlug sich vor Begeisterung oder Entgeisterung. *Oder beidem.*

Fynn blieb genauso still wie ich.

Er überließ es mir, wie viel wir sagten.

Eine Bewegung vor mir ließ mich instinktiv zurückweichen.

Xander war aufgesprungen.

Er schien nur noch aus Wut zu bestehen.

Bilder brannten in mir auf.

Seine Hand.

Der Schmerz.

Alles.

Keinen Herzschlag später stand Fynn vor mir und schirmte mich ab. »Schlag mich!«, raunte er Xander zu, der gerade wirkte, als stünde er unmittelbar davor auszuholen. »Tu es! Dann bist du heute noch hier weg und wir sind dich endlich los.«

Xander schien abzuwägen, was er dringender wollte, einen Abschluss oder Fynn einen Schlag verpassen.

»Zeig!« Taira drängte sich zwischen uns, ohne zu begreifen, was hier gerade geschah. »Ihr spinnt übrigens – alle beide!« Sie schüttelte den Kopf und sah zu Fynn. »Ausgerechnet du!« Er mühte sich ein winziges Lächeln ab, während Xander zurück auf seinen Stuhl sank.

»Wehe, mein Name findet sich nicht auf der Gästeliste«, fuhr Taira fort. »Ganz oben«, sagte sie breit lächelnd. »Und Matts auch«, flüsterte sie mir zu. »Danke.« Damit verschwand sie wieder auf ihren Platz, weil Mr March mit Leidensmiene den Raum betrat.

»Das lief wenig dramatisch, für unsere Verhältnisse«, raunte Fynn und bückte sich, um seine Unterlagen aus der Tasche zu ziehen. Ausgerechnet da drehte Xander sich erneut zu mir um.

In seinem Blick lag mehr als Zorn.

Das, was ich darin fand, löste eine ganz neue Art von Angst in mir aus.

Er drehte sich zurück, bevor Fynn sich aufrichtete.

Lange bevor mein Herz seinen Dienst wieder aufnahm.

Lange bevor sich diese eisige Faust löste, die sich um mich gekrallt hatte.

Kapitel 15

»Ihr dürft mir gratulieren.« Richards Stimme war so durchdringend, dass sie mühelos die ganze Wohnung ausfüllte. Wahrscheinlich absichtlich, weil Fynn sich weigerte, ihn hereinzulassen. Mir zuliebe. Dabei bekamen wir ihn beide nicht ausgeblendet, solange wir hier wohnten. Ich konnte es kaum erwarten, Richard und Ferres Enterprise zu entkommen.

»Es wird erst morgen öffentlich bekanntgegeben«, fuhr Richard mit einer Selbstverständlichkeit fort, als hätten wir ihn darum gebeten. »Aber der Vize-Posten gehört mir.«

Das Genetik-Buch fiel aus meinen schockgefrorenen Fingern und landete mit einem dumpfen Knall auf den aufgeschlagenen Buchseiten. Ein grausamer Anblick und doch konnte ich mich nicht dazu überwinden, es aufzuheben.

Ich hatte gewusst, dass Richard den Posten bekommen würde, seit ich Mums Foto in dem Artikel gesehen hatte, aber das verringerte den Schock darüber nicht.

Fynn mühte sich eine tonlose Gratulation ab.

Dabei war Richard die denkbar schlimmste Besetzung für die Position.

Vielleicht hätte ich mich doch äußern sollen.

Ein Interview hätte ausgereicht. Keines in diesen Klatschmagazinen, sondern in etwas Seriöserem. Ich hätte sagen können, wie sehr mich Richard und Ferres Enterprise abstießen. Der einzige Grund, weshalb ich es nicht getan hatte, war Fynn. Weil ich ihm keinen Krieg zwischen mir und seinem Vater antun wollte. Genau darauf wäre es hinausgelaufen.

»Ihr seid morgen für den Empfang eingeplant.«

Wir?

Das war zu viel!

Ich stand vom Sofa auf, für den Moment konnte ich das Lernen ohnehin vergessen. »Sorg dafür, dass sie etwas Vernünftiges trägt«, sagte er zu Fynn. »Nicht so ein Sektengedöns.«

»*Sie*«, antwortete ich, während ich auf die beiden zuging, »… wird das nicht tun. Denn *sie* wird nicht dabei sein.«

»Maya …« Es war Fynn, der meinen Namen nannte und darin lag etwas Bittendes. »Vielleicht wäre das sinnvoll …« Sein Blick blieb an meinem Ring hängen.

Er wollte, dass ich ihn begleitete?

Das konnte er vergessen!

»Nein«, brach es aus mir heraus. »Wir haben einen Deal. Ich habe nichts mit ihm oder Ferres Enterprise zu tun und dabei bleibt es. Für immer!«

Fynn atmete tief aus, aber er nickte. »Ich komme allein.« Richard setzte zum Protest an. Wahrscheinlich würden sich Fynn und ich als Paar gut vor den versammelten Journalisten machen. Ich drehte mich um, peilte das Schlafzimmer an. Das besaß immerhin eine Tür, die ich zuknallen konnte. Die letzte Antwort, die ich dazu abgeben würde.

Die Stimmung war angespannt, als Fynn sich am nächsten Nachmittag für die Veranstaltung fertig machte. Einige Male spürte ich seinen Blick auf mir, aber wir redeten nicht darüber, was das gestern an der Tür gewesen war.

Warum auch?

Zwischen mir und Richard hatte ich vor vielen Jahren eine Grenze gezogen. Kein Ring der Welt änderte was daran.

Ich hatte gedacht, dass Fynn das wusste, und doch fühlte sich sein Abschied anders an als sonst. Er hauchte einen Kuss auf meine Stirn und verschwand, um seinen Vater zu beklatschen.

Lernen lenkte mich ab.

Normalerweise.

Heute nicht.

Ich kämpfte mich durch die Aufzeichnungen, versuchte, mein Hirn mit all den Dingen zu füllen, die in den Prüfungen abgefragt werden könnten, und scheiterte grandios.

Die eine Hälfte der Zeit verfluchte ich Richard, die andere grübelte ich darüber nach, weshalb Fynn mich gebeten hatte, ihn zu begleiten.

Ein Klingeln riss mich aus meinen Gedanken.

Fynns Festnetztelefon.

Es klingelte lange und stoppte erst, als ich mir die Matheunterlagen vornahm.

Keine Minute später setzte das Klingeln erneut ein.

Wieder versuchte ich, es auszublenden.

Endlich erstarb das Geräusch.

Nur um kurz darauf zur nächsten Runde anzusetzen.

So konnte ich nicht arbeiten.

Mit dem Mathebuch in der Hand ging ich zur Kücheninsel, wo die Quelle des Klingelns einen unbekannten Anruf ankündigte.

Obwohl ich hier seit Wochen wohnte, war mir nie in den Sinn gekommen, Anrufe für Fynn anzunehmen. Doch bisher hatte mich dieses nervtötende Klingeln auch nicht vom Lernen abgehalten. Ganz kurz war ich versucht, den Anruf wegzudrücken, wie Fynn es tat, wenn er keine Lust zu telefonieren hatte. Aber ich konnte es nicht und nahm ihn stattdessen an.

»Ja?« Ich schaffte es nicht einmal Fynns Nachnamen auszusprechen.

Wie hatte er ernsthaft glauben können, ich würde mit ihm zu dieser Veranstaltung gehen?

»Könnte ich Mr Ferres sprechen?«, fragte eine männlich klingende Stimme.

»Der ist nicht hier. Versuchen Sie es morgen noch einmal.«

»Nein!« Gerade hatte ich auflegen wollen, doch der entsetzte Ausruf hielt mich zurück. »Mr Ferres ist Patient in meiner Praxis. Leider ist er nicht zu seinem Folgetermin erschienen.«

Verdammt, Fynn!

Er hatte überhaupt nichts von einem Folgetermin gesagt.

Das war typisch.

»Den muss er vergessen haben. Können wir direkt einen neuen ausmachen?« *Den würde ich Fynn sicher nicht vergessen lassen.*

»Das wird nicht helfen.«

Nicht helfen?

Eine sonderbare Erwiderung.

»Soll ich Ihnen seine Handynummer geben?«

Ein unangenehmes Schweigen machte sich breit. »Die Sache ist die«, sagte er schließlich und schien gleichzeitig jedes Wort abzuwägen. »Ich habe dort Nachrichten hinterlassen, aber er meldet sich nicht zurück.« Auch das war so typisch Fynn, dass ich das Knurren zurückhalten musste, das sich in mir formte.

»Darf ich fragen, in welcher Beziehung Sie zu Mr Ferres stehen?«

»Wir sind verlobt.« Das erste Mal, dass ich es aussprach. Es fühlte sich sonderbar und gleichzeitig gut an.

»Dürfte ich Ihren Namen erfahren? Dann schaue ich nach, ob Sie eine der eingetragenen Kontaktpersonen sind.«

Ob ich was war …?

Ich hätte nicht gedacht, dass es so schwierig sein könnte, einen Arzttermin zu bekommen.

»Maya McGrey«, sagte ich und nutzte die Pause, die sich anschloss, um die Formel aus dem Mathebuch vor mir auswendig zu lernen.

»Sie wurden tatsächlich als Kontaktperson von Mr Ferres eingetragen.«

»Gut?«, erwiderte ich, weil er auf eine Antwort zu warten schien.

»Ich dachte, Mr Ferres hätte sich zwischenzeitlich nach jemand anderem umgesehen«, fuhr er fort. »Aber eine Kollegin schilderte mir gestern einen Fall, den sie kürzlich in ihrem Krankenhaus betreute, und der hat mich hellhörig werden lassen.«

Was?

Vergessen war die Formel.

Das hier fühlte sich nicht länger an, als ginge es um eine Terminverschiebung.

»Ist Mr Ferres anderweitig in Behandlung?«

»Wie war der Name Ihrer Praxis noch gleich?« Meine Stimme zitterte, während ich zum Kühlschrank ging. Dort hing die Karte, die mir die Ärztin für Fynn mitgegeben hatte.

Die Praxis, die Fynn doch gerade erst besucht hatte.

Nichts machte Sinn.

Tybalt, sprang mir von der Karte in goldenen Lettern entgegen.

»Tybalt«, sagte der Mann keine Sekunde später.

»Er ist bei Ihnen. Er hatte gerade erst einen Termin bei Ihnen.«

Betroffenes Schweigen ließ mich taumeln.

Fynn hatte mich belogen?

Ich sank auf den Boden.

Warum hatte Fynn mich belogen?

»Mr Ferres war nach seinem Zusammenbruch bei mir. Es gab einige Untersuchungen, aber nach der Diagnose kam er nicht mehr zu den Folgeterminen.«

Ich begriff nicht, was hier geschah.

Der Boden unter mir schien sich aufgelöst zu haben.

Es fühlte sich an, als befände ich mich im freien Fall.

»Er leidet an Herzflimmern«, flüsterte ich.

Das verräterische Schweigen am anderen Ende ließ mich weiter fallen.

Schneller.

»Wann war er bei Ihnen?« Alles, was noch aus mir herauskam, war ein Krächzen.

»Im Frühling.«

Er redete nicht von Fynns letztem Zusammenbruch.

Er redete von Fynns erstem.

Fynn war damals bereits bei der Praxis gewesen und nach der Diagnose nicht wieder aufgetaucht.

Kurz darauf hatte er die Verona Hall verlassen.

Ich hatte immer gedacht, dass er unseretwegen geflüchtet war.

Ich hatte mich geirrt.

...

So schrecklich geirrt.

Kapitel 16

Mit zitternden Fingern wählte ich Fynns Nummer, lauschte dem gleichmäßigem Tuten, aber er nahm nicht ab. Dr. Tybalt hatte sich geweigert, mir weitere Informationen zu geben.

Ich musste wissen, was das alles bedeutete.

Sofort.

Ich wählte erneut.

Er ging nicht dran.

Immer wieder.

Und dann begriff ich – ich rief ihn vom Festnetztelefon an. Das besaß eine unterdrückte Nummer. Dr. Tybalt hatte gesagt, dass Fynn seine Anrufe ignorierte. Das tat er sicher auch mit anonymen Anrufen.

Mein Herz flatterte mir durch die Brust wie ein panischer Vogel, während ich mein Handy aus der Jeans zog und mit starren Fingern auf den Hörer neben Fynns Foto drückte.

Ich war nicht in der Lage, mir erst ein Bild zu überlegen.

Ich musste reden.

So schnell wie möglich.

»Maya?« Fynn nahm bereits nach dem zweiten Klingeln ab und Besorgnis drang mir entgegen. Weil er wusste, dass ich nie einfach so anrufen würde.

»Komm sofort zurück!« Meine Stimme gab nicht mehr her als diese Mischung zwischen Krächzen und Flüstern.

»Was ist passiert?« Er klang, als versuchte er einzuordnen, aus welcher Richtung die Bedrohung diesmal kam.

Von Xander?

Dem Rest des Kreises?

Von Yuppies?

Seinem Vater?

»Wir müssen reden.« Irgendwie zwängte ich mir die Worte ab.

»Ich kann hier nicht weg«, raunte er mir sanft zu. Im Hintergrund ertönte eine Stimme und wurde von Beifall unterbrochen. Wahrscheinlich irgendeine Rede. Vielleicht die seines Vaters oder die des Premierministers. Wie unwichtig diese Dinge innerhalb von wenigen Augenblicken geworden waren. »Wir reden später.«

»Nein!« Meine Stimme war zurück und dieses Wort schrie ich ihm geradezu entgegen.

Fynn durfte nicht auflegen!

Ich konnte nicht bis später warten!

»Dr. Tybalt hat angerufen …«

Die Stille zwischen uns wurde so tief, dass sie uns beide zu verschlucken schien.

»Fynn?«, flüsterte ich in den Hörer und Eis kroch über jeden Zentimeter meiner Haut. »Was ist los?«

»Ich komme zurück.«

Kapitel 17

Was tat man, wenn man kurz davorstand, in seiner Panik zu ertrinken?

Ich starrte auf die Uhr am Herd.

Zählte die Sekunden mit, bis sich die Minutenanzeige veränderte.

Und begann von vorn.

Wenn ich keinen Fehler machte, war das alles hier nur ein schreckliches Missverständnis.

Dann würde Fynn mir alles erklären.

Und es ging ihm gut.

Nur nicht aufhören zu zählen.

Nach einer Ewigkeit hörte ich, wie die Tür aufgeschlossen wurde.

Ich war nicht in der Lage, zu Fynn zu schauen.

Starrte weiter auf die Uhr, um keine Sekunde zu verpassen.

Weil dann alles nur ein Missverständnis war.

Und es Fynn gut ging!

»Hey«, sagte er leise und sank zu mir auf den Boden. »Du zitterst.« Er schien seine Jacke auszuziehen, denn im nächsten Moment legte er sie um mich.

»Schau mich an, Maya«, bat er, aber ich schüttelte den Kopf.

Nur keine Sekunde verpassen.

Dann ging es Fynn gut.

Er beugte sich vor und versperrte mir damit den Blick auf die Uhr.

Ich starrte in die vergissmeinnichtfarbenen Augen, die mir so vertraut waren.

Fand die Lippen, die ich andauernd küsste.

Wangen, die ich so gern entlangstrich.

Und ich wusste, dass niemals wieder etwas gut werden würde.

Kapitel 18

Fynn hatte geweint.

Seine Augen waren gerötet und gleichzeitig zu dunkel.

Da lag so viel Schuld in ihnen.

Ich habe Angst, dass du mich irgendwann hasst.

Er hatte es mir gesagt.

Nur so verdeckt, dass ich es nicht gefunden hatte.

Er hatte Angst davor, dass ich ihn hasste, wenn ich die Wahrheit erfuhr.

»Was ist es?«, flüsterte ich und gleichzeitig wollte ich nichts davon wissen.

Stattdessen wollte ich die Zeit zurückdrehen und niemals diesen schrecklichen Anruf annehmen.

Ich wollte zurück ins Gestern.

Sofort.

Doch es war zu spät.

Für uns beide.

»Sag es mir!« Ich konnte mich nicht dazu überwinden, nach seiner Hand zu greifen. Dass Fynn ebenfalls keine Anstalten unternahm, mich zu berühren, machte es nur noch schlimmer.

»Der Arzt irrt sich.«

Eis wehte durch mich hindurch.

»Womit?«

»Mit allem!« Wieder wich Fynn meiner Frage aus. »Es ist Unsinn.« Er versuchte es mit seiner sonstigen Gelassenheit. Die hätte mich zu jedem anderen Zeitpunkt beruhigt, aber jetzt fachte sie die Panik nur weiter an. »Mir geht es gut.« Verspätet griff er nach meiner Hand, doch ich zog sie fort.

»Sag mir, was los ist!« Er fuhr zusammen, als die Panik ihren Weg aus mir herausfand. »Rede endlich mit mir!«, schrie ich ihn an und gleichzeitig brannte die Kälte in meinem Inneren.

Fynn blinzelte.

Er sank zurück, lehnte den Rücken an die Küchenschränke und stellte die Beine zwischen uns auf. Es fühlte sich an, als baute er eine Barriere, um meine Fragen abzuwehren. Hinter seinem Schutzwall schwieg er sich aus.

Dabei war er es sonst immer, der reden wollte.

»Fynn!« Sein Name wurde zu einem verzweifelten Schluchzen und das drang irgendwie durch seine Mauern zu ihm durch. Seine Beine zitterten, als er den Kopf ein winziges Stück hob, um zu mir zu schauen. Es schimmerte feucht im Vergissmeinnicht. Gleichzeitig blieben seine Lippen trotzig vorgeschoben und machten deutlich, was er von der Diagnose hielt.

Besäße Zerrissenheit ein Gesicht, wäre es dieses.

»Ich liebe dich!«, flüsterte ich ihm zu. »Ich liebe dich so sehr. Aber ich zersplittere, wenn du jetzt nicht mit mir redest.«

Seine Wimpern flatterten.

Seine Lippen bebten.

Fynn schien den nächsten Atemzug geradezu in sich zwingen zu müssen.

»Er behauptet, es ist mein Herz …« Worte, die klangen wie ein weit entferntes Echo. Fynn wich meinem Blick aus und starrte auf dieses Stück Boden zwischen uns. »Er denkt, dass es nicht mehr lange seinen Job erfüllt.«

Vorhin hatte es sich angefühlt wie ein endloser Fall.

Nun wurde er zu einem endlosen Aufprall.

Ich zersplitterte.

Immer und immer wieder.

Kein Sauerstoff schaffte es mehr in mich hinein.

Dafür wollte gleichzeitig so schrecklich viel aus mir heraus und konnte nicht, weil mir der Schock die Stimme raubte.

Fynn starrte auf den Boden. Sein Gesicht blieb diese wunderschöne eisig-trotzige Maske und ich wusste, dass sich zwischen uns ein Abgrund aufgetan hatte.

Einer, der uns beide zu verschlucken drohte.

Ich zersplitterte weiter und weiter.

In so mikroskopisch kleine Teilchen, dass ich in Staub zu zerfallen drohte.

Kapitel 19

»Es kommt häufig vor, dass Patienten ihren Zustand verleugnen«, sagte der Arzt mit dem weißen Haar, das so fein war, dass die Kopfhaut darunter rosig schimmerte. »Bei jungen Patienten und der Schwere der Diagnose …« Er verstummte und Anteilnahme lag in den efeufarbenen Augen vor mir.

Ich wollte sie nicht.

Stattdessen wollte ich, dass er aufhörte, Fynn als Patienten zu bezeichnen!

Dass er aufhörte, all diese Dinge zu sagen!

Er beugte sich vor, reichte mir über die unzähligen Bilderrahmen mit Katzenbildern ein weiteres Taschentuch. Ich wusste nicht, wie viele durchnässte ich mittlerweile in meiner Hand zusammenknüllte.

»Es ist ein Selbstschutz«, fuhr er fort. »Nichts macht uns so viel Angst wie der Tod und Mr Ferres ist jung …«

Ich durfte den Schmerz nicht zulassen, sonst würde ich mich in ihm verlieren.

Aber dafür blieb mir keine Zeit.

»Wie lange …?« Für eine echte Frage reichten meine Worte nicht aus, doch Dr. Tybalt verstand mich auch so und atmete sichtbar aus.

»Wir müssen die restlichen Ergebnisse abwarten. Noch ist Mr Ferres mit den Untersuchungen nicht durch. Nach allem, was mir bisher an Informationen vorliegt, nehme ich an, dass die letzten Monate seinem Herzen zusätzlich geschadet haben.«

Weil Fynn geschwommen war.

Und getrunken hatte.

Und sich kein Stück zurückgenommen hatte.

»Wie lange …?«

Ich brauchte eine Zahl.

Eine hohe.

Eine, mit der ich arbeiten konnte.

»Ein Jahr?«

Nicht diese!

Nein!

NEIN, NEIN, NEIN!!!

Vielleicht schrie ich ihm meine Antwort auch entgegen, denn die Augen des Arztes weiteten sich kurz, um anschließend wieder diesen mitfühlenden Ausdruck anzunehmen.

»… Spenderherz?« Der Rest des Satzes wurde von meinem Schluchzen verschluckt. Ich zwängte den Schmerz zurück, der so hauchzart davorstand, mich mit sich zu reißen.

»Wir können ihn heute noch auf die Spenderliste setzen lassen.« Er atmete auf diese Weise tief ein, die richtig schlechte Neuigkeiten ankündigte. Dabei schlug er mir bereits eine schreckliche Neuigkeit nach der anderen entgegen.

Momentan fühlte es sich an, als stünde ich an einem Abgrund. Ich starrte hinunter in die Finsternis und spürte, dass sie das Ende von allem war.

Nur ein winziger Schritt und ich würde abrutschen.

»Es wird nicht ausreichen. Die Wartezeiten liegen bei einigen Jahren. So viel Zeit bleibt ihm nicht«, sagte er und verpasste mir den letzten Stoß.

Ich fiel.

Und fiel.

Ertrank in Dunkelheit.

Kapitel 20

»Wo ist die Kaffeemaschine?« Fynns Frage begrüßte mich, kaum dass ich durch die Haustür trat. Er hatte noch geschlafen, als ich mich aus dem Bett geschlichen hatte.

Von dem gestrigen Tag bei Dr. Tybalt fanden sich nur Momentaufnahmen in mir.

Augenblicke wie Bilder, die durch mich stürmten.

Fynn, der mit zutiefst widerwilliger Miene zuließ, dass jemand Elektroden an seiner Brust befestigte.

Ich auf dem Stuhl vor dem ausladenden Schreibtisch des Arztes.

Fynn, der mich behutsam Richtung Taxi schob.

Die kleingepressten Tempos in meiner Hand.

Seine Arme, die mich festhielten.

Fynn, wie er schlief.

Ich hatte den Anblick nicht ertragen können.

Weil er mir bewusst machte, dass Fynn bald ewig schlafen könnte.

Also war ich geflüchtet.

Fynns Blick glitt an mir entlang, musterte die Bücher in meinem Arm, die ihm verrieten, wohin genau ich geflüchtet war.

»Wo ist die Kaffeemaschine?«, fragte er erneut und klang dabei, als kannte er die Antwort bereits.

»Weg.« Ich hielt seinem Blick stand. Meine Augen brannten von den Tränen der letzten beiden Tage, aber für den Moment schienen keine mehr übrig zu sein.

Fynn starrte mich entgeistert an.

»Du darfst keinen Kaffee trinken!«

Einen langen Augenblick hielten wir den Blick des anderen fest, weil wir beide nicht in der Lage waren nachzugeben.

»Dann hoffe ich, dass der Gin noch da ist.«

Falls das ein Scherz sein sollte, war es der schlechteste der Welt.

»Der ist auch weg.«

Fynn blinzelte. »Das ist alles Unsinn, Maya! Warum hörst du auf ihn?«

Wir hatten gestern nicht geredet.

Vielleicht weil es nichts zu reden gab.

Fynn hatte mich belogen.

Genauso wie er sich belog.

Er mochte es mit der Wahrheit nicht so genau nehmen. Aber das hier lag fernab von allem, was erträglich war.

»Deine Zusammenbrüche waren Unsinn? Dein Herzflimmern ist Unsinn? Deine ständige Müdigkeit?« Ich presste die Bücher enger gegen die Brust, als könnten sie einen Schutzpanzer vor seinem kühlen Blick bilden. Die letzten Stunden hatte ich versucht, mir einen Überblick zu verschaffen über das, was uns erwartete. Mein Herz war wieder und wieder ausgewrungen worden wie ein Schwamm und unter Fynns trotziger Miene verwandelte es sich erneut in einen. »Damals im Schrank … Deine Platzangst? Die war längst Teil davon!«

Die vergissmeinnichtfarbenen Augen weiteten sich entgeistert. Offenbar war dieser Zusammenhang neu für ihn. »Du bist krank, Fynn! Lebensbedrohlich krank!«

Er schüttelte den Kopf und ich wollte schreien!

Weiter und weiter.

Bis er begriff, dass er nicht so weitermachen konnte.

Aber er tat es seit Monaten.

Es fühlte sich nicht an, als könnte ich etwas sagen, das ihn wachrüttelte, und mir blieb keine Zeit. »Wir sind heute Abend bei Richard.« Eigentlich wollte ich an ihm vorbei zum Sofa, wo ich weiterlesen würde, aber Fynn trat mir in den Weg.

»Warum sollten wir so etwas Unsinniges tun?« Jetzt wirkte er ernsthaft erschüttert. Dass ich hinter seinem Rücken mit Richards Sekretär geredet hatte, schockierte ihn sogar noch mehr als der Verlust seiner Kaffeemaschine.

»Weil es Zeit wird, dass auch Richard die Wahrheit erfährt.«

»Nein!« Er lachte trocken auf, aber nichts daran wirkte ansatzweise erheitert. »Nein, aus so vielen Gründen!«

»Du bist nicht in der Position, um zu verhandeln.« Meine Stimme schwankte und es fühlte sich an, als täte der Raum es ihr gleich.

Oder ich.

Offenbar gab es doch noch Tränen in mir, denn hinter meinen Augen brannte es erneut verräterisch.

Was auch immer Fynn in meinem Gesicht fand, es brach die Härte in seinem auf. Er beugte sich vor und seine Stirn legte sich an meine. »Ich wollte dir davon erzählen, aber …«

Aber manchmal reichten Worte nicht aus.

Das wusste niemand besser als ich.

»Ich fasse es nicht, dass du mich dazu zwingst!« Fynn drückte auf die Klingel, warf mir einen letzten grimmigen Blick zu. Seine Entschuldigung änderte nichts daran, dass er das hier vollkommen überzogen fand. Für ihn blieb klar, dass Dr. Tybalt ein Stümper war.

Die Tür öffnete sich und ein Mann begrüßte uns so freundlich, dass ich nicht hinschauen musste, um zu wissen, dass es nicht Richard war. Fynn schien nichts daran sonderbar zu finden.

»Ihr Vater ist in wenigen Minuten bereit, Mr Ferres«, sagte der Mann in dem dunklen Anzug. »Sie beide mögen in der Zwischenzeit am Kamin Platz nehmen.«

Ich wollte nicht zum Kamin.

Ich wollte nicht einmal in Richards Haus.

Alles, was ich wollte, war zurück ins Bett mit all den Büchern und darin etwas finden, was half.

In der Hoffnung, dass die Welt morgen besser aussah.

Doch das würde sie nicht.

Also folgte ich dem Mann hinein.

Moderne Steinmauern ragten mindestens vier Meter in die Höhe und gigantische Fensterfronten gaben wohl tagsüber eine spektakuläre Sicht auf den nahegelegenen Wald.

Heute Nacht fand sich auf der anderen Seite nur tiefe Dunkelheit.

Genau wie in mir.

Der Mann deutete auf zwei ausladende Ledersofas, die vor einem entzündeten Kamin standen. Unter dem leisen Prasseln des Feuers sank ich auf das nächststehende Sofa. Es fühlte sich nicht an, als könnte ich länger stehen. Fynn schloss sich mir an, aber er ließ Abstand zu mir. Vielleicht fehlte auch ihm schlicht die Kraft, seine Hand in meine zu schieben wie sonst.

»Was ist das hier?« Verständnislos starrte ich zu dem übergroßen Panoramafenster im Rücken des anderen Sofas. Ich hatte erwartet, dass Richard hier war, uns zwischen zwei Anrufen dazwischenschob und wir innerhalb von wenigen Minuten fertig waren.

Offenbar war dem nicht so.

»Das ist ein Abendessen bei meinem Vater«, gab Fynn grimmig zurück, während der Mann, dessen Namen ich nicht kannte, einige Kerzen auf dem kleinen Tisch vor uns entzündete.

Das hier war so falsch.

Alles.

»Darf ich Ihnen das Übliche bringen, Mr Ferres?«, fragte er, nachdem auch die letzte Kerze entzündet war. »Und für Sie, Ms McGrey, ebenfalls einen Gin?«

»Unbedingt«, erklärte Fynn mit finsterer Miene.

Ganz sicher nicht!

»Für uns beide keinen Alkohol«, fuhr ich dazwischen.

»Es ist ein Abendessen mit meinem Vater!«, protestierte Fynn. »Bei dem letzten, bei dem ich vorher keinen Alkohol hatte, war ich sechzehn und bin anschließend auf ein Internat geflüchtet. Hältst du das wirklich für eine gute Idee?« Das Vergissmeinnichtblau wirkte in diesem Licht dunkel und hart.

Der Butler war so klug, sich schnell zurückzuziehen. »Hör damit auf!« Die Worte brachen aus mir heraus. »Du bist krank, Fynn. Du kannst nicht weitermachen wie bisher.«

Er schob die Unterlippe dieses trotzige Stück vor, schüttelte den Kopf in einer winzigen Bewegung hin und her.

Ich liebte es, wie er sich über Regeln hinwegsetzte.

Liebte seine Unberechenbarkeit.

Normalerweise.

Heute nicht.

»Von mir aus.« Wut flackerte in mir auf. »Trink deinen Gin. Doch für jedes Glas trinke ich eine ganze Flasche!«

Er wollte nicht auf sich aufpassen?

Dann würde ich ihn dazu zwingen!

»Das ist nicht lustig, Maya.« Sein Ton war ähnlich hart wie sein Blick.

»Es ist auch kein Scherz!« Wieder brannten Tränen hinter meinen Augen und augenblicklich wurde seine Miene weicher.

Fynns Finger fuhren über meinen Kopf, strichen mir über die Haare. »Es tut mir leid«, flüsterte er mir zu. Ich wusste nicht, was genau er damit meinte.

Dass er Gin gefordert hatte.

Dass er mir nichts gesagt hatte.

Oder dass ich die Wahrheit herausgefunden hatte.

Alles war gleich wahrscheinlich.

Ich zerrte ein Taschentuch aus meiner Hosentasche, um die Tränen wegzuwischen, die ich nicht in mir hatte halten können.

»Was hat sie?« Richards dröhnende Stimme ließ mich zusammenfahren. Augenblicklich versiegten meine Tränen und ich schob das Taschentuch wieder tief in die Tasche, während er auf dem anderen Sofa Platz nahm.

»Maya dachte, du seist verreist«, erwiderte Fynn kühl. »Jetzt hat sie erfahren, dass wir gemeinsam essen, und ist vor Begeisterung außer sich.«

»Na dann«, sagte Richard in ähnlich eisigen Ton. »Ich nahm schon an, ihr hättet euch gerade über den Ehevertrag ausgetauscht, den dir mein Anwalt zugeschickt hat.«

Wie sie dasaßen, mit der gleichen Gelassenheit ihre trockenen Scherze austauschten, waren sie sich schmerzhaft ähnlich.

»Touché«, gab Fynn bissig zurück. »Aber habe ich dir nicht bereits gesagt, wohin du dir den Vertrag stecken kannst?«

Es gab tatsächlich einen Vertrag?

Bis gerade hatte ich nichts davon geahnt.

Oder davon, dass Richard von unserer Verlobung wusste.

Vorgestern hätte mich beides geärgert.

Heute besaß es keine Bedeutung mehr.

»Der Vertrag ist in unser aller Interesse.« Richard sah zu mir. Jetzt, wo ich nicht länger drohte loszuweinen, durfte ich offenbar am Gespräch teilnehmen. »Gratulation übrigens.«

Hatte es jemals einen unpassenderen Zeitpunkt für Glückwünsche gegeben?

»Ich hoffe, du weißt den Ring zu schätzen, er gehörte meiner Mutter.«

»Und Gran hat ihn mir vermacht. Du hast ihn lediglich aufbewahrt«, gab Fynn zurück und seine Stimme fiel um weitere Grad. »Es war meine Entscheidung. Ich dachte, auch da war ich deutlich.«

»Es wäre dennoch klüger gewesen, ein Duplikat anzufertigen. Sie hätte es überhaupt nicht gemerkt«, gab Richard ungerührt zurück. »Der Ring ist ein Vermögen wert. Was, wenn sie ihn verliert?«

»Dann ist er weg.« Fynns Augen verkleinerten sich merklich.

»Du bist unbelehrbar.« Richard schüttelte den Kopf. »Ich verständige die Versicherung. Sie sollen den Wert noch vor dem Verlobungsshooting neu einschätzen.«

Was auch immer er damit meinte.

Sein Blick fuhr drohend zu mir. »Und du verlierst den Ring besser nicht.« Er schien auf eine Antwort zu warten, denn seine Augenbrauen schoben sich zusammen. Aber ich blieb still.

Wie sagte man jemandem, dass sein Sohn sterbenskrank war?

Ich hasste Richard.

Aber ich liebte Fynn.

»Nach dem Essen reden wir über die Modalitäten des Ehevertrages«, fuhr Richard unterdessen fort und sah zurück zu Fynn. »Außerdem habe ich eine Auswahl an Hochzeitsplanern informiert. Sie werden mir in den nächsten Tagen Ideenmappen einreichen. Die passendsten Konzepte schicke ich dir zu, dann könnt ihr einen von ihnen beauftragen. Ich habe bereits bei einigen prestigeträchtigen Lokalitäten Termine fürs Frühjahr blocken lassen.«

Es war schwer, ihm zu folgen.

Ich war nicht darauf vorbereitet, mit ihm über die Verlobung zu sprechen.

Geschweige denn über die Hochzeit.

»Eigentlich stellt sich Maya eine Feier wie bei den Kreisleuten vor«, erwiderte Fynn. »Alle tragen lange, unförmige Kutten und wir springen nacheinander über ein Lagerfeuer. Du darfst beginnen. Die Presse wird begeistert sein.«

Richard starrte mich einen Moment an, als versuchte er herauszufinden, ob das mein Ernst sein könnte oder ob das wieder einer von Fynns Scherzen war.

»Der Champagner.« Der Butler erschien mit einem silbernen Tablett, auf dem sich drei elegant anmutende Champagnerflöten befanden. Richard bekam die erste. Als er Fynn seine reichte, schüttelte der den Kopf, doch Richard fuhr harsch dazwischen.

»Natürlich wirst du vernünftig anstoßen. Was ist das für ein Benehmen? Wir haben Grund zu feiern!«

Fynn atmete sichtbar aus. »Vor ein paar Monaten wolltest du mir verbieten, mich mit Maya zu treffen. Es geht dir nicht um uns. Du feierst deine neue Position, die du allein unserer Beziehung verdankst!«

Richards Mundwinkel hoben sich minimal. »Dann freu dich darüber, dass es dir endlich gelungen ist, mir einen echten Erfolg zu bescheren. Was gut für mich ist, kommt auch dir zugute. Die Presse wird begeistert über die Hochzeit sein.«

Fynn schnappte sich verspätet das Glas, das der Butler ihm weiterhin entgegenhielt.

Das konnte er vergessen!

Ich versuchte ihm das Glas aus der Hand zu ziehen.

»Für Sie gibt es auch Champagner, Ms McGrey«, sagte der Butler hörbar verwirrt, aber ich beachtete ihn nicht.

Fynn hob sein Glas demonstrativ aus meiner Reichweite, machte damit deutlich, dass er nicht vorhatte, es mir zu überlassen. »Am besten holen Sie für Maya direkt die Flasche. Sie hat es momentan nicht so mit Gläsern.«

Normalerweise liebte ich Fynns Humor.

Jetzt nicht.

»Stell das Glas ab, sofort!« Meine Stimme zitterte wie ein Blatt im Wintersturm.

»Aber er macht mich wahnsinnig!«, protestierte Fynn lautstark. »Wie soll das bitte gesünder für mich sein? Er überlegt, wie er aus unserer Hochzeit die bestmögliche PR herausholt.«

»Das ist mir egal! Das Glas in deiner Hand nicht. Stell es ab!«

Fynn schien zu registrieren, dass er gerade eine Grenze übertrat, denn er wich meinem Blick aus und reichte das Glas an den Butler zurück. »Wir bleiben dabei«, sagte er tonlos. »Keinen Alkohol.«

»Was sind das für lächerliche Sitten?« Richard knallte nun sein Glas auf den Tisch. »Wir stoßen vor dem Essen an, wie es sich gehört …« Er stoppte sich selbst, musterte uns plötzlich durchdringend. »Oder gibt es weitere gute Neuigkeiten zu verkünden?«

Er wollte wissen, ob ich schwanger war.

Wahrscheinlich gäbe das perfektes Material für die Zeitungen. Für die Presse würde er sich sogar dazu herablassen, mit seinem Enkelkind zu posieren.

Richards Beliebtheitswerte würden durch die Decke gehen.

Ich hasste ihn.

Fynn drückte meine Hand, bat mich still um Verzeihung, weil er wusste, wie schmerzhaft das Thema für mich war.

Das hier wäre vorgestern das schlimmste Gespräch gewesen, das ich mir hätte vorstellen können.

Doch das war vorgestern gewesen.

»Fynn ist schwer herzkrank.«

Ich wartete nicht länger auf einen besseren Zeitpunkt.

Weil vielleicht nie einer kommen würde.

Wir würden immer weiter streiten über Dinge, die keine Bedeutung mehr besaßen.

Fynns Hand verschwand so schnell, als hätte er sich an mir verbrannt, und als ich zu ihm sah, funkelte Wut in seinen Augen. Er wollte nicht, dass sein Vater an seinem Leben teilnahm. Offenbar galt das Gleiche für seinen Tod.

»Was?« Richard schnappte nach Luft, schien zu hoffen, dass das hier ein weiterer geschmackloser Scherz war.

»Es stimmt«, fuhr ich fort. Es wäre zu grausam, ihm diese Hoffnung zu lassen. »Fynn wurde vor einigen Stunden auf die Liste für ein Spenderherz eingetragen.«

Jede Farbe wich aus Richards Gesicht, seine Augen waren entsetzt geweitet und starrten seinen Sohn an. »Ist das wahr?«

Fynn hielt die Arme verschränkt und mühte sich ein winziges Nicken ab.

Wir schwiegen und versuchten wohl alle, uns zu fassen. In diese Stille hinein platzte ausgerechnet der Butler. »Das Essen ist serviert.«

Dieses Mahl würde nicht gegessen werden.

Richard beugte sich vor, sein Blick blieb auf Fynn liegen, aber die Worte waren für den Butler bestimmt. »Ruf sofort Gabriel an. Er soll alles für die nächsten Tage canceln und stattdessen bei den führenden Herzspezialisten schnellstmögliche Termine ausmachen.« Er deutete auf uns. »Ich erwarte in einer Stunde eine Übersicht mit allen Informationen über seinen Zustand. Danach packt ihr. Wir starten um sieben Uhr vom Flugplatz aus.«

Kapitel 21

Fynn

Zwei Monate später

Maya schob eine vorwitzige Haarsträhne hinter ihre Schulter, ohne den Blick von ihrem Tablet zu nehmen. Ich hasste dieses Teil, das sie seit Wochen nicht aus den Händen legte. Mittlerweile wirkte es, als wäre ihr ein groteskes neues Körperteil gewachsen. Natürlich hatte sie es von meinem Vater.

Es war die absolut absurdeste Kombination der Welt.

Mein Vater und Maya.

Maya und mein Vater.

Ich konnte es noch so oft denken.

Ihnen dabei zuzusehen, wie sie sich einmal mehr beratschlagten.

Ihren Gesprächen lauschen.

Es fühlte sich zutiefst unnatürlich an.

Offenbar nur für mich.

Maya stieß ein winziges Zischen aus. Ich fragte längst nicht mehr, was sie tat. Es war ohnehin immer das Gleiche. Sie suchte Therapien, Behandlungsmöglichkeiten und Krankheitsverläufe.

Jede noch so spärliche Information wurde von ihr in dafür angelegte Tabellen verfrachtet.

Und jede davon fand ihren Platz in Mayas Kopf.

Das war alles, was seinen Weg dort hineinfand.

Es ging nur noch um mein Herz.

Immerzu.

Nahm ich Mayas Hand, blieb ihre kaum eine Minute darin liegen.

Weil es Wichtigeres zu tun gab.

Zu tippen.

Weiterzuscrollen …

Maya schlief nicht einmal mehr.

Wenn ich sie überhaupt dazu bekam, sich zu mir ins Bett zu legen, dann nur mit diesem verhassten Tablet.

Mein Vater lieferte ihr alles, was sie brauchte, Kontakte zu Experten, Flugzeuge, Gesprächstermine. Und Maya lieferte ihm im Gegenzug, was er brauchte: mich.

Sie zwang mich in die Flugzeuge.

Hin zu den Experten.

Zu den Untersuchungen.

Sie musste mir nicht einmal drohen, weil ich mich so verdammt schuldig fühlte, dass ich immerzu nachgab.

Ich hatte versucht, ihr zu sagen, wie leid es mir tat.

Nach den ersten Expertenterminen hatte sie sich mit dem Tablet im Schlafzimmer verbarrikadiert. Ich hatte ihr erklären wollen, dass all die Zahlen, die Daten, nichts über mich aussagten.

Aber ich konnte nicht.

Sie mussten sich alle irren.

Oder?

Stattdessen hatte ich Mayas Lehrbücher auf dem Sofa zusammengeräumt und dabei einen Block Klebezettel gefunden.

Ohne groß darüber nachzudenken, hatte ich begonnen, sie zu beschriften.

Zettel für Zettel.

Auf jeden schrieb ich die gleichen Worte.

Es tut mir leid.

Der Block reichte nicht aus und so suchte ich alle zusammen, die ich hatte, und beschriftete jedes der Blätter bis auf eines. Im Anschluss verteilte ich sie im Wohnraum und in der Küche. Sie fanden sich am Kühlschrank und der Haustür, am Tisch und dem Sofa, auf dem Boden, dort, wo bis vor kurzem meine Kaffeemaschine gestanden hatte. Überall.

Das letzte Blatt blieb auf der Küchentheke liegen, zusammen mit dem Stift und dann ging ich.

Weil ich den Kopf freibekommen musste.

Als ich Stunden später zurückkam, war die Tür zum Schlafzimmer noch immer geschlossen, doch der Zettel auf der Kücheninsel war nicht länger leer.

Ich weiß nicht, ob ich dir verzeihen kann.

Wir hatten nicht über diesen Zettel geredet oder über die tausend anderen, die nach wie vor überall hingen. Manchmal kaufte ich mir einen Block und erweiterte sie. Meist nach weiteren Terminen bei Experten, die alle immerzu das Gleiche sagten – dass mein Herz demnächst aufhören würde zu schlagen. Dass ein künstliches Herz helfen könnte. Eventuell. Sie redeten über Wahrscheinlichkeiten. Spekulierten, wie viel Zeit mir damit bliebe. Ob es reichen würde, um auf die richtige Position für ein Spenderherz zu gelangen. Wie groß die Chance war, dass ich zwischendurch starb. Mein Leben bestand aus einer gottverdammten Ansammlung von Zahlen.

Seitdem hasste ich Zahlen.

Mittlerweile hatten es die Klebezettel auch ins Schlafzimmer geschafft, hingen sogar am Badezimmerspiegel. Mayas Zettel aber klebte weiter auf der Kücheninsel und jeden Tag starrte ich drauf und wollte ihn zerfetzen.

Dabei war er nicht das Problem.

Ich war es.

Und jede weitere Diagnose bestätigte es.

Ich hätte Maya damals von dieser ersten Diagnose erzählen müssen, auch wenn ich den Arzt für einen Stümper gehalten hatte. Aber ich hatte geschwiegen.

Weil ohnehin alles so kompliziert gewesen war.

Weil wir nie genug Ruhe bekommen hatten.

Weil ich Angst gehabt hatte, dass sie sich nur deswegen für mich entschied.

Weil ich Angst gehabt hatte, dass sie sich deswegen gegen uns entschied.

Ich hätte es ihr erzählen müssen.

Auf der anderen Seite des Flugzeugfensters fand ich einen abstrus strahlenden blauen Himmel, der kein Stück zu meiner Stimmung passte.

Morgen würden wir in einem weiteren unpersönlichen Hotelzimmer aufwachen.

In ein weiteres Flugzeug steigen.

Weitere Gespräche über Wahrscheinlichkeiten führen.

Wie ich das alles satt hatte.

Ich sah wieder zu Maya, versuchte, sie mit reiner Willenskraft dazu zu bringen, aufzuschauen.

Vergebens.

Zwischen uns hatte sich eine Schlucht aufgetan.

Ich hatte immer angenommen, dass mein Vater oder der Kreis die größte Gefahr für uns darstellten. Niemals hätte ich gedacht, dass es ausgerechnet mein Herz sein könnte.

Mein Herz war bis vor Kurzem eine klare Sache gewesen.

Ob sie meinen Blick überhaupt wahrnahm?

Ob sie noch wütend war wegen gestern?

Gestern Abend hatte Maya mir kurzfristig mitgeteilt, dass im Haupthaus einige medizinische Berater zu Besuch waren. Ich hatte mich geweigert mitzugehen. Maya hatte sich nicht einmal die Mühe gemacht, mit mir zu diskutieren. Reden tat sie mit meinem Vater und den Fachleuten, nicht mehr mit mir.

Niemand redete noch mit mir.

Alle redeten nur *über* mich.

Sie war ohne mich hinübergegangen und ich hatte eine halbe Stunde überlegt, auf wen ich wütend war – auf Maya oder auf mich selbst? Dann hatte ich ihren Post-it gefunden, war eingeknickt und war ihr gefolgt.

Ein Fehler.

Mein Vater und Maya hatten mit den Beratern zusammengesessen und diskutiert.

Ich war nicht einmal das fünfte Rad am Wagen gewesen.

Mein Herz war das fehlerhafte Rad, das es auszubessern galt.

Der Rest von mir schien für sie nicht länger zu existieren.

Ob sich so sterben anfühlte?

Irgendwann hielt ich es nicht mehr aus. Ich verließ den Salon und nahm mir ein Glas Gin. Das erste, seit Maya die Wahrheit erfahren hatte. Ich war mir nicht sicher, ob sie geahnt hatte, was ich vorhatte, oder ob es einfach schlechtes

Timing war, dass sie sich ausgerechnet in diesem Augenblick an mich erinnerte. Vielleicht hatte sie mir auch nur mitteilen wollen, dass wir in Kürze wieder irgendwo hinfliegen würden, keine Ahnung, was Maya dazu brachte, mich zu suchen. Sie fand mich allein im Billardzimmer, mit dem Glas.

Für einen Moment wirkte sie wie eine Eisskulptur im freien Fall, die jeden Augenblick zersplitterte. Kaum dachte ich das, stürzte sie auf mich zu. Ihre Wut war wie ein Hurrikan, der über mich hinwegzog. Maya riss mir das Glas aus der Hand und schleuderte es im nächsten Moment gegen die Wand. Es hinterließ einen dunklen Fleck und Schlieren auf der weinfarbenen Tapete.

Als ich mich entgeistert zu ihr umdrehte, sah ich, dass sie weinte. Die ersten Tage nach der Diagnose hatte sie fast pausenlos geweint, bis sie zu beschäftigt dafür gewesen war. Nun lag der gleiche verlorene Ausdruck in ihren Augen wie an dem Tag, als ich sie im Sprechzimmer des Arztes vorgefunden hatte.

Der Schmerz in ihrem Gesicht, schnürte mir die Kehle ab.

Und da fand ich die Antwort.

Ich war wütend auf mich.

So unfassbar wütend.

Weil ich ihr all das antat.

Doch bevor ich mich überwinden konnte, Maya in den Arm zu nehmen, war sie geflüchtet. Ich hatte sie erst heute Morgen wiedergesehen, auf dem Weg zu diesem gemieteten Privatjet. Wobei, so oft wie wir ihn nutzten, hatte mein Vater ihn vielleicht gekauft. Ich hatte nicht nachgefragt. Genauso wenig, wie ich Maya gefragt hatte, woher das sonderbar elegante Kleid stammte, das sie trug.

Ich hatte gehofft, dass sie es bemerkte, wenn ich es nicht kommentierte – ich hätte es besser wissen sollen.

»George schaut sich heute eine Wohnung an, ganz in der Nähe unserer Uni.«

Ein Nicken, mehr bekam ich nicht.

»Ich dachte, ich schreibe Hank mal wegen unseres Treffens?«

Keine Reaktion. Entweder sie hörte mir nicht länger zu oder sie wusste nicht, von wem ich sprach. Unser Besuch an der Mantua-Universität schien mehr als ein Leben her zu sein. Letzten Monat hatte ich den Mietvertrag für unsere Wohnung unterschrieben und ihr bisher nichts davon erzählt – weil ich Angst vor ihrer Reaktion hatte. Nachdem mein Vater von der Diagnose erfahren hatte, gab er meine Konten frei und die Summen darauf, fand selbst ich besorgniserregend hoch. Wir hätten tun können, wonach immer uns der Sinn stand, stattdessen saßen wir hier. Wieder einmal.

»Ich habe gestern mit Mr Hemskey gesprochen«, fuhr ich leise fort und lehnte den Kopf ans Fenster. »Wir könnten nächste Woche die Abschlussarbeiten nachschreiben.«

Diesmal sah sie auf und starrte mich an. »Warum sollten wir das tun?«

»Damit wir unsere Abschlüsse machen?« Ich war auf unbestimmte Zeit beurlaubt, Maya nicht. Dennoch war sie seit dem ersten Arztbesuch nicht mehr in der Verona Hall gewesen. Sie hatte sich nicht einmal krankgemeldet. Das wusste ich, weil ich regelmäßig mit Mr Hemskey telefonierte, manchmal sogar zu ihm fuhr, wenn mir alles zu viel wurde. Maya fehlte unentschuldigt, was ihr längst einen Schulverweis eingebracht hätte. Das hatte sie entweder nicht registriert oder – was ich befürchtete – es war ihr nicht wichtig genug, um sich damit zu beschäftigen.

Mr Hemskey und ich hatten uns darauf verständigt, dass er Maya auf unbestimmte Zeit beurlaubte. Den Antrag dafür hatte ich ihm zugesteckt und er hatte sich die Unterschrift darunter nicht angeschaut, weil er wusste, dass es nicht Mayas war.

»Nein.« Sie wandte sich wieder ihrem Tablet zu.

Einfach so verzichtete sie auf den Abschluss, das Nest und all unsere Pläne.

»Dann geh ich allein.« Eine Provokation, um ihr endlich eine echte Reaktion abzuringen.

»Wir haben andere Probleme, Fynn.« Diesmal sah sie nicht auf. In mir fand sich nicht einmal mehr Überraschung. Nur tiefe Resignation.

»Was trägst du da?« Darauf kam es wohl nicht mehr an.

»Richard hat Gabriel beauftragt, mir passende Kleidung zu besorgen.«

Als wäre das eine Antwort.

»Warum bestimmt mein Vater deine Garderobe?«

Zumindest jetzt sah sie kurz auf und Augen in der Farbe des Himmels draußen musterten mich verständnislos. »Weil es mir gleichgültig ist, Fynn.« Da war er wieder, dieser Blick, der mich einknicken ließ. Ich drehte mich ab und starrte aus dem Fenster.

Ich liebte Maya.

Mehr als alles andere.

Aber ich hatte keine Ahnung, wie lange ich das hier noch überstand.

Kapitel 22

Ich konnte die Professorin nicht ausstehen.

Schon allein, dass sie Maya wie eine lang vermisste Freundin begrüßte, löste in mir diverse Würgereize aus. Ich hasste geheuchelte Freundlichkeit und die Frau vor mir war ein Paradebeispiel dafür.

Seit zwei Stunden saßen wir nun hier und diskutierten Fallbeispiele – oder vielmehr Maya und sie taten das. Alles, was die beiden von mir verlangten, war offenbar, dass ich noch ein wenig länger weiteratmete, um an diesem neuen Projekt teilzunehmen.

Immer wieder zog mein Blick zum Fenster. Es hatte zu schneien begonnen. Dicke Flocken fielen friedlich herab.

Der Anblick beruhigte meine überreizten Nerven.

Ich liebte Schnee.

»Richard erwähnte, dass Sie über entsprechende Kontakte bezüglich der Vergabe von Spenderorganen besitzen?«, fragte Maya und beendete diesen winzigen Anflug von Friedlichkeit.

Ich fuhr herum und starrte sie an.

Maya war mein Inbegriff für all die Dinge, die gut waren in dieser Welt.

Das konnte sie nicht ernst meinen!

Doch die Professorin nickte langsam. Sie schien Mayas Frage ähnlich aufzufassen wie ich und das Schlimmste war, dass sie, anders als ich, nicht einmal schockiert wirkte.

Deshalb war mein Vater dieses Mal nicht mitgekommen. Er konnte es sich nicht erlauben, bei einer solchen Forderung erwischt zu werden. Deswegen hatte er Maya vorgeschickt. Sie versuchten, meinen Namen auf der Spenderliste hochzuschieben.

»Natürlich lege ich für Mr Ferres ein gutes Wort ein. Gegenseitige Unterstützung ist so wichtig.«

Ich.

Hasste.

Sie!

Gegenseitige Unterstützung.

Klar.

Sie würde von meinem Vater also Fördergelder für dieses Programm zur Stärkung des Herzapparates bekommen. Wahrscheinlich übermittelt durch Maya. Nichts würde auf ihn zurückfallen, dafür würde er sorgen.

Maya musste die Konsequenzen tragen.

Sie würde mit der Schuld leben müssen.

Ihre Lippen pressten sich aufeinander. Es schien ihr schwerzufallen zu schlucken – weil sie wusste, dass sie gegen alles verstieß, an das sie glaubte.

Es brach mir das Herz, als sie nickte.

Das war er.

Der Punkt, an dem ich aufgab.

»Nein!« Ich fand mich stehend am Schreibtisch wieder. »Ihr Angebot war hoffentlich nicht ernst gemeint, sonst wird sich der Ethikrat dieser Sache annehmen.« Die Augen der Professorin weiteten sich ungläubig. Von mir hatte sie offenbar keinen Protest erwartet.

Es war, als hätte jemand jegliche Farbe aus Mayas Gesicht gelöscht. Ihre Haut war weiß wie der Schnee, der draußen fiel, und ihre Augen so bedrückend leer. »Fynn!« Ein ungläubiges Flehen, die Worte sofort zurückzunehmen.

»Das endet jetzt«, brach es aus mir heraus. »Die Experten, die Behandlungen, die Diagnosen. Ich will nichts davon. Du hörst mir nur nicht zu!«

Ich drehte mich zu der Professorin um. »Löschen Sie mich aus Ihrer Liste, ich stehe nicht als Versuchskaninchen zur Verfügung.«

»Aber das könnte Ihnen helfen, Mr Ferres.« So schnell war sie nicht bereit, mich vom Haken zu lassen. Ein prominenter Name würde sich gut in ihrem Projekt machen. Schon legte sie mir eine weitere Liste mit Zahlen vor.

Seit Wochen präsentierten mir irgendwelche Menschen irgendwelche Tabellen mit irgendwelchen Zahlen.

»Gut«, erwiderte ich und verschränkte die Arme. »Was gewinne ich, wenn ich Ihr Programm mitmache? Ein Jahr?«

Ihr Gesicht wurde zur Maske. »Das lässt sich nicht so einfach beziffern, Mr Ferres …«

O nein. So würden wir gar nicht erst anfangen.

»Geben Sie mir etwas. Wie wäre es mit einem halben Jahr? Sichern Sie mir ein halbes Jahr zu?« Mayas Stuhl gab ein Quietschen von sich, aber ich sah nicht hin, war damit beschäftigt, die Professorin vor mir in Grund und Boden zu starren.

Die schwieg mich an.

Weil sie mir nichts versprechen konnte.

Das konnte niemand.

»Eine Woche«, fuhr ich provokant fort. »Na los. Stehen Sie so wenig hinter Ihrer eigenen Forschung?« Ihre Lippen verschmälerten sich, das war die einzige Reaktion, die ich ihr abnötigte. »Sie garantieren mir nicht einmal eine Woche. Gleichzeitig fordern Sie im Gegenzug, dass ich ihnen von meiner restlichen Lebenszeit über ein Viertel einräume, damit sie hier Ihre Versuche an mir vornehmen können? Klingt nach einem schlechten Deal. Ich mache niemals schlechte Deals.«

Ich drehte mich um und registrierte, dass der Stuhl neben meinem leer war.

Maya war erneut geflüchtet.

Ich hasste diesen Tag.

Momentan hasste ich alle Tage.

Ich schnappte mir meinen Mantel und stürmte grußlos aus dem Büro. Maya fand ich nicht, dafür begrüßte mich eine Schneelandschaft. Im Schein der Laternen blitzten die Flocken wie Diamanten.

Menschen gingen an mir vorbei, während ich stoppte und mich zu orientieren versuchte. Irgendwo gab es irgendein Hotelzimmer, das auf mich wartete.

Ich hatte keinen Schimmer, wo.

Und eigentlich war es mir auch gleichgültig.

Hauptsache, weg, bevor mich die Professorin fand und erneut anzuheuern versuchte.

Kurzerhand ging ich nach links, es fühlte sich an, als wären wir daher gekommen. Andererseits waren die ganzen unzähligen Gebäude der letzten Wochen zu einem Einheitsbrei aus Bildern verschwommen.

Mittlerweile war es dunkel geworden und der Schnee unter meinen Schuhen gab dieses raue Knirschen von sich.

Ich hinterließ neue Spuren im Schnee.

Wie lange noch?

Diese Art von Gedanken zupften nun regelmäßig an mir.

Ein Arzt konnte sich irren.

Eine Handvoll Ärzte konnten sich irren.

Aber alle?

Wie lange blieb mir noch, um Spuren im Schnee zu hinterlassen?

Ich fand mich an einer befahrenen Straße wieder. Scheinwerfer rissen die Dunkelheit auf. Irgendwas an dem Anblick der dahinfahrenden Autos ließ mich wünschen, ich hätte ebenfalls ein Ziel. Stattdessen fühlte ich mich wie eine Sternschnuppe – nur ohne das Leuchten. Wie die Erinnerung an etwas, das längst nicht mehr existierte.

Niemals hatte ich mich so verloren gefühlt.

So orientierungslos.

So allein.

Ganz kurz flackerte der Wunsch in mir auf, Maya ein Foto zu schicken, damit sie zu mir fand. Aber das würde sie nicht. Ich brauchte die echte Maya und es fühlte sich nicht so an, als käme ich noch an sie heran.

Also blieb ich, wo ich war.

An dieser Straße.

Sah den Autos hinterher und weinte.

Weil ich nicht wusste, wie lange ich noch Fußspuren im Schnee hinterlassen konnte.

Weil ich vielleicht nie wieder Ziele haben konnte.

Weil ausgerechnet mein verdammtes Herz mich im Stich ließ.

Irgendwann hielten meine Beine mich nicht mehr und ich sank in den Schnee. Seine Kälte kam nicht bei mir an, genauso wenig wie die der Flocken. Plötzlich stoppte der Schneefall so abrupt, dass es zu mir durchdrang. Ich sah auf und meine verquollenen Augen fanden ein goldgelbes Dach, das sich schützend über mich spannte.

Ein Regenschirm.

Es brauchte einen Augenblick, um zu begreifen, dass Maya mich gefunden hatte.

»Lass uns gehen.« Schmerzhaft unsicher trat sie vor mich.

»Nein.« Ich kämpfte mich hoch und schon war Mayas Arm da, half mir, als mich meine starren Glieder schwanken ließen. *Weil sie immer versuchen würde, mir zu helfen.*

Auch wenn wir beide daran zerbrachen.

»Ich schaffe das nicht mehr.« Meine Stimme hatte ich eingebüßt, sie bestand jetzt aus einem jämmerlichen Schluchzen. »Die Experten, die neuen Behandlungsmethoden, die Termine … *Uns.*«

Bei diesem letzten Eingeständnis presste sie ihre Lippen zusammen. Vielleicht, damit ich nicht sah, dass sie zitterten.

Aber ich sah es.

Fand das Schimmern der Tränen in ihren Augen.

»Du musst endlich begreifen, wie ernst es ist, Fynn«, flüsterte sie. Für den Moment schien auch ihre Stimme davon getragen worden zu sein. »Das ist kein Termin, keine Schulstunde, die du schwänzen kannst, weil du keine Lust darauf hast. Dein Herz versagt …« Sie klang, als würde sie an dem Schmerz ersticken.

Und ich schlang die Arme um sie.

Weil ich nicht anders konnte, wenn sie litt.

»Ja. Mein Herz versagt. Offenbar sind sich alle einig, dass ich in absehbarer Zeit sterbe.« Es auszusprechen, war noch so viel schlimmer, als es zu denken. Ich schnappte nach Luft, während Maya ein Wimmern von sich gab, das sich im Stoff meines Mantels verlor. »Uns bleibt nichts anderes übrig, als das zu akzeptieren«, raunte ich in ihr Haar und Tränen mischten sich hinein. »*Dir* bleibt nichts anderes übrig, als das zu akzeptieren.«

»Ich kann dich nicht gehen lassen.« Sie schüttelte den Kopf und Spuren ihrer Tränen blieben auf meiner Wange zurück. »Alles andere. Nur nicht dich, Fynn!«

»Aber du kannst mich auch nicht retten.«

Niemand konnte das.

Ich legte die Hände an ihr Kinn und stoppte ihr Kopfschütteln behutsam. »Hör auf, eine Lösung zu suchen. Bitte! Ich brauche dich. Ich habe dich nie mehr gebraucht als jetzt, Maya.« Die Tränen machten es unmöglich, weiterzureden. Ein Zittern durchdrang mich. Der Schirm landete auf dem Boden und nun waren es Mayas Arme, die sich fest um mich schlangen. Ich wusste nicht, wann sie sich zuletzt die Zeit genommen hatte, mich so zu umarmen.

Als gäbe es nur uns.

Ich brauchte keine Ärzte, keine Behandlungen.

Im Moment war alles, was ich brauchte, Maya.

»Kannst du mich hier wegbringen?«, flüsterte ich ihr zu.

Kapitel 23

Raya

Seit Stunden lagen wir im Bett und redeten.

Mehrfach hatte ich kurz davor gestanden zu flüchten. Am schlimmsten war dieser Drang gewesen, als Fynn darüber sprach, wie viel Angst ihm der Tod machte. Nur seine Hand hatte mich hier gehalten. Sie war das Licht in meiner Finsternis.

»Ich will leben, nicht überleben.« Fynn fuhr sich durchs Haar, das heute durch den Schneefall ungewöhnlich wild abstand. Der Abend hatte bei uns beiden Spuren hinterlassen, auch wenn die meisten davon unsichtbar waren. Mit der anderen Hand umklammerte er meine, als hätte er Angst, dass das hier zwischen uns abbrach, sobald er losließ.

Alles an mir wollte protestieren, Fynn sagen, dass es vielleicht irgendwo eine Möglichkeit gab, weitere Zeit herauszuschlagen, aber ich schluckte die Worte herunter.

Zwei Monate lang hatte ich nichts anderes getan, als Menschen zuzuhören.

Ihre Artikel zu lesen.

Hatte Meinungen eingeholt.

Nur die eine Person, die zählte, hatte ich nicht zu Wort kommen lassen.

»Was bedeutet das?«, fragte ich stattdessen und sank tiefer in das fremde Kissen, das nach Rosen duftete.

Fynn schien zu ahnen, wie schwer es mir fiel, mich zurückzunehmen, er hauchte einen Kuss auf meine Hand, bevor er weitersprach. »Unsere Pläne verwirklichen. So schnell wie möglich und so viele wie möglich. Lass uns die Verona Hall abschließen. Wir gehen an die Uni. Du studierst und ich werde ein abgebrannter Musiker und schreibe Dutzende von Liedern.«

Ein winziges Lächeln zupfte an meinen Mundwinkeln. Wahrscheinlich das erste seit zwei Monaten. »Klingt verführerisch, aber dann kann ich dich nicht mehr Yuppie nennen.« Es blitzte in den vergissmeinnichtfarbenen Augen vor mir. Ich hatte ihn ewig nicht geneckt. Das hier war zwar nicht so spielend leicht wie sonst, doch es fühlte sich an, als könnte es das wieder werden. Wenn wir nur lange genug hierblieben, in dieser Blase, die wir um uns erschaffen hatten.

»Was noch?«

»Die Schildkröte«, erwiderte er mit diesem typischen Fynn-Grinsen, das ich viel zu lange nicht an ihm gesehen hatte. »Die ist nicht verhandelbar.«

Das Zupfen an meinen Mundwinkeln nahm zu.

Ja, es wurde einfacher.

»Habe ich auch nicht erwartet.«

»Bekomme ich wieder Kaffee?«, fragte er und setzte diesen Blick auf, der wohl schuld daran war, dass der Hausmeister regelmäßig Fynns Namen von den Fliesen in den Mädchenklos putzen musste.

»Übertreib es nicht. Koffeinfreier ist alles, worauf ich mich einlasse.«

»Der ist widerlich«, protestierte Fynn.

»Kaffee auch.«

»Ich liebe dich, aber davon hast du keine Ahnung.«

Dem Zupfen nach musste das, was nun auf meinen Lippen lag, beinahe als Lächeln durchgehen. »Ich meine es ernst, Fynn. Im Gegenzug brauche ich deinen Schwur, dass du dich an die Vorgaben der Ärzte hältst. Ich will nicht andauernd darüber nachdenken, ob du deine Tabletten wirklich genommen oder heimlich Sport gemacht hast. Oder so etwas.«

Er nickte langsam. »Klingt fair.«

»Was brauchst du noch?«, fragte ich leise und rutschte näher. Er schien nur darauf gewartet zu haben, denn sein Arm nahm mich sofort in Empfang.

»Dich«, flüsterte er und küsste mich. Der Kuss schmeckte leicht salzig nach all den Tränen, die wir heute geweint hatten. Gleichzeitig fühlte er sich an wie ein weiterer Beginn.

»Also leben wir«, raunte ich ihm zu, kaum dass der Kuss endete, und legte den Kopf auf diesen Platz auf seiner Brust, der wie gemacht dafür war. All diese Kleinigkeiten, für die wir in den letzten Monaten keinen Raum gelassen hatten. Erst jetzt bemerkte ich, wie sehr sie mir gefehlt hatten.

Wie sehr WIR mir gefehlt hatten.

»Uns bleibt weniger Zeit als gedacht.« Damit hatte er recht. Ich schluckte, versuchte, mich nicht in dem Schmerz zu verlieren.

Nicht jetzt.

Nicht hier.

Meine Hand rutschte von seiner Schulter tiefer, über seine Brust dorthin, wo ich seinen Herzschlag fand. Es war beruhigend, ihn zu spüren, dieses beständige, rhythmische Schlagen.

»Fynn?« Ich zog mich hoch, sah diesen Hauch von Argwohn in seiner Miene. Er ahnte, dass ich etwas vorhatte, und versuchte herauszufinden, was kommen würde.

»Ja?« Begeisterung sah anders aus.

»Begleitest du mich zum Abschlussball?«

Eine Sekunde lang starrte er mich entgeistert an, dann lachte er so begeistert, dass er die Libellen in mir weckte. Die schienen die letzten beiden Monate mit mir zusammen Winterschlaf gehalten zu haben. Nun stoben sie durch mich hindurch.

Ich hatte vergessen, wie gut es sich anfühlte, Fynn glücklich zu sehen.

Er hob den Kopf und seine Nasenspitze strich über meine. »Natürlich.«

Kapitel 24

»Richard hasst mich wieder.« Ich schob das Handy zurück in meine Schultasche und damit auch die Unzahl von Sprachnachrichten, die mir Fynns Vater hinterlassen hatte. Irgendwann würde er darauf kommen, dass ich sie nicht mehr abhörte.

»Gott sei Dank!«, stieß Fynn aus. Seine Hände landeten an der Wand hinter mir, rechts und links neben meinen Schultern, und das Vergissmeinnichtblau seiner Augen blitzte vor Begeisterung. »Du bist zurück auf der guten Seite der Macht und das Gleichgewicht der Welt wurde wieder hergestellt.«

»Ich habe keine Ahnung, wovon du redest, Fynnigan.«

»Hauptsache, es beeindruckt dich.« Das Blitzen nahm weiter zu und im nächsten Moment strichen seine Lippen hauchzart über meine.

»Wenn du mich beeindrucken willst, musst du dich mehr anstrengen«, gab ich zurück und ließ das Lächeln zu, das an meinen Lippen zupfte. Manchmal war es verdammt schwierig, zu lächeln, weil diese dunkelgraue Wolke immerzu über uns hing. Dann erinnerte ich mich daran, dass wir genau das sollten.

Lächeln.

Lachen.

Den Moment nutzen.

»Ihr seid ekelhaft süß!«, kam es von Taira und im nächsten Augenblick klammerten sich ihre Arme so fest um Fynn, als wäre er die Rettungsboje auf dem stürmischen Meer. Er drehte sich zu ihr, erwiderte die Umarmung, während es hinter meinen Augen brannte. Dass Taira Bescheid wusste, wunderte mich nicht, aber den Blicken der anderen nach schien jeder hier an der Verona Hall den Grund für unsere Abwesenheit der letzten Wochen zu kennen.

Matt schob sich an Fynn und Taira vorbei, legte den Arm um mich und drückte meine Schulter. Das Brennen hinter den Augen nahm weiter zu.

»Können wir etwas für euch tun?«, fragte er leise.

Und da meldete er sich erneut: dieser Drang, loszurennen. Er meldete sich nun häufiger, genau wie die Eisglocke. Vorher hatte ich beides mit meiner wahnhaften Suche nach einem Heilmittel zum Schweigen gebracht.

Nun gab es nichts mehr, mit dem ich die Momente füllen konnte, die sich unerträglich anfühlten.

»Nein«, erwiderte ich und dieses Eingeständnis auszusprechen, war mühsam.

Es gab nichts, das half.

Taira ließ von Fynn ab und zog mich im nächsten Augenblick so fest in die Arme, dass mir die Luft wegblieb. »Es tut mir so leid«, flüsterte sie mir zu und es fühlte sich an, als stünden wir beide kurz davor, im Schulflur zusammenzubrechen. Das schien auch sie zu spüren, denn sie gab mich frei und es glänzte feucht in ihren dunklen Augen. »Schön, dass ihr zurück seid«, sagte sie und von der sonstigen Lebendigkeit in ihrer Stimme war wenig übrig. »Ohne euch ist es hier zu ruhig.«

»Mr Ferres? Ms McGrey?« Unbemerkt hatte sich Mr Hemskey zu uns gesellt und selbst in seinen Augen schien es heute feucht zu schimmern. »Wenn Sie so weit sind, können wir beginnen.«

War ich das?

Bereit?

Vor zwei Monaten waren die Abschlussprüfungen so wichtig für mich gewesen. Jetzt fühlten sie sich bedeutungslos an.

Meine Beine kribbelten.

Wollten loslaufen.

Doch Fynns Hand schob sich in meine.

»Bereit, gegen mich anzutreten, Schönste?«, raunte er mir zu und erinnerte mich daran, dass ich bleiben würde.

Weil Fynn mich brauchte.

Weil ich ihn brauchte.

»Du und ich?«, flüsterte er mir zu.

»Du und ich«, flüsterte ich zurück und hauchte einen Kuss auf seine Lippen.

Wir fanden wieder in eine Art Alltag. Ich hätte es nie gedacht, aber es half, an die Verona Hall zurückzukehren. Nicht allein wegen Taira und Matt, auch weil die Vertrautheit etwas Tröstendes besaß.

Es gab gute Tage und … weniger gute. Letztere versuchten wir, mit Farbe und Neckereien zu füllen, bis die graue Wolke über uns nicht mehr ganz so bedrohlich wirkte.

Half das nicht, verkrochen wir uns im Bett, redeten oder weinten, je nachdem, wonach uns war. Aber für den Moment wurden sie weniger, das war wohl ein gutes Zeichen.

Nach unserer Rückkehr hatte ich Fynns Post-its entfernt. Hin und wieder fanden sich dennoch welche. In Jackentaschen oder Schuhen, im Backofen oder wie jetzt in meinem Matheheft.

Fynn war kreativ, was seine Entschuldigungen anging. Meinen Zettel hatte ich als Erstes entsorgt. Ich wollte nicht länger wütend auf ihn sein, weil er so gedankenlos mit seiner Gesundheit umgegangen war.

»Du hast noch einen gefunden?«

»Die scheinen sich heimlich zu vermehren.« Ich zog den Zettel heraus und sah zu Fynn, der bereits seine Tasche geschultert hatte. Ungewöhnlich. »Was hast du vor?«

»Wieso glaubst du, dass ich was vorhabe?« Er sah mich mit diesem betont unschuldigen Blick an und machte aus meinem Argwohn Gewissheit.

»Weil ich das da kenne.« Ich deutete auf seine Miene. »Außerdem hast du noch vor mir deine Schulsachen eingepackt.«

»Erwischt.« Fynn grinste. »Ich besuche Mr Hemskey. Hältst du mir einen Platz bei der Schulversammlung frei?«

»Nur wenn du die Gottesanbeterin von mir grüßt.«

»Dann verzichte ich auf den Platz«, gab Fynn zurück und sein Grinsen vergrößerte sich. »Ich habe keine Lust, dass er mir den Kopf abreißt. Das ist euer sonderbares Hass-Ding.« Er warf mir einen Kuss zu und ging.

»Nur ein winziger Gruß«, rief ich ihm lachend hinterher.

»Mach's selbst!«, kam es zurück, ohne dass er sich umdrehte. »Wenn du dich traust.« Schon war er fort.

Ich packte die restlichen Hefte in meine Schultasche. Der Klassenraum leerte sich heute schneller als sonst. Wahrscheinlich wollten alle die Pause zum Essen nutzen, bevor die Versammlung stattfand. Ich war die Letzte. Kein Wunder. Am liebsten hätte ich die Verkündung des Stipendiums geschwänzt.

Das Nest hatten wir beide verloren.

Ich war nicht gut im Verlieren.

Selbst jetzt nicht, wo wir nicht mehr darauf angewiesen waren.

Dafür hatte mir das Nest einmal zu viel bedeutet.

Wahrscheinlich sollte ich mich bis zur Verkündung in der Bibliothek verschanzen und ein paar Seiten in einem der Klassiker lesen. Das würde hoffentlich helfen.

Gerade schulterte ich meine Tasche, als jemand in den Klassenraum trat. Ich sah auf, fand helles Haar, akkurat geschnitten, ein grimmiges Augenpaar in der Farbe von flüssigem Honig und Lippen so fest aufeinandergepresst, als wollten sie einen Stein zermalmen.

Xander.

Mein Herz stoppte entsetzt.

Überschlug sich im nächsten Moment.

Er musste Fynn gesehen haben und wollte auszunutzen, dass wir ausnahmsweise nicht zusammen waren.

»Lass uns reden.«

»Du darfst nicht mit mir reden!«, erinnerte ich ihn und wählte kurzerhand einen anderen Weg Richtung Tür, um möglichst großen Abstand zu ihm zu gewinnen.

»Er stirbt. Das steht in den Zeitungen …«

»Dann muss es ja stimmen!«, fuhr ich ihn an. »Weiß Magnus, wie viel Zeit du damit verbringst, mir und Fynn nachzuspionieren?«

»Dads Methoden sind nicht immer richtig.« Die Härte in Xanders Stimme kam überraschend. So negativ hatte er bisher nie über Magnus geredet. Er änderte ebenfalls die Richtung, kam geradewegs auf mich zu. »Wir könnten gemeinsam etwas Neues beginnen, Maya.«

Was?

Wie konnte er das nur denken?

»Wir wären besser als der Kreis. Zusammen könnten wir wirklich etwas bewirken. Bei mir hättest du die Chance, noch einmal neu anzufangen.«

»Weißt du, was ich nicht ausstehen kann?«, fragte ich und zwang mich, weiterzugehen.

Schritt für Schritt.

Mein Hals war wie ausgedörrt.

Meine Handflächen feucht.

Alles an mir wollte zurückweichen.

Doch hinter Xander war die Tür.

Seine Augen verkleinerten sich argwöhnisch, aber er blieb so still wie gedacht. Er konnte sich nicht einmal die Blöße geben, danach zu fragen.

»Männer, die mir den Weg blockieren!«, fuhr ich fort und ging an ihm vorbei.

Meine Schritte beschleunigten sich.

Mein Herzschlag trommelte schneller.

Er fuhr herum, aber ich schaffte es auf den Flur.

»Maya!« Natürlich kam er mir hinterher. »Begreifst du nicht, dass das deine Chance ist?« Xander tauchte neben mir auf und griff den Riemen meiner Tasche.

»Deine Chancen sind mir scheißegal!«, brach es aus mir heraus. Augenblicklich flackerte Zorn in seinen Augen.

Aber hier waren wir nicht länger allein.

Er würde nicht zuschlagen.

Dennoch klopfte mir mein Herz bis zum Hals.

»Mrs Bennett«, rief ich so laut, wie ich konnte. Es war mir gleichgültig, dass sich jeder auf dem Gang zu mir umdrehte, einschließlich der Lehrerin, die gerade aus dem Klassenraum neben uns kam. »Xander belästigt mich!«

Entgeistert starrte er mich an.

Mit dieser Wendung hatte er nicht gerechnet.

Warum auch?

Schließlich hatte ich bisher nie um Hilfe gebeten, wenn er mich bedrängte.

Das war vorbei.

»Ich habe keine Zeit mehr für deinen Unsinn«, fuhr ich ihn an und zerrte an meiner Tasche. Widerwillig gab er sie frei, was wohl allein an Mrs Bennett lag, die mit schnellen Schritten auf uns zukam.

»Mr Paris, Sie kommen mit mir! Wir beide besuchen jetzt den Direktor.«

»Danke«, raunte ich ihr zu und bekam ein Nicken und beinahe so etwas wie ein winziges aufmunterndes Lächeln.

Ich hatte Mrs Bennett noch nie lächeln sehen.

Fynns Krankheit hinterließ so viel mehr Spuren, als er ahnte.

Xander warf mir einen letzten finsteren Blick zu, dann folgte er unserer Lehrerin, um sich von Mr Hemskey die verdiente Standpauke abzuholen.

»Warum verkriechen wir uns in der hintersten Ecke?« Fynn setzte sich auf dem Stuhl neben meinen.

»Weil ich eine miese Verliererin bin.« Ich sank tiefer in das Rückenpolster und legte die Arme grimmig ineinander.

»Gott, was für eine Untertreibung. Du bist die mit Abstand schlechteste von allen.« Wenn Fynn lachte wie jetzt, so voller ehrlicher Begeisterung, fühlte es sich an, als würde in mir die Sonne aufgehen. »Einmal hast du mir ein Bein gestellt, weil ich gegen dich beim Debattieren gewonnen habe.«

»Du hast überhaupt nicht gewonnen!«, protestierte ich.

»Siehst du«, erwiderte er schulterzuckend, »du kannst es immer noch nicht zugeben.«

Es zog bereits in den Wangen, so breit grinste ich. »Nur fürs Protokoll: Du hast nicht gewonnen, Fynnigan. Du warst einfach nur unverschämt! Außerdem habe ich dir kein Bein gestellt, du bist bei deinem superlässigen Abgang am Tischbein hängen geblieben!«

»Du hast deine Version der Geschichte und ich meine.« Er legte den Arm um mich und bekam einen winzigen gespielten Knuff.

»Also sitzen wir nicht wegen *ihm* hier?«

Fynn war bei Mr Hemskey gewesen.

Er wusste, was geschehen war.

»Nein.«

»Gut«, erwiderte er leise, gerade als Mr Hemskey die Bühne betrat, um mit seiner Rede zu beginnen. »Schade, dass ich mir seine Strafpredigt nicht anhören durfte. Das hätte ich lieber getan, als hier eine Viertelstunde nach dir zu suchen.«

»Du bist so charmant«, flüsterte ich ihm über Mr Hemskeys Worte hinweg zu.

»Das ist meine Superkraft.«

»Ich dachte, dein Lächeln wäre deine Superkraft?«

»Ich besitze diverse Superkräfte.«

»Wie deine Bescheidenheit?«

»Die ist ein Gottesgeschenk.« In seinen Augen funkelte es. »Also, was machen wir mit demjenigen, der das Nest gewinnt?«

»Oder derjenigen!«

»Oder derjenigen«, fuhr Fynn gelassen fort. »Verfluchen? »Uns kindische Reime überlegen …?«

»Wir sind nett!«

Fynn rollte mit den Augen.

»Wir gratulieren!«

Er stieß betont die Luft aus.

»Und dann besorgen wir uns massenhaft Schokolade aus dem Metallungeheuer in der Cafeteria.«

Er lachte auf und bekam ein entrüstetes Zischen irgendwo aus den Reihen unter uns. Im Gegensatz zu uns hörten die anderen zu.

»Ich liebe dich«, raunte er mir zu und zog mich enger zu sich. »Gleichgültig, wer da gleich steht, es wäre dein Preis gewesen.«

Wahrscheinlich.

Aber ich hatte Monate verpasst.

Und war unvorbereitet in die Prüfungen gegangen.

»Es ist ok. Ich habe alles, was ich brauche.« Mein Kopf landete an seiner Schulter.

Es war mir ernst damit.

Alles, was ich brauchte, war Fynn.

»Ms McGrey?«

Mein Name ließ mich instinktiv zusammenfahren.

Mr Hemskey hatte gemerkt, dass wir nicht zuhörten.

Verflucht.

»Du hast es geschafft!«, stieß Fynn aus.

Nein.

Das konnte nicht sein.

»Weiß jemand, wo Ms McGrey steckt?«, kam es seufzend von der Bühne.

Oder doch?

»Hier! Bei mir!«, rief Fynn und zog mich mit sich hoch.

Da fand sich nichts anderes als pure Begeisterung in seinem Gesicht.

»Du hast es ihnen allen gezeigt«, fuhr er leise fort und legte seine Stirn an meine. »Niemand hat das Nest mehr verdient.« Worte, die nur für mich bestimmt waren. Da, mitten in der Schulversammlung, unter den Blicken von all den anderen, küsste ich Fynn.

Ich zögerte nicht einmal.

Zum Zögern blieb mir keine Zeit mehr.

Kapitel 25

»Ich habe es mir anders überlegt, wir gehen nicht zum Abschlussball.«

»Dachte ich mir schon.« Er hielt mir ein Stück Pizza entgegen. »Du fluchst seit einer halben Stunde.« Er hob die Augenbrauen provokant. »Wegen *Kleidung*.«

Ich warf ihm das zu, was sich anfühlte wie ein bitterböser Blick, und schnappte mir das Pizzastück. »Morgen gibt es Salat.« Er verdrehte die Augen, nickte aber. Seit Richard Fynns Konten wieder freigegeben hatte, bestand er auf mindestens einmal Pizza pro Woche. Manchmal auch zweimal.

»Außerdem fluche ich nicht wegen der Kleidung, sondern weil ich mich in nichts davon wohlfühle. Das Kleid vom letzten Jahr habe ich gehasst. Ich habe mich damit so deplatziert gefühlt – mittlerweile glaube ich, es lag nicht am Kleid.«

»Im Tauschladen gab es nichts?«, fragte Fynn, während ich von der Pizza abbiss. Ich schüttelte den Kopf. Die Abendkleider dort hatten sich alle fremd angefühlt. Lange, elegante Roben aus Seide und Satin.

»Die Sachen von meinem Vater?« Jetzt war seine Stimme zögerlicher. Er bekam ein weiteres Kopfschütteln. Einen Großteil von Richards Kleidung befand sich bereits im Tauschladen, da war nichts dabei gewesen, in dem ich mich wohlgefühlt hatte. Behalten hatte ich nur das Kleid, das ich bei unserer Aussprache getragen hatte. Es war ein Stück unserer Geschichte, aber laut Taira war es ein Businessoutfit und offenbar ungeeignet für einen Ball.

»Wir könnten shoppen gehen?« Die Frage kam am zögerlichsten heraus.

»Ich shoppe nicht!«

»Dann wirst du Jeans tragen, denn wir gehen auf den Ball.«

»Könnte ich in Jeans gehen?«

»Warum nicht, wenn du dich darin wohlfühlst?«, erwiderte Fynn mit einer Selbstverständlichkeit, die mich lächeln ließ. »Sag mir nur Bescheid, dann trage ich ebenfalls eine. Pärchenoutfit.« Er zwinkerte mir zu.

Mein Pizzastück fand seinen Weg zurück in den Karton, weil ich so dringend meine Arme um Fynn legen musste. »Habe ich dir heute schon gesagt, wie großartig du bist?«

»Nur ein Dutzend Mal, das ist zu wenig.« Seine Lippen streiften neckend über meine und ich fing sie ein, küsste Fynn. Eine seiner Hände schob sich in mein Haar und als ich mich an ihn presste, legte sich die zweite an meinen Rücken. Er zog mich so eng an sich, dass ich Schwierigkeiten hatte zu atmen. Seine Finger fanden ihren Weg unter meinen Pullover. Die Kälte seiner Fingerspitzen drängte sich der Wärme meiner Haut entgegen, hinterließ ein Feuerwerk auf mir und entzündete weitere in meinem Bauch.

Und Angst.

In den letzten Wochen hatten wir wieder zu uns zurückgefunden – mit einer Ausnahme.

Dieser hier.

»Ich muss ins Bad«, flüsterte ich und löste mich von ihm, huschte durch den Flur, hinein ins Schlafzimmer. Dort schnappte ich mir mein Handy vom Nachttisch und stürzte ins angrenzende Bad, um das zu tun, was ich schon so oft getan hatte.

Früher hatte ich die Yuppies beneidet um ihre Möglichkeit, immerzu Zugriff auf Informationen zu haben. Doch das Problem mit Informationen aus dem Internet war, dass es zu viele davon gab und sich gefühlt alle widersprachen.

Wem konnte man glauben?

Wem nicht?

Bisher hatte ich noch keine Antwort darauf gefunden.

Ich tippte mich durch Webseiten. Einige Artikel kannte ich bereits. Geholfen hatten sie nicht.

Es klopfte an die Tür.

Verflucht.

»Kann ich reinkommen?«

Schnell schob ich das Handy in die Hosentasche. »Ja.« Meine Stimme war diesen winzigen Hauch zu hoch und ich wusste, dass Fynn es bemerkte. Er öffnete die Tür, ich rechnete mit zwei hochgezogenen Augenbrauen oder einem betont argwöhnischen Blick, stattdessen hielt er mir sein Handy entgegen. »Für dich.«

Was zur …?

Ich blinzelte.

Wartete auf eine Erklärung, aber offenbar hatte Fynn nicht vor, mir eine zu geben. Also nahm ich ihm das Handy ab, hielt es an mein Ohr. »Ja?«

»Ms McGrey? Dr. Tybalt hier. Mr Ferres sagt, Sie bräuchten einen fachlichen Rat.«

…

Das hatte Fynn nicht getan!

Ich starrte ihn an.

Seine Lippen formten ein stummes *Sorry*.

»Wenn Mr Ferres in der Lage ist, problemlos zwei Treppen zu nehmen, spricht aus meiner Sicht momentan nichts gegen sexuelle Betätigung.«

O. Mein. Gott.

Konnte sich bitte der Boden auftun und mich verschlucken?

Ich riss das nächstbeste Handtuch aus dem Regal und warf es Fynn entgegen.

Er wich aus, aber mit dem nächsten traf ich.

»Sind Sie noch dran, Ms McGrey?«

»Ja«, mühte ich mir ab.

»Wenn Sie weitere Fragen dazu haben …«

»Nein«, fuhr ich dazwischen. »Alles bestens.« Bisher war der peinlichste Moment meines Lebens gewesen, als Dad versucht hatte, mir zu erklären, wie die Sache mit der Fortpflanzung funktionierte.

Das hatte sich gerade geändert.

»Ich hasse dich«, flüsterte ich Fynn zu und reichte ihm das Handy.

Erheiterung tänzelte in seinen Augen. »Erinnert mich an die guten alten Zeiten«, raunte er mir zu und verabschiedete sich knapp von seinem Arzt, ohne mich aus den Augen zu lassen. »Also?«

»Also was?«, gab ich grimmig zurück.

»Also glaubst du ihm?« Fynn legte das Handy ins Regal, um mich in die Arme zu ziehen. »Ich habe dir versprochen, auf die Ärzte zu hören. Das war die sinnvollste Lösung.«

»Und die peinlichste«, setzte ich dazu und ließ dennoch zu, dass er mich ein Stück näher zu sich zog. »Woher hast du überhaupt seine Nummer? Die Praxis muss seit Stunden geschlossen sein.« Seine Mundwinkel zuckten und ich stöhnte auf.

Natürlich.

Fynn war ein Ferres.

Ich hatte die letzten Monate selbst gesehen, welche Macht dieser Name in der Welt besaß.

Natürlich bekam er die Privatnummern seiner Ärzte.

Natürlich konnte er sie mitten in der Nacht anrufen.

Sein Name half so ziemlich überall.

Nur diese eine Sache konnte er nicht in Ordnung bringen.

Meine Hand legte sich an sein Herz, um das leichte Pochen an meinen Fingerspitzen zu spüren. »Ich habe Angst.«

»Ich weiß«, flüsterte er.

Natürlich.

Offenbar war ihm längst klar, warum ich regelmäßig flüchtete, wenn es zwischen uns zu nah wurde.

»Du fehlst mir«, fuhr er sanft fort. »Und ich dir auch?«

Ich nickte.

Natürlich fehlte es mir, mit ihm zu schlafen.

»Aber was, wenn …?«

»Dann sag ich dir Bescheid.« Er hauchte mir Küsse auf die Schulter. »Ich fürchte, wir müssen lernen, mit dieser Angst zu leben.« Seine Lippen fuhren höher und strichen meinen Hals entlang. Sie näherten sich der Stelle unter meinem Ohr, bei der sich jeder Kuss wie ein Kontrollverlust anfühlte. »Also?«, fragte er erneut und stoppte unmittelbar vor diesem Punkt.

Er hatte recht.

Momentan bestimmte die Angst mein Leben.

Und sein Arzt glaubte, es sei kein Problem.

Außerdem wollte ich so schrecklich dringend, dass er weitermachte.

»Ja.«

Fynns Lippen legten sich auf diese perfekte Stelle, küssten sie und ich ließ mich darauf ein. Ich drängte die Angst, die an mir zupfte, beiseite. Meine Finger schlüpften unter seinen Pullover und strichen seinen warmen Rücken entlang.

Wir waren langsamer als sonst, ruhiger. Es war ein sanftes Herantasten, selbst dann, als wir ins Bett wechselten. Doch jede Berührung, jeder Blick drängte den Schatten ein Stück weiter zurück, bis nur noch wir zurückblieben.

Als ich anschließend in seinem Arm lag und seinen Atemzügen lauschte, fühlte es sich genauso an wie immer.

Fast.

»Fynn?« Er hob die Augenbrauen, ahnte, allein an der Art, wie ich seinen Namen aussprach, dass wir uns einem schwierigen Thema näherten.

Er hatte keine Ahnung, wie schwer.

»Du willst deine Pläne so schnell wie möglich verwirklichen?«

Seine Augenbrauen wanderten dieses argwöhnische Stück zusätzlich höher, als er langsam nickte.

Ich atmete ein, versuchte, das unsichtbare Gebirge von meiner Brust zu schieben, dass sich immer wieder dorthin verirrte, wenn meine Gedanken auf dieses Thema kamen.

Wir sollten darüber reden.

Jetzt.

Solange uns noch Zeit blieb.

»Gehören Kinder zu deinen Plänen?«

Sie war raus, die Frage.

Entgeisterung drang mir aus seinem Blick entgegen.

Hiermit hatte er nicht gerechnet.

Ich bis vor Kurzem auch nicht.

Das war ein Thema, das ich weit weg von mir geschoben hätte. Weil ich dachte, wir hätten noch viele Jahre, um uns zu entscheiden.

»Willst du denn?«

Das war keine echte Antwort.

Gleichzeitig war diese Gegenfrage so verräterisch.

Weil er sie mir nicht gestellt hätte, wenn seine Antwort Nein gewesen wäre.

Er wollte mich nur nicht unter Druck setzen.

»Keine Ahnung.«

Er küsste meine Stirn so zärtlich, dass er das unsichtbare Gebirge auf der Brust auflöste.

Diese Schuld, weil ich darüber nachdachte …

»Wir müssen uns nicht morgen entscheiden und nicht nächste Woche«, flüsterte er in mein Haar. »Das ist nichts, das wir überstürzen sollten. Lass uns gemeinsam herausfinden, was wir brauchen, um sicher zu sein. In Ordnung?«

»Ich liebe es, wenn du der vernünftige Part von uns bist«, raunte ich ihm zu und mein Lächeln fühlte sich beinahe echt an.

»Und ich hasse es«, raunte er zurück und biss mir sanft ins Ohrläppchen. »Aber wo ich schon dabei bin: Es ist spät. Wir sollten schlafen.«

»Du bist mein Lieblingsgrund, um nicht zu schlafen«, erwiderte ich und er bedeckte meine Stirn mit unzähligen winzigen Küssen. »Fynn?« Fragend sah er zu mir. »Ich glaube, ich weiß, was ich mit dem Abschlussball mache. Wir gehen nicht in Jeans.«

Kapitel 26

Fynn

Ich wusste nicht, was mir mehr Angst machte: die Vorstellung, zu sterben, oder die dahinfliegende Zeit.

Wochen fühlten sich plötzlich an wie Tage.

Tage, sich wie Stunden.

Wie konnte heute schon der Abschlussball sein?

Grausam, dass die Zeit mir ausgerechnet jetzt zwischen den Fingern zerrann, wo ich sie am liebsten einfrieren würde.

Jeder Tag, der verging, war einer näher an dem Augenblick, in dem mein Herz aufhörte zu schlagen.

Mein Leben lang war ich gut darin gewesen, Termine aufzuschieben, blieb nur zu hoffen, dass mir das auch jetzt gelang.

Ich atmete noch einmal durch, versuchte, die düsteren Gedanken abzuschütteln, und klingelte.

Taira öffnete.

Sie hatte ihr Meer an schwarzen Locken nach oben frisiert und einige von ihnen fielen ihr in die Stirn. Es wirkte verspielt und lässig zugleich und passte ähnlich perfekt zu ihr wie das figurbetonte, kirschrote Kleid, das sie trug.

»Wow.« Ich wollte sie zur Begrüßung umarmen, aber sie wich augenblicklich zurück.

»Vergiss es! Weißt du, wie lange es dauert, so auszusehen, als hätte ich nur fünf Minuten hierfür gebraucht?« Ihre Finger deuteten von den Haaren zu ihrem Gesicht und stoppten an ihrem Kleid. »Damit das klar ist: Anschauen, nicht anfassen.«

»Klingt nach den gleichen Regeln wie letztes Jahr.«

Sie hob die Augenbrauen so hoch, dass die hinter ihren Locken verschwanden, aber gleichzeitig schob sich ein Grinsen auf ihre Lippen. »Dieses Jahr ist mein Date charmanter.«

»Sollte er auch sein. Es tut mir leid, dass ich als Freund so versagt habe.«

»Anscheinend wirst du allmählich brauchbarer.« Ihr Lächeln zog sich nun von einer Wange zur anderen. »Hätte mir das hier jemand vor einem Jahr erzählt, ich hätte ihn ausgelacht.«

»Wahrscheinlich.«

»Was ist los? Du lässt dir die Gelegenheit für einen trockenen Spruch entgehen?« Sie stieß mich mit dem Ellbogen an.

»Hey! Was ist mit der Nicht-Berühren-Regel?«

»Die gilt nicht für mich. Nur für alle um mich herum«, gab Taira zurück. »Also, was ist los? Erzähl mir nicht, dass du nervös bist.« Ihre Augen vergrößerten sich zeitgleich mit ihrem Lächeln. »Scheiße, Fynnie, du bist echt nervös, oder?«

Manchmal hasste ich es, dass Taira mich so gut kannte. »Ist Maya fertig?«

»Das war keine Antwort«, stellte sie zufrieden fest, weil wir beide wussten, dass sie richtig lag. »Kommt drauf an, wen du fragst. Meine Schwester findet, sie braucht noch Make-up.«

Maya sicher nicht. Taira kräuselte die Stirn. »Wusstest du, dass in meinem Lippenstift zerquetschte Läuse stecken?«

»Klingt ekelig.« Erst jetzt fiel mir auf, dass sie heute nicht den üblichen roten Lippenstift trug.

Maya.

»Ja.« Sie atmete frustriert aus, so fest, dass die Locken in ihrer Stirn flatterten. »Manchmal ist sie nervtötend, aber ich beginne, sie trotzdem irgendwie zu mögen.« Ihre Augen verkleinerten sich warnend. »Wehe, du sagst ihr das.«

»Sie mag dich auch, sonst hätte sie dich nicht wegen des Kleides um Hilfe gebeten.«

Das besänftigte Taira sichtbar. »Gut für sie.« Es blitzte in ihren dunklen Augen. »Meine Schwester hat noch für jeden das passende Kleid geschaffen. Bereit für den großen Auftritt? Ich zwinge sie dazu – danke mir später.«

Sie rief Mayas Namen und deutete mit einer winzigen Verbeugung in Richtung der Wendeltreppe, die zu den Schlafzimmern nach oben führte.

Verdammt.

Taira hatte recht.

Ich war unfassbar nervös.

Sekunden zogen sich und dann erschien Maya.

Sie strahlte so viel heller, als es die Sonne vermochte.

Ein Großteil des kupferfarbenen Haares war locker hochgesteckt. Die restlichen Strähnen hingen in Wellen hinab und fielen auf die Schulter, die nur von einem Hauch aus pastellrosafarbenem Tüll bedeckt war. Diese Träger gingen fächerartig über in eine Art Corsage mit Spitzenstickerei. Der knielange Tüllrock darunter schwang bei jedem ihrer Schritte hin und her. Es war verspielt, detailliert und doch zurückhaltend, es war … zauberhaft und alles daran passte perfekt zu Maya.

Ich hatte sie schon in den unterschiedlichsten, manchmal abstrusen Kleidungsstücken gesehen. Bis jetzt hatte ich nicht angenommen, dass mich irgendetwas an ihr noch sprachlos machen könnte.

Heute gelang es ihr.

Sie machte mich sprachlos.

Genau wie die Tatsache, dass sie hier bei mir war.

Dass sie von all den Möglichkeiten ausgerechnet mich gewählt hatte.

Wie viel Glück ich hatte – trotz allem.

»Hey, Schönster.« Sie lächelte, schien schon in meinem Gesicht gelesen zu haben, dass mir die Worte fehlten. Sie zog mich in die Arme, ohne sich darum zu kümmern, ob einer von uns ihre Frisur zerstörte.

»Du …«, flüsterte ich ihr zu, als ich das Gefühl hatte, die Stimme wiedergefunden zu haben. Doch selbst jetzt klang sie belegt. »Du siehst atemberaubend aus.«

»Du auch.« Ihr Blick fand meinen. »Das wollte ich dir letztes Jahr schon sagen.«

Wir verharrten einen langen Augenblick ineinander versunken.

»Ich muss dir etwas beichten«, sagte ich und löste mich widerwillig von ihr. »Du bekommst keine Blumen von mir.«

»Du kennst mich, Fynnigan.« Es blitzte begeistert in ihren Augen und sofort fühlte es sich an, als würde ich im Sommerhimmel versinken.

»Wir müssen über deinen Orientierungssinn sprechen.« Zwischen kupferfarbenen Augenbrauen bohrte sich eine Falte. »Denn das hier ist nicht die Verona Hall.«

Nein.

War es nicht.

Manchmal hatte ich Ideen, die sich im Vorfeld grandios anfühlten und sich anschließend als Katastrophe erwiesen. *Das hier könnte eine davon sein.*

Ich starrte auf den Zaun vor uns und wieder zurück zu Maya.

»Fynn?«

Die Falte in ihrer Stirn vertiefte sich.

Scheiße.

»Ich dachte, wir machen vor dem Schulball einen kleinen Ausflug?«

Maya nickte auf diese Art, die mehr Informationen einforderte.

Wieso hatte ich das für eine gute Idee gehalten?

»Dieser Parkplatz ist fantastisch und der Asphalt beeindruckend … grau? Ich bin hin und weg. Belassen wir es dabei? Denn du wirkst, als hättest du etwas getan, was ich nicht wissen will.«

Ok.

Das war es.

Wir würden fahren.

…

Oder?

»Heiratest du mich?«

Sie blinzelte. »Ich dachte, den Antrag hatten wir schon?«

Eigentlich.

Doch nach der Diagnose waren alle Hochzeitspläne plötzlich vom Tisch gewesen. Seitdem hatten wir irgendwie nicht mehr richtig darüber geredet.

»Heiratest du mich … *jetzt*?«

Bis vorhin hatte sich das hier wie eine romantische Überraschung angefühlt. Wie wir spontan allen Verpflichtungen zuvorkamen. Kein Ehevertrag, kein Weddingplaner, kein PR-Zirkus, keine Gästelisten – *nur wir*.

Doch in den letzten Stunden dachte ich immer häufiger darüber nach, ob es vielleicht einen Grund dafür gab, weshalb wir nicht mehr über eine Hochzeit sprachen.

Ob der Grund dafür mein Herz war.

Heiratete man nicht, um sein Leben miteinander zu verbringen? Meines schien nicht besonders lang zu werden.

»Jetzt?« Sie starrte mich aus geweiteten Augen an. Die meiste Zeit war mir Maya so nah, dass es sich anfühlte, als hörte ich ihre Gedanken wie ein Echo in mir.

Nun hatte ich nicht den Hauch einer Ahnung, was sie dachte.

»Wegen des Abschlussballs …«, setzte ich unbeholfen hinzu. Bei unserem ersten Treffen hatten wir uns hierfür verabredet. Bis heute hatte es sich angefühlt, als wäre es das perfekte Datum.

»Dein Vater würde durchdrehen«, erinnerte sie mich stockend.

Das würde er definitiv.

Momentan ließ er seine Anwaltsarmee zwar auf alle Redaktionen los, die auch nur daran dachten, über mich und meine Krankheit zu berichten. Aber ich war mir sicher, dass er sich von unserer Hochzeit mehr als ein Bild erhoffte.

»Wenn er irgendwann meine ID-Karte ausliest, habe ich den Krankenbonus auf der Seite.«

Ich bekam einen betont strengen Blick. »Taira würde dich fertigmachen.«

»Für die gilt das Gleiche.«

Maya zupfte gedankenverloren an dem pastellrosafarbenen Tüllrock. »Es ist dir ernst damit?«

Ich nickte langsam. »Was denkst du, sind wir wild?«

»Natürlich.« Das Lächeln, das aus ihr herausbrach, fühlte sich an wie Sonnenstrahlen, die einmal mehr die Düsternis verscheuchten.

»Bist du sicher? Ich will dich zu nichts drängen. Falls du mehr Zeit brauchst oder eine Feier oder …«

»Fynn.« Sie legte ihren Finger auf meine Lippen. »Zum Heiraten brauche ich nur dich.«

Die Kapelle war winzig und von außen kaum als eine zu erkennen. Sie war perfekt. Nichts Überzogenes, nichts Elegantes – nur wir.

Beinahe.

Die Pastorin erwartete uns lächelnd am Eingang. »Wir waren gespannt auf Ihre Entscheidung«, begrüßte sie Maya und die runzelte die Stirn.

»Wir?«, flüsterte sie mir zu, als sich die Frau umdrehte, um die Tür der Kapelle zu öffnen.

»Wir brauchten doch jemanden, der die Trauung bezeugt.« Maya wirkte nicht, als fände sie meine Antwort ansatzweise ausreichend. »Wir haben es eilig«, erinnerte ich sie grinsend und sie schüttelte den Kopf, lachte leise, während sie mir hineinfolgte.

»Sie kommen zu spät, Mr Ferres und Ms McGrey.«

Maya stoppte entgeistert.

Wahrscheinlich hatte sie gedacht, ich hätte doch Taira hierhergebeten, vielleicht auch George. Über beide hatte ich nachgedacht und mich dann für den Menschen entschieden, ohne den wir nicht hier ständen.

Mr Hemskey.

Sie drückte meine Hand und es fühlte sich an wie eine begeisterte Zustimmung.

Ganz kurz kehrte die Falte zwischen ihren Augenbrauen zurück, als ihr Blick auch die letzte Person in der kleinen Kapelle entdeckte. Er stand neben Mr Hemskey, lächelte ebenfalls, nur zurückhaltender. Maya versuchte ihn einzuordnen, suchte einen Namen und fand keinen, aber es blieb ihr auch keine Zeit mehr, ihn von mir einzufordern, denn schon erreichten wir die anderen.

»Ich wusste es«, erklärte Mr Hemskey und trotz des gedimmten Lichts sah ich Begeisterung in seinen Augen funkeln. Wahrscheinlich war er der Einzige von uns dreien, der nie aufgehört hatte, an uns zu glauben.

»Mr Hemskey …« Maya strahlte ihn an, doch sie kam nicht mehr dazu, den Satz zu beenden.

»Lorenzo«, sagte er und drückte ihre Hand. »Aufgrund der Umstände dehnen wir die steifen Schulregeln ein wenig. Wenn ihr einverstanden seid …« Jetzt war es sein Satz, der unvollendet blieb. Maya schlang überraschend die Arme um unseren Direktor. Mr Hemskey wirkte einen Herzschlag lang wie erstarrt, doch schon eine Sekunde später umarmte er sie ebenfalls. Keine Ahnung, warum es ausgerechnet jetzt so verdammt hinter meinen Augen brannte.

Ich blinzelte gegen die Tränen an, als Mr Hemskey … *Lorenzo* Maya etwas zuraunte und sie daraufhin nickte. Wahrscheinlich eine Erinnerung, dass er für sie da war, wenn sie ihn brauchte. Ähnliches hatte er mir schon so oft gesagt. Er war ein Felsen und bei dem, was noch vor uns lag, fühlte es sich gut an zu wissen, dass er da war.

»Ich wollte dir längst jemanden vorstellen«, sagte Lorenzo sanft zu Maya, kaum dass die Umarmung endete. »Bisher hat es nie geklappt. Mein Mann Henry.« Mit einem Lächeln deutete er auf Henry, der an seiner Seite erschien.

»Schön, dich endlich kennenzulernen.« Henry reichte ihr die Hand. Lorenzo hatte einen seiner typischen Anzüge gewählt, während sein Mann Jeans und ein blaues Hemd über einem Shirt trug. Hinter einem schwarzen Brillengestell betrachteten uns hellgraue, freundliche Augen. »Er redet oft von euch.« Henry warf Lorenzo ein warmes Lächeln zu, das der erwiderte. Und da war es wieder, dieses Brennen hinter meinen Augen. *Weil ich mir wünschte, dass Maya und ich uns auch noch in Jahrzehnten so liebevoll anlächeln könnten.*

Ich schluckte das Brennen einmal mehr hinunter, um Henry ebenfalls zu begrüßen. »Fynn.« Nun schüttelte er mir die Hand, klopfte mir gleichzeitig freundschaftlich auf die Schulter und ich spürte Mayas verwunderten Blick auf mir. »Gut, dich zu sehen.«

»Beginnen wir?«, fragte die Priesterin. »Mir wurde gesagt, wir haben es eilig?«

»Haben wir. Ich schulde Fynn noch ein Date.« Mayas Finger schoben sich zurück in meine und die Priesterin begann. Ihre Worte flogen an mir vorbei. Wahrscheinlich sollte ich mich konzentrieren und konnte nicht, weil ich damit ausgelastet war, Maya anzuschauen.

Ich wollte mir alles von ihr einprägen.

Jeden Wimpernschlag.

Jeden Anflug eines Lächelns.

Jeden gespielt vorwurfsvollen Blick, den sie mir zwischendurch zuwarf, weil sie wusste, dass ich nicht zuhörte.

Aber wie sollte ich mich auf Worte konzentrieren, wenn ich stattdessen sie anschauen konnte?

Erst als sich der Rhythmus des Monologs veränderte und Maya meine Hand energisch drückte, ahnte ich, dass der Moment gekommen war, mich für einen Augenblick auf etwas anderes zu konzentrieren als auf sommerhimmelfarbene Augen.

»Maya McGrey, wollen Sie …« Ein paar Sekunden hatte ich noch und sie reichten aus, um Maya einen Kuss auf die Hand zu hauchen. Doch ich spürte, wie sie sich plötzlich unter den Worten der Frau anspannte.

Verflucht.

Diesen Part mit *bis dass der Tod euch scheidet* hatte ich irgendwie verdrängt.

»Können wir das übernehmen?« Maya stoppte die Priesterin, bevor sie die unheilvollen Worte aussprach. Nach dem Monolog fühlte sich die verwunderte Stille, die folgte, unnatürlich an. Die Frau runzelte die Stirn, ihr Blick fand mich und dann nickte sie. So ziemlich nichts an dieser Hochzeit entsprach wohl dem Standard, aber die Menschen hinterfragten wenig, wenn sie meinen Namen erfuhren. Wahrscheinlich hätte Maya darauf bestehen können, hier eine Runde Luftgitarre zu spielen, und sie hätte es abgenickt.

»Fynn.« Maya drehte sich zu mir um und drängte jeden anderen Gedanken fort. Übrig blieben nur wir. »Ich liebe dich«, sagte sie leise. »Das werde ich jeden einzelnen Tag tun. Ich werde dich zwischendurch verfluchen und du wirst mich verfluchen. Wir werden streiten und uns wieder versöhnen. Wir werden miteinander lachen und weinen. Es wird gute und weniger gute Tage geben, aber diese eine Sache wird sich niemals ändern. Ich liebe dich. Ewig.«

Und da stand ich in dieser Kapelle und wusste, dass es dieses Mal keine Chance gab, die Tränen länger zurückzuhalten.

»Ich dachte nie, dass Liebe für mich vorgesehen ist«, begann ich und es war mir gleichgültig, dass meine Stimme verräterisch schwankte. »Und dann bist du in mein Leben gestolpert und hast die Gottesanbeterin zu Boden gerungen.« Maya lachte und irgendwo gab Lorenzo etwas von sich, das mit viel gutem Willen als belustigtes Schnauben durchgehen konnte. »Damals habe ich nicht nur dich gefunden«, fuhr ich leise fort, ohne den Blick von Maya zu nehmen. »Ich habe auch mich gefunden. Weil ich bei dir sein kann, wer ich bin. Und gleichzeitig möchte ich für dich die beste Version von mir sein. Du bist mein Zuhause, Maya. Und ich werde dich jeden verdammten Tag lieben, ganz gleich, wo ich bin. Du und ich. Ewig.«

Kapitel 27

Glück war das beste Rauschmittel von allen.

Ich fühlte mich, als würde ich über Zuckerwatte laufen. Die Farben strahlten heute so intensiv wie nie zuvor. Und selbst die miese Musik, die uns aus dem Inneren der Verona Hall entgegendrang, bekam keinen Fluch von mir ab. Wobei Letzteres knapp war – die Band war echt schlecht. Doch statt zu meckern, küsste ich Maya lieber zum hundertsten Mal auf der Strecke vom Parkplatz zum Eingang.

Vielleicht küsste sie auch mich.

Egal.

Solange ich ihre Lippen auf meinen spüren konnte.

Ihre Wärme.

Diesen sanften Druck.

Meine Hand verlor sich erneut in den losen Strähnen und die zweite strich ihren Rücken entlang. Tiefer.

»Nehmt euch ein Zimmer!«

Ich fuhr herum, fand zwei kichernde Typen, von denen ich sicher war, dass sie mindestens zwei Jahrgänge unter uns waren. »Wie zur Hölle kommen die Kleinen an Karten für den Ball?«

»Spannende Frage«, erwiderte Maya diesen Hauch zu schnell. »Das könnten wir jetzt besprechen oder wir gehen endlich rein.«

»Sag mir nicht, du hast was damit zu tun?«

»Vielleicht ein wenig. Es waren echt viele Plakate und die Lichterketten haben sich nicht allein um die Bäume gewickelt … Also lass sie in Ruhe. Wir müssen rein, Taira schickt mir permanent Nachrichten.«

»Mir auch. Der Trick ist, ihr nicht zu antworten, dann hört sie irgendwann damit auf.«

Es blitzte in ihren Augen. »Was bietest du mir dafür, dass ich Taira nichts davon erzähle?«

»Erst schleust du die Kleinen auf dem Ball ein und jetzt erpresst du mich?«

»Du bist der personifizierte schlechte Einfluss«, gab sie zurück und grinste auf diese unwiderstehliche Art.

Was sollte ich tun?

Ich war machtlos.

Wenn sie mich ansah wie jetzt, musste ich sie küssen.

Es war ein verdammtes Naturgesetz.

Maya war mein Naturgesetz.

»Nein.« Sie schob ihre Hand vor die Lippen, noch bevor meine sie erreichten, und zog mich mit sich. »Sonst schaffen wir es heute nicht mehr hinein.«

Damit hatte sie leider recht.

Je näher wir dem Eingang kamen, desto mehr Licht drang uns entgegen. Wir schlängelten uns um die Gruppen herum, die vor den Türen frische Luft schnappten, um gleich doch wieder in den stickigen Versammlungsraum zu huschen.

Die Deko war sogar noch kitschiger als letztes Jahr.

Wer von den Yuppies war bitte auf die grandios schreckliche Idee gekommen, Rosen zum Thema zu machen?

»Vielleicht hättest du doch ins Ball-Team gehen sollen, um das hier zu verhindern«, raunte mir Maya mit Blick auf die kitschigen Plastikrosengirlanden zu.

»Die sind ironisch gemeint.«

Maya blinzelte kurz verstört. »Das wäre selbst für eure Verhältnisse albern«, gab sie dann zurück und wies auf den Kasten in der Ecke des Eingangsbereichs. »Aber die ist super.« Ihre Augen leuchteten beim Anblick der Fotokabine. Auf dem Bildschirm davor tauchte gerade ein Schnappschuss von Dorie und ihrem Freund auf, der von den Umstehenden wohlwollend kommentiert wurde.

Heute schien hier jeder gute Laune zu haben.

Vielleicht weil keiner der Freaks gekommen war.

»Du erinnerst dich an dein Versprechen?« Niemand auf der Welt konnte so herausfordernd schauen wie Maya.

Die Grimassen auf den Abschlussfotos.

Es fühlte sich an, als wären seit damals gleich mehrere Leben vergangen.

»Ich erinnere mich an jedes Versprechen, das ich dir gegeben habe.« Ohne uns weiter absprechen zu müssen, beschlagnahmten wir die Fotokabine. Einer der Vorteile, die es mit sich brachte, wenn man viel zu spät auf eine Party kam: Die anderen hatten schon ausgiebig damit gespielt.

Früher hätte mich nichts und niemand in eine solche Kabine bekommen, doch mit Maya war es schwer, wieder herauszukommen. Und als wir sie schließlich kichernd verließen, taten wir das nur, weil wir wussten, dass die anderen uns sonst herausgezogen hätten.

Während wir auf die Bilder warteten, wurden die Gespräche um uns herum leiser und beunruhigend viele Leute drängten sich in den kleinen Raum. Offenbar hatte sich herumgesprochen, wer genau gerade den Automaten blockiert hatte. Jetzt schien jeder das Ergebnis sehen zu wollen.

Um darüber zu diskutieren.

Und ihre abstrusen Theorien bestätigt zu wissen.

Nur noch sieben Tage und das hier war vorbei.

Ich konnte es nicht erwarten.

Mayas Rücken legte sich an meine Brust und sie fing meine Arme ab, hielt sie mit ihren fest und erdete mich. Erinnerte mich daran, dass es scheißegal war, was die anderen dachten.

Dennoch gab es mir eine winzig kleine Genugtuung, als ich die entgeisterten Blicke auf uns spürte, nachdem das erste Bild erschien.

Hiermit hatten sie nicht gerechnet.

Weil sie keine Ahnung hatten, wer wir waren.

Ich lächelte.

Musste nicht zu Maya schauen, um zu wissen, dass sie beim Anblick des Bildes ebenfalls lächelte.

Wir beide, kämpfend um den Selbstauslöser.

Ich hielt ihn in die Luft, Maya sprang an mir hoch, um ihn an sich zu reißen. Dabei mussten wir versehentlich den Auslöser gedrückt haben.

Nichts daran war gespielt.

Wir beide lachten so ehrlich und glücklich, dass sich schon wieder dieses Zuckerwattegefühl in mir einstellte.

Glück.

Auf dem zweiten Bild hatte ich den Kampf um den Auslöser gewonnen, weshalb Maya mir spielerisch in den Hals biss. Ich hatte mich daraufhin als Opfer einer wild gewordenen Vampirin in Szene gesetzt. Die Augen auf Halbmast, die Hand theatralisch an die Stirn gelegt. Ich spürte das Vibrieren ihres Lachens an meiner Brust. Wir sahen aus wie eine grottige Vorlage für eine richtig miese Vampirgeschichte.

Auf unserem dritten Foto hielt Maya den Auslöser. Wir schauten in die Kamera, schnitten die abstrusesten Grimassen, ganz wie wir es uns damals auf der Treppe geschworen hatten. Wir sahen so schrecklich aus, dass lautes Gelächter den Raum ausfüllte.

Zum ersten Mal klang es nicht, als lachten die anderen uns aus. Sondern als würden sie mit uns lachen.

Das fühlte sich gut an.

Überraschend gut.

Ich drückte Maya enger an mich, gerade als das vierte Bild auftauchte. Es hatte ein Scherz sein sollen. Ein Kussfoto, weil das immer alle in helle Aufregung versetzte. Doch Maya hatte offenbar andere Pläne gehabt.

Auf dem Bild küssten wir uns nicht. Meine Hand lag an ihrer Wange, strich eine der vorwitzigen Strähnen zur Seite. Unsere Gesichter lagen voreinander, da waren nur Zentimeter, die uns voneinander trennten. Mayas Anblick hatte in der Kabine jeden Plan aus meinem Kopf gelöscht und nur diesen unbändigen Wunsch, sie zu küssen, zurückgelassen.

Genau diesen Moment hatte Maya eingefangen.

Wir beide, wie wir uns anschauten, in dem Augenblick vor unserem Kuss. Es war eine Mischung aus gegenseitiger Faszination, Zärtlichkeit und Liebe.

So verdammt viel davon.

»Das ist wahrscheinlich das ehrlichste Foto, das jemals gemacht wurde«, raunte ich ihr zu und Maya nickte und atmete auf diese tiefe Weise, wie sie es immer tat, wenn sie einen Moment brauchte, um ihre Fassung wiederzufinden. Ich hauchte einen Kuss auf ihre Wange. Ungefähr da wurde mir klar, dass etwas sonderbar war.

Es war zu still.

Alle Gespräche waren verstummt.

Selbst die Musik im Versammlungsraum hatte gestoppt. Vielleicht, weil sich ein Großteil der Schülerschar gerade um den Bildschirm drängte.

Und doch sagte niemand ein Wort.

Sie schienen nicht einmal zu atmen.

Ich fand Fassungslosigkeit in den Mienen um uns herum, schockierte Blicke, die zu Maya und mir zuckten.

Wir hatten so oft gesagt, dass wir uns liebten, doch die wenigsten hatten uns geglaubt.

Unserem Foto schien gelungen zu sein, woran wir gescheitert waren: Es hatte einigen deutlich gemacht, dass es genau das war, was wir immer und immer wieder beteuert hatten.

Liebe.

Maya drückte meine Hand, als Zeichen dafür, dass es ihr wieder besser ging, dann löste sie sich sanft von mir. Sie zog ihr Handy aus meiner Hosentasche und machte sich daran, die Bilder daraufzuziehen. Es war erstaunlich, wie schnell sie sich all diese Dinge in den letzten Monaten angeeignet hatte. Offenbar überraschte sie damit einige der anderen, denn leises Gemurmel erhob sich langsam und träge.

Ich drehte mich um und verharrte.

Ich hatte mich geirrt.

Einer der Freaks war gekommen.

Xander.

Er stand an der Tür und starrte so hasserfüllt unser Bild an, dass es mich von innen heraus fröstelte. Es war nicht sein Hass, schließlich hasste ich ihn ebenfalls – es war die Tiefe seines Hasses, die mich entsetzte. Er schien Xander so auszufüllen, dass er aus nichts anderem mehr bestand. Instinktiv schob ich mich vor Maya, um sie vor ihm abzuschirmen. Zu schnell, dafür, dass die meisten noch immer überwiegend verharrten.

Xanders Blick fuhr zu mir.

Fand mich.

Genau wie sein Hass.

Er fühlte sich an wie ein feuriger Speer, der geradewegs auf mich abgeworfen wurde.

Seine schmalen Lippen formten Wörter.

Überdeutlich und doch unhörbar.

»*Verrecke endlich!*«

Der Speer schlug in meiner Brust ein.

Ja, auch ich hasste Xander.

Aber im Gegensatz zu ihm besaß mein Hass Grenzen.

Ich betete, dass meine Miene regungslos genug blieb, um ihn nicht wissen zu lassen, dass er nach all den Jahren doch noch Worte gefunden hatte, die mich erschütterten.

Bevor ich darüber nachdenken konnte, was ich tun sollte, drehte er sich um und verschwand nach draußen. So schnell, dass es sich zumindest nicht anfühlte, als würde er heute noch einmal hier aufschlagen.

»Alles in Ordnung?« Maya tauchte wieder neben mir auf und musterte mich argwöhnisch.

Ehrlichkeit bedeutete nicht, ihr jede Winzigkeit zu erzählen. Vor allem dann nicht, wenn diese Winzigkeit ihr stalkender Schläger-Ex-Freund war.

Xander hatte so viel zerstört.

Er würde nicht auch noch diese Nacht bekommen.

»Nur die Band, die ist scheiße.«

»Die spielen gerade nicht einmal.«

»Ich habe Angst vor dem Augenblick, wenn sie wieder beginnen.« Damit bekam ich sie. Sie lachte und schob allein dadurch all das Miese in dieser Welt ein Stück fort.

»Los, Schönste, lass uns Taira und Matt suchen.«

»Wer hat das Rosenthema verbrochen?« Ich stieß die Frage heraus, als Taira zum ersten Mal Luft holte. Seit mehreren Minuten hielt sie uns einen flammenden Monolog darüber, weshalb man bei seinem Abschlussball nicht zu spät kam. Mittlerweile war sie bei Grund 23 angekommen – die Getränkeauswahl schrumpfte sichtlich zusammen.

»Die sind ironisch gemeint, Fynn!« Sie schüttelte genervt den Kopf und Maya starrte erst Taira mit großen Augen an, dann mich, dann die Plastikrosen und nahm einen betont tiefen Schluck ihres erschreckend grellen Getränks.

»Klar sind sie das«, gab ich zurück. »Hab nie was anderes behauptet. Und was ist mit der Band? Warum habt ihr uns nicht angefragt?«

Taira zuckte mit der Schulter, lehnte sich an Matt, der einen Arm um ihre Stuhllehne gelegt hatte. »Ich war dafür. Der Sänger war süß.«

»Ey!« Matt stupste sie gespielt empört an.

»Vergiss George sofort«, erwiderte ich. »Verglichen mit ihm war ich ein Heiliger.«

»Siehst du.« Matt lächelte und verstrahlte einmal mehr diese Ruhe, die mir so an ihm gefiel. Da, wo Maya und ich so ähnlich waren, dass wir aneinanderknallten und Funken sprühten, ergänzten sich die beiden. Tairas Lebendigkeit färbte auf Matt ab und seine Ruhe schien ihre innere Unruhe zu stoppen. Früher hatte Taira kaum ein paar Minuten still sitzen können. Jetzt lehnte sie sich an ihn und es gab keine trommelnden Finger, keine Beine, die ungeduldig zuckten. Stattdessen war es Matt, der sie auf die Tanzfläche zog, und ich lächelte. Bei den beiden hatte ich ein wirklich gutes Gefühl.

Maya hob ihr Glas gegen das Licht und betrachtete skeptisch die blau glitzernde Flüssigkeit. »Es schmeckt nach

Johannisbeere, sieht aber giftig aus. Trink.« Sie schob es mir zu.

Nope.

»Ich bin mir sicher, dass mir das sämtliche Ärzte verbieten würden.«

»Es ist nur Saft, aber da du ja die Handynummer von Dr. Tybalt hast …«

Ich schickte ihr das, was sich wie ein grimmiger Blick anfühlte, den ich nicht lange halten konnte. »Wird das deine Rache für den Süßigkeitenautomaten?«

»Ja. Teste es.«

Ich gab mich geschlagen. Glücklicherweise. Das Zeug erwies sich als unerwartet lecker und ich nahm sogar einen zweiten und dritten Schluck, bevor ich bereit war, ihr das Glas zurückzugeben.

»Du schuldest mir noch einen Tanz.« Maya zog mich auf die Tanzfläche. Ihre Augen funkelten heller als die Sterne draußen, als wir begannen, uns zu einem ganz eigenen Rhythmus zu bewegen. Der Tüll ihres Rockes drückte sich gegen mich. Wir waren wie zwei Magneten, die zueinanderdrängten, ohne uns darum zu kümmern, dass die Band zu einem schnelleren Lied ansetzte. Wir blieben in unserem ganz eigenen Takt.

»Ungefähr so habe ich mir das damals vorgestellt«, sagte ich und legte meinen Kopf auf ihre Schulter, hauchte winzige Küsse auf ihren Hals. Keine Ahnung, wie ich damit wieder aufhören sollte.

Warum konnten wir diesen Augenblick nicht festhalten?

»Hast du das?«

»Ja, das hier ist verdammt nah dran.«

Kapitel 28

Komm! Sofort!

Ich knurrte bei dem Anblick der Nachricht, die mich geweckt hatte. Der Morgen war zu früh für diese Art väterlicher Fürsorge. Licht drang durch den Spalt, der sich zwischen die Vorhänge geschlichen hatte. Es tauchte den dunklen Holzboden in ein warmes, einladendes Licht und kündigte einen guten Tag an.

Mein Handy vibrierte erneut.

So viel zum guten Tag.

Jetzt! Fynnigan!

Seine Nachrichten waren selten, weil es ihm zu viel seiner kostbaren Zeit abforderte, zu tippen. Doch tat er das, klangen sie genauso, wie er sprach. So als würde er hinter jedes Wort ein Ausrufezeichen setzen. Jedes davon war ein Befehl.

Ich stöhnte auf.

»Richard?«, drang es müde unter dem Chaos an kupferfarbenen Haaren hervor. Maya hatte sich die Haarnadeln gestern nicht mehr aus dem Haar gezogen. Die Zeit hatten wir lieber anders genutzt. Jetzt sah das, was vor ein paar Stunden noch eine Frisur war, aus wie ein zerpflücktes Vogelnest.

Verdammt.

Ich fand sogar dieses zerrupfte Vogelnest an ihr niedlich.

Natürlich beugte ich mich über sie, strich mit der Nasenspitze über ihren Hals. Ich liebte den Geruch ihrer Haut. Die Form ihres Halses. Diesen Übergang zu ihrer Schulter. Das wohlige Seufzen, als ich einen Kuss darauf platzierte.

Mein Handy vibrierte erneut.

Bekam einen Fluch von mir.

Und einen von Maya.

Jetzt!

Seine Nachrichten zeichneten sich nicht durch Vielfalt aus. Kurz war ich versucht, das Handy auszuschalten, aber ich wusste, wer dann in einer Viertelstunde wutschäumend vor der Tür stehen würde.

Großartig.

Genau so hatte ich mir den Morgen nach unserer Hochzeit vorgestellt.

Nicht.

»Bleib hier, ich geh rüber.«

Maya stieß frustriert die Luft aus. Offenbar hatte auch sie diesen Morgen anders starten wollen. »Ich beeile mich«, sagte ich halbherzig. Wenn er in der Stimmung war, in der ich befürchtete, würde es dauern.

Das wusste mittlerweile auch Maya.

»Sag Richard, dass ich ihn hasse.« Sie rutschte tiefer unter die Decke und das letzte Wort klang gedämpft. Dennoch war es das, was in mir nachklang.

Mir blieb noch eine Viertelstunde.

Genug Zeit.

Das Handy landete auf der Bettdecke, meine Hand zwischen Mayas Schulterblättern und zog zärtliche Kreise darauf.

»Du solltest los«, erinnerte sie mich und schmiegte sich gleichzeitig enger an mich.

»Mir bleibt massig Zeit, bevor er in die Luft geht.«

Das erneute Vibrieren ignorierte ich.

»Mr Hemsk… Lorenzo hatte dir vorgeschlagen, bei ihm unterzukommen?« Sie versteifte sich augenblicklich, nur um sich im nächsten Moment umzudrehen.

Sommerhimmelblaue Augen musterten mich prüfend. »Ja.«

»Warum hast du es nicht angenommen?« Die letzten Monate schienen nicht dazu geführt zu haben, dass sie sich hier heimischer fühlte. Das lag wohl zu großen Teilen an dem Mann, der erneut mein Handy vibrieren ließ.

»Weil ich lieber bei dir sein wollte.« Ihre Finger schoben sich in meine. »Und warum bist *du* nicht auf Lorenzos Angebot eingegangen und hast mich überredet, zu ihnen zu gehen?« Spätestens jetzt war ihr offenbar klar, dass ich ein ganz ähnliches Gespräch mit ihm geführt hatte, kurz nachdem sie aus dem Kreis verstoßen worden war.

»Weil ich dich auch lieber bei mir haben wollte«, erwiderte ich und lächelte. »Ich habe mich deswegen mies gefühlt, weil ich dachte, dass du es dort vielleicht weniger hassen würdest. Bis er mir letzte Woche erzählt hat, dass du längst abgelehnt hast.«

»Du sprichst viel mit ihm?« Sie setzte sich auf und das zerfetzte Vogelnest an ihrem Hinterkopf schlitterte hin und her, aber noch trotzten die Nadeln der Schwerkraft.

»Es hilft, zu reden.«

Eine bessere Überleitung würde ich niemals bekommen.

»In der Zeit nach der Diagnose, als wir …« Sie nickte rasch und so brauchte ich die Worte nicht aussprechen. *Die Zeit, in der wir beinahe an der Diagnose zugrunde gegangen waren.* »Er hat mich dazu überredet, mit jemand Professionellem zu reden.«

Maya blinzelte.

Starrte mich aus großen Augen an.

Hätte ich ihr erzählt, dass ich ab sofort professionell Murmeln spielen würde, hätte sie mich wohl weniger entgeistert angestarrt.

»Gut«, sagte sie zwar, aber es klang unsicher, dabei klang Maya niemals unsicher. Die letzten Monate hatten wir andauernd mit Ärzten zu tun gehabt. Ich hatte sie mit so vielen von ihnen diskutieren sehen, doch diese Unsicherheit hatte nie mitgeschwungen.

Ich ahnte, wo sie herkam.

Sie wusste, was kommen würde.

»Ich habe darüber nachgedacht, was ich brauche, um mir bei dieser Kindersache sicher zu sein«, sagte ich leise und ihr Blick verdunkelte sich unter meinen Worten. Seit Wochen überlegte ich, wie ich dieses Thema ansprechen sollte. Besser als jetzt würde es nicht werden. »Ich möchte, dass du ebenfalls regelmäßig mit ihm redest.«

Noch während ich sprach, schob sich ihre Unterlippe vor und in ihren Augen blitzten mich nun zwei Saphire grimmig an. »Mir geht es gut, Fynn. Ich bin nicht krank.«

»Keinem von uns geht es gerade gut«, erwiderte ich leise, »und ich schätze, das ist in Ordnung. Also erzähl mir nicht, dass es dir gut geht.«

Ihre Finger setzten dazu an, mir zu entwischen, doch diesmal ließ ich es nicht zu. Das hier war zu wichtig. »Ohne dich würde ich wahrscheinlich jeden einzelnen Tag zusammenbrechen, Maya. Wenn ich falle, kann ich mich darauf verlassen, dass du da bist und mich auffängst. Aber ich kann mich nicht darauf verlassen, dass ich da bin, wenn du fällst. Ich spüre deine Eisglocke und die Vorstellung, dass ich morgen vielleicht nicht mehr aufstehe und du darunter erstickst, macht mir eine Scheißangst. Bitte rede mit ihm.«

Tränen glitzerten in ihren Augen, weichten die spitzen Kanten der Saphire auf und ihre Unterlippe bebte.

Wir hatten nie darüber gesprochen, was mit ihrem Vater war, aber die Andeutungen, sein Verhalten, Mayas Eisglocke – sie fühlten sich nicht an, als blieb mir eine Wahl.

»Bitte, Maya.« Ich lehnte meine Stirn an ihre. »Versuch es.«

»Ich kann mit keinem Fremden über diese … Dinge reden.« Ihr Protest erinnerte mich an das Geräusch von Schnee unter meinen Schuhen. Dieses winzige, kaum wahrnehmbare Knirschen.

Es war viel zu leise für Maya.

Maya war wild.

Laut.

Sie war Chaos.

Meine Naturgewalt.

»Musst du nicht«, raunte ich ihr zu und strich ihr über die Wange. »Deswegen wollte Mr Hemsk… Lorenzo, dass du Henry kennenlernst. Er dachte, es könnte einfacher werden, wenn du ihn kennst.«

Maya blinzelte erneut und Spuren der Tränen glänzten auf ihren Wimpern.

»Du redest mit Henry?«

»Ja.«

Ein weiteres Blinzeln.

»Seit Wochen?«

»Ich musste erst einmal herausfinden, ob ich das diesmal packe. Es funktioniert. Ich mag ihn und ich glaube, du wirst ihn auch mögen.«

Das Handy vibrierte einmal mehr.

Mayas Blick huschte zu ihm hinüber, aber ich hielt sie auf, zwang sie sanft, mich wieder anzusehen. »Was sagst du?«

Sie atmete auf und einige der Strähnen, die wild in ihrem Gesicht hingen, flatterten behäbig. »Dass ich darüber nachdenke.«

Zu wenig.

»Denk schnell nach.«

Ihre Augen verkleinerten sich argwöhnisch. »Was hast du getan?« Und sie war zurück, die Lebendigkeit in ihrer Stimme. Jetzt klang sie, als würde ich heute Morgen nicht nur von meinem Vater angeschrien werden.

Viel besser.

»Wir sind in zwei Stunden bei ihnen.«

»Fynn! Wann wolltest du mir das sagen?«

Ich verdiente jedes Fitzelchen ihrer Wut.

»Fünf Minuten vorher?«

Sie stockte entgeistert im Luftholen, hoffte wohl, das wäre ein Scherz. War es nicht. Es war eine ernstzunehmende Option zu diesem vorhergesehenen Streit.

»Je mehr Zeit du zum Überlegen hast, desto mehr Punkte landen auf deiner Contra-Liste«, fuhr ich fort. Die Saphire in ihren Augen kehrten zurück und wirkten, als würden mich ihre Kanten liebend gern bearbeiten. »Ich kenn deinen Verstand, Maya, weil der manchmal erschreckend viel Ähnlichkeiten mit meinem hat. Ich schieb alles von mir weg, auf das ich keine Lust habe. Du baust deine Listen und findest einhundertundeinen Grund, weshalb du etwas nicht tun solltest.«

Ihre Lippen öffneten sich. Ich wartete auf Protest, aber es kam keiner.

Wir wussten beide, dass ich richtiglag.

In der Zeit, in der sie schwieg, vibrierte mein Handy gleich zweimal warnend.

Offenbar lief mir die Zeit davon.

In mehr als einer Hinsicht.

»Ok«, stieß sie finster aus. »Ein Versuch.« Sie suchte meinen Blick, schluckte schwer und atmete tief aus. »Ich habe auch darüber nachgedacht … über dieses Thema, und ich brauche ebenfalls etwas von dir.«

Das war ein Plottwist, den ich nicht hatte kommen sehen. Ich nickte langsam, versuchte, ihre Forderung zu erahnen, und scheiterte.

»Falls wir jemals ein Kind bekommen …« Mir entging die Betonung nicht. Dieses Zögern. Es fiel ihr verdammt schwer, darüber zu reden, und dennoch tat sie es, weil es ihr wichtig zu sein schien. »Dann darf es niemals mit Ferres Enterprise in Berührung kommen.«

…

…

Shit.

»Du bist zu spät!« Mein Vater legte das Tablet auf den Schreibtisch.

»Sonderbar, wo deine Nachrichten doch so liebevoll waren.« Ich sank auf den Stuhl ihm gegenüber. Je schneller wir begannen, desto schneller kam ich hier wieder raus. »Wie läuft das mittlerweile? Bekommst du tägliche Updates?« Es sollte ein Scherz sein, aber da zuckte nicht einmal der Hauch eines Muskels in seinem Gesicht. »Ist das dein Ernst? Du bekommst echt tägliche Updates zu meiner ID-Karte? Ist dir klar, dass du damit gegen so ziemlich alle Gesetze verstößt?«

Endlich war da eine Regung. Seine rechte Augenbraue hob sich einige Millimeter.

Glaubte ich zumindest.

»Was habe ich dir zu Gesetzen gesagt?«, fragte er.

»Dass sie dir an deinem Vize-Arsch vorbeigehen?«

Und die Braue wanderte noch einige Millimeter höher.

»Fynnigan!« Es gab nur einen Menschen, bei dem ich es ertrug, wenn er meinen ganzen Namen aussprach.

Spoiler – mein Vater war es nicht.

Der nannte mich immer nur dann so, wenn er kurz davorstand, mir den Anschiss meines Lebens zu verpassen.

Noch sechs Tage.

Dann würden wir das alles hinter uns lassen.

»Dass Gesetze nur für die gelten, die überführt werden?«

Offenbar war das die richtige Antwort, denn er nickte minimal.

»Hör damit auf, in meinen Einträgen zu spionieren!«

Was hätte ich für einen Kaffee gegeben.

Die paar Stunden Schlaf hatten definitiv nicht ausgereicht für dieses Gespräch.

»Sicher nicht. Solange ich mich nicht darauf verlassen kann, dass ich von dir über alles Wesentliche zu deiner Erkrankung informiert werde.«

Manchmal, wenn sein Gegenüber richtig in Schwierigkeiten saß, bekam er diesen Lauerblick. Dann erinnerte er mich an eine Katze, die auf den perfekten Moment wartete, um ihre Beute anzufallen.

Dieser Blick machte mir klar, dass ich die heutige Beute war.

»Oder zu deinem Leben.«

Und da war er.

Der Grund, weshalb er mir ganze 21 fucking Nachrichten in 13 Minuten geschickt hatte.

So viele hatte ich die letzten drei Jahre insgesamt nicht von ihm bekommen.

»Glückwunsch zur Hochzeit.« Wahrscheinlich hatte es nie Glückwünsche gegeben, die höhnischer herausgebracht worden waren.

»Danke. Es war zauberhaft«, erwiderte ich betont gelassen. »Leider war es etwas beengt und spontan, sonst hätten …«

»Hat sie den Vertrag unterschrieben?« Die harsche Frage kam wenig überraschend. Wir waren nie diese Art von Familie gewesen, die zusammensitzt und Erinnerungen austauscht.

»Nein.«

Das Zischen, das er von sich gab, klang wie das eines aufgestochenen Reifens. »Sie hat zu unterschreiben!«

»*Sie* hat einen Namen und den kennst du, also nutze ihn gefälligst!«

Einen Moment lang starrten wir einander in Grund und Boden. Er hatte Maya geschätzt, als sie mit ihm zusammengearbeitet hatte. Deswegen nahm er ihr ihren Seitenwechsel nun übel.

»*Maya*«, sagte er und betonte ihren Namen übertrieben, »hat den Vertrag zu unterschreiben!«

»Das bestimmst nicht du, sondern wir. Das hier sind übrigens die Gründe, weshalb ich keinerlei Lust verspüre, dich über irgendwelche Änderungen in meinem Leben zu informieren. Enterb mich, sperr mir die Konten, was auch immer, es ist mir gleichgültig, aber sie wird nicht unterschreiben. Ich lasse nicht zu, dass du sie demütigst. Ferres Enterprise hat ihr genug angetan und *du* hast ihr genug angetan.«

Ich hatte mit Protest gerechnet. Nicht damit, dass er schwieg. Es war irgendwie seltsam, wie er mich musterte, so, als versuchte er zum ersten Mal, zu verstehen, wer genau ich eigentlich war. Sonst hatte er mich immer nur angesehen, als wäre ich ein Problem, das schnellstmöglich gefixt werden musste.

»Hier.« Er hob einen Umschlag vom Schreibtisch und warf ihn vor mich.

»Steck dir diesen Ehevertrag …«

»Es ist nicht der Ehevertrag.«

Ok?

Was war es dann?

Eine Unterlassungserklärung?

Eine Schweigeverpflichtung?

Ein Konzept für eine Scheinhochzeit?

Ich schnappte mir den Umschlag, riss den Inhalt heraus. Mein Puls kochte schon einmal hoch, während sich der Rest von mir bereit machte, loszubrüllen.

Und verwirrt stoppte.

Was.

Zur.

Hölle?

Mein Blick fuhr über die vertraute Adresse. Es war die Wohnung, die ich schon vor Monaten für uns gemietet hatte.

Fuhr tiefer.

Versuchte, zu realisieren, was dort stand.

»Sie gehört euch.«

»Du schenkst uns eine Wohnung?« Irgendwie hatte ich das Gefühl, nicht mehr mitzukommen.

»Wollt ihr lieber ein Haus?«, fragte er zurück. »Ich dachte, diese Wohnung gefällt euch offenbar, aber …« Er griff nach seinem Handy, wahrscheinlich, um den Makler anzurufen.

»Nein«, stieß ich aus. »Kein Haus!« Maya würde mich tagelang anschreien, wenn ich das zuließ. Für den Augenblick bekam ich keinen klaren Gedanken zu greifen, außer diesem einen. »Warum?« Ich legte die Papiere zurück auf den Schreibtisch. »Was soll das? Was muss ich dafür tun?«

»Nichts.« Er zuckte mit den Schultern. »Es ist ein Geschenk. Das ist üblich, wenn der Sohn heiratet, und du warst deutlich, dass du keine Autos mehr willst.« Hätte ich es nicht besser gewusst, hätte ich gedacht, dass da der Ansatz eines Lächelns auf seinen Lippen saß.

Dieser Tag war seltsam.

Überaus seltsam.

»Warum schreist du mich nicht an?«

»Weshalb sollte ich?«

»Weil du die gestellten Fotos vergessen kannst? Weil eine ehemalige Kreislerin jetzt Teil der Ferres-Familie ist? Weil du letztens noch darauf bestanden hast, dass ich hierbleibe? Du findest immer abstruse Dinge, um mich anzuschreien.«

»Ich denke, sie tut dir gut. Und unter den Umständen wäre eine große Hochzeit …« Er räusperte sich.

Mein Blick blieb erneut an den Blättern vor uns hängen, dort, wo neben meinem Namen auch Mayas eingetragen war. Wir hatten beide unsere Nachnamen behalten, weil wir mit der Familie des anderen noch mehr haderten als mit unserer eigenen. Ich hätte erwartet, dass er sich darüber ausließ, dass Maya unseren Familiennamen nicht angenommen hatte. Ich hatte einiges an Vorwürfen erwartet und bekam stattdessen eine Eigentumswohnung.

»Du magst sie, oder?« Das war die einzige Erklärung. Aus irgendeinem abstrusen Grund schien sich seine Wut in Grenzen zu halten und alles, was ich dafür fand, war Maya.

»So weit würde ich nicht gehen. Aber du hast schon dümmere Entscheidungen getroffen.« Worte, die bei ihm so etwas wie einen Ritterschlag darstellten.

Zutiefst irritierend.

Mein Vater mochte Maya tatsächlich.

Noch so ein Plottwist.

»Bring sie trotzdem dazu, den Vertrag zu unterschreiben. Ferres Enterprise …«

»Sie hasst Ferres Enterprise. Maya will nichts davon.« Offenbar war heute der Tag der Wahrheiten.

Noch sechs Tage.

Dann waren wir ohnehin hier weg.

Wie schlimm konnten sechs Tage werden?

»Wir sollten über Ferres Enterprise reden. Maya und ich haben eine Vereinbarung, was die Firma angeht …«

Kapitel 29

Raya

Niemand konnte so allumfassend Verachtung ausdünsten wie Richard. Mit jeder Faser seines Körpers drang sie aus ihm heraus. Die jährliche Zeugnisvergabe war für ihn eine zutiefst überflüssige Zeitverschwendung. Offenbar galt das auch jetzt, obwohl Fynn Teil des Abschlussjahrgangs war.

Während die Sonne heute strahlte, als versuchte sie, jeden einzelnen Winkel auszuleuchten, bildete Richard die Schlechtwetterfront. Sein Lächeln würde er sich erst abzwängen, wenn die Kameras auf ihn gerichtet waren.

Fynn hatte die schlechte Laune seines Vaters mit einem so breiten Grinsen kommentiert, dass ich ahnte, dass er wohl seinen Anteil daran trug. Ich hatte nicht nachgefragt, wie katastrophal das Gespräch zwischen den beiden verlaufen war. Richard war ein Reizthema, nach wie vor. Wir hatten zwei Monate zusammengearbeitet in unserem Eifer, Fynn zu retten. Aber ich wusste besser als jeder andere, dass man mit Menschen zusammenarbeiten konnte, ohne sie zu mögen.

Mein Blick fand Xander in der Schlange hinter mir und augenblicklich trocknete mein Hals aus. Mein Herz beschleunigte sich auf diese panische Art, ohne dass es wirklich Anlass dazu gab.

Ich hasste diese Reaktionen meines Körpers.

Weil ich mich dann machtlos fühlte.

Weil sie mir bewusst machten, dass sich manche Schatten niemals abschütteln ließen.

Er hatte seine ganz eigenen Spuren in mir hinterlassen.

Nur noch wenige Stunden.

Wärme folgte dieser Erkenntnis.

Wir standen kurz davor, die Verona Hall hinter uns zu lassen. Ich suchte in der Reihe vor mir nach Fynn, fand haselnussbraunes Haar ein ganzes Stück vor mir. Er schien zu spüren, dass ich zu ihm sah, drehte sich um und lächelte dieses Fynn-Lächeln, das unzählige Libellen in meinem Bauch freisetzte. Es fühlte sich an wie das Kitzeln Tausender Flügel. Der seidige Stoff der Robe rutschte über mein Handgelenk, als ich ihm einen winzigen, verstohlenen Luftkuss zuschickte. Ungeachtet der Zuschauer und Lorenzos einführenden Worten sprang Fynn hoch und durchbrach unsere akkurate Warteschlange, indem er tat, als würde er einen unsichtbaren Kuss einfangen.

Typisch Fynn.

Er bekam ein breites Lächeln von mir und ich ein Herz, das seine Finger für mich formten. Schon setzte sich die Schlange in Bewegung und Fynn wurde von den anderen mitgedrängt. Applaus brannte von den Zuschauersitzen auf. Nur wenige Sekunden vergingen und meine Vorderleute gingen ebenfalls los, um ihre Plätze einzunehmen.

Den Absolventen gehörten die Ehrenplätze, die ersten beiden Reihen. Jeder von uns hatte seinen festen Platz, in alphabetischer Reihenfolge unserer Nachnamen. Dann kamen die wichtigen Persönlichkeiten, Richard und andere bekannte Ehemalige der Verona Hall. Im Anschluss die Presse und dahinter unsere Familien.

Familien.

Bei dem Gedanken verwandelte sich mein Magen zu Stein.

Jedes verdammte Mal.

Schnell setzte ich mich auf den mir zugewiesenen Stuhl. Irgendwo hinter mir hörte ich Taira einen Fluch ausstoßen. Ich riss den Kopf herum und fand Xander, der auf den Stuhl neben mir sank.

Zurück war die Wüste in meinem Hals.

Das panische Galoppieren meines Herzens.

»Das ist nicht dein Platz«, flüsterte ich, während die Bürgermeisterin mit ihrer Rede begann. Neben mir hätte Jen sitzen müssen, bis gerade hatte sie noch hinter mir gestanden und mich ignoriert, wie es alle Kreisler taten. Doch Jen war fort.

»Wir haben getauscht.« Ein Lächeln erschien auf seinen Lippen. Es wirkte wohl freundlich, für all diejenigen, die Xander nicht auf die Art kannten wie ich.

Mich ließ es frösteln.

Ich war eingezwängt.

Alle um mich herum lauschten den Worten der Bürgermeisterin.

Es gab keinen weiteren freien Platz.

Das hier konnte nicht länger dauern als eine halbe Stunde.

Die würde ich schaffen.

»Du bist infiltriert«, raunte Xander mir zu.

Offenbar würde es eine sehr lange halbe Stunde werden.

Ich starrte nach vorne, versuchte, seine Worte auszublenden, und wusste doch, dass es mir nicht gelingen würde.

»Du opferst all deine Prinzipien. Bald besitzt Ferres die Kontrolle über die ganze Welt und schuld daran bist du. Dein Vater ist seit Tagen nicht mehr ansprechbar. Die Vorstellung, dass ausgerechnet du Ferres ans Ziel seiner Träume bringst, zerstört ihn. Seit deinem Verrat musste Mary ihn zweimal ins Krankenhaus bringen!« Selbst geflüstert sprengte Xanders Empörung seine Worte beinahe, so viel lag in ihnen.

Ich ahnte, zu welchen Reaktionen Marys Entscheidungen im Kreis geführt hatten. Krankenhäuser betrachtete Kreisler ohnehin mit Skepsis und dann war Dads Erkrankung auch noch *anders*.

Die Erinnerungen an die nun täglichen Gespräche mit Henry blitzten in mir auf. Und damit die Frage, ob es sich bei Dad genauso anfühlte wie bei mir. Ich hätte ihn gerne danach gefragt, aber das war unmöglich.

»Haben sie dein Herz schon so vereist, dass du nicht einmal in der Lage bist, Mitleid für deine Familie zu empfinden?« Xander forderte meine Aufmerksamkeit brutal erneut ein.

Und bekam damit etwas in mir gepackt.

Ich starrte geradewegs in die honigfarbenen Augen, die ich abgrundtief zu verachten gelernt hatte.

»Mitleid? Ich weiß nicht einmal mehr, wie oft ich in den letzten Monaten in irgendwelchen Krankenhäusern gesessen und gewartet habe. Oder mit wie vielen Ärzten ich geredet habe. Ihr fordert von mir Mitleid für eure schwierige Situation?«, brach es aus mir heraus. »Das könnt ihr vergessen. Ich bin ausgelastet mit wichtigeren Dingen!«

»Sie sind Gift für dich! Wach endlich auf, Maya, und schließ dich mir an. Wir beide zusammen könnten Ferres Enterprise vernichten.« In seinen Augen flackerte eine Art fieberhaftes Glühen.

Ich hatte mich geirrt.

Keinesfalls würde ich eine halbe Stunde neben ihm überstehen.

Nicht einmal mehr eine Minute.

Noch bevor ich richtig stand, griff Xander in den Stoff meiner Robe, erwischte das Shirt, das ich darunter trug, und hielt beides in seiner Faust fest. »Wir reden …«

»Lass sie sofort los, Oberfreak.« Taira drängte sich zwischen uns, während ich versuchte, mich von Xander loszureißen.

»Das geht dich nichts an, Yuppie!«, fuhr er sie an und machte Anstalten, meinen Arm zu packen. Der Kreisler neben mir schien sich auf seinem Stuhl nicht einmal zu rühren.

»Sie ist meine Freundin!« Taira packte Xanders Handgelenk. »Also geht mich das was an. Lass sie los oder wir machen dich fertig!«

Xanders Blick huschte nun doch verspätet zu Taira und von dort wieder zu mir. Er hatte nicht damit gerechnet, dass ich Verstärkung bekam. Fynn saß in der Reihe vor mir und so ungünstig, dass er von Xanders eigenwilliger Sitzplatzauswahl nichts mitbekam.

Nein.

Weder er noch ich hatten mit Verstärkung gerechnet und doch stand sie da und starrte ihn aus dunklen Augen in Grund und Boden. »Drei Sekunden, Oberfreak«, sagte sie und spitzte die Lippen. »Dann schrei ich. 3 … 2 …«

Xander ließ los.

Ich nutzte die Chance und raffte meine Robe hoch. »Entschuldigung. Ich muss hier durch«, raunte ich den beiden vor mir zu, als ich über die Stuhllehnen zu ihnen hinüberkletterte. Eine davon war Dorie und offenbar hatte sie genug von dem

Gespräch hinter sich mitbekommen, um mir sofort Platz zu machen. Ich stieg auf ihren Stuhl, bückte mich dabei, damit meine Einlage die Zuschauer so wenig wie möglich störte, und sprang auf den Boden. Dorie bekam einen zweiten Dank und ich huschte die Reihe entlang. Irritation schwang in der Stimme der Bürgermeisterin mit, aber sie fing sich sofort wieder, setzte ihre Rede professionell fort, während ich mir einen Weg zwischen Beinen und entgeisterten Blicken hindurch suchte.

Fynn bemerkte mich, als uns noch zwei Plätze trennten. Seine Augenbrauen schoben sich augenblicklich zusammen und darunter funkelten seine Augen finster. Es gab nicht viele Gründe, weshalb ich mitten in der Abschlusszeremonie von meinem Platz flüchtete.

Es gab nur einen.

Seine Arme öffneten sich, schon bevor ich mich zu ihm gekämpft hatte. Ich sank auf seinen Schoß und in seine Umarmung.

»Du hast mir auch gefehlt«, flüsterte er mir zu und tat für mich, als sei das hier vollkommen normal.

Wie sehr konnte man einen Menschen lieben?

»Vier Stunden, dann sind wir hier weg«, fuhr er fort. »Wie klingt das für dich?«

»Ziemlich gut«, flüsterte ich und verschränkte meine Finger mit seinen.

Applaus setzte ein und die Bürgermeisterin verabschiedete sich, gab das Rednerpult für unseren Direktor frei. Seine Rede war gespickt mit Anekdoten aus den vergangenen Jahren. Es waren liebevolle Worte, die beinahe ein wenig wehmütig machten – aber nur beinahe.

Mein Gesicht lag an Fynns und sein Daumen streichelte zärtlich über meinen Zeigefinger. Hin und her.

Alle Blicke schienen auf mir zu liegen, als wir uns für die Abschlusszeugnisse an der Bühne aufreihten.

Ich stand nicht mehr an meinem Platz in der Schlange.

Ein Sinnbild für mein Leben.

Früher hatte ich die Abschlussfeier genau vor Augen gehabt. In meiner Vorstellung hatte Dad weit vorne gesessen. Er wäre extra zeitig gekommen, um sich den besten Platz zu sichern. Sobald mein Name gefallen wäre, hätte er so heftig applaudiert und gejubelt, dass mir Hitze in die Wangen gestiegen wäre. Mary hätte neben ihm gesessen und versucht, ihn zu zügeln. Daraufhin hätte er ihr gesagt, dass ich nur einmal meinen Abschluss machte, und hätte noch lauter gejubelt.

Genauso wäre es gewesen.

Doch weder Dad noch Mary waren hier.

Weil ich meinen Platz aufgegeben hatte.

Um an Fynns Seite zu stehen.

Wir rückten weiter in der Schlange auf und Fynn schien zu ahnen, dass mein Magen sich erneut in einen Stein verwandelte.

»Hey, Schönste«, raunte er mir zu, während wir ein weiteres Stück Richtung Bühne aufrückten. »Soll ich dir einen Witz erzählen?« Ich nickte. »Diese Veranstaltung«, fuhr er fort und sein Lächeln fand sich im Vergissmeinnichtblau seiner Augen. »Diese Veranstaltung ist ein Witz.«

»Der ist unfassbar schlecht«, flüsterte ich zurück.

»Du lächelst«, stellte er zufrieden fest, »also war es genau der richtige.«

Und tatsächlich – ich lächelte.

Weil Fynn nur wenige Worte brauchte, um mich lächeln zu lassen. Er beugte sich vor, küsste mich und dort, wo gerade noch dieser Stein gesessen hatte, schlugen nun Libellenflügel heftig aneinander.

»Mr Ferres«, erklang Lorenzos Stimme von der Bühne herab und ließ mich zurückfahren. Offenbar hatte unser Kuss länger gedauert als gedacht, denn die anderen vor uns waren fort. Hitze stieg mir bei der Erkenntnis in die Wangen – zumindest diese Sache war wie in meiner Vorstellung, nur der Grund dafür war ein anderer. Dieser Grund strahlte nun so breit, dass er die Sonne spielend übertrumpfte. Tosender Applaus begleitete seinen Namen. Niemand war bisher so gefeiert worden. Fynn würde behaupten, dass es allein an seinem Nachnamen lag, doch das war es nicht.

Es lag an ihm selbst.

Seinem Witz, seinem Charme, seiner Kreativität, seinem Einfühlungsvermögen. Er mochte hier oft eine Maske getragen haben, aber darunter war genug durchgeblitzt, um jeden Hauch dieses Jubels zu rechtfertigen.

»Du bist dran«, raunte ich ihm zu, während ich versuchte, meine Finger aus seinen zu lösen, um in den Applaus einzustimmen. Fynn hielt sie fest.

»Was soll ich da oben ohne dich?« Sein Name ertönte erneut zu uns herunter. »Komm mit«, sagte er leiser. »Bitte.«

Ein Blick ins Vergissmeinnichtblau und ich war verloren.

In den letzten Monaten hatte ich so viele Regeln neu bewertet, andere gebrochen. Einst waren Regeln mein Leben gewesen, mein moralischer Kompass. Jetzt saß dieser Kompass hinter meiner Brust und ließ sich lenken von vergissmeinnichtblauen Augen, verschmitzten Lächeln und Momenten wie diesem, die ewig dauern sollten.

Aber das würden sie nicht.

Das Leben war zu kostbar, um zu zögern.

»Dann los.« Seine Hand drückte meine, als wir gemeinsam die drei Stufen erklommen.

»Und Ms McGrey«, sagte Lorenzo mit einer solchen Gelassenheit ins Mikro, als wäre es eine Selbstverständlichkeit, dass Fynn und ich gemeinsam auf die Bühne traten.

Richard hatte bereits hinter Lorenzo Position bezogen. Mrs Bennett und Mr March standen mit den Zeugnismappen neben ihm. Alles hatte hier sein System und Fynn und ich warfen es durcheinander. Unsere beiden Lehrer begannen, in den Mappen nach meiner zu suchen, und Richard fuchtelte mit den Armen, um von irgendjemandem abseits der Bühne das goldene Nest einzufordern. Nach einer kurzen Irritation setzte nun verhaltener Applaus von Richtung der Zuschauerbänke ein. Niemand schien zu begreifen, was genau ich hier tat. Unterhalb der Bühne schrie plötzlich jemand meinen Namen und übertönte das erbärmliche Echo des Applauses spielend.

Taira.

Sie streckte die Arme in die Höhe, klatschte heftig und Matt tat es ihr gleich. Dorie stimmte ein, rief nun ebenfalls meinen Namen. Weitere Hände hoben sich aus der Schlange an Körpern, klatschten.

Neutrale.

Yuppies.

Sie klatschten für mich?

Für den Moment schien kein Sauerstoff mehr in mir anzukommen. Ich versuchte, meine Fassung zu wahren, und gleichzeitig fühlte es sich an, als ging ein Riss mitten durch sie hindurch.

Mit jedem erhobenen Händepaar.

Mit jedem Ruf meines Namens.

Wurde er ein wenig tiefer.

»Ms McGrey?« Lorenzos Augen funkelten belustigt. Es galt noch ein letztes Mal, die Form zu wahren. »Die Verona Hall und Ferres Enterprise gratulieren zum diesjährigen Gewinn des goldenen Nestes.«

Richard trat zu uns, die Lippen grimmig aufeinandergepresst, schien er den lebenden Beweis dafür bilden zu wollen, wie falsch Lorenzo lag. Nein, Richard freute sich nicht. Er war wütend. So wütend, dass er Mühe hatte, mir in die Augen zu sehen, als er meine Hand schüttelte.

Sein Gespräch mit Fynn musste noch viel schlimmer gelaufen sein als gedacht.

Erst die Fotografen unten erinnerten ihn daran, sein Lächeln anzuknipsen.

»Ich weiß nicht, was du hast«, raunte Fynn ihm zu. »Es bleibt in der Familie, genau das wolltest du doch.« Das Nest in Richards Hand schwankte beängstigend und Fynn bekam einen vernichtenden Blick von ihm zugeworfen. Dafür gab es von mir ein echtes Lächeln statt der gequält vorgespielten, die ich mir für die Fotografen abgezwängt hatte.

Richard drückte mir das goldene Nest in die freie Hand und ich löste meine andere von Fynn, um meine Zeugnismappe entgegenzunehmen.

Das hier war der Moment, auf den ich hingekämpft hatte. Jetzt konnte ich kaum erwarten, dass er endete. Ein letztes, gezwungenes Lächeln für die Fotografen, dann wandte ich mich ab.

»Meldet euch, wenn ihr angekommen seid.« Worte, die wohl von Richard hätten kommen sollen. Stattdessen war es Lorenzo, der sie aussprach, während Richard die Bühne nicht schnell genug verlassen konnte.

»Machen wir«, sagte Fynn und umarmte Lorenzo.

Und dann waren wir frei.

Wir gingen von der Bühne und machten Platz für die anderen. Die Gottesanbeterin forderte das Nest zurück, noch bevor ich die Bühne ganz verlassen hatte. So wie er mich musterte, schien er zu glauben, dass ich kurz davorstand, mich mit meiner Beute auf und davon zu machen. Es war schwerer als gedacht, es loszulassen. Dieses Nest, das Fynn und mich zusammengezwungen hatte. Es würde zurück in den Glaskasten wandern, damit es nächstes Jahr in andere Hände gelegt werden konnte.

Unsere Geschichte an der Verona Hall war beendet.

Jetzt wartete der Rest unseres Lebens.

»Bereit zu fliehen, Schönste?« Fynns warmer Atem drang an mein Ohr.

»Natürlich.«

Kapitel 30

Die Sonne hatte die Luft beinahe unangenehm aufgewärmt. Dicht an dicht standen die Menschen am Bahnsteig aneinander. Ihr Geruch würde sich gleich mit dem nach Graphitstaub und verschmorten Bremsabrieb mischen. Es gab wohl nichts, das ich mehr mit meiner Kindheit verband als diesen Geruch. Ich hatte so viel Zeit in Zügen verbracht, meist neben Dad und Mary. Manchmal hatten wir Taschen dabeigehabt und waren wieder einmal auf dem Weg in ein neues Leben gewesen.

Jetzt stand ich mit Fynn hier.

Ich hatte angeboten zu fliegen. Es wäre entspannter für ihn gewesen, aber es war Fynn. Für gewöhnlich konnte er Plänen wenig abgewinnen, doch dieser hier hatte sich in ihm festgebissen. Er bestand darauf, jeden einzelnen Schritt genau so zu nehmen, wie wir ihn geplant hatten.

Als wir einstiegen und er das Innere des Zugs sah, schien er seine Wahl doch kurzzeitig zu bereuen. Für den Flug war es zu spät, aber vom Zielbahnhof würden wir auf ein Taxi wechseln, damit es nicht zu anstrengend für ihn wurde. Ein weiterer Kompromiss. Sonderbar an diesem war nur, dass ausgerechnet ich diejenige gewesen war, die das Taxi gefordert hatte.

»Ich nehme an, hier gibt es keine Stewards, die uns zum Platz bringen?«, raunte er mir zu, während ich die Sitznummern mit denen auf unseren Fahrkarten verglich.

Ich antwortete mit einem Blick und zwei hochgezogenen Augenbrauen, zu viel mehr reichte es nicht, weil ich zu beschäftigt war, die Taschen durch die Gänge zu bugsieren und dabei den Entgegenkommenden auszuweichen. »Sieh es als Horizonterweiterung, Fynnigan«, setzte ich hinzu, kaum dass mir genug Platz blieb, um unser Gepäck zu verstauen.

Er murmelte etwas davon, dass seine Horizonterweiterungen für mich spaßiger waren, rutschte dann aber auf seinen Sitz.

Wir hatten nur das Nötigste dabei und selbst das erwies sich als zu viel. Unsere Gitarren, Kleidung, etliches an Medikamenten für Fynn und mehrere Dutzend Dinge, von denen er behauptete, sich nicht trennen zu können. Noch schlug er sich zwar gut, was den minimalistischen Lebensstil anging, doch momentan rechnete ich damit, dass er einknickte und nächste Woche ein Umzugsunternehmen mit einem Dutzend Kisten vor unserer Tür stand.

Unserer Tür.

Ein überwältigender Gedanke.

Ich sank neben ihn und lehnte den Kopf an seine Schulter. Er trug ein Shirt und meine Lippen fanden warme Haut, auf die sie einen Kuss hauchten. »Wie schockiert bist du?«

»Wieso klingt es bei dir, als wäre ich noch nie Zug gefahren?«

»Bist du es?«, fragte ich herausfordernd und Fynn drehte den Kopf, strich mit seiner Nasenspitze über meine Stirn.

»Noch nie. Also mach deine Yuppie-Sprüche.«

»Später.« Ich drängte mich enger an ihn. »Wie wäre es erst einmal mit Musik?«

»Klingt perfekt«, sagte er und mühte sich ab, sein Handy aus der Hosentasche zu zerren, um dann aus der anderen die Kopfhörer zu ziehen, ohne sich den Kopf anzuschlagen. »Ich kenne Schränke, in denen man mehr Platz hat.« Grinsend reichte er mir meinen Ohrstöpsel, während draußen die Landschaft an uns vorbeiraste.

Kapitel 31

Fynn

18 Monate später

Überall fanden sich Fotos.

An den Wänden, am Kühlschrank, auf unseren Handys, manchmal steckte einer von uns dem anderen eines zu. Wie ich an Mayas erstem Unitag, da hatte sie unser erstes Bild in ihrem Block gefunden. Sie und ich in der Bibliothek. Es war wie damals mit den Post-its, nur diesmal auf eine gute Art.

Es waren beständige Erinnerungen an großartige Augenblicke. Und davon gab es so viele, weil wir jeden dieser Momente einfangen mussten.

Maya in dem Antiquariat, in dem sie stundenlang die Bücher bestaunen konnte.

Ich und George bei einem unserer Freitagsauftritte im Pub.

Maya und ich, als wir den Plattenspieler ausprobierten, den wir spontan auf dem Flohmarkt um die Ecke gekauft hatten.

Ich im Plattenladen an der Kasse, bepackt mit unzähligen Tüten.

Maya, Hank und ich im Pub bei dem Treffen, das wir damals an unserem ersten Tag an der Uni vereinbart hatten.

George, der mit mir zusammen einen Palast an Terrarium baute.

Taira und Matt mit uns beim Picknick im Park.

Hank und Maya auf dem Sofa bei einer ihrer Tee-Sessions.

Maya am Laptop beim Abtelefonieren der Tierheime.

Mr Hemskey, die Einsiedler-Schildkröte, die nun in dem Palast lebte.

Hank und ich beim Pizzabelegen.

Lorenzo und Henry bei ihrem Überraschungsbesuch.

Maya mit dem Geburtstagskuchen, den ich für sie gebacken hatte.

Und Maya und ich.

Im Park.

An unseren Gitarren.

Im Kino.

Überall.

Ihr Kopf an meiner Schulter.

Meine Arme um sie geschlungen.

Tausendfach.

Um die dunkleren Augenblicke zu vergessen, die dazwischenlagen und die immer mehr wurden.

Die Arzttermine.

Die sich verschlechternden Ergebnisse.

Die Krankenhausaufenthalte.

Die verfluchte Angst.

Es gab Dinge, die waren zu schrecklich, um damit seinen Frieden zu machen.

Sterben schien eines davon zu sein.

Nichts in mir fühlte sich friedlich an, wenn ich daran dachte. In mir lebte ein verfluchter Hurrikan aus Wut und Verzweiflung, aus Selbstmitleid und einer Menge anderer mieser Gefühlen.

Manchmal kam er raus.

Wütete.

Tobte.

Schrie.

Bis es sich anfühlte, als könnte ich wieder weitermachen.

Denn weitermachen war die einzige Option.

Die Gespräche mit Henry halfen.

Wir hatten sie mit hierhergebracht. Jeden Sonntag telefonierten wir. Erst sprach ich mit ihm und im Anschluss Maya. Ich wollte nicht wissen, wie oft wir beide ohne Henry schon zusammengebrochen wären.

Wir wussten, dass ich lange nicht am oberen Ende der Spenderliste angelangt war. Doch bei jedem Klingeln meines Handys fuhr etwas in uns zusammen.

Hoffnung war wie Unkraut. Man konnte sie noch so oft herauszerren, sie würde wiederkommen. Wahrscheinlich war das gut so. Obwohl es sich nicht danach anfühlte, wenn es wieder einmal nicht das Krankenhaus war. Dann sah ich manchmal Mayas Blick auf mir und wusste, dass auch sie daran dachte, wie sie versucht hatte, Einfluss auf die Liste zu nehmen.

Liebe ließ uns die widersinnigsten Dinge überhaupt tun.

Mittlerweile besaß ich zwei Herzen, zumindest nannten sie es so. Eines davon war ein künstliches Herz, das die Wartezeit überbrücken sollte. Ein hochtrabender Name für eine Pumpe. Eine Pumpe, mit der der Rest meines Körpers auf Kriegsfuß stand.

Die Tage wurden dunkler.

Die Ärzte sprachen immer häufiger davon, dass mir nicht mehr viel Zeit blieb.

Sie redeten über Infektionen.

Über meine Werte.

Ich hasste es.

Alles in mir wollte flüchten.

Nur Mayas Hand in meiner hielt mich zurück.

Manchmal lagen Glück und Verzweiflung nur Millimeter voneinander entfernt.

»Der kommt hier nicht rein.« Etwas am Blick des Krankenpflegers erinnerte mich an Lorenzos Assistenten. Maya offenbar auch, denn ihre Augen verkleinerten sich dieses winzige Stück, wie damals, wenn die beiden aufeinandergeknallt waren.

»Und ob er das wird«, gab sie zurück und winkte Hank herein. Der stand in der Tür, die Kälte draußen hatte seine Wangen rosig gefärbt. Die meiste Zeit fühlte es sich im Krankenhauszimmer an, als hätte jemand in meinem Leben die Slow-Motion-Taste gedrückt. Weil alles eine endlose, langsame Lethargie war. Dieses Daraufhoffen, dass sich meine Werte zumindest so weit besserten, dass wir in den Garten gehen konnten. Oder vielleicht sogar nach Hause.

Doch leider war mein Leben kein kitschiger Weihnachtsfilm. Es war ein Arschloch, jederzeit dazu bereit, mir den nächsten Schlag zu verpassen.

Hank verharrte zusammen mit dem eingepackten Ungetüm, sah von Maya zum Pfleger, die diskutierten oder stritten, und dann zu mir. Er grinste, stellte den Baum ab und kam an mein Bett. »Wann erkennt er, dass er chancenlos ist?«

»Dreißig Sekunden. Er kennt Maya bereits.« Hanks Lächeln vergrößerte sich, fand seinen Weg in seine Augen.

»Die meisten Besucher bringen Pralinen oder Blumen mit. Der Weihnachtsbaum ist eine nette Abwechslung.« Ich nickte in Richtung des eingeschnürten Baums.

»Mayas Idee.«

Natürlich.

»Ich habe den schönsten ausgesucht.« So wie ich ihn kannte, hatte Hank jeden einzelnen Baum begutachtet, um die perfekte Tanne zu finden. Nicht der Augenblick, um ihm zu verraten, dass Maya sich für den kümmerlichsten und schiefsten aller Bäume entschieden hätte.

»Wolltest du nicht zu deiner Familie fahren und mit ihnen ein kitschiges Familienweihnachtsfest verbringen?« Das, was ich von Hanks Familie kannte, war ähnlich herzlich wie er. Er war meine personifizierte Hoffnung, dass es noch diese Art von Bilderbuchfamilien gab, die gemeinsam Weihnachtsstrümpfe an den Kamin hingen, um im Anschluss bei heißem Kakao stundenlang in Erinnerungen zu schwelgen. Vielleicht lag es an der sterilen Atmosphäre des Krankenhauszimmers, aber jetzt gerade war da Bedauern, dass es bei mir nie so gewesen war.

»Dieses Jahr setze ich aus. Es gibt einiges an der Uni zu tun. Und noch diese Bewerbung für eine Professorenstelle.« Eine ausweichende Antwort und ich ahnte, dass ich der Grund für die Planänderung war. Er wollte nicht Hunderte von Kilometern entfernt sitzen, während sich mein Zustand permanent verschlechterte.

Manchmal traten Menschen zufällig in unsere Leben und fanden so natürlich ihren Platz darin, dass es schwer war, sich an die Zeit zu erinnern, in der sie einmal nicht dort gewesen waren. So war es mit Hank.

»Kommt dein Vater vorbei?«, fragte er und zog meine Gedanken zurück zu unserem Gespräch.

»Der war gestern hier. Spürst du seine vorweihnachtlichen Vibes nicht?«

Wir tauschten ein weiteres Grinsen aus, gerade als Maya neben Hank auftauchte. »Wir können loslegen.«

»Verdammt«, stieß ich aus. »Hast du mitgezählt?«

Er zuckte mit den Schultern. »Fühlt sich auf jeden Fall an wie dreißig Sekunden.«

Mayas verwirrter Blick fuhr zwischen mir und Hank hin und her. »Will ich wissen, worüber ihr redet?«

»Darüber, wie lange du gebraucht hast, um den Pfleger in die Flucht zu schlagen.« Ich liebte es, wie sie die Nase kräuselte.

»Den habe ich nicht in die Flucht geschlagen. Er besorgt mir ein Verlängerungskabel.«

Mein Lachen mischte sich mit Hanks und wurde unter Mayas verständnislosem Blick noch lauter. Ich schnappte mir ihre Finger und genoss die Wärme darin. »Dafür bekommst du Extrapunkte.«

Der Baum war so perfekt wie gedacht. Er passte genau ins Zimmer und verströmte den Geruch nach Tannennadeln und Harz. Keine Ahnung, woher Maya die Lichterketten hatte, mit denen sie erst die Tanne und dann mein Bett schmückte, aber damit verwandelte sie diesen Raum in etwas anderes. Besseres.

Unser Weihnachtsbaum.

Bäume umzubringen, um sie für wenige Tage aufzustellen, war wohl nicht mit den Werten des Kreises vereinbar.

Aber Maya gehörte nicht mehr zum Kreis.

Sie gehörte zu mir, wie ich zu ihr gehörte.

Wie sollte ich es schaffen, sie zurückzulassen?

Ich starrte einmal mehr auf den Baum.

Hoffte, es würde nicht mein letzter werden.

Aber ich kannte meine Überlebenschancen.

Sie waren beängstigend mies.

Hank blieb noch einige Zeit, wir bestellten Pizza, lachten viel und als er ging, legte Maya sich zu mir ins Bett.

Unsere Betten zusammenzuschieben, war das Erste, was sie tat, sobald wir ein neues Krankenhauszimmer betraten. Anfänglich hatte es hier trotz meines Namens zu Irritationen geführt, dass ich darauf bestand, Maya bei mir zu haben. Ich nahm an, dass mein Vater einen exorbitanten Scheck geschrieben hatte, denn die Proteste verhallten abrupt.

Kluger Schachzug.

Er wusste, dass ich ohne sie längst auf und davon wäre.

Ich strich durch Mayas Haar, während wir beide die Lichter am Baum betrachteten. Meine zweite Hand fand ihren Weg auf Mayas gewölbten Bauch, wie so oft in letzter Zeit, und diese ganz neue Art von Wärme durchdrang mich einmal mehr.

Tiefes, unverstelltes Glück.

Trotz allem.

Kapitel 32

Es klopfte.

Nicht einmal der Weihnachtsmorgen schien ohne Untersuchungen an mir vorbeizugehen.

Großartig.

Maya hauchte mir einen Kuss auf die Lippen und dämpfte so das Knurren, das aus mir hinausdrang. »Benimm dich, Fynnigan.« In ihren Augen funkelte der Sommerhimmel und ließ sich nicht von dem Winter jenseits der Scheibe beeindrucken.

»Ich benehme mich immer!«, gab ich zurück und zog sie für einen weiteren Kuss zu mir.

»Hört auf, so süß zu sein, sonst bekomme ich einen Zuckerschock!«

Das konnte nicht sein.

Taira?

Das begeisterte Funkeln in Mayas Augen überstrahlte das der Lichterketten. Sie wich nach hinten aus und gab den Blick frei auf Taira und Matt.

Scheiße tat es gut, sie zu sehen.

Taira fiel mir um den Hals. »Was macht ihr hier?« Meine Worte verloren sich beinahe in Tairas goldglitzerndem Pullover.

»Weihnachten feiern?«, gab sie so selbstverständlich zurück, dass alles in mir leuchtete. Sie bekam einen Kuss auf die Wange, bevor ihre Arme von Matts abgelöst wurden. Ich kam kaum dazu, ihn zu begrüßen, schon tauchte George grinsend im Zimmer auf.

»Warum werde ich von ihm nie so empfangen?«, fragte er Maya, die längst aufgestanden war, um Platz zu machen.

»Vielleicht, weil er dich fast jeden Tag sieht?« Sie lachte und schloss George fest in die Arme.

Die Tür öffnete sich erneut und Hank trat ein und wurde von den anderen begrüßt. Maya nahm ihm den Beutel ab, während Taira die beiden Neuankömmlinge umarmte.

Ich hatte nicht gewusst, wie viel Leben in dieses Zimmer passte.

»Kommen wir zu spät zur Party?« Tarve und Nick drängten sich in scheußlichen Rentierpullovern hinzu, obwohl sie gerade auf einer Tour sein sollten.

Ich hatte nicht den Hauch einer Ahnung, wie es Maya gelungen war, das alles an mir vorbeizuplanen, ohne dass ich auch nur etwas ahnte.

Ein hoher Schrei von Maya ertönte – so klang pure Begeisterung. Ich sah ihr dabei zu, wie sie sich einen Weg zwischen den anderen hindurch suchte. Einen Augenblick später schlang sie die Arme um Lorenzo.

Freude und Wärme strahlten alles in mir aus.

Lorenzo und Henry waren ebenfalls hier.

Das ganze Zimmer war voller Menschen, die ich liebte.

Sie alle waren gekommen, um mit uns zu feiern.

Gestern hatte ich mir genau das gewünscht. Ein Weihnachtsfest mit meiner Familie. Maya schien es geahnt zu haben, noch bevor sich der Wunsch in mir formen konnte.

Da war sie, meine Familie.

Es folgten Stunden, in denen Lachen die Enge des Krankenhauszimmers auflöste. Wir teilten Erinnerungen, neue und alte. Jeder von ihnen hatte Schmuck für den Baum mitgebracht, den sie im Laufe des Tages daranhingen. Von Taira und Matt stammten die Kugeln in den Schulfarben der Verona Hall, die edel im Licht der Lampe glänzten.

Nick und Tarve hatten Ketten aus Popcorn gezogen und die langen Schnüre wie Schnee auf den Zweigen drapiert.

Die Sterne aus unseren alten Notentexten waren von George gefaltet worden.

Dazwischen hingen die Tannenzapfen von Hank, deren Anhänger er mit kleinen weißen Perlen verziert hatte.

Oben auf der Spitze saß der goldene Stern von Lorenzo und Henry. Sie hatten ihn damals für ihren allerersten Weihnachtsbaum zusammen gekauft und seitdem jedes Jahr aufs Neue darauf gesetzt. Nun schenkten sie ihn uns. Als sie ihn auf die Spitze setzten, konnte ich ihnen nicht einmal dafür danken, weil die Rührung meine Stimme geschluckt hatte.

Es war der schönste Baum der Welt und eine beständige Erinnerung daran, wie viel Glück ich hatte.

Das war diese Art von Licht, das Maya für mich schuf.

Das meine Tage erstrahlen ließ, auch wenn die Schatten immer näher kamen.

Kapitel 33

Zwei Wochen später

Es gab Momente, die waren so perfekt, dass man sie festhalten wollte.

Momente, die dafür gemacht waren, ewig zu dauern.

Das hier war einer von ihnen.

Die ersten Sonnenstrahlen des Morgens brachen die Wolkendecke auf und tauchten sie in sanfte Pastellfarben.

War je ein Morgen friedlicher gewesen?

War je einer besser gewesen?

Ich spürte das Gewicht dieses winzigen Geschöpfs in meinen Armen und fand die blauen Augen, die zu mir heraufsahen.

Wie konnte etwas so Kleines dermaßen vollkommen sein?

»Iss den Nachtisch immer sofort, der ist das Beste. Das Leben ist zu kurz für unsinnige Regeln«, setzte ich erneut an. Ich hatte ihr schon so viel zugeraunt und doch war es nicht genug. »Mach deine eigenen und treib deine Mum damit in die Verzweiflung. Sie wird es verstehen. Siehst du die Wolke?«, flüsterte ich ihr zu. »Wenn ich nicht mehr hier bin, sitze ich genau da. Irgendwann, in hundert Jahren oder so, sehen wir uns dort und dann hole ich all die verpassten Umarmungen nach. Versprochen.«

»Erklärst du ihr wieder die Welt?« Das Rascheln der Decke erklang und das leise Geräusch von nackten Füßen auf dem Boden schloss sich an.

»Gerade zeige ich Grace, wo ich auf euch warte.«

Maya tauchte neben uns auf und hauchte ihr einen Kuss auf das Köpfchen. Als sie zu mir schaute, flackerte Schmerz in ihren Augen.

Er hatte sich dort festgesetzt und wich seit Tagen nicht mehr von ihr.

Wir redeten nicht darüber.

Weil die Ärzte andauernd redeten und nichts davon gut war.

»Wo?« Sie blinzelte die Tränen weg und mühte sich so etwas wie ein Lächeln ab und dafür liebte ich sie mit jeder Faser meines Seins.

»Die rosafarbene Wolke. Da richte ich mich dauerhaft ein.« Nicht nur Maya bemühte sich um so etwas wie Normalität, wo es keine mehr gab.

Doch warum kostbare Zeit mit Tränen verschwenden?

Die Zeit, die uns blieb, galt es, mit Licht und Farbe auszufüllen.

»Nimm du sie.« Ich reichte ihr Grace und sie streckte sich. Eines ihrer Fäustchen tauchte in Mayas herbstlaubfarbenes Haar ab.

Wie viel Liebe konnte ein Herz fassen?

Meines schien bei dem Anblick überzulaufen.

Wären wir eine kitschige Liebesgeschichte, käme jetzt die Rettung.

Und mit ihr unser Happy End.

Wir drei zusammen.

Es würden glückliche Familienbilder folgen.

Grace an ihrem Geburtstag beim Auspusten der Kerzen.

Wir gemeinsam im Park. Vielleicht mit einem Hund, mit dem sie um die Wette rannte.

Maya und ich jubelnd bei einem von Grace' Schulauftritten. Dann käme der Abspann.

Doch für uns gab es kein Happy End.

Kein glücklich bis in alle Zeiten.

Nicht hier. Nicht jetzt.

Jeder unserer Tage fühlte sich an, als kämen wir dem Abschied ein Stück näher.

Und gleichzeitig konnte ich nicht anders, als zu versuchen, das hier festzuhalten.

Mich mit aller Kraft an diesem Leben festzukrallen.

An Grace.

Und Maya.

Weil ich mir so verzweifelt ein Happy End mit ihnen wünschte.

Warum konnten wir nicht einfach auf den Pausenknopf drücken und die Geschichte anhalten?

Hier.

...

...

...

Jetzt?

Danach

Erstes Jahr

Tagebuch

Scheiß auf Anfänge!

Tagebuch

Alle wollen einen Anfang.
Fordern, dass ich nach vorne sehe.
Dass ich weitermache.
...

Warum können sie mich nicht in Ruhe lassen?

Tagebuch

Geschichten sollten mit einem Happy End enden.

Nicht mit Geröll, das so schwer auf einem liegt, dass man nicht weiß, wie man den nächsten Atemzug nehmen soll.

Nicht mit Staub, der so bitter schmeckt, dass es immerzu in den Augen brennt.

Nicht mit scharfen Splittern von Träumen, die sich tief in einen schieben.

Nicht mit zerschmetterten Herzen.

Nicht so.

Kapitel 34

»Bist du noch dran?«

Ich zwang mir ein Geräusch ab, etwas wie ein lautes Atmen. Viel mehr bekam Henry seit Monaten nicht von mir.

Wie reden, wenn sich in mir keine Worte mehr fanden?

»Deine Tagebucheinträge sind interessant.«

Wahrscheinlich seine Art, mir zu sagen, dass sie *speziell* waren.

Das war mir gleichgültig.

Er hatte mir das Notizbuch geschickt, als ich angefangen hatte zu schweigen, und drängte mich, meine Gedanken aufzuschreiben.

Trauerbewältigung nannte er es.

Zeitverschwendung nannte ich es.

Oder hätte ich es genannt, wenn ich Worte gehabt hätte.

Doch die hatte Fynn mit sich genommen.

Er hatte alles mit sich genommen.

»Vielleicht würde es dir helfen, wenn du aufschreibst, was du Fynn gern sagen würdest.«

Würde es nicht.

»Nimmst du deine Tabletten?«

Ein weiteres lautes Atmen.

Ich nahm sie.

Schon allein, weil Taira mich dazu zwang, obwohl sie fünfhundert Kilometer entfernt war. Sie bombardierte mich täglich mit Fragen danach, so lange, bis ich ihr ein *Ja* schickte. Und da ich Taira nicht belügen und noch weniger mit ihr diskutieren konnte, nahm ich sie.

»Kommt zu uns. Wir holen euch ab.« Das schlug Henry andauernd vor. Wohl weil er mich in seiner Nähe haben wollte, um meinen Zustand zu überwachen. Ich weigerte mich weiterhin, mit anderen Ärzten zu reden. Genauso, wie ich mich weigerte, zurückzukehren in eine Stadt, in der mich jeder Fleck an die Zeit mit Fynn erinnerte.

An den unbeschwerten Part davon.

Diesmal gab es kein Aufatmen.

Meine ganz eigene Art eines Morsesystems.

Kein Aufatmen bedeutete Nein.

Die Antwort darauf würde immer *Nein* lauten.

Diese Telefonate mit Henry führte ich nur, weil ich Fynn geschworen hatte, sie fortzusetzen. Aber er hatte nie davon gesprochen, dass ich dabei reden musste.

»Trauer braucht Zeit. Sollen wir die einzelnen Stadien noch einmal durchgehen?«

Kein Aufatmen.

Nein.

Ich wusste genau, wo ich mich befand.

Inmitten von Schutt und Geröll.

Ausgefüllt mit Zorn und Verzweiflung.

Ich brauchte keine Zeit.

Ich brauchte Fynn zurück!

Es gab über 8 Milliarden Menschen auf der Welt.

Warum hatte es ausgerechnet ihn treffen müssen?

»Wie fühlst du dich wegen nächster Woche?«

Ohnmächtig vor Wut?

Weil Fynn nicht mehr hier war, um seinen Geburtstag zu feiern?

Ohnmächtig vor Schmerz?

Weil das Leben so verdammt unfair war?

Ich drückte auf mein Handy und statt Henrys Stimme ertönte ein gleichmäßiges Tuten.

Heute hatte ich fast zehn Minuten durchgehalten.

Ich wollte mich unter die Bettdecke verkriechen und dort bleiben, bis es sich in mir nicht mehr anfühlte, als tobte ein Eissturm durch mich.

Ein leises Wimmern hinderte mich daran. Mein Körper fühlte sich so schwer an, als wäre er gefüllt mit Blei, als ich mich vom Sofa erhob und zu Grace hinüberging.

Ihre Lippen zitterten bereits. Keine zwei Sekunden später und ihr empörtes Weinen hätte den Raum ausgefüllt.

Grace war das Gegenteil von mir.

Sie besaß genug Laute für uns beide.

Wo ich mich unter den musternden Blicken von anderen auflösen wollte, forderte sie Beachtung ein.

Wo ich allein sein wollte, ertrug sie es nicht.

Ich liebte sie.

Bedingungslos.

Sie war die Einzige, für die ich noch Worte fand.

Ich schob die Hände unter ihren Rücken, hob sie sanft zu mir. »Alles ist gut«, flüsterte ich ihr zu und lehnte meine Lippen an ihr Köpfchen. »Alles ist gut.«

Wenn ich ihr das oft genug sagte, würde sie mir hoffentlich glauben.

Es klopfte. Ich öffnete die Tür, erwartete, Hank zu sehen, weil sich dieser Tag nach dem Telefonat noch düsterer anfühlte als sonst. An solchen Tagen reichte eine Nachricht an ihn aus und er tauchte auf, um Grace zu übernehmen. Wie vorhin, als er sie für einen Spaziergang abgeholt hatte.

Doch nicht Hank stand davor.

Alles an mir erstarrte.

Konnte nicht begreifen, dass *er* hier war.

Dad.

Er wirkte schmaler und die Falten um seine Augen zahlreicher, doch es blieb Dad, gleichgültig, wie oft ich auch zwinkerte.

»Kleines …« Seine Stimme klang rau und stoppte abrupt, als wenn er mehr hätte sagen wollen, aber keine Worte in sich fand.

Genau wie ich.

Er machte einen Schritt auf mich zu und legte seine Arme um mich.

Ich konnte nichts tun.

Nur dastehen.

Ich hätte nie gedacht, dass ich ihn wiedersehen würde.

Alles in mir war wie betäubt.

Er klopfte mir sanft auf den Rücken, genau so, wie er es nach Mums Tod oft getan hatte. »Können wir reden, Kleines?«

Reden?

Mit Worten?

Seit Monaten redete ich so gut wie nur mit Grace. Die meisten anderen, die mir nahestanden, waren zu weit entfernt, um gesprochene Worte einzufordern. Und Hank und George ließen mich schweigen. Ihnen reichten rudimentäre Nachrichten und schon kamen sie vorbei, übernahmen Grace, wenn die Tage sich anfühlten, als würde die Dunkelheit darin mich verschlucken. Heute war einer davon gewesen. Nur mit Mühe hatte ich mich überhaupt aus dem Bett ziehen können. Fynns nahender Geburtstag war wie eine Klinge, die sich langsam in den Überresten meines Herzens versenkte.

Jetzt stand ausgerechnet Dad hier und wollte reden?

Ich nickte und noch bevor ich ganz begriff, dass ich es tat, trat Dad ein.

In unsere Wohnung.

Mit unseren Fotos.

Unseren Erinnerungen.

Nichts ergab Sinn.

»Mary lässt dich grüßen.« Dad sah sich verstohlen um. Sein Blick blieb an einem der wenigen gerahmten Fotos hängen. Es war das vom Abschlussball. Diese Millisekunde, bevor wir uns geküsst hatten. Fynn hatte es zu unserem Hochzeitsfoto erklärt und rahmen lassen.

Und da war der Eissturm wieder und wehte durch mich hindurch, mit all seiner Kälte und Verzweiflung.

»Ihr und dem Kleinen geht es gut«, fuhr Dad wie selbstverständlich fort und musterte weiter das Bild. Er sah nicht, wie sich mein Mund öffnete. Eine stumme Frage formte, die es nicht über meine Lippen schaffte.

Mary hatte ein Kind?

Ich war Tante und hatte es nicht einmal gewusst.

Genauso wenig wie Dad von Grace wusste.

Es fühlte sich an, als strich man zu rabiat über Wundränder, die schlecht verheilten.

»Du musst nicht weinen, Kleines.« Dad hatte sich wieder mir zugewandt und seine Augen weiteten sich erschrocken. Erneut legte er seinen Arm um mich, klopfte mir auf die

Schulter. »Alles wird gut«, sagte er sanft, genauso wie ich es andauernd bei Grace tat.

Die Erkenntnis fühlte sich an wie ein Faustschlag in meinen Magen und eine warme Decke zugleich. »Setz dich, Kleines, du siehst aus, als würdest du mir jeden Augenblick zusammenbrechen. Ich wollte dich nicht überfallen.« Behutsam schob er mich in Richtung unseres Esszimmertisches und ich sank ohne Protest auf den nächstbesten Stuhl. Er hatte recht – es fühlte sich an, als stünde mein Körper kurz davor, zu kapitulieren.

Seit Monaten gab ich mein Bestes, um der Welt zu entfliehen.

Das hier war zu viel.

»Es tut mir leid«, sagte er und setzte sich ebenfalls. Richard hatte versucht, alles über Fynn und damit auch über Grace und mich aus den Nachrichten zu halten. Aber Fynns Tod hatte selbst er nicht geheim halten können. »Ich weiß, wie es ist …« Seine Stimme brach erneut und er atmete tief durch, schien sich zu sammeln. »Wie geht es dir?«

Als wäre ich nicht mehr hier.

Als hätte Fynn alles mitgenommen, was mich ausgemacht hatte.

Als wäre dieser Rest von mir nur noch da, um für Grace zu funktionieren.

»Ich wusste nicht, dass es sich *so* anfühlt.« Meine Stimme war rau, schien sich erst daran erinnern zu müssen, wie man sie benutzte. Die Worte klangen ähnlich verwischt, wie ich mich fühlte. Als hätte jemand über mich gewischt und meine Farben mitgenommen. Nun bestand ich nur noch aus Konturen.

War hier.

Und doch nicht hier.

»Kleines.« Dad griff meine Hand und drückte sie fest. »Komm zu uns zurück. Du brauchst deine Familie um dich herum.«

Was?

»Wir sind für dich da.«

Ich, zurück zum Kreis?

Nebel schien in meinem Kopf aufzuziehen.

»Was hält dich hier noch? Komm nach Hause. Wir sind deine Familie – wir lieben dich. Lass uns die Fehler der Vergangenheit vergessen und gemeinsam in die Zukunft schauen.«

Der Nebel verdichtete sich und ließ nichts als Verwirrung in meinen Synapsen zurück.

Ich hätte nicht gedacht, dass sie mir anboten zurückzukommen.

Mich vom Kreis zu trennen, war nicht meine Entscheidung gewesen. Sie hatten entschieden, weil sie Fynn nicht akzeptiert hatten.

Allein die Vorstellung, zurückzugehen, war …

Ich konnte nicht einmal sagen, wie sie war.

In mir war es dafür zu betäubt und meine Gedanken schienen sich im Nebel zu verlieren.

»Du musst dir keine Sorgen wegen Xander machen. Er ist schon lange nicht mehr bei uns.« Dads Miene verhärtete sich, dabei hatte ich ihn immer nur voller Bewunderung von Xander reden hören – dem Schwiegersohn, den ich ihm verwehrt hatte. »Er hat sich einer Gruppierung angeschlossen, die ähnliche Ziele hat wie der Kreis, sie aber mit anderen Methoden verfolgt. Magnus musste ihn vor einigen Monaten aus dem Gefängnis holen.«

Es kribbelte in meinem Nacken.

Es war lang her, doch die letzten Aufeinandertreffen mit Xander hatten sich in mir eingebrannt.

Er hatte eine neue Gruppe mit mir anführen wollen.

Etwas wie der Kreis.

Nur extremer.

Offenbar hatte er gefunden, was er gesucht hatte.

Beängstigend.

Früher waren ausgerechnet wir beide einmal die große Hoffnung für den Kreis gewesen. Wir hatten Pläne geschmiedet, um den Kreis voranzubringen – gemeinsam.

Eine Vorstellung, so sonderbar und fremd wie ein verzerrtes Spiegelbild.

Damals hatten wir keine Ahnung gehabt, zu was der andere fähig war.

Oder zu was wir selbst fähig waren.

»Was denkst du, Kleines? Es wird Zeit, dass du wieder zurück auf den richtigen Weg findest.«

Den richtigen Weg?

Die Worte drangen durch meinen Nebel.

»Von welchen Fehlern hast du gerade gesprochen?«

»Von ihm?«

Fynn.

Es ging nicht um die Fehler des Kreises.

Sie hielten Fynn weiterhin für einen Fehler.

Sie würden es immer tun.

»Fynn war kein Fehler!« Plötzlich waren die Worte zurück und mit ihnen meine Stimme. »Er war die beste Entscheidung meines Lebens! Wie kannst du es wagen, hierherzukommen? In unsere Wohnung? Mir gegenüberzustehen und zu behaupten, dass Fynn ein Fehler war?«

»Beruhig dich und denk in Ruhe darüber nach. Sein Tod gibt dir die Chance, zurückzukommen.«

»Geh!« Ich deutete Richtung Tür, während Dad mich ehrlich schockiert ansah. »Du sollst gehen!«, schrie ich und wischte alle Fotos vom Tisch. Momente von Fynn und mir. Sie segelten durch die Luft, landeten irgendwo auf dem Boden. Dad schien zu begreifen, wie ernst es mir war, er erhob sich.

Zu langsam.

Ich schritt an ihm vorbei, riss die Tür auf, nur um im nächsten Augenblick Hank davor zu finden, mit Grace im Tragetuch. Entgeistert starrte er mich an, den Schlüssel bereits erhoben, um sich selbst reinzulassen, damit er nicht klingeln musste, falls ich mich im Bett verkrochen hätte. In der anderen Hand hielt er eine Einkaufstasche. Offenbar hatte er vor zu kochen, weil er wusste, dass heute ein Tag war, an dem ich vergaß zu essen.

Wäre ich nicht vor Wut gerade geplatzt, hätte ich zumindest versucht, mir den Hauch eines Lächelns abzumühen. Viel zu wenig für all das, was er tat. Aber für den Moment war schon der Versuch unmöglich.

»Wer ist das?« Dad stoppte neben mir, musterte irritiert Hank. Sein Blick strich über Grace, die im Tragetuch schlief, und ich dankte dem Universum, dass ihr Sonnenhut die verräterischen kupferfarbenen Haare verdeckte.

Meine Haarfarbe.

Dads Haarfarbe.

Jetzt würde er sie für Hanks Kind halten.

»Niemand, der dich etwas angeht!«, stieß ich aus. »Denn du wirst nun gehen und ich will dich nie wieder sehen. Der Kreis kann mir gestohlen bleiben. Sag ihnen, ich bin durch und durch verdorben und sie sollen aufhören, auf meine Seele zu spekulieren. Die bekommen sie nicht!«

Er wich tatsächlich zurück in den Hausflur. Der Schock stand ihm ins Gesicht geschrieben und bohrte tiefe Furchen hinein. Anscheinend hatte er wirklich geglaubt, ich würde mit ihm zurückgehen.

Wie konnte er nur?

Hank verharrte weiterhin vor der Tür, schien nicht zu wissen, wohin er sollte.

Verständlich.

Die letzten Monate hatte ich kaum mehr als ein paar geflüsterte Worte von mir gegeben. Jetzt brüllte ich diesen ihm unbekannten Mann nieder.

Ich griff Hanks Ärmel und zog daran und er verstand, huschte neben mich.

»Beruhige dich, Kleines. Wir können in Ruhe über alles reden. Magnus …«

»Magnus kann mich mal!«

Ich warf die Tür ins Schloss.

Der Knall hallte in mir wider.

Und wider.

War das gerade wirklich passiert?

Ich versuchte zu atmen.

Sauerstoff in mich zu zwingen.

Wieso waren diese Dinge so schwer geworden?

Und weshalb fielen sie allen anderen so leicht?

Atmen.

Stehen.

Reden.

Weitermachen.

Wieder war es Grace, die mich aus der Starre riss. Ihr empörtes Weinen schloss sich dem Knall der Tür an. Hank begann, das Tragetuch zu lockern. Es waren nur Sekunden, aber die Zornesfalte hatte sich bereits tief in ihre Stirn gebohrt.

Niemals wären wir zurück in den Kreis gegangen.

Grace würde sich nicht ihren Regeln beugen.

»Entschuldige«, flüsterte ich ihr zu und nahm sie von Hank entgegen. »Das musste ganz dringend raus.« Ich wippte sanft auf und ab, weil sie die Bewegung beruhigte.

»War das dein Vater?«, fragte Hank vorsichtig, während er das Tragetuch von sich streifte.

»Nein«, flüsterte ich. »Nicht mehr.«

Kapitel 35

Jetzt, wo ich meine Stimme wiedergefunden hatte, ließ Taira nicht zu, dass ich sie wieder verlor. Immerzu forderte sie Antworten ein und hatte sie alle, gab es ein weiteres Feuerwerk an Fragen.

Seit drei Tagen waren Matt und sie hier.

Sie nannten es einen Zufallsbesuch.

Ich nannte es einen Rettungsversuch, denn die beiden hatten es sich zur Mission gemacht, mich zu retten.

Vor Fynns Geburtstag.

Doch das war unmöglich.

Je mehr sie es versuchten, desto schlimmer machten sie es.

Ich liebte die zwei, aber gerade ertrug ich sie kaum.

Wie sie Spiele herauszogen.

Mich fragten, welches davon ich spielen wollte.

Oder ob wir lieber einen Film ansehen sollten.

Sie meinten es nur gut und genau das machte es unglaublich schwer, sie zu bitten aufzuhören.

Schließlich fühlte es sich an, als bekäme ich keine Luft mehr. Also nahm ich mir mein Handy mit ins Bad und tippte eine Nachricht.

Hilfe

Es dauerte nur Sekunden, schon las er sie.

Bin in 20 Min. da.

Es wurden sogar ein paar Minuten weniger. Taira hatte gerade dazu angesetzt, mir zum hundertsten Mal die Regeln für das Spiel zu erklären, das ich nicht spielen wollte, da klopfte es an die Tür.

Ich hastete regelrecht auf sie zu und öffnete sie.

Er atmete so hastig, als hätte er die Treppe statt des Aufzugs genommen, um schneller hier sein zu können. In seiner Hand fand sich ein pastellrosafarbener Umschlag. Die Farbe erinnerte mich an etwas, aber ich war zu erschöpft, um darüber nachzudenken, woran.

»Du siehst aus wie ein Kartenhaus, das gleich in sich zusammenfällt.« Eine wenig liebevolle Begrüßung, doch sie entsprach wohl der Wahrheit. George nahm mich fest in den Arm.

»Was brauchst du?«, raunte er leiser und es fühlte sich an, als winkte er Matt und Taira zu.

»Ruhe«, flüsterte ich zurück. Hier war es so laut, dass ich meine Gedanken nicht mehr hörte. »Und meine Decke, um mich darunter zu vergraben.«

Es waren nur noch zwei Stunden und Fynns Geburtstag begann.

Ich konnte mich nicht hinsetzen und so tun, als wäre alles normal.

George schob mich ein Stück von sich und musterte mich prüfend. »Versprichst du mir, nach morgen wieder darunter hervorzukommen?«

Ich zwang mir ein Nicken ab.

»Ein Anruf und ich bin da.«

Ein weiteres Nicken.

»Dann schnapp ich mir jetzt Grace und die anderen beiden, in Ordnung?«

»Danke.«

»Für dich doch immer. Hier, lag auf der Fußmatte.« Er drückte mir den Umschlag in die Hand und wandte sich ab, um Taira und Matt zu erklären, dass sie ihr Spiel bei ihm aufbauen würden. Taira setzte mehrfach zum Protest an, aber George gab nicht nach, wie ich es immer wieder getan hatte.

Deshalb hatte ich ihn um Hilfe gebeten.

Er war der Einzige, der Taira genug entgegensetzen konnte.

»Ruf an, wenn etwas ist«, befahl sie mir schließlich und drückte mich so fest, dass sie sämtliche Luft aus mir herauspresste. Ihr entgeisterter Blick blieb einen Augenblick lang auf dem Umschlag in meinen Händen hängen. Im nächsten Moment blinzelte sie und wandte sich ab. Ich hauchte Grace noch einen Kuss aufs Köpfchen und dann war ich allein.

Und es war niemand mehr da, der mich davon abhielt, zusammenzubrechen.

Ich verschanzte mich unter meiner Decke und blieb dort.

Weinte.

Sah mir unsere Fotos an.

Weinte mehr.

Stunden.

Über Stunden.

Erst, als es sich anfühlte, als wäre es in meinem Inneren staubtrocken, tauchte ich unter der Decke hervor, und das auch nur, weil der Handyakku kurz davor stand zu kapitulieren. Meine Augen brannten und in mir fühlte es sich leer und finster an. Selbst dem Licht der Nachttischlampe gelang es nicht, die Schatten aufzubrechen, die sich über dieses Datum gelegt hatten. Ich suchte nach dem Ladegerät und stieß stattdessen gegen den Umschlag, den ich achtlos neben der Lampe abgelegt hatte. Bis gerade hatte ich ihn nicht einmal richtig realisiert. Doch jetzt, als ich ihn zur Seite schieben wollte, zupfte wieder die Erkenntnis in mir, dass ich diese Farbe mit etwas verband.

Ich starrte den Umschlag an.

Und fand die Antwort.

Es war der Ton des Kleides, das ich bei unserer Hochzeit getragen hatte.

Auf unserem Abschlussball.

Pastellrosa – wie die Wolke, auf der Fynn warten wollte.

Es war nur ein Zufall.

Ein grausamer Zufall.

Dennoch zitterten meine Finger, als ich den Umschlag zu mir heranzog.

Ihn umdrehte.

Mein Herz stoppte in seinem Schlag.

Die beiden Worte darauf hielten meine Welt an.

Meine Schönste

Fynns Brief

Meine Schönste,

ich werde dich nicht fragen, wie es dir geht, weil ich ahne, wie du dich jetzt gerade fühlst. Ich werde dir auch nicht sagen, wie unglaublich ich dich geliebt habe. Denn Worte reichen dafür nicht aus. Glaube mir, ich habe es so oft probiert und bin gescheitert. Also kapituliere ich. Warum Zeilen mit unnützen Versuchen vergeuden? Ich bin gespannt, ob ich das dauerhaft durchhalte. Was denkst du? Zumindest jetzt gerade gibt es andere Dinge, über die wir reden müssen.

Irgendwo da oben bin ich und sichere uns schon einmal den perfekten Platz für unsere Ewigkeit. Bis die beginnt, vergehen noch viele Jahre und Jahrzehnte und ich wünsche mir, dass du bis dahin lebst. Koste das Leben aus, nimm die Möglichkeiten wahr, die sich dir bieten, erfüll deine Träume. Wenn wir uns dann wiedersehen, erzähl mir davon. Schreib eine deiner Listen, damit du nichts vergisst.

Verdammt, ich vermisse deine Listen schon jetzt.

Bis dahin sitze ich hier und schaue dir dabei zu, wie du die Welt für uns beide erkundest.

Ich seh dich vor mir, wie sich diese Falte zwischen deine Augenbrauen schiebt.

Wie du dich bemühst, nicht zu weinen, und scheiterst.

Wie du dich fragst, weshalb ich so etwas Absurdes von dir fordere.

Weil ich dich liebe.

Weil ich den Gedanken nicht ertrage, dass du in Schwärze versinkst und die Welt aussperrst.

Und weil Geburtstagswünsche heilig sind.

Also, Schönste, schenk mir meinen Wunsch.

Schenk sie mir alle.

Jedes Jahr bekommst du meinen Geburtstagswunsch.

Bei manchen von ihnen wirst du fluchen.

Bei anderen wirst du mich verfluchen.

Bei einigen wirst du weinen und über andere lachen.

Du hast mir gesagt, ich sei deine Farbe.

Du bist meine.

Ohne dich wäre meine Welt jetzt gerade tiefschwarz.

Ich glaube, dass sich deine Welt momentan genauso anfühlt.

Aber das ist sie nicht.

Da ist immer noch Licht.

Da sind Farben.

Sie warten nur darauf, wieder von dir wahrgenommen zu werden.

Lass sie zu.

Weißt du noch, wie du mir davon erzählt hast, dass bei euch immer ein Krug und Gläser bereitstanden, falls Gäste vorbeikamen? Heute will ich, dass du genau das für mich machst. Wenn du diesen Brief gelesen hast, steh auf und koch diesen bitteren Kräutertee, den du so gerne trinkst. Dann rufe jemanden an und lade ihn ein. Jemanden, der dir hilft, die Dunkelheit zu überstehen.

Wenn die ersten Sonnenstrahlen die Dämmerung verscheuchen, schau aus dem Fenster. Sieh dir den Sonnenaufgang an.

Finde die Farbe in deinem Leben zurück.

Das ist, was ich mir dieses Jahr von dir wünsche.

Ich liebe dich.

Ewig.

Kapitel 36

Ich las den Brief.

Wieder.

Und wieder.

Und wieder.

Bis es sich anfühlte, als könnte ich jedes Wort davon auswendig.

Es hatten sich doch noch Tränen in mir gefunden.

Sie tränkten nun mein Kopfkissen.

Der Schmerz war wie eine Sturmwelle, die über mir zusammenbrach und mich mit sich riss.

Geburtstagswünsche sind heilig.

Das Zittern meiner Hände war übergegangen auf das Papier.

Für den Moment gab es nichts Kostbareres als diesen Brief.

Dieses Stück von Fynn.

In jedem seiner Worte schwang so viel von ihm mit, dass es sich anfühlte, als würde ich ertrinken an all den Tränen, die gleichzeitig hinausmussten.

Und dennoch wollte ein Teil von mir ihn zerfetzen.

Geburtstagswünsche sind heilig.

Wie konnte Fynn fordern, dass ich unter meiner Decke hervorkroch?

Wie, dass ich redete?

Ausgerechnet heute?

Mein Blick strich erneut über seine Worte, wollte jedes davon inhalieren.

Wie sehr konnten uns Menschen fehlen?

Geburtstagswünsche sind heilig.

…

…

Scheiße.

Ich griff nach meinem Handy, hielt gleichzeitig den Brief mit der anderen Hand fest, weil ich nicht in der Lage war, mich von ihm zu trennen.

Ich scrollte durch mein Telefonbuch.

Es gab nicht viele Namen darin.

Früher war ich immerzu von Menschen umgeben gewesen, von denen ich gedacht hatte, sie seien meine Freunde.

Mittlerweile kannte ich die Unterschiede.

Echte Freunde waren diejenigen, die auch dann noch deine Hand hielten, wenn deine Welt zerbrach.

Und die besten Freunde waren die, die zur Familie wurden. Ich scrollte durch meine Ersatzfamilie. Es war mitten in der Nacht, dennoch wusste ich, dass jeder von ihnen hierhereilen würde.

Ich atmete schwer aus und der Brief zitterte heftiger in meiner Hand, als ich auf einen Namen tippte.

Es tutete.

Einmal.

Zweimal.

»Maya?« Da klang keine Müdigkeit in der Stimme mit. Als hätte die Person am anderen Ende heute Nacht ebenfalls keinen Schlaf gefunden. »Was ist los?«

Ich atmete erneut ein, tiefer diesmal.

Wollte reden und konnte nicht, weil dieser Kloß meinen Hals blockierte und es die Worte nicht an ihm vorbeischafften.

»Soll ich vorbeikommen?« Eine sanfte Frage und gleichzeitig klang da dieser besorgte Anstrich mit.

»Ja.« Nur zwei Buchstaben und doch scheiterte ich beinahe an ihnen.

Geburtstagswünsche sind heilig.

»Ich bin gleich da.«

Aus dem Bett aufzustehen, war ein Akt, der so viel Kraft kostete, dass alles an mir flehte, sich wieder hinlegen zu dürfen. Stattdessen zwang ich mich, weiterzugehen.

Schritt für Schritt mühte ich mir ab.

Versuchte, mich allein auf den nächsten zu konzentrieren.

Wie schwer konnten Schritte sein?

Oder den Wasserkessel aufzusetzen?

Tassen aus dem Schrank zu nehmen?

Die Tür zu öffnen, als es klopfte?

Seine Augen glänzten feucht im Lampenschein und darunter lagen tiefe Schatten. Er schloss die Tür, hob die Arme ein Stück. Eine Geste, die sich wie eine Frage anfühlte. Umarmungen gab es wenige zwischen uns. Die einzige, an die ich mich erinnerte, war die von Fynns Beerdigung und die war eher ein Versuch gewesen, mich auf den Beinen zu halten.

Ich zögerte.

Eine Sekunde lang.

Eine zweite.

Dann machte ich einen Schritt auf ihn zu.

Hanks Arme umschlossen mich.

Seine Umarmung war anders als die von Taira, die mir regelmäßig die Luft aus den Lungen presste.

Anders als die von George.

Leiser und friedlicher.

Dass ich weinte, registrierte ich erst, als Hanks Daumen über meinen Kopf strich. Dabei weinte ich fast nie vor anderen.

Aber diese Nacht besaß ihre eigenen Regeln.

Ich konnte nicht aufhören zu schluchzen.

Der Schmerz drohte mich zu ersticken.

Also blieb ich, wo ich war – weinend in Hanks Armen.

Er hielt mich, als versuchte er, mich zusammenzuhalten, während alles an mir vor Schmerz zerspringen wollte.

Ich saß auf dem Sofa. Die Beine vor mir aufgestellt, beobachtete ich Hank dabei, wie er mit der Kanne und zwei Tassen auf mich zukam. Er stellte sie auf den Couchtisch, den letztes Jahr jemand zum Verschenken vor sein Haus gestellt hatte. Fynn hatte betont gespielt die Augen verdreht, als ich darauf bestanden hatte, ihn mitzunehmen.

Jetzt stand er hier.

Und Fynn war fort.

Behutsam füllte Hank die Becher und reichte mir einen. Im Brustbereich seines Shirts fanden sich feuchte Flecken.

Von meinen Tränen.

Ich nahm einen Schluck vom Tee. Fynn hatte recht, heute schmeckte er bitter.

Hank setzte sich zu mir. Kurz fürchtete ich, er würde reden wollen, aber er bettete sich in mein Schweigen.

Wir blieben auf dem Sofa.

Als Stunden später die Dunkelheit langsam aufbrach, erinnerte sie mich daran, dass es noch einen letzten Schritt zu gehen galt. Hank hatte den Kopf auf die Lehne gelegt und die Augen geschlossen. Verständlich. Die Nacht war anstrengend gewesen, dunkel und zäh.

Ich versuchte, keinen Laut von mir zu geben, als ich aufstand und zum Fenster ging.

Ich hatte es geschafft.

Die Nacht war vorüber.

Blieben nur noch alle anderen.

Sonnenstrahlen brachen sich ihren Weg durch die Wolken und verliehen ihnen einen zauberhaften rosafarbenen Hauch.

Es wirkte erwartungsvoll und friedlich.

Farben.

Ich hörte seine Stimme in mir und einen Augenblick lang fühlte es sich an, als stünde Fynn jetzt gerade bei mir. Forderte mich sanft auf, das Licht wahrzunehmen.

Die Farbe.

Finde die Farbe in deinem Leben zurück.

In der Hosentasche vibrierte mein Handy. Ich zog es heraus und las die Nachricht von Taira.

Wir sind in zwei Stunden da. Du machst den Kaffee, wir besorgen die Brötchen.

Darunter war ein Bild von ihr und Grace. Wärme flackerte bei dem Anblick in mir auf. Das Bild fühlte sich an wie ein Sonnenstrahl, der meine Dunkelheit durchbrach.

Fynn hatte recht.

Es gab Licht.

Mein Blick fuhr zurück zum Fenster und kurzerhand hob ich das Handy, fotografierte den Sonnenaufgang.

Wahrscheinlich war es besorgniserregend, dass ich das Bild an Fynn sendete.

Ähnlich besorgniserregend, wie dass ich es nicht über mich brachte, seine Nummer zu löschen.

Aber für den Moment fühlte es sich nicht sonderbar an.

Sagte Henry nicht immer, dass Trauer viele Gesichter besaß? Vielleicht war das hier Teil von meinem. Denn als ich das Handy zurücksteckte, schien mir das Atmen einen Hauch leichter zu fallen.

Zweites Jahr

Tagebuch

Fynn

Ein Jahr ohne dich.

Ist Stille, obwohl es um mich herum laut ist.

Sind Eisflocken, die durch mich wehen, obwohl die Sonne scheint.

Bedeutet Einsamkeit, inmitten von Menschen, die ich liebe.

Wieso haben wir beide gedacht, ich könnte es schaffen?

Ohne dich?

Kapitel 37

»Mir geht es gut.«

Mittlerweile war es Henry, der dazu überging, zu atmen, wann immer ich diese Lüge von mir gab.

Wir wussten beide, dass es genau das war.

Eine Lüge.

Gleichzeitig war es die Antwort, die alle von mir erwarteten. Ich war schon immer mies darin gewesen, Erwartungen zu enttäuschen. Also gab ich ihnen, was sie wollten, damit sie unbehelligt weitermachen konnten. Es reichte aus, dass sich mein Leben anfühlte, als würde ich auf der Stelle treten.

»Und in Wirklichkeit?«

Ich liebte Henry.

Wirklich.

Nur nicht, wenn er diese Fragen stellte und mich in die Ecke trieb. Dann hasste ich ihn ein wenig und der Drang, aufzulegen, ließ es in meinen Fingerspitzen kribbeln.

»Bin ich wütend.«

Die Wut fühlte sich an wie eine Feuerkugel.

Sie verglühte mich von innen heraus.

»Warum?« Seine sanfte Nachfrage peitschte sie weiter an.

War das sein Ernst?

Die Feuerkugel wanderte höher meinen Hals hinauf und füllte ihn so aus, dass Worte nicht an ihr vorbeikamen.

Das Kribbeln in den Fingern nahm zu.

Auflegen war so einfach.

Eine Flucht mehr.

Darauf kam es nicht an.

Ich war schon so oft vor Henrys Fragen geflohen.

Er schien es zu ahnen. »Versuchen wir es anders«, sagte er. »Wann wirst du wütend?«

»Ständig.« Irgendwie drängte sich das Wort an der Feuerkugel vorbei. Es ließ den Geschmack von Ruß auf der Zunge zurück.

»Maya.« Ein Seufzen schloss sich an. Für Henry war ich Teil seiner Familie geworden, genau wie er Teil meiner war. Doch manchmal, wenn er auf diese Art seufzte, fragte ich mich, ob er sie gerne abgeben würde, diese Telefonate, in denen wir uns immerzu im Kreis drehten.

Ich traute mich nicht, ihn danach zu fragen.

»Gerade im Park.« Es war schwer, diese Gedanken zu teilen. Ich kam mir schrecklich vor. Meine Wut schockierte mich selbst, aber Henry hatte schon Schlimmeres von mir zu hören bekommen. Er würde mich hierfür nicht verurteilen. »Grace ist gelaufen und ich bin so wütend, weil irgendwelche Menschen im Park ihr dabei zusehen dürfen und Fynn nicht. Was ist daran fair?«

Sie waren da, die Tränen.

Wie meine persönlichen Schatten.

Nur kamen diese hier raus, sobald ich allein war. Henry am Telefon zählte nicht. Vielleicht, weil er immer so tat, als hörte er es nicht, wenn ich weinte.

»Das Leben ist nicht fair.« Jetzt bekam seine Stimme einen rauen Anstrich. »Ich glaube sogar, nichts ist so unfair wie das Leben.«

Ein winziges Schniefen kämpfte sich aus mir heraus. »Solltest du mich nicht aufbauen?«

»Möchtest du aufgebaut werden?«

»Nein.«

Eine winzige Pause. »Dann sei wütend. Du hast alles Recht der Welt, es zu sein. Aber friss es nicht in dich hinein.«

»Gut, also schrei ich das nächste Mal die Leute im Park an.«

Ein leises Lachen erklang. »Mach das nicht, sonst könnte der ein oder andere denken, dass ich meinen Job verfehlt habe. Da fällt uns etwas Besseres ein.« Wieder machte er eine Pause, lang genug, um mich ahnen zu lassen, dass wir das Thema wechselten.

»Ist sein Brief schon da?«

»Nein.« Seit dem Aufstehen überprüfte ich andauernd, ob ein Umschlag vor der Tür lag. Fünf Mal war ich mittlerweile zum Briefkasten gegangen, der gähnend leer war, und zweimal hatte George mir schwören müssen, dass er mir Fynns Brief nicht vorbeigebracht hatte.

Noch waren ein paar Stunden Zeit bis Mitternacht.

Doch was, wenn kein Brief kam?

Ich brauchte ihn.

So verdammt dringend.

»Er wird kommen.« Offenbar ahnte auch Henry, in welche Richtung meine Gedanken abdrifteten.

»Weißt du, wer sie hat?«

»Niemand von uns. Fynn wusste, dass du uns löchern würdest, bis du sie uns alle abgenommen hättest. Wahrscheinlich hat er jemanden damit beauftragt.« Frustrierend. Er sprach aus, was ich dachte. Das bedeutete, dass ich diesen Jemand unbedingt abfangen musste, um die anderen Briefe zu bekommen.

»Denk nicht daran, Maya.« Wir führten diese Telefonate mittlerweile viel zu lang. Es war beängstigend, wie gut Henry mich kannte.

»Aber es sind Fynns Briefe!«

»Genau.« Nur er und Lorenzo schafften es, sanft und unnachgiebig gleichzeitig zu klingen. »Es sind Fynns Briefe. Und es sind seine Regeln. Halte dich daran.«

»Ist das deine professionelle Meinung, denn es fühlt sich nicht danach an, als …«

»Nein«, fuhr er mir in meinen Protest. »Das sage ich als euer Freund. Es war sein Wille und du wirst es in dem Moment bereuen, in dem du sie alle gelesen hast. Ich ahne, wie sehr du seine Zeilen lesen möchtest, aber Fynn wollte bestimmen, wann sie zu dir kommen, und es schien ihm wichtig zu sein. Findest du nicht, wir sollten das akzeptieren?«

Ich wusste, dass er recht hatte.

Mit allem.

Aber es war so verflucht schwer.

»Du hast noch Grace' Briefe.«

Hatte ich.

Und irgendwie auch wieder nicht.

Fynns Brief zwischen ihrer Geburtstagspost war mein Sonnenstrahl gewesen. Seine Worte und das Lied, das er für sie geschrieben hatte, hatten mich durch den Tag getragen. Es gab nur ein Problem daran …

»Sein Brief war zauberhaft …«

»Aber?«

»Aber er gehört Grace. Ergibt das Sinn?«

»Muss immer alles Sinn ergeben?«

»Mir ist nicht nach einer Philosophiestunde.«

»Ich richte es Lorenzo aus, der steht hier schon bereit, um das Telefonat zu übernehmen.« Im Hintergrund hörte ich Lorenzo lautstark grüßen.

»Maya, soll ich dich weitergeben?«

»Klar«, sagte ich und hoffte, dass er diese Lüge nicht auch durchschaute. Meine Telefonate mit Lorenzo waren noch schmerzhafter als die mit Henry.

Henry bohrte in Wunden, die ich nicht berühren wollte, aber Lorenzo fügte mir, ohne es zu wollen, neue zu.

Weil seine Geschichte so sehr mit unserer verknüpft war, dass es schwer war, mit ihm zu reden.

»Du nimmst deine Tabletten?«

»Natürlich.«

Zwei Telefonate waren zu viel. Nachdem ich das letzte mit Lorenzo beendet hatte, fühlte ich mich wie ein Schwamm, der ausgewrungen worden war. Dabei hatte Grace mir geholfen, sich zwischendurch das Handy genommen und jede Menge zuckersüße Geräusche von sich gegeben. Doch nun fand sich kein Tropfen Energie mehr in mir.

Es war spät geworden, Dunkelheit hatte sich wie ein Vorhang vor die Fenster gelegt. Ich wollte die Tür öffnen, um zu schauen, ob sich der Umschlag endlich dort befand, und konnte es nicht.

Was, wenn er nicht da lag?

Also machte ich Grace ihr Abendbrot, las ihr gleich mehrere Geschichten vor und sang ihr Fynns Lied vor. Doch als sie schlief, blieben mir keine Ausreden, die ich anführen konnte.

Ich öffnete die Tür.
Und mein Herz presste sich bei dem Anblick zusammen.
Da lag er.
Fynns Geburtstagswunsch.

Fynns Brief

Meine Schönste,

Du bist der klügste Mensch, den ich kenne. Das hat mich so wütend gemacht, als wir damals um das Nest kämpften.

Immer, wenn mein Finger im Unterricht hochfuhr, war deiner schon da. Du hast meinem Ego eine Menge Dämpfer verpasst. Bis zu deinem Auftauchen war ich davon überzeugt, der klügste Kopf an dieser ganzen Schule zu sein. Irgendwann muss ich dich dringend fragen, was du damals in mir gesehen hast. Denn wenn ich jetzt darüber nachdenke, war ich ein nerviger Aufschneider. Gib es zu, du schmunzelst ein wenig, oder?

Zum Glück habe ich seitdem einige Sachen überdacht. Aber manches ist geblieben, wie die Tatsache, dass ich dich nach wie vor für die klügste Person halte, die ich kenne. Gleichzeitig bist du auch noch die ehrgeizigste, das ist eine unschlagbare Kombination. Wenn du dir etwas in den Kopf gesetzt hast, gibt es keine Hürden, die du nicht überwinden kannst.

Ich hoffe, dass Grace diese Dinge von dir mitbekommen hat. Dass sie in der Welt ihren Weg findet.

Du ahnst jetzt wahrscheinlich, in welche Richtung mein diesjähriger Geburtstagswunsch geht?

Ich will, dass du wieder zurück an die Uni gehst, Maya. Das war immer dein Traum. Du hast ihn für mich pausiert, als es mir schlechter ging, damit wir jeden Moment nutzen konnten, und jeder davon war wunderbar. Aber jetzt bin ich nicht mehr da, und das schon seit einer ganzen Weile, und wenn ich richtig mit meiner Einschätzung liege, bist du nicht zurückgekehrt.

Du liebst es, zu lernen, und du willst so viel erreichen.

Es liegt vor dir.

Erinnerst du dich daran, wie ich dir in unserer Podiumsdiskussion an den Kopf geschmettert habe, dass du nichts erreichen wirst?

Ich habe gelogen.

Schon damals wusste ich, dass du alles verändern kannst.

Das Einzige, was du dafür tun musst, ist, die Tür öffnen und der Welt zu zeigen, was du draufhast.

Geh zur Uni und melde dich zurück. Du wirst jetzt wahrscheinlich protestieren, weil du keine Betreuung für Grace hast. In dem Umschlag findest du eine Karte mit den Kontaktdaten einer wundervollen Tagesmutter. Grace ist bei ihr angemeldet und sie kennt unsere Geschichte. Ruf sie an.

Wege finden sich da, wo wir anfangen, sie zu gehen.

Such dir deinen Weg, Maya.

Ich liebe dich.

Ewig.

Kapitel 38

»Wie geht es dir?« Besorgnis tränkte Hanks Frage am Telefon, während er sich gleichzeitig bemühte, es nicht so klingen zu lassen.

»Er will, dass ich zurückgehe.«

Schweigen.

Zu tief.

Zu lang.

»Nicht *so zurück*. Zurück an die Uni«, hängte ich schnell dazu und hörte Hank erleichtert aufatmen.

»Wie fühlst du dich damit?«

»Überfordert.«

»Soll ich vorbeikommen?«

»Du musst morgen früh dein Seminar geben.« Ich sank tiefer in die Sofakissen. »Ich hätte nicht anrufen sollen. Es ist spät. Wahrscheinlich gehe ich einfach schlafen.« Ich schloss die Augen, versuchte, durchzuatmen, aber in mir stürmte es zu sehr, um Ruhe herbeizuzwingen.

»Ich kann das Seminar schwänzen.«

»Du schwänzt nicht«, erinnerte ich ihn.

»Ich schaff es auch ohne Schlaf.«

»Solltest du aber ni…«

»Maya? Willst du, dass ich vorbeikomme?«, fragte er erneut sanft.

»Ja«, entfuhr es meinem Mund, kaum, dass die Frage ausgesprochen war. Weil sich der Sturm in mir nicht anfühlte, als würde er sich in den nächsten Stunden legen.

Die Teemischung in der Kanne war die gleiche wie letztes Jahr, doch die heutige Nacht fühlte sich anders an.

Fynn wollte, dass ich mich der Welt stellte.

Das war so viel schlimmer als sein letzter Wunsch.

Ich bekam das Leben hier irgendwie hin.

Grace, die Wohnung, Mr Hemskey.

Meistens zumindest.

Aber ich war nicht bereit, mich dem zu stellen, was mich jenseits der Tür erwartete.

Wie sollte ich noch studieren?

Das war ein Traum gewesen, der an der Realität gescheitert war. Zusammen mit anderen, so viel wichtigeren Träumen.

Ich wollte nicht zurück.

Ich wollte mich mit Grace weiter einigeln.

Aber Fynn hatte beschlossen, dem ein Ende zu setzen.

Hank reichte mir eine der Teetassen und der beruhigende würzige Geruch nach Brombeerblättern, Löwenzahn und Giersch hüllte mich ein.

»Du weißt, dass du auf mich zählen kannst? Sag mir, wann du mich brauchst, und ich nehme Gracie.«

»Ich spann dich schon zu häufig ein. Du hattest sie letzte Woche zweimal.«

»Und? Ich verbringe gerne Zeit mit ihr. Sie ist wundervoll.« Das war sie und sie liebte Hank über alles.

»Das ist trotzdem zu viel.«

Er lehnte den Kopf gegen die Sofalehne, betrachtete mich. »Ihr werdet mir nie zu viel, Maya. Worum geht es wirklich?«

Diesmal war ich es, die einen Schluck nahm, um nachzudenken.

Was ich antworten sollte.

Wie viel ich preisgeben sollte.

»Ich weiß nicht, wie ich das wiedergutmachen kann.«

»Es gibt nichts wiedergutzumachen. Keine offenen Rechnungen. Ich glaube nicht, dass Freundschaften auf diese Weise funktionieren.« Er lächelte eines dieser beruhigenden Lächeln. »Außerdem ist es mir ernst damit. Ich bin gern bei euch. Also spann mich ein.« Seine Finger legten sich auf meine, drückten sie kurz und ich erwiderte den Druck, bevor sie wieder verschwanden.

»Du denkst auch, ich sollte zurückgehen?«

Er nahm einen Schluck seines Tees und ließ sich einige Sekunden Zeit mit seiner Antwort. »Was denkst du?«

»Dass Gegenfragen verdammt unfair sind!«

Seine Augen weiteten sich und Überraschung flammte darin auf.

»Entschuldige.« Ich atmete tief aus. »Meine Wut sollte nicht dich treffen.«

»Wen dann?«

Fynn.

Keine Antwort, die ich geben wollte.

Eine Woche lang kämpfte ich mit mir. Dann rief ich die Frau von Fynns Karte an. Ich hoffte darauf, dass sie mir einen Anlass gab, sie nicht ausstehen zu können. Aber sie war so nett und verständnisvoll, dass ich keine Ausreden fand, um uns nicht mit ihr zu treffen.

Es wurde noch schlimmer, als Grace zwischen den anderen Kindern förmlich aufblühte. Weil ich mich einigelte und damit auch sie, gab es niemanden in ihrem Alter in unserem Leben.

Meine Schuld.

Alles.

Und ausgerechnet Fynn, der Pläne hasste, hatte schon vor Grace' Geburt den perfekten Platz für sie gefunden.

Ohne, dass ich auch nur etwas geahnt hatte.

Wie hatte er das geschafft?

Woher hatte er gewusst, wie sehr ich am Leben scheitern würde?

Und warum ließ er mir diesen winzigen Frieden nicht?

Es regnete, als ich mich endlich dazu überwand, mich zurückzumelden. Die Welt war ungemütlich grau und das Wetter passte zumindest zu meiner Laune. Das Dokument, das mir vorgelegt wurde, las ich nicht einmal. Dafür musste ich gleich zweimal ansetzen, meine Unterschrift darunterzuschreiben.

Weil mich ein verdammter Geburtstagswunsch dazu zwang.

Selbst draußen gelang es mir nicht, den Druck auf der Brust zu lösen. Der saß dort fest wie ein unsichtbarer Felsen. Obwohl es in Strömen regnete, setzte ich meine Kapuze nicht erst auf. Die auf mich einprasselnden Tropfen ließen mich zumindest etwas fühlen.

»Maya?«

George?

Hier?

Ich fuhr herum, fand tatsächlich den rostfarbenen Van, nur wenige Meter entfernt geparkt. Er öffnete die Beifahrertür, während ich die Richtung änderte, fort von der Busstation, hin zu ihm.

»Bereit?« In seinen Augen blitzte es begeistert.

»Bereit für was?« Mein Terminkalender war so leer, dass ich es gewusst hätte, wenn ich mit George verabredet gewesen wäre.

»Das siehst du dann. Na los, gib dir einen Ruck und lass mich hier nicht im Regen stehen.«

»Werde ich es hassen?«

Er zuckte mit den Schultern. »Kannst du etwas hassen, wenn ich dabei bin?«

Deswegen war es besser, die Wohnung nicht zu verlassen.

Mir war nicht nach Scherzen.

Nicht einmal danach, zu reden.

»Komm schon«, fuhr er fort. »Ich verspreche dir, dass du es nicht bereuen wirst, Deal?«

Nein sagen war schwierig.

Nein zu George zu sagen, quasi unmöglich.

Seufzend landete ich auf dem Beifahrersitz.

»Ist das hier legal?« Das Gebäude, vor dem wir schließlich gehalten hatten, war ähnlich wenig vertrauenserweckend wie die anderen drum herum. Hier schien es nur Lagerhallen zu geben und die wirkten nicht, als würden sie regelmäßig besucht werden. Es gab keine Schilder, nichts, was darauf hindeutete, was im Inneren geschah. Nur amateurhafte Graffitis brachen die Wände auf. Nicht ein Auto fand sich hier und die Straße war menschenleer. Die Stille sollte mir wohl gefallen, doch sie machte mich ähnlich argwöhnisch wie dieser Ort.

George lachte, legte den Arm um meine Schulter, damit ich mich mit ihm zusammen in Bewegung setzte. »Lustige Vorstellung. Aber ja … Vermutlich.«

Das klang großartig.

Nicht.

Ich lehnte mich gegen seinen schiebenden Arm, stoppte. »Sag mir, was das hier wird.«

»Vertraust du mir nicht?« Schalk tänzelte in Georges Augen. Es war spielend leicht, ihn zu mögen, weil er eine Art hatte, die einen mitzog, selbst wenn man verharren wollte. Darin erinnerte er mich an Fynn. »Komm schon, Maya. Ich will dein Gesicht sehen, wenn du es begreifst.« Er schob mich weiter und ich gab auf. Früher hätte ich eine Erklärung eingefordert. Der Gedanke zupfte an mir, während George mich an einem Gebäude vorbei in eine Art Hinterhof führte. Er grinste und deutete auf die offen stehende Tür. »Wir sind da.«

»Yayyy«, gab ich so trocken zurück, dass er auflachte.

»War das etwa ein Scherz?« Sein Grinsen spannte sich nun von einem Ohr zum anderen.

»Nein. Das war Sarkasmus.«

»Ich nehme, was ich bekomme.« Er ließ mich vorgehen und ich blinzelte angesichts der Stufen, die offenbar in eine Art Kellerraum führten.

»Einladend. Und ja, das ist wieder Sarkasmus.« Lampen tauchten die Treppe in ein ungemütlich kaltes Licht. Wir gingen hinunter und nachdem es sich anfühlte, als würden diese Stufen niemals enden, stoppten sie abrupt. Sie gaben den Blick auf einen fensterlosen Raum frei und eine Frau in unserem Alter, die uns lächelnd begrüßte.

»Perfekt, ihr seid pünktlich.«

Waren wir das?

»Zieht die über.« Sie reichte uns jedem etwas Weißes, Stoffähnliches, was sich gleichzeitig nicht wie Stoff anfühlte. Hilfe suchend sah ich zu George, der dieses weiße Was-auch-immer schüttelte. Mit jeder Bewegung plusterte es sich weiter auf.

Ein Anzug?

Was zur Hölle wurde das hier?

George mühte sich eine betont unschuldige Miene ab, während er ihn überzog, und mir blieb offenbar nichts anderes übrig, als es ihm gleichzutun, wenn ich erfahren wollte, was das hier sollte.

»Sehr gut, fehlen nur noch die hier.« Die Frau kramte in ihrer Tasche.

Eigentlich hatte ich gedacht, es könnte nicht mehr seltsamer werden.

Ich hatte mich geirrt.

Entgeistert starrte ich auf die Schutzbrille, die sie mir reichte.

»Sicher, dass das hier legal ist?«

George lachte und die Frau stimmte ein. »Ziemlich«, sagte sie und drängte mich dazu, die Brille aufzusetzen. »Euch gehört Raum zwei.«

Zwei?

Ich fuhr herum, registrierte erst jetzt die beiden Türen, die sich farblich nicht von dem Grau der Wände absetzten. Jemand hatte jeweils ein Blatt Papier daran geklebt und mit zwei Nummern beschriftet. Alles hier wirkte improvisiert. Nur wusste ich noch immer nicht, was das hier war.

»Danke«, zwang ich mir ab. Gleichzeitig fühlte es sich nicht an wie das, was ich eigentlich sagen wollte.

Nur die Begeisterung in Georges Blick sorgte dafür, dass ich ihm folgte, als er sich in Bewegung setzte. Mit großer Geste öffnete er die Tür und ließ mich eintreten.

Ich fand das Sonderbarste, was ich jemals zu sehen bekommen hatte.

Der ganze Kellerraum war mit einem dunklen Tannengrün angestrichen worden, sogar die Decke, an der eine Glühbirne leuchtete. So weit, so gut.

Wirklich beunruhigend fand ich das eingerichtete Zimmer. Den alten, eingedeckten Esszimmertisch, die Stühle drum herum. Den Fernseher, die Gardinen an fensterlosen Wänden. Die Bilderrahmen. Das Regal mit den Porzellanfiguren.

Aber das Absurdeste war das Stück der Wand, an dem eine Auswahl an gigantischen Hämmern und Baseballschlägern hing.

Was.

Zur.

Hölle …?

»Was ist das hier?« Meine Stimme klang so flüchtig, wie der Rest von mir gern wäre.

»Ein Crash-Raum«, erwiderte George, als wäre der Begriff selbsterklärend.

Mein Blick zuckte zurück zu dem gedeckten Tisch.

Nein.

Für mich war hier nichts selbsterklärend.

»Jemand glaubt, dass du ein Ventil für deine Wut brauchst.«

»Ich bin nicht wütend!«

»Klar.« George hob die Augenbrauen. »Du bist total entspannt und ich steh auf kuscheligen Beziehungskram.«

»Das ist lächerlich!« Ich starrte auf die Bilderrahmen mit den Katzenfotos, die mich an Dr. Tybalts Praxis erinnerten und meine Magensäure köcheln ließen. »Warum sollte Henry wollen, dass ich Dinge zerstöre?«

»Henry? Nein.« Mein Blick zuckte verwirrt zurück in Georges irritiertes Gesicht. »Fynn dachte, das hier bräuchtest du vielleicht.«

Fynn.

Vier Buchstaben, die alles veränderten.

Immer schon verändert hatten.

»Fynn?«

George nickte. »Ich soll dir sagen, dass all die Sachen ohnehin auf der Müllhalde gelandet wären.«

Mir schwirrte der Kopf. »Woher wusste Fynn, dass ich wütend bin?«

»Vielleicht wegen seines diesjährigen Wunsches?«

Eine Antwort so verdammt unbefriedigend.

»Aber …«

»Wähle deine Waffe. Du bekommst von mir nicht mehr.«

»Aber …«

»Nein, Maya.«

»Schickt er euch auch Briefe?«

George blinzelte. Ganz kurz huschte Trauer über sein Gesicht, schon drängte er sie zurück. »Das besprechen wir nicht jetzt.«

»Wann dann?«

»Wenn Fynn es sagt.«

»Großartig!« Und zurück war sie, die Wut.

Fynn wollte, dass ich sie herausließ?

Von mir aus!

Ich ließ George stehen und griff mir den Baseballschläger.

Die Wut nagte wie ein Feuer in mir und fraß mich von innen heraus auf.

»Maya?« George klang ungewohnt zurückhaltend, als ich auf das Regal zustürmte. Ich beachtete ihn nicht. Stattdessen hob ich den Schläger und knallte ihn gegen die verdammten Katzenbilder.

Glas klirrte.

Scherben fielen auf den Boden.

Nicht genug.

Ich schlug die nächsten hinunter.

Dann gegen das Regal.

In mir leuchtete alles knallrot.

Weil Fynn nicht hier war und mich dennoch zu Dingen zwang, die ich nicht tun wollte.

Ich holte erneut aus.

Holz krachte gegen Holz.

Weil er selbst jetzt noch seine Geheimnisse vor mir hatte.

Weiter.

Weil ich ihn nicht fragen konnte, warum er all das tat.

Ich zerschmetterte jeden dieser Bilderrahmen.

Weil es nie wieder neue Bilder von uns geben würde.

Nicht von ihm und mir.

Nicht von ihm und Grace.

Ich schlug auf die Stühle ein.

Weil Fynn niemals mehr auf einem sitzen würde.

Warf die Teller zu Boden.

Weil er nie wieder einen brauchen würde.

Weil all diese Momente vorbei waren und ich viel zu spät begriffen hatte, wie kostbar jeder davon gewesen war.

Weil ich ihn so unfassbar vermisste.

»Alles gut«, raunte George mir zu und erst da registrierte ich, dass ich verharrt war. Er legte die Arme um mich und hielt mich fest.

»Du wirst morgen fluchen«, raunte er mir zu und es klang, als lächelte er. »Deine Hände. Ich wollte dir sagen, dass du Handschuhe anziehen solltest, aber du warst zu schnell. Zieh sie für die nächste Runde an.«

»Nächste Runde?«, brach es aus mir heraus. Es klang wie eine Mischung aus entgeistertem Lachen und Schluchzen.

»Natürlich. Ich glaube, da ist noch eine Menge Wut in dir. Und in mir«, setzte er rauer hinzu. Nicht nur ich hatte Fynn verloren. George hatte seinen besten Freund verloren. »Wir gehen hier nicht weg, bis wir nicht alles rausgelassen haben. Dann rücken wir unsere Kronen gerade und machen uns wieder bereit für die Welt da draußen, in Ordnung, Prinzessin?«

Er bekam den Schatten eines Schmunzelns. »Ok«, flüsterte ich und für den Augenblick fühlte es sich genau danach an. *Ok.*

Dritter Jahr

Tagebuch

Fynn,

manchmal sage ich, dass es mir gut geht.

Ohne darüber nachzudenken, weil es sich gerade so anfühlt.

Und dann erschrecke ich mich.

Jedes Mal.

Denn wie könnte es mir gut gehen?

Ohne dich?

Ich hasse diese Momente.

Vielleicht hasse ich sie noch mehr als den Schmerz.

Kapitel 39

»Ihr könntet das Gästezimmer nehmen«, setzte Lorenzo erneut an. »Wir haben euch zu lange nicht gesehen. Und Taira und Matt sind noch in Australien für ihre Auslandssemester.«

»Versuchst du es gerade mit Schuldgefühlen?«

»Dann würde ich dir sagen, dass ich nur einmal von der Verona Hall Abschied nehme und niemanden mehr bei der Jubiläumsfeier haben möchte als euch.«

»Du spielst gut, aber es nützt dir nichts. Bevor ich die Verona Hall noch einmal betrete, setze ich mich lieber in ein Schlangennest.«

»Mum!« Grace zupfte an meinem Ärmel.

»Sofort, Schatz.« Ich drehte mich ein Stück von ihr fort. »Ich wäre gern dabei und würde dir bei deinem Abschied zujubeln«, setzte ich nun leiser an. »An so ziemlich jedem anderen Ort der Welt. Doch die Verona Hall schaffe ich nicht.«

»Ich weiß.« Lorenzo gelang das Kunststück, nicht enttäuscht zu klingen. »Dann besuchen wir euch im Monat darauf. Ab da haben wir endlich genug Zeit, um länger zu bleiben als nur ein paar Tage.«

»Das wäre schön.« Allein bei dem Gedanken legte sich ein Lächeln auf meine Lippen.

»Mum!!!« Grace zupfte energischer an meinem Ärmel.

»Hier will dich jemand sprechen, Lorenzo. Kann ich dich weitergeb…?«

Seine Antwort bekam ich nicht mehr mit, weil ich mich umdrehte. Grace starrte mich aus vergissmeinnichtblauen Augen an. Manchmal, wenn ich daran dachte, wie ähnlich sie Fynns waren, setzte mein Herzschlag aus. Doch nicht diese Erkenntnis sorgte heute dafür, dass mein Herz gleich mehrere Schläge übersprang. Schuld daran war der pastellrosafarbene Brief in ihrer Hand.

Fynns Brief.

So früh hatte ich nicht mit ihm gerechnet, nachdem er die ersten beiden Male erst spät auf der Fußmatte gelegen hatte. Diesmal musste er unter der Tür hindurchgeschoben worden sein.

»Tauschen wir, Schatz?« Das Handy in meiner Hand zitterte mit dem Rest von mir, während ich es ihr hinhielt. Sie umkrallte den Brief wie einen Schatz. Weil er aussah wie die Umschläge ihrer Geburtstagsbriefe von Fynn.

»Gracie?«, drang Lorenzos Stimme aus dem Handy und ihre Augen leuchteten verzückt. Lorenzo und Henry waren zu etwas wie Ersatzgroßeltern geworden. Mein Vater war für mich keiner mehr und Richard war … *Richard.* Er war ein Fremder für sie und weder er noch ich bemühten uns, das zu ändern. Dafür überschütteten Henry und Lorenzo sie mit Liebe und bekamen diese eimerweise zurück. Wie zum Beweis war der Brief vergessen. Sie stopfte ihn mir in die Hand und schnappte sich mein Handy, mit dem sie ins Schlafzimmer verschwand. Im Nebenzimmer hörte ich ihr Gekicher, während ich über den Brief strich.

Ob ich irgendwann nicht in Tränen ausbrechen würde, wenn ich einen davon bekam?

Es fühlte sich nicht danach an.

Mein Zeigefinger fuhr die beiden Worte darauf nach.

Noch vier Stunden, bis Grace im Bett lag.

Eine weitere halbe Stunde, bis sie schlief.

Dann konnte ich endlich Fynns Worte lesen.

Fynns Brief

Meine Schönste,

jetzt gerade liegst du neben mir und schläfst. Du hast den Arm unter deinen Kopf geschoben und die Beine angezogen. Es gibt für mich nichts Friedlicheres, als dich zu sehen, wenn du schläfst.

Und Frieden finde ich momentan selten.

Stattdessen tobt da Angst in mir.

Sie fühlt sich an wie eine Sturmwelle. Ich spüre, wie sie sich aufbäumt, auf mich zukommt, und ich weiß, dass es keinen Ausweg gibt. Die Welle schwappt über mich hinweg, raubt mir die Sicht, meinen Atem, und dann kommt schon die nächste, ohne dass mir Zeit zum Luftholen bleibt.

Doch du bist der Felsen, der die Wellen zurückdrängt.

Wenn ich dir dabei zusehe, wie du schläfst, ebbt der Sturm in mir ab. Dann denke ich an all die Dinge, die wir erlebt haben.

Und ich denke so verdammt gern an unseren Anfang.

Ich liebe unseren Anfang.

Dein Gesicht an der Scheibe.

Dein Name auf dem Papier.

Du, wie du eure Schläger vertreibst.

Wir beide und die Treppe.

Das sind einige meiner allerbesten Erinnerungen. Aber da gibt es noch so viele andere. Die Abende in der Bibliothek, in der wir versucht haben, nicht zueinanderzuschauen, und uns doch immer wieder dabei erwischt haben. Unsere Kämpfe um das Nest. Sogar unsere verbalen Duelle habe ich geliebt, weil sie mir einen Grund gaben, mit dir zu reden. Dann der Schrank ... Verdammt, dieser Schrank.

Ich schweife ab.

Viele unserer Erinnerungen sind fest mit der Verona Hall verbunden. Sie ist ein Stück unserer Geschichte.

Du willst mir jetzt bestimmt sagen, dass ich nur die guten erwähne und die miesen Momente ausspare, und du hast recht, die gab es. Die Verona Hall ist ein Ort, den wir lieben und hassen, beides gleichzeitig, aber er ist Teil von uns und von dem, was wir einander geworden sind.

Kommen wir noch einmal zurück zu unserer Treppe an dem ersten Morgen. Da habe ich zu dir gesagt, dass sich Orte anders anfühlen, wenn man sie zu anderen Zeiten betritt. Das ist, was ich mir dieses Jahr von dir wünsche. Gehe zur Jubiläumsfeier und finde für uns beide heraus, wie sich dieser Ort mittlerweile anfühlt. Verscheuche ein paar Schatten und erinnere dich daran, welche Magie in Anfängen liegen kann.

Ich liebe dich.

Ewig.

Kapitel 40

»Alles in Ordnung?« Hank machte sich nicht die Mühe, mich erst zu begrüßen. Wir hatten nicht über das heutige Datum geredet, als er Grace für einen Spielplatzausflug abholte, damit ich lernen konnte. Aber er hatte mich mit diesem Blick angeschaut, der mir wortlos klarmachte, dass er wusste, welchen Tag wir hatten.

Und dass ich ihn anrufen konnte, wenn ich ihn brauchte.

»Nein!« Ich atmete durch, versuchte diese Atemtechnik, die Taira mir beigebracht hatte, um die Wut zurückzudrängen. Entweder ich war eine Niete darin oder sie scheiterte an meiner Wut. Denn ich wurde nur noch wütender. »Nichts ist in Ordnung!«

»Ich bin in zehn Minuten bei dir.«

Diesmal schaffte ich es, zumindest den Tee und die Becher bereitzustellen, bevor Hank klopfte. Dass sie heil am Tisch ankamen, lag allein daran, dass Grace im Nebenraum schlief. Sie wäre wach geworden, wenn ich angefangen hätte, unser Geschirr zu zertrümmern.

Manchmal erschreckte mich meine Wut.

Ich riss die Tür auf. »Das kann er vergessen!« Wahrscheinlich keine adäquate Begrüßung für den besten Freund, denn der starrte mich aus großen Augen an.

»So schlimm?«

Ich blinzelte kurz verwirrt. Bis gerade war mir nicht bewusst gewesen, dass Hank das war.

Mein bester Freund.

Die Erkenntnis fühlte sich nicht gut an.

Fynn war mein bester Freund.

»Schlimmer.« Ich wandte mich ab und ging hinüber zum Sofa, das Chaos in meinem Kopf nahm ich mit. »Er will, dass ich zur Verona Hall gehe!« Ich sank in die Polster und zog die Beine darauf. Hank setzte sich zu mir und zum ersten Mal wurde mir bewusst, dass wir mehr Abstand zueinander hielten, als ich es von den anderen gewohnt war. Dabei verbrachte ich mit ihm die meiste Zeit. Wir trafen uns hier oder bei ihm und in den Mittagspausen an der Uni. Es gab kaum einen Tag, an dem ich Hank nicht sah. Ich saß sogar in einem seiner Seminare, was sich am Anfang für uns beide sonderbar angefühlt hatte. Erst bereitete er mich auf die anstehenden Prüfungen vor und ein paar Minuten später planten wir Grace' Kindergeburtstag. Mittlerweile gelang es uns, die professionelle und die freundschaftliche Seite zu trennen, doch dieser Abstand zwischen uns, der blieb.

»Wow.« Das war typisch Hank, er überlegte, bevor er etwas Unüberlegtes sagte, aber der Stille nach, die sich anschloss, fiel auch ihm heute wenig dazu ein. »Das ist groß«, fuhr er schließlich fort. »Du warst nicht gern dort, oder?«

»Die meiste Zeit habe ich es gehasst.«

»Und die andere Zeit?«

»Bestand aus Fynn.« Meine Stimme brach unter seinem Namen. »Ich kann dort nicht hin. Nicht …«

»Nicht ohne ihn«, beendete Hank behutsam den Satz, weil ich nicht imstande war, es auszusprechen. »Und wenn du den Wunsch dieses Jahr ignorierst?«

»Werde ich mich schrecklich schuldig fühlen.« Ich knallte den Hinterkopf gegen die harte Sofalehne. Und noch einmal, weil dieser Frust aus mir herauswollte.

»Er würde bestimmt nicht wollen, dass du dich deshalb schuldig fühlst.«

»Und ob er das will!«

Das Sofa bekam den nächsten Kopfstoß.

Oder mein Kopf einen Sofastoß.

»Weil Fynn wusste, was passieren würde, wenn er diese Dinge von mir fordert. Er wusste, dass ich sie machen muss, weil ich sonst in Schuld versinke. Also zwingt er mich dazu!« Ich setzte zu einem neuen Stoß an, doch Hanks Hand war schneller, fuhr an die Stelle, gegen die ich gerade noch geknallt war, und stoppte mich sanft.

»Willst du wissen, was ich denke?«

Wollte ich das?

Hanks Meinung gehörte zu den wichtigsten, aber hierbei ging es um Fynn. Ich konnte es nicht ausstehen, wenn jemand behauptete, zu wissen, was Fynn gewollt hätte. Seine Hand blieb, wo sie war. Wahrscheinlich, um zu verhindern, dass mein Kopf erneut gegen die Sofalehne knallte. Der Rest von ihm war zwangsläufig hinterhergerutscht und hatte unseren Abstand auf ein Minimum reduziert. Er war so nah, dass ich diese leuchtenden Kreise um seine Pupillen betrachten konnte. Diesen Hauch von Goldbraun, der sich in einem Seewassergrün verlor. Dass ich wohl genickt hatte, registrierte ich erst, als er begann weiterzureden.

»Ich denke, jede Aufgabe hat einen Sinn. Vielleicht will er dir diesmal zeigen, dass du es alleine zu eurer alten Schule schaffst. Oder er möchte die schlechten Erinnerungen auflösen. Ich weiß es nicht, aber dafür bin ich mir sicher, dass er einen Grund darin gesehen hat, dir ausgerechnet diese Aufgabe zu stellen.«

Nicht die Antwort, auf die ich gehofft hatte. Ich fuhr nach vorn. »Also findest du, ich sollte gehen?«

»Ich finde«, sagte er und die Kreise in seinen Augen schienen noch tiefer zu leuchten, »dass Fynn mit seinen letzten beiden Wünschen richtiggelegen hat. Du hast uns wieder in dein Leben gelassen und das ist großartig.« Mein Kopf sank zurück an die Kopflehne, aber ich hatte vergessen, dass Hanks Hand dort lag. Mein Herz stoppte einen erschrockenen Augenblick lang, als ich die Wärme seiner Finger an meiner Wange spürte. »Und die Uni tut dir gut«, fuhr er gelassen fort. »Du schreibst wieder Listen und machst Pläne wie früher. Deshalb denke ich, Fynn verdient einen Vertrauensvorschuss. Aber es ist deine Entscheidung, Maya. Nicht meine. Nicht einmal Fynns. Hör auf dein Herz.«

Ich nickte langsam, meine Wange fuhr bei der Bewegung über seine Fingerspitzen und erst das erinnerte mich daran, seine eingesperrte Hand freizugeben.

Heute stand ich beachtlich neben mir.

Rasch griff ich nach meinem Teebecher und wünschte mir, er wäre gefüllt mit Fynns Gin.

Ich liebte das Heim von Lorenzo und Henry. Das letzte Mal waren wir einen Tag vor unserem Abschluss hier gewesen. Übergroße Fenster sorgten für lichtdurchflutete Räume. Das dunkle Fischgrätenparkett wies diese kleinen charmanten Macken auf, die von vielen glücklichen Jahren stammten. Das galt auch für die Bilder auf dem Kaminsims, die von gemeinsamen Urlauben und Erlebnissen erzählten. Seit meinem ersten Besuch hier waren einige dazugekommen.

Fynn und ich neben Lorenzo, bei der Verleihung des goldenen Nests auf unserer Abschlussfeier.

Grace, wie sie zwischen Lorenzo und Henry lief, ihre Hände hielt und auf sie einredete.

Eine mürrische Schildkröte und Fynn, der ihre Miene imitierte.

Ich in Fynns Arm, unsere Blicke, die einander festhielten. Dieser verdammte Knoten drohte meinen Hals auszufüllen.

Ich wusste nicht einmal, wann dieses Foto aufgenommen worden war.

Weil es überall hätte sein können.

Weil wir immer so gewesen waren.

So verdammt verliebt, dass es sich immerzu anfühlte, als fehlte meine andere Hälfte.

Meine bessere.

Ich musste mich abwenden, um die Tränen wegzublinzeln.

»Wir brauchen neue Fotos von Grace«, erklärte Lorenzo und tat, als bemerkte er mein Schwanken nicht. Ich warf ihm das zu, was sich anfühlte wie ein winziges, dankbares Lächeln. »Sie wird so schnell groß. Am besten buchen wir direkt alle acht Wochen ein Zimmer in der Pension bei euch um die Ecke. Jetzt, wo ich endlich Zeit habe.«

»Gib es zu, du wirst die Verona Hall vermissen.«

»Wahrscheinlich.« Er schmunzelte. »Aber dann denke ich an die ganzen Telefonate mit Richard und bin heilfroh, dass dieser Unsinn endet.«

»Richard hält es für meine heilige Pflicht zurückzukommen, sobald Grace alt genug ist.«

Es blitzte in Lorenzos Augen. »Was hast du ihm dazu gesagt?«

»Das Gleiche wie dir. Dass ich mich lieber in ein Schlangennest setze, als zuzulassen, dass unsere Tochter an die Verona Hall kommt.«

»Richard wird darauf bestehen. Die Ferres hängen an ihren Traditionen und Grace ist eine von ihnen. Er hat sie schon auf die Warteliste eintragen lassen.«

Ein Knurren entwich mir. *Das war selbst für Richards Verhältnisse anmaßend.* »Sie ist meine Tochter! Richard mag über den Rest des Landes bestimmen können, aber nicht darüber, welche Schule Grace besucht.«

Lorenzo hob die Hände. »Ich bin auf deiner Seite, Maya. Du sollst nur wissen, was auf dich zukommt, schließlich kennst du ihn.«

»Und ich versteh ihn nicht. Er hat kein Interesse an Grace. An ihren Geburtstagen und zu Weihnachten lässt er seinen Assistenten Karten schicken, in denen lächerlich große Summen stecken. Jeden Monat überweist er Geld, das ich zurückschicke. Davon abgesehen kommt fast nie etwas. Er ruft nicht an oder fragt, wie es ihr geht. Wenn ich ihm Bilder von ihr schicke, reagiert er nicht einmal. Dennoch will er bestimmen, auf welche Schule sie kommt?«

»Schmerz hat viele Gesichter, Maya.« Henry betrat das Wohnzimmer. »Er hat seinen Sohn verloren und Grace ist Fynn ähnlich. Außerdem scheint er nicht gut darin zu sein, über seine Gefühle zu sprechen. Vielleicht ist das seine Art, den Verlust zu kompensieren.«

»Nimmst du ihn etwa in Schutz?«

»Nein«, gab Henry zurück. »Aber Geschichten haben oft mehr als eine Seite. Er weiß vermutlich nicht, dass du hier bist? Du könntest auf ihn zugehen?«

»Wenn die Hölle zufriert.« Ich bekam gleich zwei hochgezogene Augenbrauen von Henry und ein leises Lachen von Lorenzo. Wir teilten unsere Abneigung gegen Richard. »Er ist wie der Grinch, nur ohne Weihnachten.« Henrys Augenbrauen zuckten noch höher, aber nun bekam er sichtbar Probleme, weiter streng zu schauen. »Das hat Fynn über ihn gesagt. Der wird es wissen.«

»Ich sag nicht, dass du dich mit ihm aussöhnen sollst«, sagte er. »Es ist nur eine mögliche Alternative. Welche die richtige für dich ist, musst du selbst entscheiden. Aber jetzt gibt es erst einmal Linsenlasagne.«

Der Abend wurde lang. Wir redeten viel über Fynn. Der Schmerz, der diese Gespräche begleitete, schien langsam abzunehmen. Dafür wärmten wir uns an den Erinnerungen, den Momenten, die wir mit ihm gehabt hatten. Wieder und wieder. Natürlich erzählte Lorenzo die Geschichte unseres Kennenlernens. Wie fassungslos er gewesen war, als ausgerechnet Fynn mit dem Schild vor seiner Glaswand gestanden hatte. Wie seine Fassungslosigkeit zugenommen hatte, als ich ungerührt mein eigenes Blatt beschriftet hatte, um Fynns Frage zu beantworten. Und wie jedes Mal sagte Lorenzo an dieser Stelle, er habe gespürt, dass sich etwas Großes zwischen uns abzeichnete, und wie jedes Mal musste ich lächeln.

Kapitel 41

Die Verona Hall fühlte sich an wie ein Gespenst. Eines, das mich in meinen Albträumen heimsuchte. Und gleichzeitig breitete sie sich so abstrus friedvoll vor mir aus. Im Park waren Stände aufgestellt. Bunte Wimpelketten flatterten im Wind und darunter fanden sich unzählige Menschen.

Mein Magen verknotete sich bei dem Anblick gleich mehrfach.

»Bleib bei mir«, raunte mir Henry zu. »Wir sind die beiden, die sich im Hintergrund halten und zu viele von den Häppchen essen.« Damit rang er mir ein Lächeln ab. Es half tatsächlich, an Henrys Seite das Gelände zu betreten. Wir hielten uns am Rand des Geschehens und ich versuchte, so wenig wie möglich aufzufallen. Manchmal streiften mich musternde Blicke. Einige von ihnen schienen von Kreislern zu stammen, aber ich suchte an ihren Handgelenken nicht nach Bändern. Mit dem Kreis war ich durch.

Plötzlich packten mich zwei Arme so heftig, dass mir die Luft wegblieb. »Taira!« Meine Rippen schmerzten unter ihrer Umarmung, aber das war mir gleichgültig. Ich tat es ihr gleich, umarmte sie so fest, wie ich konnte, um meine Begeisterung herauszulassen. »Matt!« Kaum hatte ich mich von Taira gelöst, sprang ich ihm um den Hals. »Warum seid ihr nicht in Australien?«

Sie wechselten einen Blick. »Fynn hat uns geschrieben.«

Worte, die mir heftiger die Luft aus dem Körper zwängten als Tairas Arme gerade.

»Was hat er geschrieben?«, fragte ich tonlos.

»Das wir hierherkommen müssen, in seinem eigenen wunderbaren Fynn-Charme.« Lächelnd schüttelte sie den Kopf. »Frag mich nicht, wie er das angestellt hat. Die Adresse hatten wir damals nicht. Er ist selbst jetzt noch für eine Überraschung gut.« Sie lächelte breit und die Sonnenstrahlen schienen in ihren Augen zu tanzen. »Fynn meint, du könntest jemanden gebrauchen, der hier und heute ein Glas Gin mit dir trinkt?«

»Und wie.« Erneut nahm sie mich in den Arm und blinzelte schnell die Tränen weg.

Fynn hatte meinen Vertrauensvorschuss nicht enttäuscht.

Wo auch immer er war, ich flüsterte ihm einen stillen Dank zu, bevor ich mich von Taira löste.

Wir setzten uns abseits des Gewühls auf den Rasen und Taira zog mit großer Geste eine Flasche aus ihrer Tasche. Gin, die gleiche Marke, die früher immer in Fynns Schrank gestanden hatte. Wir verstießen gegen das Alkoholverbot, mitten auf dem Schulgelände, ohne uns darum zu kümmern.

»Das würde ihm gefallen.« Taira schmunzelte und prostete in Richtung der Wolken. Sie verharrte, als sie registrierte, dass ich das Handy gezogen hatte. Mittlerweile wussten sie alle von dieser Sache. Von meinem Drang, Fynn weiterhin Fotos zu schicken. Am Anfang hatte ich darauf gewartet, dass sie protestierten, forderten, dass ich aufhörte, aber das tat niemand. Im Gegenteil, sie schienen zu ahnen, wie dringend ich das brauchte.

Schmerz hat viele Gesichter.

»Dass du Gracie bei George gelassen hast, nehme ich dir übel. Lass mich sehen, was sie macht.« Taira zog mein Handy zu sich, um in den Fotos nach Schnappschüssen von ihr zu suchen. Sie grinste breit, als sie eines von Grace und Hank fand. Die beiden hatten mir gleichzeitig die Zunge rausgestreckt, als ich sie beim Gurkenkleinschneiden fotografiert hatte. Taira zeigte es Matt und er lächelte ebenfalls. Sie warfen sich wieder einen dieser sonderbaren Blicke zu, ehe sie mir mein Handy zurückgab. Anscheinend fanden sie, dass wir auf einem guten Weg waren.

Danach fühlte es sich tatsächlich an.

In letzter Zeit war ich ausgeglichener, als hätte ich eine Möglichkeit gefunden, mit der Trauer zu leben, ohne dass sie mich zerriss.

»Wir kommen euch nächste Woche besuchen, bevor wir wieder zurückfliegen«, sagte Matt und nahm ebenfalls einen Schluck Gin.

Da fand ich es.

Glück.

Sanft wie eine warme Frühlingsbrise durchwehte es mich.

Ich hatte mit einem katastrophalen Tag gerechnet und bekam den besten seit langem.

Dank Fynn.

»War es sein erster Brief an euch?«

»Nein«, sagte Matt. »Wir haben alle Briefe von ihm bekommen – kurz vor seinem Tod.«

Alle?

Wer waren alle?

Und weshalb hatte ich keinen bekommen?

»Warum habt ihr mir nichts davon gesagt?«

»Fynn meinte, es sei zu früh«, sagte Taira sanft. »Er glaubte, dass wir merken würden, wann wir mit dir darüber reden können.«

Fynn.

Wie viele Briefe hast du in deinen Nächten geschrieben?

»Was stand drin?« Meine Stimme war so rau, als hätte ich tagelang geschrien. Ich forderte erneut die Flasche ein. Diesmal nahm ich einen deutlich tieferen Schluck.

Matt hob die Schultern. »Unterschiedliches. Mein Brief ist anders als der an Taira.« Er sah zu ihr, wahrscheinlich, um herauszufinden, wie viel er sagen sollte, aber sie nickte ihm bestätigend zu. »Es ging um die Dinge, die wir miteinander erlebt haben, und um unsere Freundschaft.«

Vielleicht hätte ich nicht fragen sollen.

Zumindest würde ich inmitten all dieser Menschen nicht in Tränen ausbrechen. Wenn ich Glück hatte, war der Zug nachher leer, dann konnte ich das nachholen. Die Fahrt war lang.

Taira und Matt wechselten das Thema. Sie waren gut darin, zu erkennen, dass meine Grenze erreicht war. Wir sprachen stattdessen über das Leben in Australien, Grace und alles, was uns in den Sinn kam. Nur Fynn klammerten wir jetzt aus.

Der Park hatte sich deutlich geleert, als Matt und Taira gehen mussten, um sich bei ihren Familien blicken zu lassen. Sie boten mir an, mich zum Bahnhof zu bringen, aber ich lehnte ab.

Es gab noch diese Sache zu tun.

Ich verließ die Wiese und ging in das beleuchtete Gebäude. Es sah aus, als hätte die Zeit hier stillgestanden. Ich strich über den Spind, der früher Fynn gehört hatte. *Genau hier hatte ich mich auf ihn gestürzt, als Sid mich mit dem Blut bespritzt hatte.*

Ins Schachzimmer warf ich nur einen knappen Blick. Der Schrank, in dem wir uns das erste Mal geküsst hatten, war schon so lange weg.

Kurz blieb ich am goldenen Nest stehen, aber es löste nichts in mir aus.

Beinahe hatte ich darauf gehofft, dass der Kellerraum verschlossen war. Dann hätte ich keine Möglichkeit gehabt, mich ihm zu stellen. Doch seit Taira und Matt mir von den Briefen berichtet hatten, ahnte ich, dass der Raum offen stand. Lorenzo hatte sicher auch welche erhalten und ich nahm an, dass er erst vor Kurzem einen Brief mit einer Bitte bekommen hatte.

Die Tür lehnte tatsächlich nur an. Ganz kurz verharrte meine Hand am Griff, um sie dann doch langsam zu öffnen.

Dunkelheit umfing mich, bis sich meine Finger zum Lichtschalter vorgearbeitet hatten.

Hier war die Zeit nicht stehen geblieben.

Anscheinend gab es einen neuen Hausmeister und dieser arbeitete akribisch. Das Chaos war fort. Die ganzen Gerätschaften standen nun in einem großen Regal. Die Tafel dahinter war kaum noch zu erkennen.

Ich sank auf unsere Stufe und Schmerz durchzuckte mich so heftig, dass ich einen Augenblick lang glaubte, dass er mich diesmal zerriss. Doch dann flaute er langsam ab, wurde erträglich genug, um weiterzuatmen.

Weiterzumachen.

»Du fehlst mir so«, flüsterte ich, während meine Finger ein Herz auf diesen leeren Platz neben mir malten.

Dorthin, wo Fynn immer gesessen hatte.

Der Abschied von Lorenzo und Henry war so herzlich wie immer. Henry bestand darauf, mir ein Taxi zum Bahnhof zu rufen.

Früher hätte ich das nicht zugelassen.

Mittlerweile gestand ich mir Ausnahmen zu.

Heute war eine Ausnahmesituation und der nächste Zug fuhr bereits in einer halben Stunde am Bahnhof ab. Doch als ich auf den Schülerparkplatz trat, war der so gut wie leer. Vom Taxi fand sich hier keine Spur.

Hoffentlich kam es noch rechtzeitig.

Ich setzte die Tasche ab, wollte gerade mein Handy nehmen, um George eine Nachricht für Grace zu schicken, als Schritte hinter mir erklangen.

Ich fuhr herum, rechnete mit Henry, der mir sagte, dass sich das Taxi verspätete.

Doch es war nicht Henry, der auf mich zukam.

Honigfarbene Augen betrachteten mich durchdringend.

Mein Hals trocknete unter seinem Blick in Sekundenschnelle aus.

Meine Beine kribbelten, wollten loslaufen und verharrten unnütz.

Noch immer.

Xander war hier.

Kapitel 42

»Lange nicht gesehen.« Selbst nach Jahren reichte seine Stimme aus, um mir die Nackenhaare aufzustellen.

Er stoppte vor mir.

Die einst kurzen Haare waren nun so lang, dass er sie im Nacken zu einem Zopf trug. Die Konturen seines Gesichts wirkten härter und älter. Früher hatte es eine Zeit gegeben, in der mir sein Gesicht am vertrautesten gewesen war, nun erschien mir alles daran fremd.

»Ja.« Ich rang mir eine Erwiderung ab, weil er darauf zu warten schien.

Es war lange her und doch nicht lang genug.

»Ich habe gehofft, dass du kommst. Es wird gemunkelt, dass Patrick versucht hat, dich zurückzuholen?«

»Ja«, sagte ich erneut. »Wie du siehst, war er nicht erfolgreich.« *Wo blieb dieses verdammte Taxi?*

»Das Leben dort war nie das richtige für dich.« Seine Stimme klang weich, beinahe liebevoll, als wären wir alte Freunde, die sich wiedersahen. Waren wir nicht.

Sollte ich zurück zu den anderen gehen?

Dann würde ich den Zug verpassen.

Oder sollte ich mich diesem Schatten stellen, dessen honigfarbene Augen mich unangenehm musterten?

»Die Kreisler sind zu naiv, sie begreifen nicht, dass uns die Zeit davonrennt. Wenn wir etwas bewegen wollen, reicht weiße Kleidung nicht aus. Du weißt das.« Da war so erschreckend wenig Mimik in seinem Gesicht, als würde sich alles in seinen Augen abspielen. »Schließ dich mir an, Maya. Gemeinsam können wir so viel erreichen.«

Was ...?

Es war Jahre her.

Und doch fühlte es sich an, als wären es nur Tage gewesen.

Befanden wir uns schon wieder in diesen Diskussionen, die keine waren?

»Du vergeudest unsere Zeit.« Ich sah Richtung Straße, hoffte, Scheinwerfer zu finden, aber da war nichts.

»Nein.« Seine Stimme blieb so beängstigend sanft. »Nur du vergeudest deine Zeit. Früher wolltest du genauso viel bewegen wie ich. Wir beide hatten vor, gemeinsam die Welt zu verändern. Das können wir. Du bist die Verbindung zu Ferres, die wir brauchen. Wir müssen ihn aufhalten. Er steht kurz davor, Chips in die Köpfe von Straftätern zu implantieren. Du kennst diese Zeichen, du weißt, was sie bedeuten.«

Erschreckend, dass ich das tatsächlich wusste.

Weil es eine Zeit gegeben hatte, in der ich in Richard nur einen Feind gesehen hatte. Damals hatte ich alles über ihn gelesen, um ihn irgendwann zu vernichten. Ferres Enterprise nahm zuerst eine winzige Gruppe von Menschen. Eine, die kaum jemand beachtete und die im besten Fall gefährlich wirkte. An ihnen wurden die neuesten Produkte getestet. Die permanente Videoüberwachung war zunächst in Gefängniszellen getestet worden. Die ID-Karten bei ehemaligen Straftätern, nachdem Richard die Öffentlichkeit hatte glauben lassen, sie so vor ihnen zu schützen. War das Projekt erfolgreich, wurden die Wirkungskreise vergrößert.

Immer weiter und weiter.

Ja, diesen Teil von Xanders Ängsten verstand ich.

In mir herrschten die gleichen.

»Richard und ich haben keinen Kontakt. Er hört genauso wenig auf mich wie auf dich. Ich kann nichts tun.«

»Kontrolliert er dich?« Die Weichheit in seiner Stimme war dahin. Diese Frage war grob, aber ich hatte keine Ahnung, was sie bedeutete.

Richard hatte nie irgendetwas an mir kontrolliert.

»Die Zeit des Redens ist vorbei, Maya«, raunte er mir zu. »Es gibt andere Wege, das Richtige durchzusetzen, effektivere. Ich biete dir eine Möglichkeit, die Welt zum Guten zu verändern.« Und jetzt veränderte sich doch etwas in seinen Zügen. Xander lächelte und ich wünschte, er würde damit aufhören, weil er plötzlich wieder aussah wie damals, als er mit mir zusammen Joghurtbecher bepflanzt hatte und mir das Bogenschießen beigebracht hatte. »Wir beide, genau wie früher.«

Bevor ich in meiner Entgeisterung auch nur ansatzweise eine Erwiderung fand, brach ein hohes Jubeln zu uns durch.

Ich kannte die Stimme.

Ich kannte sie besser als alles andere.

»Taxi!« Schon im nächsten Augenblick schlangen sich zwei Arme wie Schraubstöcke um mich herum.

Ich wusste nicht, was überwog: meine Begeisterung oder meine Entgeisterung, als ich Grace auf meinen Arm zog und ihr Küsse auf den Kopf drückte. »Was machst du hier?« Statt zu antworten, vergrub sie ihr Gesicht tief in mein Haar, kuschelte ihren warmen Körper so fest an mich, dass ich lächeln musste. Wie hatte sie mir gefehlt. So lange waren wir noch nie voneinander getrennt gewesen.

»Wer ist das?« Xanders Blick nahm an Entsetzen zu, als Grace meine Haare fortwischte, um den Fremden ebenfalls zu mustern.

Seine Augen weiteten sich entgeistert. Ich ahnte, dass er gerade feststellte, dass sie und ich den gleichen bronzenen Haarton besaßen. *Verdammt.*

»Wer ist das, Mum?« Sie zupfte an meinem Ärmel und in Xanders Augen stürmte es. Mit Grace hatte er nicht gerechnet. Ich hoffte auf einen heilsamen Schock.

»Wir sind früher zusammen zur Schule gegangen, Spatz«, raunte ich ihr zu. »Wie bist du hierhergekommen?«, setzte ich hinzu, um sie davon abzuhalten, weitere Fragen zu stellen.

»Dads Freund?«, fragte sie ihn, ohne auf meine Frage einzugehen.

Ausgerechnet Xander.

Er machte einen Satz zurück, als hätte Grace' Frage ihm einen Schlag versetzt.

Bis dahin schien er nicht begriffen zu haben, wer ihr Vater war.

»Sie kontrollieren dich immer noch!«

Das war genug!

Gänsehaut fuhr mir über die Arme.

»Lauf zu Hank!« Ich ließ Grace hinunter. Hank musste hier irgendwo sein. »Sofort!« Sie schien zu ahnen, wie ernst es mir damit war, denn statt zu protestieren wie sonst, rannte sie los. Sicherheitshalber versperrte ich Xander den Weg. »Du lässt meine Tochter in Ruhe!«

»Sie gehört zu den Ferres!« Sein Blick fuhr hinter mich, als hoffte er, dass Grace sich auflöste, wenn er sie lang genug anstarrte.

»Das tue ich auch!« Damit gelang es mir, seine Aufmerksamkeit wieder auf mich zu ziehen.

»Das ist nicht wahr!« Xanders Empörung dröhnte über mich hinweg.

»Hast du etwa weiterhin diese ganzen Klatschblätter gelesen, um Neuigkeiten über uns zu finden?« Er schwieg und ich ahnte, dass er das tatsächlich getan hatte.

Ob er Fynns Tod gefeiert hatte?

Wut stieg in mir an, glühend heiß, wie Lava. »Das hättest du dir sparen können. Richard hat dafür gesorgt, dass niemand über uns schreibt. Nicht über unsere Tochter und nicht über unsere Hochzeit. Wir haben eine Stunde vor dem Abschlussball geheiratet.«

Alles an ihm erstarrte. Manchmal hatte ich mich gefragt, ob er damals für die Artikel über Fynn und mich verantwortlich gewesen war. Ob es ein weiterer Versuch gewesen war, mich von Fynn loszureißen. Scheinbar galten die Regeln des Kreises längst nicht mehr für Xander. Doch er würde mir keine Antwort auf die Frage geben und sie war ohnehin gleichgültig geworden.

»Maya?« Ich war schon oft bodenlos erleichtert gewesen, Hank zu sehen, aber dieses Mal übertraf alles. Mit schnellen Schritten lief er auf mich zu. Heute ließ er keinen Abstand, als er mich erreichte. Ich spürte seine Anspannung. Entweder hatte auch er Angst an Grace wahrgenommen oder sie galt dem Mann vor mir. Hank wusste ein wenig von meiner Vergangenheit und dem Kreis, doch Xander hatte ich nie erwähnt.

»Das ist Xander«, sagte ich. »Wir sind dabei, uns zu verabschieden.«

Hanks Augen, die sonst immerzu friedlich und ruhig waren wie ein Sommermorgen, verfinsterten sich bei dem Namen.

Er wusste, wer Xander war?

Die Erkenntnis fühlte sich an wie ein Stich, dorthin, wo einst mein Herz gesessen hatte.

Fynn.

Wieso hatte Fynn ihm von Xander erzählt?

Hank legte wie selbstverständlich den Arm um mich, zog mich sanft näher zu sich.

Dabei war nichts daran selbstverständlich.

Wollte er Xander vertreiben, indem er sich als neuer Mann an meiner Seite ausgab? Sein um mich geschlungener Arm fühlte sich so an und Xanders Blick nach schien Hank damit erfolgreicher zu sein, als ich mit den Versuchen, ihn loszuwerden.

»Komm gut nach Hause, Xander.« Hank klang beinahe gelassen, aber dieser raue Unterton, der fand sich sonst nicht in seiner Stimme. »Wir sollten auch los. Ich habe Gracie ein Eis versprochen und wir haben noch eine lange Fahrt vor uns.«

»Lebwohl, Xander.« Ich wartete nicht darauf, dass er etwas erwiderte, stattdessen wandte ich mich um und ging mit Hank zurück.

Kapitel 43

Es dauerte, bis Grace in ihrem Sitz auf der Rückbank eingeschlafen war. Das beruhigende Geräusch ihres winzigen Schnarchens gesellte sich zu dem gleichmäßigen Rauschen der Reifen auf der nassen Fahrbahn. Vom Beifahrersitz aus musterte ich Hank still. Er musste sich dessen bewusst sein und dass er mich nicht nach dem Grund dafür fragte, war verräterisch.

»Wann wolltest du mir von Fynns Briefen erzählen?«

Er wirkte nicht überrascht, aber es dauerte ungewöhnlich lange, bis er sich eine Antwort abrang. »Wenn ich denke, dass der richtige Zeitpunkt gekommen ist.«

Hank blieb ähnlich vage wie die anderen.

Großartig.

Nicht.

»Das hier war Fynns Forderung an dich?« Keine wirkliche Frage. Mein Blick fuhr zum Rücksitz, wo Grace mit ihrem Kuschelhasen im Arm schlief. Fynn hatte nicht gewollt, dass ich nach dem Tag an der Verona Hall allein war, also hatte er mir Farbe geschickt.

Er hatte die Briefe vor Jahren geschrieben.

Weshalb hatte er all diese Dinge gewusst?

»Grace und mir war ohnehin nach einem Roadtrip. Wir wollen herausfinden, wo es das beste Schokobohneneis gibt.«

Mein Lächeln währte nur kurz, schon ließ mich die Erinnerung an honigfarbene Augen frösteln.

»Fynn hat dir von Xander erzählt?«

Eine ungewöhnliche Härte setzte sich in Hanks Miene fest und ließ mich schlucken. Es war mein Geheimnis gewesen und ausgerechnet Fynn hatte es verraten. Warum?

»Ja.« Zwei Buchstaben, die klangen wie Steine, die aneinanderschlugen. Er hielt den Blick fest nach vorne gerichtet, doch das, was ich von seinem Gesicht sah, reichte mir aus. Hank wusste genug über Xander, um quer durchs Land zu fahren. Im Gegensatz zu mir hatte Fynn geahnt, dass Xander auftauchen könnte.

In meinem Kopf stürmte es.

Keine Ahnung, was ich von alldem halten sollte.

War ich wütend auf Fynn?

War ich ihm dankbar?

Irgendetwas dazwischen?

»Hast du deinen Brief vor meinem gelesen?« Zumindest Hank konnte ich Fragen stellen.

»Nein. Als ich bei dir war, hatte ich keine Ahnung von seinen Plänen.«

»Warum hat Fynn dich ausgesucht? Weshalb nicht George?«

»Wahrscheinlich, weil ich am nächsten an euch wohne.« Als Hank antwortete, war seine Stimme tonloser als sonst. »Ich denke, Fynn hat viel Zeit damit verbracht, sich dein Leben ohne ihn vorzustellen, um herauszufinden, was du brauchst. Er versucht auf diese Art, weiter für dich da zu sein. Bisher liegt er mit allem richtig. Das zeigt, wie nah ihr euch seid und wie gut er dich kennt.«

Mit Hank über Fynn zu reden, war tröstend. Weil es bei ihm klang, als wäre Fynn noch immer da.

Als würde ich ihn irgendwann wiedersehen.

Für viele war der Tod das Ende alles Möglichen.

Für Hank war er das genauso wenig wie für uns.

Ich warf einen weiteren Blick in den Spiegel. Grace hatte sich in ihrem Sitz eingerollt. Die Arme fest an sich gedrängt und den Kopf auf ihr Kuscheltier gebettet.

Wie ein kleines Kätzchen.

Die Stimme in mir klang so nach Fynns, dass ich versuchte, sie festzuhalten, obwohl ich wusste, dass sie mir doch wieder entwischen würde. Wie immer.

»Danke, dass du gekommen bist«, sagte ich leise zu Hank. »Ohne euch wäre die Nacht heute um einiges dunkler geworden.«

Kapitel 44

»Grace!«

»Jaaa«, schallte es aus dem Schlafzimmer.

»Wir müssen los.«

»Ich will malen!«

Verständlich.

Leider gab es da diese Prüfung in genau … *Shit* … 43 Minuten und die Professorin würde es wohl nicht gelten lassen, dass ich sie verschob, weil meine Tochter malen wollte.

Eigentlich schade.

Ich hätte auch lieber gemalt.

Heute war einer dieser Tage, an denen ich mich fragte, ob es ein Fehler gewesen war, Medizin zu studieren. Vor Fynns Erkrankung war das Fach nicht einmal auf meiner Liste an Studienfächern gelandet. Danach hatte es alle anderen verdrängt.

Weil ich Fynn nicht hatte retten können.

Je länger ich dabei war, desto unsicherer wurde ich, ob ich mich nicht verrannte. Abbrechen fühlte sich gleichzeitig nicht nach einer Option an. Dann müsste ich etwas anderes finden. Allein der Gedanke überforderte mich. Momentan war ich damit ausgelastet, mein Studium und Grace unter einen Hut zu bekommen, und trotz Hank, der regelmäßig einsprang, schien der Hut nie groß genug zu sein.

»Schuhe. An. Sofort!«

Es gab Zeiten für Diskussionen. Jetzt war keine davon.

»Nein!«

40 Minuten.

Ich liebte sie. Sehr.

Aber ich wollte liebend gern schreien.

Es klingelte an der Wohnungstür.

Freunde klopften.

Fremde klingelten.

Kälte breitete sich zwischen meinen Schulterblättern aus. Manche Dinge brannten sich so tief in uns ein, dass wir sie niemals loswurden.

Ich öffnete die Tür.

Ein Fehler.

Mein Atem kam nicht länger in mir an.

Die Welt schwankte.

»Mum?«, erklang es hinter mir.

Der Blick der Polizistin vor mir strich über mich, um dann weiterzuziehen, wahrscheinlich in Richtung der Schlafzimmertür, wo Grace bestimmt ihren Kopf herausstreckte, um zu schauen, wer uns besuchte.

Ich musste etwas sagen.

Sie beruhigen.

Und konnte nicht.

Ich war erstarrt, wie damals.

»Ms McGrey?« Die braunen Augen der Polizistin musterten nun mich und ich zwang mir zumindest ein minimales Nicken ab. »Ihr verstorbener Ehemann war Fynnigan Ferres?«

Sanfte Worte, aber das nahm ihnen nichts von ihrer Wucht.

Fynn.

Wie konnte es um Fynn gehen?

Es würde schlimm werden.

»Mum?«

»Geh zurück, Grace, und schließ die Tür.« Etwas von mir übernahm. Es fühlte sich an, als verfiel ich in eine Art Autopilot, während mein Verstand verharrte.

Nur wenige Sekunden und die Schlafzimmertür fiel ins Schloss.

»Ja«, sagte ich zur wartenden Polizistin. »Er ist mein Mann.«

Ist nicht, *war.*

Ihre Augenbrauen hoben sich, aber sie kommentierte es nicht. »Können Sie mir Ihre ID-Karte geben, ich muss Ihre Daten abgleichen.«

Daher wusste sie von der Hochzeit.

Sie musste Fynns Profil angesehen haben und sie hatte mich darin entdeckt.

In den letzten Jahren hatte ich herausgefunden, wie schwer Schritte sein konnten. Offenbar waren meine mittlerweile leichter geworden. Denn jetzt, als ich mich in Bewegung setzte und zur Wohnküche hinüberging, fühlten sich meine Beine plötzlich wieder an, als wären sie mit Blei gefüllt.

Ich zog eine der Teeboxen heran. Sie sah aus wie die anderen, aber statt Tee fanden sich darin zwei ID-Karten. Meine und Grace'.

Wahrscheinlich beobachtete mich die Polizistin von der Türschwelle aus. Wenn würde sie mich sonderbar finden. Oder sie wusste bereits, dass ich einmal zum Kreis gehört hatte. Den Kreis hatte ich hinter mir gelassen, aber viele der

Überzeugungen hatte ich mit hierhergebracht – wie meine Abscheu zu diesen Karten.

Keine Minute später steckte meine ID-Card in ihrem Lesegerät und gab all die Geheimnisse über mich preis, die diese Fremde nichts angingen. Meine Arztdiagnosen, meinen Kontostand, meine Studienergebnisse. Richard hatte mit diesen Karten gläserne Menschen erschaffen.

Ihre Augenbrauen schoben sich zusammen und ein entgeisterter Blick traf mich. Vielleicht hatte sie gerade meine Kontobewegungen gesehen. Die lächerlich großen Summen, die uns Richard jeden Monat kommentarlos überwies und die ich kommentarlos zurücksendete.

»Ich habe in …«, mein Blick zuckte zur Uhr, »in 30 Minuten eine Prüfung. Könnten wir das hier beschleunigen?«

Und mir endlich sagen, was hier passierte?

»Ihr Schwiegervater ist letzte Nacht verstorben, Ms McGrey.«

Nein.

Das konnte nicht sein.

Richard war wie ein Fossil. Er schien schon immer auf der Welt zu sein und für immer auf ihr weiterzuleben.

Ich schüttelte den Kopf, weil ich unfähig war, Worte zu formen.

Richard konnte nicht tot sein.

Unmöglich.

»Es tut mir leid. Wollen Sie sich lieber setzen?«

Ich schüttelte den Kopf energischer.

Weil Richard nicht tot sein konnte.

Er war Grace' Großvater.

Fynns Vater.

»Das ist nicht alles«, sagte sie und der raue Ton ihrer Stimme ließ Schlimmes erahnen.

Aber wie sollte es noch schlimmer werden?

»Der Vize-Präsident wurde Opfer eines Verbrechens.«

Mord?

Jemand hatte Richard umgebracht?

»Er wurde auf einer Charity-Veranstaltung erschossen.«

Ich umkrallte den Türgriff, hoffte, dass er mich aufrecht hielt.

»Kennen Sie diesen Mann?« Sie hielt mir ihr Lesegerät entgegen. Darauf fand sich nun nicht länger mein Profil.

Dieses Foto …

Es fühlte sich an, als fiele ich.

Durch den Boden.

Tiefer und tiefer.

»Ja«, flüsterte ich und starrte in honigfarbene Augen. »Das ist Xander.«

Kapitel 45

»Sie sollten fürs Erste hier weg.«

Die Worte der Polizistin hallten durch mich hindurch, als ich notdürftig Kleidung in Taschen stopfte.

»Und Ihre Tochter.«

Xander war verhaftet worden.

Der Gedanke fühlte sich an wie ein Eissturm, der durch mich tobte.

Richard war tot. Er konnte nicht länger verhindern, dass die Zeitungen über Fynn schrieben. Und über mich. Die nächsten Tage würden sie wie die Heuschrecken einfallen und Grace finden.

Innerhalb von Minuten packte ich das Nötigste. Dann schnappte ich mir die protestierende Grace, zusammen mit ihren Stiften, und verfrachtete alles in ein Taxi.

»Gibt es einen Ort, an dem Sie fürs Erste unterkommen können?« Die Stimme der Polizistin hallte in mir nach.

Ja.

Gab es.

Mein Handy klingelte und ein Foto von Hank mit Grace im Arm erschien auf dem Display. Beide grinsten mich um die Wette an.

Ich konnte nicht drangehen.

Das Chaos in mir ließ dafür keinen Platz.

Manche Nachrichten waren zu groß für ein paar Zeilen.

Ich stellte den Ton aus, doch das Foto blieb lange.

Kaum verschwand es, tauchte es erneut auf.

Hank wusste nicht nur, wie wichtig diese Prüfung war. Er war auch einer der Beisitzer. Ein Umstand, der ihm nicht gefallen hatte. Verständlich. Wir waren zu eng befreundet. Er hatte sich aus der Prüfung raushalten wollen.

Aber ich war nicht aufgetaucht.

Und jetzt war er besorgt.

Das Bild verschwand erneut.

Nur Sekunden später ploppte eine Nachricht von ihm auf.

Wo bleibst du?

Ich starrte auf seine Nachricht.

Die Prüfung fühlte sich so unfassbar fern an.

Vor einer Stunde war sie noch wichtig gewesen.

Jetzt nicht mehr.

Meine Finger zitterten zu heftig, um zu tippen.

Alles in Ordnung bei euch?

Nein. Nichts war in Ordnung.

Kurz überlegte ich zu antworten. Aber Hank konnte nichts tun und es standen noch weitere Prüfungen an. Er würde sich nur zu viele Gedanken machen.

Ich schob das Handy zurück, atmete durch, als das Taxi stoppte. Schnell drückte ich dem Fahrer Geldscheine in die Hand und zog meinen Schlüsselbund.

Der Schlüssel gab ein Klackern von sich, als er ins Schloss geschoben wurde. Die Tür öffnete sich.

»Maya! Verflucht hast du mir einen Schreck eingejagt.« Er atmete betont auf, während er die Tür hinter sich zuzog.

»Entschuldige. Es war ein anstrengender Morgen.« Ich mühte mir das ab, was gestern noch ein Lächeln gewesen war und was sich nun anfühlte wie eine Grimasse.

»Ich weiß.« Also waren die Neuigkeiten schon an die Presse durchgedrungen. Ich hatte mich nicht getraut, den Newsfeed anzuschauen. »Es tut mir so leid.«

Beileidsbekundungen zu Richards Tod überforderten mich.

Auf so vielen Ebenen.

Das war nichts, über das ich reden konnte.

Ich brauchte ein anderes Thema, sofort.

»Ist es in Ordnung, dass wir zu dir gekommen sind? Wir könnten auch zu …«

»Natürlich.« Hank durchbrach den Abstand, der sonst zwischen uns bestand, schloss mich fest in seine Arme. Es fühlte sich gut an. Beruhigend und tröstend.

Warum taten wir das nicht viel häufiger?

»Ich habe gehofft, dass ihr bei mir seid«, fuhr er leise fort. »Deswegen bin ich direkt hierher. Du hast nicht geantwortet …«

Wenn ich irgendwann wieder auf mein Handy schauen würde, fanden sich wahrscheinlich Hunderte von Nachrichten darauf. Aber die drängendsten wären Hanks.

»Du solltest in den Prüfungen sitzen.«

»Ich schwänze offenbar.« Warmer Atem streifte mein Ohr. Sonderbar, wie er die Anspannung in mir davontrug.

»Du schwänzt nie.«

»Hier zu sein, ist wichtiger.« Ich sah auf, geradewegs in die Augen mit diesem goldenen Flimmern, das in Tiefgrün überging. Wie Gold, nur schlecht verborgen in einem See.

Hank hatte verdammt schöne Augen.

Das war mir nie aufgefallen.

Jetzt war dafür so ziemlich der schlechteste Zeitpunkt aller Zeiten.

Und morgen auch.

Und überhaupt immer!

Ich wollte nicht über Hanks Augen nachdenken.

Schnell löste ich mich aus seiner Umarmung.

»Grace malt im Büro.« Das Erstbeste, was mir einfiel, um diese Nähe zu durchbrechen, und nun hing es völlig deplatziert mitten im Raum.

»Gut.« Eine leichte Verwirrung schwang bei dem Wort mit. Weil Grace ständig in seinem Büro malte. »Was hältst du von einem Tee und dann reden wir?«

»Ich will nicht reden.«

Er nickte langsam. »Also nur Tee und wir schweigen?«

Diesmal war ich es, die nickte und ihm in die offene Küche folgte.

Ich mochte Hanks Wohnung, weil sie so klar war wie er. Jedes Teil, das er besaß, erfüllte einen Sinn, als würde er vorher genau darüber nachdenken, was er brauchte, um sich wohlzufühlen. Die Räume waren offen gestaltet und ausgestattet mit dem Nötigsten an Schränken, sodass sie größer wirkten. Nur der Tisch im Esszimmer war ausladend. Er war wie gemacht für gesellige Abende. Wir hatten oft dort gesessen, Fynn, Hank und ich, und die Stunden waren uns zwischen den Fingern zerronnen.

Aber es fanden sich hier auch Erinnerungen, die so dunkel waren, dass sie sich anfühlten wie tiefe Schatten.

Die Tage nach Fynns Tod.

Als ich noch nicht in der Lage gewesen war, unsere Wohnung zu betreten.

Hank hatte darauf bestanden, dass ich sein Schlafzimmer nahm.

Und ich hatte dort geweint, während er und die anderen sich abwechselnd um Grace kümmerten, bis sie mich einforderte. Dann hatte etwas in mir auf diesen Autopiloten geschaltet, nur um anschließend wieder zusammenzubrechen.

Es war ein Kreislauf aus Schwärze und Schmerz gewesen.

Sonderbar, dass ich dennoch ausgerechnet hierher geflüchtet war.

»Hier.« Hank schob mir eine Tasse in die Hand. »Neue Mischung. Sag mir, was du schmeckst.« Die Normalität darin war noch beruhigender als der würzige Geruch des Tees, der mir erwartungsvoll entgegendrang.

Ich nahm einen tiefen Schluck, versuchte, die Kräuter einzuordnen, weil das einfacher war, als das Chaos in meinem Kopf zu ordnen. »Zitronenmelisse?« Er nickte. »Apfelminze und Ringelblume.«

Fynn hätte andere Antworten von mir gefordert.

Es war erleichternd, dass Hank das nicht tat.

Kapitel 46

Irgendwas stimmte nicht mit mir.

Richard war seit einer Woche tot.

Ich war erschüttert.

Es tat mir unendlich leid.

Aber ich konnte nicht um ihn trauern.

Er war Fynns Vater gewesen.

Grace' Großvater.

Es fühlte sich an wie damals, als eisige Wände die Welt um mich herum dämpften. Nur diesmal schien es allein Richard zu betreffen.

Die Wände waren eine Wohltat.

Durch sie musste ich weniger darüber nachdenken, wie schuldig ich war.

Ich hätte ihn vor Xander warnen müssen.

Warum war mir der Gedanke nie gekommen?

Weil er mir nicht geglaubt hätte?

Weil er sich über mich amüsiert hätte?

Möglich. Doch vielleicht würde er noch leben, wenn ich zum Handy gegriffen hätte. Oder wenn ich es geschafft hätte, Xander klarzumachen, dass er den Verstand verloren hatte.

Oder wenn ich nie in Fynns Leben getreten wäre.

Und jetzt war Richard tot.

Meine Schuld.

Wenn Henry anrief und fragte, wie es mir ging, behauptete ich, ich sei traurig, weil das alle um mich herum zu erwarten schienen. Stattdessen war es in mir so betäubt, dass ich nicht wusste, was ohne die Eiswände dort getobt hätte. Doch ich wollte nicht über die Schuld reden und nicht über die Eisglocke, die sich über mich stülpte, wann immer das Thema auf Richard kam.

Sie war mein Schutz.

Die Polizei hatte mich befragt und mir später mitgeteilt, dass für Grace und mich keine Gefahr bestand. Offenbar war Xanders komplette Gruppe gefasst worden und sie hatten umfassend gestanden. Alltag kehrte bei uns aber keiner ein. Die Meldungen über Richard nahmen kein Ende. Natürlich kramten die Medien die alten Geschichten von Fynn und mir wieder aus. Sie wurden genüsslich aufbereitet, als irgendjemand hinter die Verbindung zwischen mir und Xander kam. Jetzt, wo Richard sie nicht mehr daran hindern konnte, kamen Journalisten in die Stadt. Sie suchten nach mir und weiteren Skandalen, um sie ihrer Leserschaft zu präsentieren.

Wie ich sie alle hasste.

Hank traf sogar an der Uni auf einen Reporter und beförderte ihn mit dem Sicherheitsdienst vom Gelände. Laut unseren Nachbarn hatten zweimal Fremde geklingelt und nach mir gefragt.

Grund genug, mich so lange bei Hank zu verstecken, bis mein Gesicht keine Zeitungen mehr zierte. Ich war längst auf sein Sofa gezogen. Tagsüber lernte ich darauf, nachts schlief ich dort, denn Grace hatte sein Büro mit dem Schlafsofa zu ihrem Territorium gemacht. Zu Hause gab es für uns beide keinen echten Rückzugsort. Wohl einer der Gründe, weshalb sie Hanks Büro liebte und die Tür, die sie schließen konnte, um dahinter stundenlang zu malen. Oder sich die Bilderbücher anzuschauen, die sich von Tag zu Tag zu vermehren schienen.

Vorgestern hatte sie Hank gefragt, warum die Wände im Büro leer waren.

»Ich habe nicht genug Bilder, um sie aufzuhängen«, hatte er geantwortet und daraufhin hatte es in Grace' Augen aufgeblitzt wie in Fynns, wenn er eine seiner Ideen gehabt hatte. Sie hatte den ganzen Tag gemalt und ich hatte sie nur zum Essen aus dem Raum bekommen. Heute war Samstag. Hank und Grace hatten sich im Büro verbarrikadiert. Ich nutzte die Zeit zum Lernen. Aus den Kopfhörern drang meine Playlist in Dauerschleife. Taira nannte sie meine Frost-Liste, weil es nur Lieder darauf schafften, die nicht einmal im Ansatz Liebe behandelten.

Dank Fynn liebte ich Musik.

Aber das Thema ertrug ich nicht.

Erst als der Abend anbrach, tauchte Grace auf, ihr Gesicht leuchtete geradezu vor Begeisterung. Ich nahm die Kopfhörer ab. »Komm, Mum!« Sie zog mich mit all ihrer Energie in den kleinen Raum. Die Tür war angelehnt, doch das Licht, das mir entgegendrang, war anders. Als ich eintrat, begriff ich, wieso. Auf dem Boden stand eine sich langsam drehende Lampe, die unzählige tänzelnde Lichter an die Wände warf. Wände, die so voll waren mit Grace' Bildern, dass sich darunter kaum noch Tapete erahnen ließ.

Überall tanzte Farbe.

Hank und Grace strahlten von einem Ohr zum anderen und warteten auf meine Reaktion. »Es ist wunderschön.«

Nichts als die Wahrheit.

Ich bewegte mich durch den Raum, bewunderte Grace' bunte Bilder und zum ersten Mal wurde mir klar, wie viel Farbe sie auch in Hanks Leben brachte. Seinem Blick nach schien er Ähnliches zu denken. Ohne darüber nachzudenken, drückte ich seine Hand und er erwiderte den Druck.

Es fühlte sich beängstigend gut an, hier bei ihm zu sein.

»Ich fürchte, das kannst du vergessen.« Hank sah grinsend zu mir herunter. »Gracie wird dir ihr Zimmer nicht überlassen.«

Damit rang er mir ein Schmunzeln ab. »Sie bekommt es wieder, sobald sie von der Tagesmutter zurück ist.«

»Bis dahin liegst du auf dem Teppich?«

»Ich liege nicht einfach. Das ist ein Perspektivwechsel.«

»Perspektivwechsel?« Er lächelte auf diese Art, die sich anfühlte wie Sonnenstrahlen im Winter. »Weshalb brauchst du einen?« Er setzte sich neben mich auf diesen wunderbaren flauschigen Teppich, der sich wie durch Zauberhand eingefunden hatte. Jedes Mal, wenn ich den Raum betrat, hatte Hank neue Details zugefügt. Vielleicht sollte ich ihn bremsen, aber alles war so durchdacht und liebevoll, dass ich es nicht über mich brachte.

»Das Studium.« Überraschung flackerte in seinem Gesicht auf. Offenbar nicht die Antwort, die er erwartet hatte.

»Verrätst du mir, warum?«

»Ich bin mir nicht sicher, ob es das Richtige für mich ist.«

Er nickte langsam. »Du bist gut darin, wahrscheinlich eine der besten in deinem Jahrgang.«

Es war einer dieser Sätze, denen ein unsichtbares Aber anhing.

»Aber?«

Er legte sich zu mir auf den Teppich, betrachtete die Lichter, die über die Wände tanzten. »Aber es sollte dich glücklich machen. Wenn es das nicht schafft, ist es wohl nicht das Richtige für dich.«

Keine Beteuerungen, dass ich nur durchhalten müsste.

Keine Ermahnungen, dass ich dann Jahre verloren hatte.

Deshalb war es so einfach, mit Hank zu reden.

Weil er mich nicht in eine Richtung drängte.

»Ich weiß nicht, ob mich etwas glücklich machen könnte.« Dafür war es schwer, das zuzugeben. Ich hatte Listen geschrieben, war so viele Optionen durchgegangen, aber keine fühlte sich an, als könnte sie ansatzweise Begeisterung in mir wecken.

Vielleicht war nicht mein Studium das Problem.

Vielleicht war ich es.

»Es kommt mir alles so … sinnlos vor.«

Hank drehte sich zu mir. »Das Gefühl kenne ich.« Sein Lächeln wirkte einen Hauch angestrengter.

»Die ausgeschriebene Professur? Die hast du so gut wie sicher.« Er würde großartig darin werden. Bis gerade hatte ich gedacht, dass genau das sein Traum war. Er brannte für das, was er tat. Im Gegensatz zu mir. Ich tat, was getan werden musste. »Deine Seminare sind die besten.«

Jetzt hoben sich seine Mundwinkel weiter und das Lächeln wirkte wieder wie ein echtes. »Globaler«, erwiderte er. »Ich glaube, Zweifel gehören zum Leben.«

Ich ließ seine Worte auf mich wirken, nickte langsam. Damit könnte er recht haben. »Was machst du, wenn du zweifelst?«

»Hoffen.« Das Wort trug sein Lächeln davon, hinterließ eine ungewohnte Tiefe. »Was wäre das Leben ohne Hoffnung?«

Wärme strömte durch mich hindurch, aber sie fühlte sich verwirrend anders an.

»Was macht dich glücklich?«, fragte er. »Lass uns dort ansetzen. Vielleicht hilft das.« Die Tiefe schwand aus seinem Blick, aber dieses sonderbare Gefühl in mir blieb.

»Grace?«

Im Seewassergrün funkelte es. »Dem schließe ich mich an. Was noch?«

»Fynns Fotos.«

Er wirkte nicht überrascht. »Du schaust sie dir jeden Tag an, oder?« Es klang nicht wie eine Frage, dennoch nickte ich. »Noch etwas?«

Hier mit dir zu liegen.

Der Gedanke schaffte es nicht aus mir heraus.

»Nein, nichts.«

Wieder schien er nicht überrascht zu sein. »Das ist ein Anfang. Lass uns eine neue Liste beginnen und immer, wenn du etwas findest, das dich glücklich macht, packst du es darauf, bis du weißt, was du machen möchtest.«

Hank gelang andauernd dieses Kunststück, in mir mehr als ein Wrack zu sehen.

»Danke.« Irgendwann brauchte ich bessere Worte für ihn, denn dieses hier reichte nicht aus.

»Nicht dafür, ich liebe deine Listen.« Das Lächeln kehrte zurück in sein Gesicht und meines schloss sich an. Ich drehte mich weiter zu ihm und registrierte im nächsten Moment, dass es ein Fehler gewesen war.

Hank war nun so nah.

Zu nah.

Und mit ihm all diese Dinge, die ich an ihm mochte.

Die goldenen Kreise um seine Pupillen, die ins Seegrün übergingen. Seine dunklen Wimpern. Die Strähnen, die ihm in die Stirn fielen, sein Geruch, dem immer dieser würzige

Duft nach Kräutern anhing. Der perfekte Schwung seiner Lippen …

Wie es sich wohl anfühlte, ihn zu küssen?

Ich schrak zusammen.

Fuhr zurück.

Mein Herz setzte aus, nur um im nächsten Moment davonzugaloppieren.

Das konnte ich nicht gedacht haben!

Unmöglich.

»Maya?«, erklang es vom Boden und erst da begriff ich, dass ich stand.

»Ich packe unsere Sachen.«

»Was?« Hank setzte sich entgeistert auf. »Weshalb?« Er suchte in meinem Gesicht nach Antworten, die er nicht von mir bekommen würde. »Habe ich was falsch gemacht?«

»Nein«, presste ich an den Knoten im Hals vorbei. »Du warst perfekt.«

Das war er.

Hank war so verdammt perfekt.

Ich musste hier weg.

Sofort!

»Ich hole die Sachen lieber später.«

Oder niemals.

Für einen Abschied reichte es nicht mehr.

Ich stürzte aus dem Zimmer, dachte noch daran, mir zumindest mein Handy und den Schlüssel zu schnappen. Schon hastete ich Richtung Tür. Hinter mir hörte ich Hank nach mir rufen, aber zu antworten, war unmöglich.

Er hatte mich zu Tode erschreckt.

Dass ich einmal vor Hank flüchten würde, hatten wir wohl beide nicht kommen sehen.

Briefe.

Überall.

Sie fanden sich bis zum Anschlag in unseren Briefkasten gepresst. Lagen auf der Fußmatte. Waren durch den Türspalt in die Wohnung geschoben worden.

Ich hatte mich hier verkriechen wollen.

Bis ich vergessen hatte, was geschehen war.

Was ich gedacht hatte.

Statt Ruhe fand ich Briefe.

Statt Verdrängung bekam ich das Zeichen von Ferres Enterprise.

Dutzendfach.

Der Schock von gerade wurde übertüncht durch eine ganze Schockwelle.

Fynn hatte mir geschworen, dass Grace niemals mit Ferres Enterprise in Verbindung kam.

Jetzt war Richard tot.

Und Grace die letzte Ferres.

Fynn hatte mir geschworen, dass er alles mit Richard geklärt hatte.

Er hatte es mir geschworen!

Die Briefe fielen aus meinem Arm, mischten sich mit denen auf dem Boden.

Und ich erstarrte mitten darin.

Viertes Jahr

Tagebuch

Vier Jahre ohne dich.

Und mit jedem davon wächst die Angst.

Ich könnte die Art vergessen, wie du lächelst, wenn du waghalsige Pläne schmiedest.

Könnte vergessen, wie es sich angefühlt hat, in deinen Armen zu liegen und zu wissen, dass ich genau am richtigen Ort bin.

Könnte vergessen, wie deine Stimme klingt.

Könnte vergessen, wie ich die Ewigkeit in deinen Augen fand.

Könnte dich vergessen.

Ich habe Angst, Fynn.

Schreckliche Angst.

Fynns Brief

Meine Schönste,

du fragst dich, ob jeder meiner Briefe so beginnt, oder? Ich sehe dich förmlich vor mir, wie du schmunzelst. Und ja: So wird jeder Brief anfangen, denn du bist der beste aller Anfänge.

Jetzt gerade stelle ich mir vor, wie du lächelst, vielleicht den Kopf schüttelst und dir denkst, dass das so typisch für mich ist. Das stelle ich mir lieber vor als die Alternative. Die wäre wohl, dass du weinst, wenn du diesen Brief liest.

Wir beide haben so oft geweint, Maya. In den letzten Jahren ist bei dir bestimmt einiges an Tränen dazugekommen. Ich weiß, dass sie helfen können, dass sie eine reinigende, manchmal befreiende Wirkung haben. Aber sie nehmen uns auch Zeit, die wir anders verbringen könnten, und Zeit ist unglaublich kostbar.

Ich habe lange darüber nachgedacht, was ich mir dieses Jahr von dir wünsche, und ich glaube, das hier ist perfekt.

Ich möchte, dass du lachst.

Dass du vor Freude außer dir bist.

Dass du vor Glück brennst.

Dein Lachen hat mich schon an unserem ersten Tag auf der Treppe fasziniert. All die miesen Dinge lösen sich darunter auf. Wenn ich dich lachen höre, bleibt für nichts anderes Platz als tiefes Glück.

Kannst du dich an einen Moment erinnern, in dem du gelacht hast und ich nicht eingestiegen bin? Nein? Ich auch nicht.

Ich will dein Lachen hören, Maya. Das ist mein Wunsch, trag es in die Welt. Lach so laut, dass es mich erreicht, und ich werde einsteigen.

Jedes verdammte Mal.

Weil es unmöglich ist, es nicht zu tun.

Ich habe nachgedacht, wie ich dich dazu bekomme, wieder zu lachen, und nun ist mir etwas eingefallen. Etwas, das vermutlich unbeachtet in der Ecke unserer Wohnung steht und das du nur herausholst, um Grace eines ihrer Lieder vorzuspielen. Das tust du für mich und für Grace. Aber du spielst nicht mehr für dich, oder?

Genau das solltest du, Maya.

Du solltest Dinge tun, die dich glücklich machen.

Spielen ist eines davon. Immer, wenn du die Gitarre hältst, lächelst du. Erinnerst du dich daran, wie es sich angefühlt hat, als wir gemeinsam auf der Bühne standen? Diese epische Nacht, in der du alles und jeden überstrahlt hast mit deinem Lachen?

Scheiß auf die Sterne und den Mond, wenn ich nur dein Lachen habe.

Nimm dir die Gitarre und geh damit raus in die Welt, lass sie dein Strahlen sehen.

Lass es zu, dass du strahlst.

Ich liebe dich.

Ewig.

Kapitel 47

Ich sollte spielen.

Das war überraschend harmlos.

Immer wieder las ich den Brief, strich über die Worte, die Fynn geschrieben hatte, bis der schlimmste Schmerz verhallte. Erst dann nahm ich mein Handy und wählte.

»Du kannst aufhören, dir Sorgen zu machen«, sagte ich, noch bevor er mich begrüßen konnte. »Ich soll spielen, das bekomme ich hin.«

»Gut.«

Nur ein Wort und doch hörte ich, wie sich darunter seine Anspannung auflöste. Mitternacht war längst vorbei, dennoch hatte Hank auf meinen Anruf gewartet. »Du kannst beruhigt schlafen gehen. Ich brauche heute Nacht keinen Beistand.«

Einige Sekunden herrschte Stille zwischen uns. »Wie wäre es stattdessen mit einem Freund?«, fragte er sanft. »Ich bin wach. Du bist wach. Keiner von uns beiden schläft in den nächsten Stunden.«

Mein fluchtartiger Abgang war Monate her.

Darüber gesprochen hatten wir nie.

Nicht einmal, als er meinen Laptop und all die anderen Sachen am nächsten Tag vorbeigebracht hatte. Er hatte getan, als wäre es normal, dass ich aus seiner Wohnung stürmte.

Weil ich mich bei Hank nie erklären musste.

Dennoch schlich sich dieser Moment manchmal in meine Gedanken.

Wie jetzt.

»Ja?« Die Antwort kam verspätet genug, um zu verraten, dass ich erst darüber nachgedacht hatte.

Seit wann musste ich darüber nachdenken, ob Hank vorbeikommen sollte?

»Sicher?«

»Natürlich.« *Der Teppich war nur ein sonderbarer Moment gewesen.* »Ich setze den Tee auf.«

»Ich freu mich darauf, dich spielen zu sehen.« Er prostete mir mit seinem Teebecher zu. Hanks Geburtstagsgeschenk. Ich hatte ihn getöpfert und Grace ihn anschließend mit bunten Blumen bemalt. So oft, wie er hier bei uns war, brauchte er seinen eigenen Teebecher.

Vor einem halben Jahr hatte sich das nach einer guten Idee angefühlt.

Das war vor diesem sonderbaren Gedanken gewesen.

Jetzt gerade war ich mir nicht sicher, ob die Idee gut gewesen war.

»Maya?«

Ich blinzelte. Versuchte, das Gedankenchaos in mir anzuhalten, und scheiterte grandios. »Hier.« Bevor ich begriff, was ich tat, drückte ich ihm Fynns Brief in die Hand.

Hank starrte mich an.

Ich starrte zurück.

Irgendwas an mir war sonderbar.

Zutiefst sonderbar.

Eine Falte bohrte sich in seine Stirn, machte überdeutlich, dass er das ebenfalls fand.

Ich hatte noch nie jemandem Fynns Briefe gezeigt.

Gott.

Warum zur Hölle tat ich das gerade?

Den Brief zurückzuziehen, wäre wohl noch sonderbarer.

Verdammt!

»Wein?«, fragte ich und betete, dass er zustimmte. Schon allein, weil er mir damit einen Grund gab, vom Sofa aufzustehen.

»Alles in Ordnung?« Die Falte zwischen seinen Brauen vertiefte sich. Auch er wusste, dass ich für gewöhnlich nur wenig trank, und wenn, war Taira in der Nähe.

»Ja!« Meine Stimme klang wie immer diese Spur zu hoch, wenn ich log. Fynn hätte ich damit nicht täuschen können, aber Hank nickte stattdessen und begann, den Brief zu lesen.

Von dem ich nicht einmal wusste, warum ich ihm den gegeben hatte.

Verflucht sei mein Gedankenchaos.

Ich stand auf und zog die einzige Flasche Wein heraus, die ich besaß. Taira hatte sie letztes Jahr zu ihrem Besuch mitgebracht, für Notfälle.

Ich hätte nie gedacht, dass ich sie einmal herausholen würde.

Aber mein Kopf war gerade ein Notfall.

»Hier.« Ich reichte Hank sein gefülltes Glas, ein einfaches Wasserglas, weil ich keine Weingläser besaß, und wich seiner Hand zur Sicherheit so schnell aus, dass es beinahe in seine Hand fiel.

Hatte er überhaupt ein Glas gewollt?

Seinem verwirrten Blick nach eher nicht.

»Ich nehme an, es ist immer noch alles in Ordnung?« Ein Schmunzeln zupfte an seinen Mundwinkeln. Keine Frage, die eine Antwort benötigte.

Mein eigenes Glas war leerer, weil ich bereits zwei große Schlucke genommen hatte. Das hinderte mich nicht daran, einen dritten zu nehmen, kaum dass ich saß.

»Seine Briefe sind etwas Besonderes«, sagte Hank. »Sie zu lesen, fühlt sich an, als würde er direkt neben einem sitzen.«

Kaum hatte ich abgesetzt, schon trank ich erneut.

»Was ist los?« Er musterte mich irritiert.

Vielleicht weil ich schwieg, obwohl es um Fynn ging.

Das tat ich sonst nicht.

Aber jetzt gerade konnte ich nicht über ihn reden.

Irgendwas stimmte nicht mit mir.

»Ich glaube, ich habe mir Grace' Erkältung eingefangen. Heute ist mein Kopf mit Watte gefüllt.«

»Die ist doch schon seit einer Woche vorbei?«

»Sehr hartnäckiges Ding«, erklärte ich und hielt seinem Blick ungerührt stand.

»Klingt total logisch«, gab er trocken zurück. Eine entsetzliche Sekunde lang fühlte es sich an, als wüsste er, dass da keine Watte meinen Kopf ausfüllte, sondern ein Chaos aus Gedanken und Erinnerungen an diesen verdammten Teppich.

Nicht auf seine Lippen schauen.

Auf keinen Fall!

Nicht …

Das Vibrieren meines Handys rettete mich.

George.

Er bekam ein erleichtertes Lächeln, als ich seine Nachricht fand, und es vergrößerte sich, während ich sie las.

Kronen und Gitarren hoch, Prinzessin. Wir zwei werden rocken.

»Sieht aus, als hätte ich Verstärkung.« Ich hielt das Handy in Hanks Richtung, erwartete ein Schmunzeln und bekam ein Stirnrunzeln.

»Super«, sagte er und gleichzeitig klang es nicht danach. »Du trittst mit George auf?«

»Anscheinend. Warten wir ab, was Fynn ihm geschrieben hat.«

Kann es kaum erwarten.

Ich schickte schnell meine Antwort ab, damit George nicht dazu kam, sich zu sorgen. Fynns Geburtstage gingen uns beiden unter die Haut. Als ich das Handy ablegte, registrierte ich, dass Hank sein Glas geleert hatte. Er lächelte zwar, aber es wirkte angestrengt. »Das wird toll. Ich werde in der ersten Reihe stehen und dich anfeuern und du wirst es zutiefst peinlich finden.«

»Das tust du nicht!«

Die Anstrengung verlor sich und das Lächeln erreichte seine Augen, wurde neckender. Endlich fühlte es sich zwischen uns wieder wie immer an. »Vielleicht lass ich mir für den Auftritt ein Shirt mit einem Foto von dir drucken.«

»Untersteh dich!« Die Vorstellung war so grotesk, dass meine Warnung in ein Lachen überging. Ich sank tief ins Polster und Hank tat es mir gleich, sah zu mir.

Zu nah.

Keine Handbreit trennte unsere Köpfe.

Und irgendwas Sonderbares geschah mit meiner Atmung.

Sie stoppte und gleichzeitig galoppierte mein Herz.

»Fynn hat recht«, sagte Hank leise und strich mit dem Daumen über meine Wange. »Dein Lachen drängt alles Miese fort.« Im nächsten Augenblick war sein Finger verschwunden und er setzte sich auf.

Ich blieb geschockt zurück.

Und mit mir dieses verfluchte Flattern in meinem Bauch.

Dort, wo es niemals wieder zu flattern hatte.

Kapitel 48

»Hi, Prinzessin, wie komme ich zu der Ehre deines Anrufs?«

»Wir haben vorgestern erst telefoniert?«

»Du weißt, was ich meine. Wo steckt Hank?« Es war ein offenes Geheimnis, dass er in Briefnächten als Beistand vorbeikam.

»Er ist weg«, zwang ich mir ab. »Ich war müde.« Kaum war der zweite Satz raus, hätte ich ihn am liebsten wieder zurückgezogen. Leider unmöglich und ein leises Lachen drang mir entgegen.

»Klar und deswegen rufst du mich noch an? Will ich wissen, was vorgefallen ist?«

»Nein.« Das Wort wurde grimmig genug hervorgestoßen, um seine Erheiterung zu stoppen.

»Alles ok?«

»Nein«, wiederholte ich mich sanfter. »Es ist einfach alles …«, mein Blick fand den Schrank, in dessen Inneren die Briefe von Ferres Enterprise lauerten, »… kompliziert. Erzählst du mir, was er dir geschrieben hat?«

Die Stille wurde zu lang.

»Bitte, George.«

»Von mir aus, Prinzessin.«

Das ließ mich grinsen. »Wie ich es hasse, wenn du mich so nennst.«

»Wie ich es liebe, wenn du das sagst.« Es klang, als grinste er mit mir zusammen. Mit George war alles so einfach. »Wir holen die Band für ein episches Konzert zurück. Nächsten Monat spielen wir in dem Pub, in dem ich freitags bin.«

Das klang gut.

Ich sank aufs Sofa und fand Hanks Glas auf dem Tisch. Er hatte bestimmt gewusst, dass mein plötzlicher Müdigkeitsanfall nur vorgeschoben war.

Wie sollte ich ihm morgen in die Augen schauen?

Mist.

»Maya?«

»Klar«, stieß ich rasch aus und zog schnell den Blick von Hanks Glas. Ich hatte nicht einmal mitbekommen, dass George weitergeredet hatte.

Mistiger Mist.

»Dann komme ich morgen vorbei und wir gehen die Lieder durch.«

»Morgen schon?« Dafür, dass das Konzert nächsten Monat war, legte George ein beeindruckendes Tempo hin.

»Wenn wir diesen Freitag mit den gemeinsamen Auftritten starten, sollten wir uns ranhalten.«

»Freitag?«

Wieder dieses wissende Lachen. »Du wirkst heute sonderbar abwesend. Die Freitage im Pub, davon rede ich doch die ganze Zeit. Fynn möchte, dass du mich von nun an dabei begleitest.«

»Jeden Freitag?«

Das konnte nicht sein.

Ich musste mich verhört haben.

»Jeden Freitag«, kam es wie ein amüsiertes Echo zurück.

So viel zur leichten Aufgabe.

Großartig.

Nicht.

Ich konnte zumindest durchsetzen, dass ich George erst nach dem Bandauftritt begleitete. So kurzfristig jemanden für Grace zu organisieren, und das auch noch für Freitagabende, war stressig genug gewesen. Glücklicherweise hatte ich an der Uni eine Studentin gefunden, sie war zauberhaft und verstand sich wunderbar mit Grace.

Die Zeit raste dahin und schon war der Vorabend des Konzertes. Tarve, Nick und George fielen bei uns ein, brachten Leben und Lärm mit sich.

Vorsichtshalber hatte ich Grace zu Hank gegeben und das erwies sich als beste Idee überhaupt. Bei dem Krach, den wir machten, hätte sie unmöglich schlafen können.

Wahrscheinlich hätte sie darauf bestanden, mitzufeiern.

Mit den Jungs zusammen zu sein, fühlte sich genau danach an. Nach einer Feier, auf der jemand ein gemütliches Lagerfeuer entzündet hatte. Seine Wärme füllte mich geradezu aus und die Erinnerungen sprangen wie Funken hin und her.

So viele. So gute.

Aber es brachte auch Schatten mit sich.

Weil der Platz zwischen uns leer blieb.

Weil er morgen auf der Bühne ebenfalls leer bleiben würde.

Ich nutzte eine Pause und gab vor, mir eine Strickjacke aus dem Schlafzimmer zu holen.

Dort angekommen, atmete ich.

Ein.

Und aus.

Versuchte, den verdammten Schmerz zu überstehen.

Fröhliches Geplauder drang trotz der geschlossenen Tür bis hierher.

Ein und aus.

Bis dieser Schmerz sich nicht mehr anfühlte, als würde ich jeden Augenblick zerspringen.

Die Tür öffnete sich und ohne zu ihm zu schauen, wusste ich, dass es George war. Weil wir den Schmerz des anderen am besten verstanden. Wortlos zog er mich in den Arm. Seine Finger fuhren über mein Haar und ich krallte mich an ihn.

Eine kleine Ewigkeit lang.

Bis es uns beiden wieder gelang, zu atmen.

Weiterzumachen.

Kapitel 49

Noch war ich mir nicht sicher, wie ich Taira und Matt wieder loslassen sollte. Gestern waren sie aus Australien zurückgekommen und hatten quasi alles stehen und liegen lassen, um heute Abend bei unserem Konzert dabei zu sein.

»Verdammt habt ihr mir gefehlt«, sagte Taira einmal mehr und drückte mich so fest, dass es sich anfühlte, als ständen meine Rippen kurz davor, unter ihrem Griff nachzugeben. Grace war mir zuvorgekommen und hatte die beiden mit ähnlichem Klammergriff begrüßt, bevor sie auf Tarves Rücken geklettert war, um sich von ihm durch den Pub tragen zu lassen.

»Ich will nicht meckern, aber wo bleibt meine Begrüßung?« George schob sich zwischen uns und stieß ein Keuchen aus, als nun er Tairas Umarmung abbekam. »Deine Arme sind noch immer gemeingefährlich.« Grinsend löste er sich von ihr, um nun Matt zu umarmen.

»Meine Mum sagt, dass nur feste Umarmungen zählen«, gab sie zurück und fuhr durch sein Haar. »Deine Zotteln werden auch immer länger. Ist das so ein Trauriger-Songwriter-Stil?«

»Du klingst wie die anstrengende kleine Schwester, die ich nie hatte.« Er streckte ihr die Zunge raus. Irgendwie hatte er nicht unrecht, das hier fühlte sich an wie ein Familientreffen. »Maya meint, ihr zieht endlich in die Nähe?«

»Es sieht gut aus. Eine halbe Stunde von hier gibt es die perfekten Möglichkeiten für unsere Schwimmschule.« In Matts Augen glitzerte es begeistert. »Nächste Woche wird der Vertrag unterschrieben. Drück uns die Daumen, dass es sich Taira nicht noch anders überlegt.«

»Er ist niedlich, wenn er nervös ist, oder?« Taira lehnte sich an Matt und hauchte ihm einen Kuss auf den Hals.

»Igitt, Pärchenkram.« George verdrehte gespielt die Augen und wandte sich mir zu. »Wie nervös bist du?«

»Ein wenig.« *Die Untertreibung des Jahrhunderts.*

»Du rockst das. Krone hoch, Prinzessin«, flüsterte er mir zu und verschwand Richtung Bühne.

Taira und Matt versorgten sich an der Bar mit Getränken und ich nutzte die Zeit, um bei Lorenzo und Henry vorbeizuschauen. Sie standen mit Hank zusammen an einem der Stehtische. Gerade erzählte Lorenzo, wie Fynn damals auf dem Winterfest die komplette Verona Hall beleidigt hatte. »Das war wenigstens amüsant, verglichen mit ihrem Kleinkrieg. Niemand hat mich so viele Nerven gekostet wie die beiden.« Lorenzo versuchte, mich mit einem strengen Blick zu bedenken, aber die Wärme darin brach die Strenge sofort auf.

»Kleinkrieg?«, kam es verwirrt von Hank.

»Haben sie dir davon nichts erzählt?« In Lorenzos Augen blitzte es vergnügt. »Die beiden waren vernarrt ineinander und haben es nicht geschafft, sich das zu sagen. Stattdessen haben sie versucht, den anderen bis aufs Blut zu reizen. Ich erinnere mich da an eine Schwimmhose auf dem Denkmal des Gründungsvaters, unzählige Spinnen in einem Spind, Feueralarm in der Umkleide …«

»Fynn hat einen Feueralarm in der Umkleide ausgelöst?«, stieß Hank lachend aus.

»Nein. Das war nur ein wenig von dem, was Maya mit ihm angestellt hat. Sie hat damals das komplette Männerschwimmteam Hals über Kopf aus der Umkleide flüchten lassen. Die Armen standen ewig in der Kälte.«

Hank lachte und ich konnte nicht anders, als mich anzuschließen.

»Das konntest du mir nie nachweisen«, erinnerte ich Lorenzo und wandte mich an Hank. »Und Fynn hat sich für alles gerächt.« Eigentlich hatte ich noch einige von Fynns Aktionen hinzusetzen wollen, doch ein Blick in seegrüne Augen machte die Pläne zunichte.

Genau so hatte er mich angesehen, bevor er über meine Wange gestrichen hatte.

Bevor er dieses verdammte Kribbeln in mir geweckt hatte.

»Ich muss zur Band«, sagte ich und trat augenblicklich die Flucht an.

»Warte, Maya.« Hank stürzte mir hinterher und seine Hand fand meine. Mein Herz verpasste seinen nächsten Schlag und den danach, als ich mich zu ihm umdrehte.

Das lag am Lampenfieber.

Garantiert.

Ich sollte meine Hand aus seiner ziehen.

Oder wäre das sonderbar?

Und wieder reichte eine Berührung von ihm, um meinen Kopf in eine Schneekugel zu verwandeln, in der Gedanken wie Flocken umherwirbelten.

»Ich wollte dich etwas fragen …«

Bitte frag mich nicht, was auf dem Teppich los war …

Oder an Fynns Geburtstag …

Oder jetzt ...

Ich spürte den Griff seiner Finger so überdeutlich, als mündeten alle Nervenenden in dieser einen Stelle. Ein erwartungsvolles Kribbeln breitete sich von dort aus, zog meinen Arm entlang.

Lampenfieber.

Irgendeine sonderbare Form davon.

Ganz sicher.

»Im Park gibt es nächste Woche dieses Kinoevent. Es ist nett. Man nimmt sich eine Picknickdecke mit und setzt sich ins Gras.« Er lächelte zwar, aber die Art, wie er sich durchs Haar strich, verriet seine Nervosität. Nur begriff ich den Grund dafür nicht. »Sie spielen einen dieser alten Schwarz-Weiß-Filme, die du magst?«

»Ich glaube nicht, dass das was für Grace ist.«

Er verharrte einen Augenblick, schien in meinem Gesicht nach etwas zu suchen, aber da herrschte wahrscheinlich die gleiche Verwirrung wie in mir.

»Ich dachte eher an dich und mich. Jetzt, wo du Charlotte hast ...«

Mist!

Mistiger Mist!

Mist hoch unendlich!

Verspätet zog ich meine Hand zurück. So schnell, als hätte sich seine in eine heiße Herdplatte verwandelt.

Ich brauchte eine Ausrede.

Sofort!

Doch jetzt, wo ich versuchte, einen Gedanken zu schnappen, war mein Kopf wie leer gefegt.

»Maya?«

»Hast du die anderen schon gefragt?«

In letzter Sekunde fand ich ihn – unseren Ausweg.

Ich warf ihn Hank entgegen und flehte stumm, er möge ihn ergreifen. Er musste wissen, warum ich aus seiner Frage ein Treffen mit unseren Freunden machen wollte. Oder?

»Eigentlich dachte ich, wir könnten etwas allein machen.«

»Wir machen ständig was allein!«, protestierte ich sofort. »Wir treffen uns jeden Tag zum Mittagessen.«

»Stimmt.« Er mühte sich ein Schmunzeln ab. »Aber ich dachte an etwas, das über Plastiktabletts und Cafeteriacharme hinausgeht.«

Date.

Das Wort schwang ungesagt in diesem Raum zwischen uns.

Ich wollte es nehmen und zerfetzen.

Und es dann aus dem Fenster werfen.

Und seine Überreste im Blumenbeet vergraben.

Es hatte nichts zwischen uns zu suchen!

»Ich treffe mich mit niemandem.«

Dass ausgerechnet Hank mich zwang, die Worte auszusprechen.

»Du triffst dich mit George.« Sein Blick war so durchdringend, dass mein Herz nicht wusste, ob es stoppen oder trommeln sollte.

»Das ist etwas anderes.«

»Warum?«

Weil es George ist!

»Weil Fynn es bestimmt hat.«

Hank starrte mich an.

Und ich starrte zurück.

Eigentlich liebte ich diese stummen Blickduelle zwischen uns, in denen es keine Worte brauchte, weil sich so viel dazwischen fand.

Heute nicht.

Heute fühlte es sich mies an.

Aber noch mieser wäre es, es auszusprechen.

»Ok.« Sein Lächeln erreichte nicht wie sonst seine Augen. Da fand sich kein goldenes Leuchten im Seegrün. Kein Sonnenstrahl, der es dort funkeln ließ. »Falls du es dir irgendwann anders überlegst, ich bin der Typ, der im Hintergrund einen Tee trinkt.« Hanks Art, mir zu sagen, dass er sich von nun an wieder zurückhielt.

»Es wird sich nicht ändern.« Und das war meine Art, ihm zu sagen, dass es nicht an ihm lag, sondern an mir.

Bei den richtigen Menschen brauchte man manchmal nicht viele Worte. Zwischen uns beiden war das so. Mehr würden wir dennoch nie werden.

»Maya?« George tauchte neben uns auf und die Begeisterung in seinem Gesicht erinnerte mich daran, dass ich meine schlagartig verloren hatte. »Bereit? Es gibt eine Überraschung.« Er wartete keine Antwort ab und zog mich mit sich. George musste gesehen haben, wie dringend ich dem Gespräch mit Hank entfliehen wollte.

»Alles in Ordnung?«, fragte er zum Beweis und drückte meine Hand. Er war mein Sicherheitsnetz.

»Ja«, rang ich mir ab. »Leben ist einfach so verflucht anstrengend.«

Ein belustigtes Schnauben brach aus ihm heraus. »Ich reserviere uns den Crash-Raum für nächste Woche. Du siehst aus, als solltest du dringend etwas mit einem Baseballschläger zerschmettern.«

Bevor wir begannen, erklomm George die Bühne und sagte einige Worte über Fynn. Darüber, welch besonderer Mensch er gewesen war und wie sehr er uns allen fehlte. Auf der Leinwand hinter uns erschien die versprochene Überraschung. Ein Video, das Fynn bei einem ihrer Konzerte zeigte. Den Kopf zur Seite gelegt, strahlend, die Gitarre fest in seiner Hand.

Und es fühlte sich an, als löste ich mich auf.

Alles an mir wollte flüchten.

Mich vor der Welt verstecken.

Doch dann rief George uns auf die Bühne.

Grace gab mir einen Schubs und ich ging wie ferngesteuert los.

Nick reichte mir meine Gitarre und die Musik setzte ein und plötzlich wurde es einfach.

Die Begeisterung kehrte zurück.

Ließ mich alles andere vergessen.

Noch bevor das Lied endete, verlor ich mich darin.

Fynn behielt recht, ich liebte es, hier zu stehen.

Grace hielt ein Plakat in den Händen, das sie heimlich mit Hank gebastelt haben musste. Sie wippte im Takt der Musik mit und ihre Augen leuchteten, genau so wie Fynns es getan hatten, wenn er gespielt hatte.

Irgendwo dort auf der Bühne fand ich ein Stück von mir selbst zurück.

Von da an begann ich, den Freitagen entgegenzufiebern. Das Zusammenspiel mit George allein war ruhiger und dennoch löste es diese Glücksgefühle in mir aus. Anschließend blieben wir oft noch im Pub. George stellte mich Bekannten vor und das führte zu Nächten mit guten Gesprächen, ohne dass das Thema auf Fynn kam. Das war neu und manchmal befreiend.

So sehr ich die anderen liebte, mit jedem von ihnen verband ich auch Fynn.

An den Freitagen war es anders.

Da war ich anders.

Ich lachte tatsächlich wieder. Weil dieser Rausch mich mitriss. Nach den Auftritten war so viel Leben in mir, dass es hinausdrängte. Einmal rannten George und ich Hand in Hand durch den Regen, bis zu ihm nach Hause, einfach, weil ich so dringend rennen musste. Wir hasteten durch Pfützen, bis wir klatschnass waren, und trotz der Kälte lachten wir die ganze Zeit.

Diese Freitage wurden meine Auszeiten von dem, was mich zu Hause erwartete.

Von Hank und diesen Dingen, die er manchmal in mir auslöste.

Von meinen Schuldgefühlen und von den ständig mehr werdenden Briefen, die ich im Schrank versteckte.

Irgendwann würde er nicht länger ausreichen, um sie zu verstecken.

Und ich hatte keine Ahnung, was ich dann tun sollte.

Fünftes Jahr

Tagebuch

Hey, Schönster,

erinnerst du dich daran, wer ich gewesen bin, bevor du gegangen bist?

Bevor du diesen Teil von mir mitgenommen hast, der ohnehin ewig dir gehört hätte?

Ich weiß es nicht mehr.

Aber du scheinst es zu wissen.

Wie kann es sein, dass du mich noch immer kennst, während ich mich verloren habe?

Oder hast du mich auch längst verloren und ich verbiege mich mit jedem Brief mehr für dich, weil ich den Gedanken nicht ertrage, dass du mich nicht mehr kennst?

Wer war ich, bevor mir alle gesagt haben, wer ich sein soll?

Bevor du mir gesagt hast, wer ich sein soll?

Und was, wenn ich das nicht mehr sein will?

Fynns Brief

Meine Schönste,

habe ich dir je erzählt, wann ich begriffen habe, dass ich dich liebe?

Das war damals im Schrank.

Bis dahin habe ich versucht, mir einzureden, du seist nur eine außergewöhnlich schöne Plage, die ausgeschickt wurde, um mir den Verstand und die Nerven zu rauben. Ja, du solltest an dieser Stelle unbedingt schmunzeln, das macht es gleich hoffentlich einfacher für dich.

Im Schrank habe ich mir eingestanden, dass du so viel mehr bist.

Ich habe etliche Frauen geküsst.

Darunter waren wenig Küsse, die mir in Erinnerung geblieben sind.

Und es sind nur deine Küsse, die zählen.

Ich bereue dennoch keinen.

Sonst hätte ich dort im Schrank vielleicht nicht erkannt, was du für mich bist.

Kommen wir zu dem, was ich mir dieses Jahr von dir wünsche: Fang Küsse für mich, Maya.

Ja, ich weiß, du liest jetzt schneller, weil du hoffst, dass es nur ein Witz ist, oder? Aber nein, es ist keiner.

Ich will, dass du schaust, ob du jemanden findest, der dein Interesse weckt, und falls dem so ist, küss ihn. Wenn dich der Kuss nicht umhaut, geh weiter, fang den nächsten Kuss, bis du gefunden hast, was dir gefällt.

Um herauszufinden, was du willst, musst du es probieren.

Sei wild, Schönste.

Ich liebe dich.

Ewig.

Kapitel 50

»Nein! Ich liebe ihn – aber nein!«

Das war ungefähr das, was ich seit der letzten Nacht in Dauerschleife dachte.

Taira legte den Finger auf die Lippen, eine Ermahnung, still zu sein, während sie zum gefühlt hundertsten Mal Fynns Worte las. Grimmig zwang ich die nächste Protestwelle zurück.

Ich musste dringend mit jemandem hierüber reden, leider fiel mein bisheriger Beistand aus. Deshalb hatte ich noch vor Sonnenaufgang eine Notfallnachricht an Taira geschickt. Doch bis gerade waren abwechselnd Matt und Grace um sie herumgekreist wie zwei Satelliten.

»Ich weiß nicht, was Fynn sich dabei gedacht hat.« Mein Protest hielt es nicht länger in mir, suchte sich einen Weg heraus, bevor Grace und Matt – oder noch schlimmer, Hank – zurück zur Picknickdecke kamen. »Er kennt mich doch!«

»Ja.« Tairas Augen glänzten begeistert im Sonnenlicht. »Deshalb macht er das. Weil er weiß, dass du dich sonst den Rest deines Lebens versteckst.«

»Ich verstecke mich nicht. Genaugenommen sitze ich hier mitten in einem Park.« Ein Schnauben schloss sich an. »Hey. Ich brauche dich auf meiner Seite, du bist meine Freundin!«

»Und Fynns.« Sie zuckte mit den Schultern. »Hierbei bin ich in seinem Team. Probiere es und finde heraus, was du willst. Das sag ich dir seit Jahren, nur hörst du nie auf mich.«

»Das ist eine Anspielung auf den Kuchen in der Cafeteria. Fynn hat mich überredet, alles davon auszuprobieren. Aber hier geht es nicht um Kuchen!«

Taira lachte auf. »Zum Glück, das Zeug war ekelhaft, doch das hier klingt nach Spaß. Seine beste Aufgabe bisher.«

Sie bekam das, was sich anfühlte wie der giftigste Blick, zu dem ich imstande war. Die Worte dazu musste ich mir verkneifen, denn schon kamen Matt und Hank zurück – ohne Grace. Offenbar hatte die nun Gefallen am Klettergerüst gefunden.

»Was ist so lustig?« Die beiden sanken zu uns auf die Decke.

»Fynn«, erklärte Taira ungerührt. »Ich liebe seinen Humor.« Augenblicklich wechselten die Blicke der Männer zu mir.

Matts ehrlich neugierig.

Hanks argwöhnisch.

Es war das erste Jahr, in dem ich ihn nicht angerufen hatte, und er fragte sich, weshalb. Sein Blick heute Morgen an der Tür hatte mir das wortlos bestätigt. Seit er Matt und Taira überraschend bei uns gefunden hatte, war die Irritation darin noch größer geworden. Er wusste, dass etwas nicht stimmte, aber es war Hank und deswegen fragte er nicht danach, sondern wartete darauf, dass ich bereit war, mit ihm zu reden.

War ich nicht.

Ich schüttelte in einer winzigen Bewegung den Kopf.

Für den Moment hatte ich keine Ahnung, wie ich dieses Thema ansprechen sollte.

»Fynn möchte, dass Maya auf Männerfang geht.«

Nicht so!

Auf diese Art ganz sicher nicht!

Hitze schoss mir in die Wangen. In wenigen Sekunden würde ich aussehen wie eine überreife Erdbeere.

»Sie soll Küsse sammeln«, fuhr Taira fort und machte es mit ihrer Begeisterung nur noch schlimmer. Ich wich Hanks Blick aus und tat, als fände ich den Inhalt des Picknickkorbs faszinierend.

»Das ist super«, kam es von Matt. »Fynn hat recht. Du hast seit Jahren niemanden mehr geküsst. Und wie viele Männer waren es davor? Zwei? Das ist nicht gesund. Du musst endlich wieder jemanden in dein Leben lassen und so wird das nie etwas.«

»Ich will aber niemanden in mein Leben lassen!«, erwiderte ich finster und zerquetschte ein paar der Weintrauben, die ich mir gerade genommen hatte, um nicht mit leeren Händen vom Korb abzulassen. »Ich habe Grace, das reicht.«

»Genau das ist der Grund, weshalb Fynn dir diesen Wunsch abfordert!« Taira seufzte theatralisch. »Weil das nicht reicht. Du kannst nicht einfach beschließen, niemals wieder eine Beziehung zu haben.«

»Kann ich und werde ich!« Die Reste der Weintraubenpampe landeten im Gras. »Das ist meine Entscheidung und nicht deine.« Ich wich Hanks Blick weiterhin stur aus, aber ich spürte seinen dennoch auf mir brennen. Hanks Schweigen war ähnlich verräterisch wie mein Protest.

Es war ein Fehler gewesen, Taira von dem Brief zu erzählen. Ich hätte lügen und mir eine andere Aufgabe ausdenken sollen. Diesmal hatte Fynn den Bogen überspannt.

»Aber es ist Fynns diesjähriger Geburtstagswunsch. Also wirst du es ohnehin tun«, erklärte Taira grinsend und bekam dafür von mir eine Weintraube an den Kopf geworfen.

Brieftage waren keine guten Auftrittstage, deshalb hatte George unseren wöchentlichen Auftritt auf heute verlegt. Die anderen schlossen sich mir an. Taira hatte dafür gesorgt, dass sogar Hank dabei war. Oder vielmehr war sie über seinen höflichen Protest hinweggestampft, bis er schließlich einknickte.

Er war schweigsamer als sonst, zumindest mir gegenüber. Mit Taira und Matt sprach er wie immer, mit Charlotte, Grace' neuer Babysitterin, hatte er noch gescherzt, als wir sie dort abgegeben hatten.

Aber mit mir redete er wenig.

Ähnlich wenig wie ich mit ihm.

Wir schlängelten uns seit Stunden durch den Tag, durch den Abend verlängerte sich dieser unbequeme Zustand. Heute war ich gleich aus mehreren Gründen froh, als ich auf der Bühne stand. So konnte ich nicht nur dem Schweigen zwischen mir und Hank entkommen, sondern auch das Gedankenchaos fortschieben.

Musik sorgte dafür, dass ich den Kopf leeren konnte. Noch so eine Sache, die ich Fynn verdankte. Er hatte Musik in mein Leben gebracht.

Wir spielten die üblichen Lieder und eines von Georges neuen, um die Reaktionen zu testen, wie er es nannte. Ich liebte seine Lieder, jedes davon. Er besaß die Gabe, mit seinen Worten Bilder zu erschaffen.

Als wir mit den Zugaben durch waren, war ich so aufgeputscht wie immer und gleichzeitig fühlte ich mich wie berauscht vor Glück. Es war fantastisch, dieses Gefühl.

Ich trank von dem Drink, den Taira mir in die Hände drückte, ohne zu wissen, was er enthielt. Er war kalt und fühlte sich an, als wäre er nach den letzten Stunden genau das Richtige.

»Wie sieht es aus?«, fragte sie provokant, dabei waren wir keine fünf Minuten zurück. »Hast du schon gecheckt ob hier jemand ist, der dir gefällt?«

Ihre Worte waren wie eine eisige Dusche.

Mein Rausch endete abrupt.

George drehte sich grinsend zu mir. »Du bist auf Männersuche, Prinzessin? Warum erfahre ich das erst jetzt?«

»Bin ich nicht«, brachte ich heraus und nahm einen großen Schluck meines Drinks.

Warum fanden alle um mich herum dieses Thema lustig?

Mein Blick streifte für eine Sekunde Hanks.

Fast alle.

»Fynn denkt, sie sollte es sein«, setzte Taira hinzu und fing sich dafür einen winzigen Tritt von mir ein.

Sie entpuppte sich als der schlechteste Beistand aller Zeiten. »Und das hast du davon, wenn du ständig zu spät kommst, Georgie«, fuhr sie fort. »Man verpasst den guten Tratsch. Maya soll Küsse einfangen.«

»Lustig«, gab er zurück.

Dabei war nichts lustig.

Küsse hatten für mich lange eine andere Bedeutung gehabt.

Sie waren nichts, das ich *einfangen* konnte.

Wie stellte Fynn sich das vor, dass ich zu jemandem ging und ihn küsste?

Das war verstörend.

Alles.

»Ich mache es nicht!« Eine Spur zu heftig landete mein Glas auf dem Tisch. Ich wollte es nun genauso wenig wie dieses Gespräch.

Konnte ich nicht stattdessen mein Rauschgefühl zurückbekommen?

Taira schien zu ahnen, dass wir uns einer Grenze näherten, die sie nicht überschreiten sollte, denn die Belustigung aus ihrem Gesicht schwand. »Xander war die schlechteste Wahl und an Fynn wird für dich ohnehin keiner herankommen. Aber dazwischen gibt es jede Menge toller Möglichkeiten. Küss für den Anfang jemanden, den du kennst. Vielleicht macht es das einfacher?«

Wir hatten sie gefunden, meine Grenze.

»Soll ich dich küssen?«, fuhr ich sie an. »Oder lieber Matt?«

»Nimm mich.« Keinen Herzschlag später tauchte das Gesicht zur Stimme vor mir auf. Einen Augenblick blitzten mich Augen herausfordernd an, warteten auf Zustimmung und bekamen sie unbegreiflicherweise.

Seine Lippen legten sich auf meine. Hauchzart, als wollte er herausfinden, wie ernst es mir war. Ich überraschte mich selbst, als ich begriff, wie ernst es mir war. Meine Lippen öffneten sich und seine taten es ihnen gleich. Der Druck wurde stärker. Intensiver. Seine Hand tauchte in mein Haar ab, legte sich mir an den Hinterkopf und zog mich näher zu sich.

Wir küssten uns.

Der Gedanke war unfassbar und gleichzeitig fühlte sich das hier gut an.

Mehr als das.

Alles an mir war plötzlich viel sensibler als zuvor.

Ich spürte, wie sich mein Herzschlag erhöhte.

Wie dieses Rauschgefühl zurückkehrte und mich ausfüllte.

Es war ganz anders als mit Fynn.

Das hatte ich gewusst.

Nur deshalb hatte ich zugestimmt.

Er musste gespürt haben, was Tairas Druck in mir auslöste, und er hatte mir eine Lösung geboten.

Weil George gewusst hatte, dass er der Einzige hier war, den ich küssen würde.

Seine Miene war eine Mischung aus Verblüffung und Entgeisterung, als wir uns voneinander lösten. Sie fühlte sich an wie ein Echo zu dem, was sich in mir abspielte.

Ich hatte nicht geahnt, dass es sich so anfühlen würde, George zu küssen.

So … *gut*.

Meine Lippen prickelten von dem Druck seines Mundes und mein Herz fand nur schwerfällig zurück in einen gleichmäßigen Rhythmus.

»Ist das auch so ein Ding, das du regelmäßig machen sollst?«, fragte er und schob ein überzogen charmantes Lächeln hinterher, während seine Finger über meine Schulter fuhren. »In dem Fall steh ich dir jederzeit zur Verfügung.« Die Art, wie er das sagte – wie er mich anschaute –, ließ meine Lippen noch erwartungsvoller prickeln.

Verflucht.

Ich war komplett überfordert.

Als hätte mich jemand genommen und durchgeschüttelt und jetzt saß nichts mehr dort, wo es hingehörte.

»Zufrieden?« George wandte seinen Blick in Richtung der anderen und erst da wurde mir wieder bewusst, wo wir waren.

Und mit *wem*.

In den drei Gesichtern vor mir fand ich die gleiche Entgeisterung wie gerade noch in Georges.

Nur war da kein Funken von Begeisterung.

Es war reiner Schock, der mir entgegenschlug.

George schien es ebenfalls zu spüren, denn er legte schützend den Arm um mich. »Wow, nicht alle auf einmal. Euer Entzücken schüchtert uns ein.«

Scheiße.

Taira starrte mich an, als hätte ich einen Welpen getreten.

Matt blinzelte, als hoffte er, dass es ihm so gelang, das Gesehene aus seinem Gedächtnis zu löschen.

Und Hank ... Seine starre Miene fühlte sich an wie ein Faustschlag mitten in meinen Magen.

Dort würde so schnell nichts mehr flattern.

»Gratuliere.« Er war es, der sich zuerst aus seiner Starre löste. »Die Aufgabe ist erfüllt. Möchte noch jemand einen Drink?«

Hank war fort, bevor wir auch nur hätten antworten können.

Sechstes Jahr

Fynns Brief

Meine Schönste,

mittlerweile sind so viele Jahre vergangen, dass es immer schwieriger wird, mir vorzustellen, wo ihr seid. Jetzt gerade sehe ich dich in unserer winzigen Wohnung auf dem Sofa sitzen, vor dir dieser Sperrmülltisch. Die Bilder an den Wänden wurden um einige von Grace erweitert – das war es. In meiner Vorstellung sieht sonst alles genauso aus wie jetzt.

Warum ich das denke?

Weil ich glaube, dass es mir schwerfiele, etwas zu verändern, wenn unsere Rollen vertauscht wären. Manchmal sind wir uns so ähnlich, dass es wehtut. Also ja, es ist gut möglich, dass du mit Grace längst weitergezogen bist, und das wäre wundervoll.

Wenn nicht, wird es Zeit.

Neuanfänge machen Angst, das weiß niemand besser als ich. Ich kann nicht mehr überblicken, wie oft ich vor ihnen geflohen bin. Aber wenn wir immer nur ausweichen, statt uns Veränderungen zu stellen, verpassen wir die besten Dinge. Das habe ich begriffen, als du in mein Leben gestürmt bist.

Du hast mir Angst gemacht.

Auf unendlich viele Weisen.

Und ich bin jeden Tag froh darüber, dass ich vor dir nicht geflohen bin.

Veränderungen machen Angst, Maya.

Aber Veränderungen sind Leben.

Es wird Zeit, weiterzuziehen. Sieh es als eine weitere Horizonterweiterung.

Sucht euch einen Ort, an dem ihr euch wohlfühlt.

Ein echtes Zuhause.

Das ist, was ich mir für euch wünsche.

Diese Wohnung war ein Traum, den wir beide uns erfüllt haben, doch du brauchst Platz für neue Träume.

Ich bin so gespannt zu erfahren, wie euer Heim sein wird.

Ich liebe dich.

Ewig.

Tagebuch

Hey, Schönster,

sie kommt zurück, die Eisglocke.

Ich spüre ihre Kälte immer häufiger.

Mit jedem Brief, den ich in den Schrank stopfe.

Mit jedem dieser Blicke, die Hank mir zuwirft.

Mit jedem Tag, den ich mit Themen verbringe, die mich nicht interessieren, und doch keine besseren finde.

Ich sollte mit Henry reden. Und mit Hank. Und mit den Leuten, die die ganzen Briefe schreiben.

Aber ich kann es nicht.

Weil zu leben so verdammt anstrengend ist, dass es sich nicht anfühlt, als wäre da noch Kraft, um zu reden.

Also schweige ich.

Bei allen anderen, nur nicht bei dir.

Weil du der Einzige bist, mit dem ich reden kann.

Deshalb sag ich dir, dass du deine Wünsche vergessen kannst!

Du willst, dass ich ein neues Zuhause finde?

Zuhause waren wir!

Du und ich!

Wieso forderst du diese Dinge von mir?

Ich bin so wütend auf dich, dass ich schreien möchte.

Immerzu.

Kapitel 51

»George und du …« Taira schüttelte den Kopf und der Schleier in ihren Haaren schwang mit.

»Was ist mit uns?« Ich stoppte Tairas Kopf sicherheitshalber sanft, bevor der zarte Schleier seinen Dienst quittierte.

»Seid ihr jetzt zusammen?« Sie starrte mich aus dem goldenen Spiegel heraus an.

»Nein.« Ich tauchte aus ihrem Blickfeld ab, indem ich tat, als zupfte ich ihr elegantes elfenbeinfarbenes Kleid an die richtigen Stellen. Dabei wussten wir beide, dass sein Sitz perfekt war. Immerhin hatte Tairas Schwester dieses Prunkstück genäht. »Wir sind nur gemeinsam zur Hochzeit gekommen«, setzte ich gezwungenermaßen hinzu, weil Taira meinen Namen ausstieß und weitere Informationen einforderte.

»Wie lange läuft das zwischen euch jetzt schon?«

Darauf würde sie von mir keine Antwort bekommen.

Ich zog ihren Schleier wieder glatt. »Es läuft nichts«, gab ich zurück. »Wir sind nur Freunde.«

»Freunde, die regelmäßig miteinander ins Bett gehen«, beendete Taira ungerührt den Satz und sprach damit aus, was ich nicht eingestehen wollte.

Was nun?

Leugnen wäre lächerlich.

Dafür waren George und ich zu oft gleichzeitig von gemeinsamen Treffen verschwunden. Auf ihrer Verlobungsparty hatte Taira ihn morgens in meinem Zimmer gefunden. Außerdem fuhr ich jeden Freitag mit zu ihm und bezahlte Charlotte ein Vermögen fürs Babysitten.

Wir hatten versucht, unter dem Radar der anderen hindurchzufliegen. Aber dem Blick nach, den Taira mir zuwarf, waren wir krachend gescheitert.

»Müssen wir das wirklich jetzt besprechen? Du heiratest in zehn Minuten.«

»Müssen wir«, erwiderte sie mit entschlossenster Taira-Miene. »Denn ich muss wissen, was das zwischen euch ist.«

»Wir sind Freunde …«

Taira stieß ein Geräusch aus, das klang wie ein Luftballon, der schnell an Luft verlor. »Sag das noch einmal und ich schreie.«

Das war einer der Gründe, weshalb wir uns bemüht hatten, nicht aufzufallen. Weil wir beide wussten, dass es dann kompliziert werden würde. Dabei war zwischen George und mir alles herrlich unkompliziert.

Nachdem wir zum ersten Mal miteinander geschlafen hatten, waren wir in seinem Bett liegen geblieben. George hatte mir sein neuestes Lied vorgespielt und mir danach ein Video von Matt gezeigt. Ich ihm im Anschluss eines von Grace und ihrem Wackelzahn. Alles war wie immer zwischen uns, abgesehen davon, dass wir einander nun ziemlich gut nackt kannten.

Es war ein Fehler gewesen, George als Gast mit auf unsere Einladungskarte zu schreiben. Ich hätte damit rechnen müssen, dass Taira Antworten verlangte. Daran hatte ich leider nicht gedacht, als er mich aus dem Urlaub anrief und mich darum bat, weil er vergessen hatte, seine Zusage rechtzeitig abzuschicken. Also hatte ich ihn als meine Begleitung eingetragen, mir sein Wunschessen durchgeben lassen und das war es gewesen.

»Was ist schlimm daran?«

Wie konnte ausgerechnet sie etwas dagegen haben?

Sie schwieg einige Sekunden, versuchte wohl, nach den richtigen Worten zu greifen. »Liebst du ihn?«

Sie hätte länger suchen müssen.

Denn das waren nicht die richtigen.

Diese entsetzten mich.

Ich war diejenige, die nicht einmal Liebeslieder ertrug.

Allein die Vorstellung, dass ich George anders lieben könnte als einen Freund …

»Natürlich nicht!«

Taira nickte, schien mit dieser Antwort gerechnet zu haben. »Und liebt er dich?«

Was?

Zur?

Hölle?

»Nein! Wir sind nur F…«, setzte ich wieder an, um angesichts Tairas warnender Miene den restlichen Teil lieber nicht zu wiederholen.

»Genau das ist das Problem.« Ihre Stimme wurde sanfter. »Fynn wünschte sich, dass du herausfindest, was du möchtest. Natürlich magst du George, das tun wir alle. Aber du nutzt ihn als Deckung. Er ist deine sichere Nummer, weil du weißt, dass du dich nicht in ihn verliebst. Dabei bleibt es, ob du dich noch einen Monat mit ihm triffst oder fünf Jahre. Unterdessen geht das Leben um dich herum weiter, Maya. Du könntest etwas wirklich Gutes verpassen.«

In meiner Brust krampfte sich das zusammen, was irgendwann einmal ein Herz gewesen war.

Darum ging es.

»Aber ich will das – diese Unverfänglichkeit.«

»Fynn hätte das nicht gewollt«, sagte Taira leise und verschlimmerte den Schmerz. »Fynn wünschte sich etwas anderes für dich.«

Hinter meinen Augen brannte es.

Das tat es in letzter Zeit wieder häufiger.

»Selbst wenn, dann hat Fynn sich geirrt!«, stieß ich aus. »Und ich bin nicht an das gebunden, was er sich vor vielen Jahren einmal ausgedacht hat!«

»Was ist mit Grace? Wünscht sie sich keinen Vater?«

»Sie hat einen Vater!« Meine Stimme war eine Drohung, zu stoppen.

Sofort.

Aber meine Drohungen hatten Taira noch nie eingeschüchtert.

»Ja, nur kann er nicht hier sein, um sie in den Arm zu nehmen oder um ihr Geschichten vorzulesen, all diese Dinge. Fynn ist dort oben, doch Gracie ist hier unten. Warum wehrst du dich dagegen, dass es jemanden gibt, der diesen Platz einnehmen könnte?«

Das war zu viel.

»Tu das nicht.« Irgendwie kämpften sich die Worte aus mir heraus. »Benutz nicht Grace, um deine Vorstellungen durchzusetzen. Es ist mein Leben und darin bestimme ich. Nicht du. Nicht Grace. Nicht einmal Fynn!«

Ich drehte mich ab, ging in Richtung Tür. Ich brauchte eine Pause, um keinen Nervenzusammenbruch vorm Altar zu riskieren.

»Es tut mir leid, Maya.« Entschuldigungen fielen Taira schwer, umso überraschender kam diese. »Eigentlich wollte ich dich nur darauf vorbereiten, dass Hank kurzfristig jemanden mitbringt.«

Ein Riss ging durch mich hindurch.

Dabei durfte es keinen geben.

Hank konnte tun, was immer er wollte.

Warum brannte dieser Riss dann wie Feuer?

»Du verrennst dich in dieses Ding mit George, damit du nicht gezwungen bist, dich mit Hank zu beschäftigen. Weil dir deine Gefühle für ihn Angst machen, oder? Aber er wird nicht ewig warten. Er wartet schon so lang darauf, dass du ihm eine Chance gibst.«

Statt zu antworten, knallte ich die Tür hinter mir zu.

Es gab keine Handvoll Menschen, vor denen ich weinen konnte. Der Anblick der Hochzeitsgesellschaft sperrte jeden Gedanken an Tränen tief in mir ein. Dennoch kam ich beim Einzug kurzzeitig aus dem Takt, als mein selbstzerstörerischer Blick Hank suchte und fand.

Ihn und eine Frau, die ich flüchtig von der Uni kannte.

Der Riss wurde tiefer.

Der Schmerz heftiger.

Irgendwie schaffte ich es nach vorn, zwang mir ein Lächeln auf und mühte mich, es die Zeremonie über zu halten.

Der Tischplan machte mir einmal mehr bewusst, weshalb ich Taira liebte. Sie hatte Monate mit Matt über die perfekte Sitzordnung diskutiert. Häufig hatte ich mitdiskutieren müssen und mit ihnen Verwandte und Freunde hin und her geschoben. Ein Tisch war dabei nie diskutiert worden: der unserer kleinen Freundefamilie. Manchmal, wenn Taira zu genervt war, hatte sie Matt gesagt, dass sie sich an unseren Tisch setzen würde und den Rest könne er bestimmen. Sie hatten den Tischplan hinbekommen, doch der, vor dem ich stand, war anders.

Hank saß nicht länger bei uns.

Weil Taira wusste, dass da etwas in mir war, was ich zu gern herausgerissen hätte. Also hatte sie ihn und seine Begleitung kurzerhand ans andere Ende des Raumes verfrachtet und mich so gesetzt, dass ich nicht zu ihm schauen musste.

Das half dabei, die nächsten Stunden zu überstehen. Auch wenn meine Gedanken ähnlich häufig zu ihm wanderten wie Grace.

Kurz bevor Charlotte kam, um sie abzuholen, schlief Grace in meinem Arm ein, wie früher, als sie ein Baby gewesen war. Ein Anblick, der sich nach Tairas Worten anfühlte wie ein Berg voller Schuld, unter dem ich versank.

Eine Nachricht kündigte an, dass Charlotte auf dem Parkplatz wartete. Es war deutlich schwieriger als früher, Grace schlafend hinauszutragen.

»Lass mich sie tragen.« Hank tauchte an meiner Seite auf und nahm sie wie selbstverständlich auf seinen Arm. Sie kuschelte sich an ihn und er strich mit der Hand beruhigend über ihren Kopf.

Wo blieb die Kälte?

Wo die Eiswände?

Ich wollte das nicht fühlen.

Nichts davon.

»Maya?« Hank drehte sich zu mir um und ich erinnerte mich daran, wie die Sache mit dem Laufen funktionierte. Schweigend gingen wir durch den Raum, dann durch die Parkanlage hinüber zum Parkplatz, wo Charlotte wartete. Hank setzte Grace behutsam in den Kindersitz, ich schnallte sie an und streichelte ihr die nassen Strähnen aus der Stirn.

»Macht euch einen schönen Abend, ihr zwei«, sagte Charlotte lächelnd in unsere Richtung. »Ich gehe mit Grace morgen in den Zoo. Wir sind nicht vor dem Nachmittag zurück. Ihr könnt ausschlafen.«

Sie dachte also, Hank und ich wären gemeinsam hier.

Als Paar.

Es hatte in den letzten Jahren so viele gegeben, die gedacht hatten, dass wir eines waren.

Jetzt also auch Charlotte.

Ich schwieg, weil ich zu erschöpft war, um ihr zu sagen, dass sich nichts zwischen uns geändert hatte. Hank schwieg ebenfalls und starrte den sich entfernenden Scheinwerfern hinterher, bis er registrierte, dass ich mich in Bewegung setzte. »Willst du wieder rein?«

»Wieso? Wolltest du noch länger auf diesem entzückenden Parkplatz herumstehen?«

Damit rang ich ihm ein Lächeln ab. »Nein, ich wollte dir zeigen, was Gracie und ich entdeckt haben, als du von der Fotografin gequält wurdest.«

Er bekam eine Grimasse. Die Fotografin hatte mich permanent darin erinnern müssen, zu lächeln. Aber ich hatte es kaum über mich gebracht. Wahrscheinlich hatte ich die ganzen Hochzeitsfotos ruiniert.

»Wie wäre es mit einem kleinen Perspektivwechsel?«, fragte er neckend und weckte augenblicklich die Erinnerung an den Teppich.

Dort hatte alles angefangen.

Mit diesem einen Gedanken zu seinen Lippen.

Und jetzt tobte dieser verdammte Sturm in mir.

»Ich bekomme dich kaum noch zu sehen, Maya. Wir hatten seit Wochen nicht einmal mehr gemeinsame Mittagspausen.«

Sein Necken verschwand angesichts dessen, was er in meinem Gesicht vorfand. »Nur ein paar Minuten?«

Ich machte den Fehler, ihn diesen Hauch zu lange anzusehen.

Hank fehlte mir.

Viel zu sehr.

Ich nickte und er schlug den entgegengesetzten Weg ein. Fort von der Feier und den Menschen. Laternenlicht fügte sich malerisch in die Kulisse ein. Auf der Wiese, zu der er uns brachte, stand ein Gerüst mit zwei Schaukeln. Der Anblick kam so unerwartet, als hätte es jemand hier kurzzeitig abgestellt und vergessen. Hank ließ sich auf einer davon nieder. Ich nahm die andere und begann, mich sanft abzustoßen. »Besser als die Fotos.«

»Dachte ich mir.« Hanks Schaukel gab ein gemächliches Quietschen von sich. »Du hast heute nicht gewirkt, als hättest du Spaß. Nicht nur bei den Fotos … Geht es dir gut?«

Deswegen die Schaukeln?

Er machte sich Sorgen.

Das war gut, oder?

So was taten Freunde.

Warum flackerte dann diese unerklärliche Enttäuschung in mir?

»Maya? Alles ok?«

Nein.

Nichts war ok.

Wann war dieser Aufruhr in mir wiedergekommen?

Diese Stimmen, die sich zu übertönen versuchten?

Es war genau wie früher.

Sie hatten so viele Jahre lang geschwiegen, dass ich gedacht hatte, sie seien fort. Nun waren sie zurück. Irgendwann nach der Jahresfeier war das geschehen.

Irgendwo zwischen dem Mord an Richard und den Briefen, die ich ignorierte, zwischen den ersten Küssen mit George und der letzten Forderung von Fynn waren sie lauter und lauter geworden.

Heute waren sie tosend.

»Natürlich. Mir geht es gut.«

Er nickte, wirkte beruhigter. »Wie weit bist du mit Fynns Forderung?«

»Nicht besonders.« *Ich würde sie ignorieren.* Fynn konnte mich irgendwann in der Ewigkeit dafür zur Rechenschaft ziehen, aber vorher hatte ich ihm das ein oder andere zu seinen Briefen zu sagen.

»Willst du nicht doch die Nummer meines Maklers haben? Gracie braucht ein eigenes Zimmer. Die Wohnung wird zu klein für euch.«

Ich schüttelte den Kopf und sein Ausatmen klang, als hätte sich in ihm einiges an Frust angesammelt.

Fynn hätte jetzt mit mir gestritten.

Keine Ahnung, warum ich die beiden so oft miteinander verglich.

Mein Kopf tat momentan einige sonderbare Dinge.

»Wie läuft es auf der Arbeit?« Gespräche zwischen Hank und mir waren in den letzten Monaten aus verschiedenen Gründen schwierig geworden.

»Unglaublich fesselnd.« Hank hob die Augenbrauen angesichts des tiefen Sarkasmus, der ihm entgegenknallte.

»Es hätte dir bei mir auch nicht besser gefallen.«

»Das werde ich niemals rausfinden, weil du dich geweigert hast, meine Bewerbung zu berücksichtigen.«

Er drückte die Schuhe in die Erde und stoppte die Bewegungen seiner Schaukel. »Das habe ich nicht gemacht, weil ich dich nicht als Mitarbeiterin wollte. Hätte ich dich nicht gekannt, hätte ich dich sofort eingestellt.«

»Du kanntest einige deiner Leute vorher und mit mindestens zweien von ihnen bist du befreundet.«

Wir hatten nie darüber gesprochen.

Eigentlich hatte ich das beibehalten wollen.

Aber Taira hatte irgendetwas in mir aufgewirbelt, das ich nicht gestoppt bekam. Hank hatte mich nicht berücksichtigt, weil er weiterhin hoffte, dass aus uns mehr würde.

Ich wusste es.

Und seinem Blick nach wusste auch er, dass ich es wusste.

Gerade musterte er mich so verdammt durchdringend, als versuchte er, herauszufinden, ob ich ihn wirklich zwingen wollte, es auszusprechen.

Wollte ich nicht.

Wahrscheinlich.

Oder doch?

Keine Ahnung!

»Maya ...« Er griff in das Seil meiner Schaukel und stoppte sie, sodass wir uns ungewohnt nah beieinander wiederfanden. »Es ist besser so.«

Natürlich.

Er entschied sich für den diplomatischen Weg.

Weil er genau das war, diplomatisch, feinfühlig und sanft.

Ich war heute nichts davon.

Hinter meiner Brust tobte ein verdammter Hurrikan.

»Weißt du, was ich hasse?«, brach es aus mir heraus. »Das jeder weiß, was das Beste für mich ist. Taira und Matt wissen es und Fynn wusste es offenbar schon vor Jahren. Und jetzt fängst auch noch du damit an. Hört auf, mir zu sagen, was das Richtige ist! Es ist mein Leben und ich habe andere Pläne!«

Hank hatte mir heute mit seiner Begleitung einen Riss versetzt.

So wie er mich ansah, hatte ich ihm jetzt ebenfalls einen verpasst.

Er hatte begriffen.

Ihn und mich.

Das würde niemals passieren.

Ich hatte ihn verletzt.

Das hatte ich nicht gewollt.

Augenblicklich verpuffte der Hurrikan und ich ertrank in Schuld.

»Du hast recht.« Er wich meinem Blick aus, als er aufstand. »Und ich habe verstanden.«

Genau das hatte ich gefordert.

Er sollte aufhören, auf mich zu warten.

Sie alle sollten aufhören, mich zu Hank zu drängen.

Bis ich den Ausdruck in seinem Gesicht gesehen hatte.

Seitdem wollte ich es nicht mehr.

Überall in mir waren Stimmen und ich wusste nicht, welche davon meine war.

»Gehen wir zurück? Taira sucht bestimmt schon ihre Brautjungfer.« Hank setzte sich in Bewegung. Von hier sah ich nur seinen Rücken, aber der Ton seiner Stimme klang, als versuchte er, sich nicht anmerken zu lassen, was meine Worte in ihm auslösten.

»Warte.« Bevor mein Verstand ein Veto einlegen konnte, stürzte ich zu ihm und zwang ihn zu stoppen.

Hank mühte sich eine Art Lächeln ab, das verunglückte, weil seine Augen so bedrückend leer wirkten. Eine dunkle Wolkenfront hatte sich über das Seegrün geschoben. »Es ist in Ordnung, Maya.« Er dachte, das hier würde eine Entschuldigung für meine Abfuhr werden.

Würde es?

Keine Ahnung.

Da war nur Chaos in mir.

Ich starrte ihn an und fand seine Lippen. Der Wunsch, endlich herauszufinden, wie es sich anfühlte, Hank zu küssen, ließ plötzlich alles andere in mir schweigen.

Meine Hand legte sich an seine Wange. Seine Augen weiteten sich, schienen herausfinden zu wollen, was das hier wurde. Ich war unfähig, es ihm zu erklären.

»Du musst nicht …«, flüsterte er. Was immer er sagen wollte, stoppte ich noch im Ansatz, indem ich meinen Finger auf seine Lippen legte.

Sein durchdringender Blick nahm meinen gefangen.

Einen Augenblick lang schienen wir beide unfähig, uns zu rühren. Wir konnten weder vorwärts noch zurück.

Weil jede Bewegung diesen Moment auflösen konnte.

Hank hauchte mir einen winzigen Kuss auf den Finger.

Und ich war verloren.

Ich machte den letzten Schritt.

Zu ihm.

Meine Lippen lösten den Finger ab.

Und im nächsten Moment küssten wir uns.

Da blieb keine Möglichkeit, es langsam angehen zu lassen. Es wurde einer dieser Küsse, die einem den Atem raubten. Die sich anfühlten, als würde man fliegen, höher und höher. Wie ein Feuerwerk. Es war alles auf einmal und ging so viel tiefer, als es sollte.

Hank strich über meine Wangen, während ich mich an ihn drängte, weil ich nicht genug von ihm bekommen konnte. Er verstand, zog mich so fest an sich, dass ich seine Wärme spürte.

Seinen trommelnden Herzschlag an meiner Brust.

…

Herzschlag.

Sofort wich ich zurück.

Erwachte aus dem, was immer das hier gewesen war.

Fynn.

Ich starrte Hank an.

Er starrte zurück.

Scheiße!

»Mach das nicht, Maya.« Seine Stimme klang wie Eis, das splitterte. »Flüchte nicht. Nicht dieses Mal.«

Schuld brannte hinter meinen Augen.

Doch das Brennen hinter meinem Brustkorb war so viel schlimmer.

Meine Lippen formten eine stille Entschuldigung.

Dann drehte ich mich um und rannte davon.

Kapitel 52

Fynn und ich, grimmig in der Bibliothek.

Wir auf seinem Sofa.

In seinem Auto.

Am See.

Auf meinem Bett.

An seinem Geburtstag.

Hinter Bücherregalen. Auf unserer Treppe, im Tauschladen.

Fynn und ich.

Überall.

Ich wischte die eingehenden Anrufe fort.

Die Nachrichten von den anderen, die wissen wollten, wo ich war.

Ich blieb unter meiner Decke.

Und ich hatte nicht vor, wieder hervorzukommen.

Stattdessen scrollte ich weiter.

Von Bild zu Bild.

Von Moment zu Moment.

Kapitel 53

»Wir müssen endlich reden, Maya!«

Hank war zurück und mit ihm die gleiche Forderung wie andauernd seit der Hochzeit. Seit drei Wochen forderte er Antworten von mir. Ausgerechnet er, der sonst mein Schweigen akzeptierte.

Ich hatte gehofft, er würde einknicken. Dass seine Nachrichten endlich aufhörten und mit ihnen die Besuche an meinem Schreibtisch.

Aber das taten sie nicht.

»Ich muss arbeiten«, gab ich einmal mehr zurück und tippte Zahlen in Tabellen, die sich nicht anfühlten, als hätten sie etwas mit mir zu tun.

Irgendwann hatte ich die Welt verändern wollen, das war so lange her, dass ich mich kaum daran erinnerte. Doch wenn ich hier saß, schlich sich der Gedanke manchmal an und nagte an mir.

»Ernsthaft? Das sagst du jedes verdammte Mal!«

Ich blinzelte.

Hank war nie wütend.

Oder fluchte.

Er war die Ruhe, die mein Chaos erdete.

Ich spürte die Blicke der anderen auf uns.

»Es ist gerade schlecht«, raunte ich ihm zu und hoffte, er würde nachgeben, wie sonst auch. Doch als ich zu ihm sah, vibrierten die goldenen Kreise im Seegrün seiner Augen vor Frust.

»Seit drei Wochen findest du keine fünf Minuten für mich?«

»Es waren anstrengende Wochen.«

Schlechteste Ausrede aller Zeiten – das war zumindest das, was ich in Hanks Blick fand.

»Gut«, erwiderte er und nichts daran fühlte sich an, als könnte er das ernst meinen. Er ging und ich atmete auf.

Einen Tag mehr geschafft.

Irgendwann würde er aufgeb…

Ein Stuhl landete neben mir und Hank setzte sich darauf.

»Was wird das?«

»Ich warte.« Sein Gesicht war eine schöne kühle Maske. Auch er musste sich bewusst sein, dass wir gleich *das* Pausengespräch liefern würden. Nur hielt ihn das leider nicht von diesem Unsinn ab. »Ich will deine nächsten freien fünf Minuten nicht verpassen.«

Unsere Blicke verhakten sich ineinander.

»Du hast in einer halben Stunde eine Vorlesung.«

»Ich schwänze.« Seine Augenbrauen hoben sich herausfordernd.

»Du schwänzt nicht.«

»Wieso darfst du mir sagen, was ich tun soll und ich dir nicht?«

»Weil du die Vorlesung gibst? Und wahrscheinlich fast 100 Studierende auf ihren Professor warten werden?«

»Ich sage ihnen, dass meine beste Freundin nur noch über minimale Zeitfenster verfügt und ich dringend mit ihr reden muss, um nicht zu explodieren. Sie werden es verstehen.«

Er meinte es tatsächlich ernst.

Verflucht.

»Fünf Minuten«, stieß ich aus und stand auf.

Das war kein Gespräch, das wir in einem Großraumbüro führen konnten.

Wir nahmen den nächstbesten Hörsaal. Licht flutete den Raum. Hier hatte ich gesessen, wenn ich Hanks Seminare besucht hatte. Wir waren auf so viele Arten miteinander verbunden, dass diese Fäden sich immer wieder untereinander verknoteten.

»Willst du in meinen Arbeitskreis wechseln?«

Das war nicht der Einstieg, mit dem ich gerechnet hatte. Hank legte die Arme übereinander, musterte mich mit diesem Blick, der sich anfühlte, als würde er zu tief gehen. »Du kannst nächste Woche anfangen.«

Ich schüttelte den Kopf. »Ganz bestimmt nicht!« Das war das Letzte, was ich tun würde. Hank schien mit einer anderen Antwort gerechnet zu haben, seine Augen weiteten sich unter meiner Entgeisterung.

»Das wolltest du doch?«

Das hatte ich gewollt.

Bis zu dem Kuss.

Seitdem wollte ich nur noch weg, wenn ich Hank sah.

»Ich habe das Gefühl, dass ich bei dir nicht mehr mitkomme.« Seine Frustration war so groß, dass sie den ganzen Saal mühelos ausfüllte. »Momentan verstehe ich dich nicht.«

Wie sollte er?

Ich verstand mich selbst nicht.

»Warum redest du nicht mehr mit mir, Maya?«

Weil in mir Chaos herrschte.

Jetzt gerade schrien sich die Stimmen in meinem Kopf gegenseitig nieder.

Forderten, mich von Hank fernzuhalten.

Forderten, ihn zu küssen. Wieder und wieder.

Mahnten, dass er zu wichtig für Grace war.

Zu wichtig für mich, um auch nur daran zu denken.

Erinnerten mich daran, dass ich mir geschworen hatte, dass Fynn der Einzige bleiben würde.

Erinnerten mich an den Schmerz.

Diesen verfluchten Schmerz, den ich kein zweites Mal überstehen würde.

Liebe war nicht sanft, nicht gütig.

Sie war eine Klinge, die durch einen tobte.

Ein Feuer, das nichts als Ascheflocken zurückließ.

Ein Erdbeben, das einem das Herz zerschmetterte.

Liebe würde ich nicht noch einmal überstehen.

Und Hank verdiente Liebe.

»Hatte der Kuss etwas zu bedeuten?« Seine Frage legte sich wie ein unsichtbares Gebirge auf meine Brust und presste mir den Atem hinaus. Doch kein Wort schaffte es mit ihm nach draußen.

Seinem Blick nach hatte Hank auch nichts anderes erwartet. Er atmete aus, so tief, dass sich seine Schultern anspannten. »Also soll ich beginnen?«

Nein.

Wir sollten beide schweigen.

Leider sah Hank das anders.

»Seit drei Wochen denke ich ständig darüber nach, ob er was bedeutet«, sagte er. »Wenn ja, was er bedeutet. Ob er etwas ändert. Und seit drei Wochen habe ich Angst, dass der Tag gekommen ist, an dem du mich aus eurem Leben wirfst.« Die Entschlossenheit in seiner Miene wich mit jedem Wort der Erschöpfung, die ich in seiner Stimme fand. »Ich liebe Gracie, als wäre sie meine Tochter.«

Augenblicklich spannte sich alles in mir an.

Ein Teil von mir wollte ihn anschreien, weil sie Fynns Tochter war.

Ein anderer wollte ihn umarmen, weil da so viel Schmerz in seinen Augen flackerte.

»Aber das ist sie nicht«, fuhr er langsam fort. »Wenn du beschließt, sie aus meinem Leben zu reißen, gibt es nichts, was ich dagegen unternehmen kann. Das fühlt sich schrecklich an, Maya. Ich habe sie seit drei Wochen nicht gesehen.«

Tränen funkelten in seinen Augen und verwandelten die Überreste meines Herzens in Staub. »Du weißt, dass ich dich liebe. Aber selbst wenn du irgendwann einmal ähnlich fühlen solltest, würdest du flüchten. Das ist mir in den letzten Wochen klar geworden. In dem Moment, in dem du mich liebst, verliere ich euch beide, oder?«

Er sah mich an, bat um Protest und bekam verräterisches Schweigen.

»Deshalb ist es nicht wichtig, was der Kuss bedeutet.« Seine Stimme war erschreckend tonlos. »Wichtig ist nur, dass er nichts ändert. Lass uns einfach nur Freunde bleiben.«

Offenbar besaß ich doch noch ein Herz, denn Hank brach es mir.

Schmerz stürzte über mich herein wie eine Flutwelle.

»Maya? Können wir wie vorher weitermachen?«

Endlich kam das Eis und durchdrang meine Adern.

Kälte durchwehte mich.

Betäubte den Schmerz.

Die Eisglocke war zurück.

Ich zwängte mir ein Nicken ab. Hank schien mich für den Augenblick nicht länger ertragen zu können, er erwiderte mein Nicken knapp und verschwand.

Ich blieb zurück.

Unfähig, mich zu bewegen.
Oder zu denken.
Weil Existieren schon so unendlich schwer war.

Kapitel 54

Drei Monate später

»Du kommst zu spät.« Hank nahm sich heute nicht die Zeit, mich zu begrüßen. Kaum hatte er die Tür geöffnet, bekam ich seinen grimmigsten Blick ab. Seit unserem Gespräch, das eigentlich *sein* Gespräch gewesen war, fühlte es sich zwischen uns an, als versuchten wir, über Scherben zu gehen und es gleichzeitig nicht so aussehen zu lassen.

Zwei- oder dreimal hatte er vorgeschlagen, dass wir uns zum Mittagessen trafen. Dabei hatte er verkrampft geklungen, so als würde er mich momentan ähnlich ungern sehen wie ich ihn. Ich hatte abgelehnt.

Wir hielten unsere Besuche beieinander kurz und unsere Gespräche oberflächlich.

Es ging um Grace oder die Arbeit.

Immer.

Nie um uns.

Holte Hank Grace bei uns ab, blieb seine Teetasse im Schrank. Und war ich bei ihm, blieb ich vor der Tür stehen, wie jetzt. Wahrscheinlich hatte es bei uns beiden etwas mit Selbstschutz zu tun.

Die Eisglocke half.

Aber selbst sie konnte nicht alles abhalten.

»Es tut mir leid. Mein Termin hat länger gedauert.«

Weil mein Arzt sich eine Viertelstunde lang geweigert hatte, die Krankschreibung zu verlängern, ohne dass ich bei einem seiner Kollegen vorstellig wurde.

»Ich habe auch Termine«, erwiderte er kühl und rief nach Grace.

»Ich hätte schreiben sollen.«

»Oder anrufen«, setzte er hinzu. Seine Art, mir zu sagen, dass er gemerkt hatte, dass ich ihn nicht mehr anrief.

Worte zu tippen, war momentan alles, was ich hinbekam.

Ich hüllte mich in Schweigen.

Schon seit Monaten.

Weil es nur einen Menschen gab, mit dem ich hätte reden können, und der war nicht mehr hier.

»Wie geht es dir?«, fragte er eine Spur sanfter.

»Gut. Und dir?«

»Gut.«

Diesmal war das Schweigen, das sich anschloss, beidseitig.

Worüber redete man, wenn man sich so nah gewesen war wie wir und es nun kaum ertrug, sich anzusehen?

»Grace hat den anderen Kindern in der Schule wieder die Murmeln abgenommen.« Wahrscheinlich wollte er seinen harschen Ton gutmachen, denn nun bemühte Hank sich verkrampft um so etwas wie Normalität. »Irgendwann beschweren sich die Eltern der anderen bei uns.«

Uns.

Wir registrierten den Fehler gleichzeitig.

Er blinzelte.

Ich fiel ins Bodenlose.

»Bei *dir*«, verbesserte er sich und versuchte, schnell die Trennlinie zu ziehen.

Zu spät.

Das Wort hallte in mir nach.

Ich hätte nicht zulassen dürfen, dass er uns so nah kam.

Er war die Notfallnummer auf Grace' ID-Karte.

Er hatte sie nächtelang im Tragetuch herumgetragen, als ich dazu außerstande gewesen war.

Er hatte aus seinem Büro ein Kinderzimmer für sie gemacht.

Er war letztes Jahr mit ihr ins Krankenhaus gefahren, als mich ihre Tagesmutter nach Grace' Sturz nicht erreichen konnte.

Ich hatte begriffen, dass ich sie ihm nicht vorenthalten durfte.

Aber ich wünschte, mit jeder Faser, dass ich es könnte.

Denn das hier fühlte sich an wie Zerschmettertwerden auf Repeat. Immer wieder.

»Können wir nicht noch bleiben?« Grace tauchte im Flur auf und blickte mich aus großen Augen an.

»Nein«, sagten Hank und ich zeitgleich.

Unsere Blicke trafen sich und wichen sich sofort wieder aus.

Ich musste hier weg.

»Los, Gracie.« Hank griff nach der Papiertüte, die auf der Garderobe stand, während Grace murrend in die Winterstiefel und ihre Jacke schlüpfte. Murmeln knallten aufeinander, als er ihr die Tüte reichte. »Noch zwei Tage bis zu den Ferien, dann gehen wir auf den Jahrmarkt und besorgen uns gigantische Zuckerwatten.« Grace gab ein hohes Jubeln von sich und Hank fuhr ihr zum Abschied durchs Haar. Ich nahm ihren Ranzen und schon fiel die Tür hinter uns zu. Ihr Knallen dröhnte in mir nach.

Auf dem Weg durchs Treppenhaus wühlte Grace in ihrem Beutel, um mir jede der neuen Murmeln zu präsentieren. Ich verpasste meine Einsätze und nickte halbherzig. Viel mehr ließ die Eisglocke nicht zu.

Dieser Tag musste enden.

Mit Glück würde der nächste besser werden.

Oder die nächste Woche.

Wir erreichten den Vorgarten und Grace stolperte auf dem Weg über einen der Pflastersteine. Die Tüte flog aus ihren Händen, knallte auf und Murmeln rollten in alle Richtungen.

Sie stieß einen entsetzten Schrei aus, stürzte auf die Tüte zu und begann, ihre Schätze zusammenzusuchen.

Verflucht.

»Lass uns gehen.« Ich konnte nicht hier stehen bleiben, so nah an Hanks Haus. Doch Grace schüttelte den Kopf. »Das geht nicht. Erst, wenn ich alle habe!«

»Ich kauf dir morgen neue.«

Grace sah zu mir auf und zog die Augenbrauen zusammen, wie immer, wenn sie etwas eigenartig fand. Dass ich vorschlug, Dinge zu kaufen, die wir nicht brauchten, machte sie zu Recht argwöhnisch. Dennoch hätte ich ihr so ziemlich alles besorgt, wenn wir dafür gingen.

Ein Blick aus dem Fenster und Hank würde uns sehen und herauskommen, um zu helfen.

Ich ertrug heute nicht noch mehr von ihm.

Ungerührt davon klaubte sie weiter Murmeln zusammen. »Das wäre nicht dasselbe, Mum!« In Momenten wie diesen erkannte ich viel von mir in Grace, nur konnte dieser hier nicht unpassender kommen.

Sie würde stur bleiben.

Also gab ich nach, sank auf den Boden und suchte den gepflasterten Weg und den sich anschließenden Rasen ab.

»Hi, Grace.« Mein Kopf fuhr hoch. Als ich sah, wer dort vor uns stoppte, schloss sich der Rest von mir an. Es war Hanks Begleitung von der Hochzeit.

Deswegen hatte sich Hank so sonderbar benommen.

Er war mit ihr verabredet.

»Hey«, erwiderte Grace, ohne richtig aufzusehen. Es war Fynns lang gezogenes *Hey*. George hatte ihr nach dem Bandauftritt das alte Video von der Band besorgt. Auf dem hatte Fynn einige Moderationen übernommen. Grace hatte es tagelang angeschaut, immer wieder. Sein *Hey* war geblieben. Seitdem zog sich alles in mir zusammen, wenn sie das Wort aussprach wie jetzt.

Das war zu viel.

Hank. Die Frau. Graces Begrüßung.

Das Chaos in meinem Kopf drohte, die Eisglocke zu sprengen.

»Wir müssen los.« Ich zog Grace hoch, während die Frau an uns vorbei Richtung Haustür ging.

»Mir fehlen noch Murmeln!«

»Es sind nur ein paar alte Glaskugeln!«, brach es aus mir heraus. Nicht in Tränen auszubrechen, kostete mich den kümmerlichen Rest meiner Selbstbeherrschung.

Ich durfte nicht vor Grace weinen.

»Was ist, Mum?« Ihre Stimme zitterte und vergissmeinnichtblaue Augen weiteten sich.

Alles an ihr war plötzlich so unsicher.

Dabei war Grace niemals unsicher.

Sie war pure Entschlossenheit.

Ausgerechnet ich war der Grund dafür.

Schnell ließ ich sie los.

»Nichts, Schatz. Es war ein anstrengender Tag.«

Momentan waren sie alle so verdammt anstrengend.

Dabei tat ich nicht einmal etwas.

Außer unter der Decke zu liegen und Fotos anzuschauen.

Weil nichts anderes mehr ging.

Irgendwas in mir war zersplittert.

»Lass uns nach Hause.« Dass sie mir tatsächlich ohne Protest folgte, war nur ein weiteres Zeichen, wie verunsichert sie war.

»Seit wann sind die beiden zusammen?« Die Frage entwischte mir, ohne dass mein Verstand sie hätte aufhalten können.

»Wer?« Grace fuhr mit den Fingern durch den Murmelbeutel, sah nicht zu mir hoch.

»Hank …«, rang ich mir mühsam ab. »Und …« Ich wusste nicht einmal, wie sie hieß. Bis gerade hatte ich gedacht, das auf der Hochzeit wäre ein einzelnes Date gewesen. Er hatte sie nie wieder erwähnt.

An dem Abend hatte ich ihn geküsst.

Kurz schoss mir Hitze in die Wangen und gleichzeitig kroch Übelkeit durch mich hindurch. *Dabei hatte ich heute überhaupt nichts gegessen. Oder?*

»Julie?« Grace zog den Beutel zu, begann, über die Pflastersteine zu springen, sodass sie die Rillen nicht traf. Genau wie ich früher. Es war unser Spiel. Eine Wette mit sich selbst. Schaffte man es, hatte man einen Wunsch frei.

Ich hätte mir mein Chaos fortgewünscht.

Doch zu springen, war zu anstrengend.

»Lange«, sagte Grace und hüpfte weiter. So bemerkte sie zumindest nicht, wie ich zusammenfuhr.

Ob Taira und Matt sie schon kannten?

Nach ihrer Hochzeit hatte ich die Pause-Taste gedrückt. Jetzt wurde mir schmerzlich bewusst, dass die anderen weitergemacht hatten.

Ohne mich.

Während ich ihre Anrufe weggewischt hatte.

Mir knappe Antworten per Nachricht abgemüht hatte, sobald sie sich treffen wollten.

Nur genug, damit ich unter ihrem Radar hindurchflog.

Auch Hank hatte weitergemacht.

Ohne mich.

Das war gut.

Obwohl es sich nicht danach anfühlte.

An der Haltestelle auf der anderen Seite der Straße hatte sich bereits eine Menschengruppe angesammelt. Sie sahen dem ankommenden Bus entgegen.

Verdammt.

Gerade, als ich Grace auffordern wollte, sich zu beeilen, stoppte sie und kräuselte die Stirn. »Julie hat gefragt, ob ich Blumenkind auf ihrer Hochzeit werde. Aber ich will nicht!«

Wie oft konnte ein Herz brechen?

Das vertraute hohe Fiepen ertönte. Die Bremsen des Busses, der auf der anderen Straßenseite zum Halten kam.

Wir mussten ihn bekommen.

Grace durfte nicht sehen, wie ich zersplitterte.

Das würde ich ihr nicht antun.

Rasch griff ich nach ihrer Hand. »Los!«

Ich spürte ihre Entgeisterung, schließlich bestand ich von jeher darauf, die Ampel zu nehmen, die keine zehn Meter von hier entfernt stand.

Heute nicht.

Ich zog Grace mit in Richtung Bus.

Ein Quietschen ertönte.

Höher und lauter.

Licht blendete mich.

Mein bodenloser Fall schien endlich zu enden.

Der Aufprall zerschmetterte mich.

Und dann gab es nur noch Ruhe und Dunkelheit.

Kapitel 55

Es gab kaum etwas, das ich so sehr hasste wie den Geruch eines Krankenhauses. Diese Mischung aus Desinfektionsmitteln und Verzweiflung hatte sich für immer in meine Nervenenden eingebrannt.

Noch bevor ich die Augen geöffnet bekam, nahm ich den Geruch wahr und mit ihm kam die Panik.

»Grace?« Ich fuhr hoch und ein stechender Schmerz schoss mir in den Hinterkopf. Das Zimmer war leer.

Warum war es leer?

Wo war Grace?

Das Auto.

Die Lichter.

Nein!

NEIN, NEIN, NEIN!

Ein Schluchzen, tief aus meinem Inneren, brach sich seinen Weg aus mir heraus. Ich drückte die Klingel, begann, mich gleichzeitig aus dem Bett zu ziehen.

Ich schwankte, als ich auf dem Boden aufkam.

»Das würde ich lassen, wenn ich Sie wäre.« Mein Kopf zuckte hinüber zur Tür, dorthin, wo nun eine Frau im weißen Kittel eintrat.

»Wo ist meine Tochter?«

»Sie hatten Benzodiazepine im Blut. Beruhigungsmittel?«, fuhr sie fort, ohne auf die Frage einzugehen.

»Wo ist Grace?« Die Ärztin schloss die Tür hinter sich.

»Ihrer Tochter geht es gut, wenn man von dem Schock absieht. Sie wird ein paar Türen weiter mit Schokolade und Bonbons versorgt.«

Grace war nicht verletzt.

Sie lebte!

Die Frau hielt mir ein Paket Taschentücher hin und erst da registrierte ich, dass ich weinte. »Ihre Beruhigungsmittel«, setzte sie erneut an. »Die Dosis ist besorgniserregend. Ich habe mir Ihre Krankenakte auf Ihrer ID-Karte angesehen. Sie leiden unter depressiven Schüben?«

»Das ist vorbei.« Der Knoten in meinem Hals ließ meine Antwort rau klingen.

»Die Einträge ihres Hausarztes sprechen dagegen. Sie benötigen eine Therapie.«

»Es sind nur ein paar Daten auf einer Karte. Sie wissen nichts über mich oder mein Leben.«

»Immerhin weiß ich, dass Sie deutlich zu viele Beruhigungsmittel eingenommen haben, als Sie mit Ihrer Tochter über die Fahrbahn gerannt sind, ohne auf den Verkehr zu achten.«

Es gab nichts, was ich darauf erwidern konnte.

»Hätte der Autofahrer nicht so schnell reagiert, könnten Sie und Grace tot sein.« Weitere Tränen liefen meine Wangen hinab. Ihre Stimme wurde sanfter. »Was auch immer Sie dorthin gebracht hat, es war ein Warnschuss. Beim nächsten Mal geht es vielleicht nicht glimpflich aus. Soll Ihre Tochter dann ohne Sie aufwachsen? Oder was wäre, wenn es Grace trifft?«

Niemals Grace.

Meine Lippen pressten sich aufeinander, konnten das Schluchzen aber nicht aufhalten.

Ich weinte vor dieser Fremden.

Und es war mir gleichgültig.

»Gut, dann kümmern Sie sich darum. Für Grace.«

Tagebuch

Hey, Schönster,

die letzten Monate waren dunkel.

Langsam lichtet sich die Finsternis und mit ihr das Chaos in meinem Kopf. Ich kämpfe um jeden Lichtstrahl.

Als Grace auf die Welt kam, habe ich mir geschworen, nie wie Dad zu werden.

Nie vor ihr zu erstarren.

Nie vor ihr zu weinen.

Sie nie meine Abgründe sehen zu lassen.

Ich bin gescheitert.

Und es ist schwer, das zuzugeben.

Vor dir noch mehr als vor jedem anderen.

Ich habe mir immer wieder gesagt, dass es besser werden würde. Dass diese Stimmen verstummen werden. Dass ich keine Hilfe brauche.

Ich habe mich belogen.

Und ich habe Grace in Gefahr gebracht.

Momentan weiß ich nicht, ob ich mir das jemals verzeihen kann. Aber ich bin aufgewacht. Nach dem Krankenhaus sind wir nicht zurück in die Wohnung, sondern zum Bahnhof. Henry und Lorenzo habe ich den Schreck ihres Lebens eingejagt, als Grace und ich plötzlich vor ihrer Tür standen.

Diesmal bin ich in die richtige Richtung geflüchtet.

Ich nehme wieder Medikamente. Henry und ich reden viel und räumen in meinem Kopf auf, während Lorenzo Grace die Stadt zeigt.

Du wirst niemals glauben, mit wem sie sich hier angefreundet hat. Er ist groß und hasst mich mit jeder Faser seines Seins. Ja, die Gottesanbeterin. Wie sich zeigt, ist er ein Murmelprofi und Grace ist beeindruckt von seinen Tricks. Sie will jetzt Profi-Murmelspielerin werden.

Ich wünschte, ich wäre mehr wie Grace, so mutig und voller Begeisterung.

Sie ist ein Wunder.

Unser Wunder.

Du hast recht mit deinem Geburtstagswunsch. Nicht nur, was die Wohnung angeht. Es wird Zeit, auch mit anderen Dingen abzuschließen, um Platz für Neues zu machen.

Gestern habe ich meinen Vertrag an der Uni gekündigt, ohne einen Plan zu haben. Aber es fühlte sich an, als wäre das eines dieser Dinge, die sich nicht planen lassen.

Und vielleicht ist genau das Leben.

Ich liebe dich.

Ewig.

Kapitel 56

»Das ist …« Lorenzo schüttelte den Kopf, schien außerstande zu sein, weiterzusprechen.

»Beängstigend?« So fühlte sich der Anblick der Briefe an, die ich in den Schrank gesperrt hatte. Alles an mir wollte die Türen wieder zuknallen.

Ferres Enterprise.

Überall.

»Lustig?«, schlug er vor und tatsächlich zuckten seine Mundwinkel hoch. »Damals, an der Verona Hall, dachte ich, dass Fynn und du so unterschiedlich seid wie Tag und Nacht. Aber je besser ich euch kennenlernte, desto klarer wurde mir, dass ihr seelenverwandt seid. Das da«, er deutete auf die unzähligen Briefe, die die Regalbretter ausfüllten, »ist Fynn.«

Ich starrte von ihm zu den Briefen und irgendwo da ging mir auf, dass Lorenzo recht hatte. Fynn hätte an meiner Stelle genau das Gleiche gemacht. Diese Erkenntnis tröstete mich sonderbar.

»Wie gehen wir vor?«, fragte Henry und kam mit seinem Kaffee zu uns. Gestern Abend waren wir gemeinsam zurückgekommen, um uns Ferres Enterprise zu stellen. »Zuerst nach dem Testament suchen? Falls es darin überhaupt eines gibt?«

Ein Stöhnen drang aus mir heraus. »Ich will es nicht sehen. Sobald ich es gesehen habe, ist es wahr.«

»Es ist schon wahr, Maya«, erwiderte Lorenzo mit dieser Mischung aus Strenge und Wärme. »Gracie ist die letzte Ferres. Du weißt, wie wichtig Richard diese Familientraditionen waren.«

Fynn hatte mir geschworen, dass das hier nicht passiert.

Ohne dieses Versprechen wäre ich nicht bereit für ein Kind gewesen.

Er hatte mich im Stich gelassen.

Und jetzt war Grace die Erbin von Ferres Enterprise, einem Unternehmen, das ich abgrundtief hasste.

»Es wird Stunden dauern, alles zu sortieren. Kannst du jemanden bitten, Grace nach der Schule zu übernehmen? Sie sollte wohl nichts erfahren, bis wir uns einen Überblick verschafft haben.«

Ich presste die Lippen aufeinander, wollte weder einen Überblick noch einen Anruf, aber Henry nickte bestätigend. Offenbar war ich überstimmt.

»Klar«, hörte ich mich sagen und zog mein Handy, scrollte durchs Adressbuch, hoffte auf irgendeine andere Möglichkeit, und wusste doch, dass mir keine blieb.

Ich atmete durch und öffnete unsere Nachrichten zum ersten Mal seit Wochen.

Es waren unzählige.

Fragen, warum ich so kurzfristig seine Termine mit Grace absagte.

Fragen, warum ich nicht einmal mehr antwortete.

Fragen, wo ich war.

Dutzende von eingegangenen Anrufen.

Shit.

»Alles ok?«

»Klar«, wollte ich antworten, aber unter Lorenzos Blick konnte ich nicht lügen. »Nein.«

»Soll ich mit ihm reden?« *Also wusste auch er, wessen Bild ich gerade anstarrte.*

»Nein, ich rede schon zu lange nicht mit ihm. Es ist nur schwer, wieder damit anzufangen.« Ich mühte mir etwas ab, von dem ich hoffte, es wäre ein Lächeln, obwohl ich ahnte, dass es eine Grimasse wurde.

»Anfänge sind immer schwer, aber die meisten davon lohnen sich.« Es blitzte in den vertrauten Augen. »Denk weniger nach und fang einfach an.«

»Ok«, flüsterte ich und begann zu tippen.

Suchte Worte.

Löschte sie alle wieder.

Setzte neu an.

Schrieb einen Roman.

Löschte ihn wieder.

Und entschied mich dann für das Notwendigste.

Entschuldige, ich bin nicht zum Antworten gekommen. Könntest du Grace heute abholen und bei dir schlafen lassen? Ich würde nicht fragen, wenn es nicht wichtig wäre.

Ich starrte aufs Handy und nur einen Augenblick später machte mein Herz einen Satz. Hank las die Nachricht.

Ich zählte die Sekunden.

Wartete auf seine Antwort.

Schon füllte das Bild von ihm und Grace meinen Bildschirm aus und das Klingeln des Handys unterbrach das leise Gespräch hinter mir.

»Geh ran, Maya.« Bei Lorenzo klang das so einfach. Ich konnte nicht einmal mehr sagen, wann ich zuletzt mit jemandem telefoniert hatte.

Ich würde es schaffen.

Es war nur ein Telefonat.

Mit Hank.

Mein Herz machte einen weiteren Hüpfer, nur um im nächsten Moment in ungeahnte Tiefen zu fallen.

»Bin gleich wieder da.« Kurzerhand nahm ich das Handy und ging vor die Tür auf den Flur. Unsere Wohnung fühlte sich mit all den Briefen von Ferres Enterprise nicht an, als wäre darin genug Platz für mich und dieses Telefonat.

»Hi.« Meine Stimme war nur der Schatten meiner sonstigen.

»Du gehst ran. Welch Überraschung.« Dafür war seine frostig. »Weshalb soll ich einspringen? Weil Charlotte im Urlaub ist?«

Ich brauchte einige lange Sekunden, um zu verstehen.

Heute war Freitag.

Freitage hatten bis vor wenigen Monaten George gehört und Hank hatte keine Ahnung, dass sich das geändert hatte.

»Du kannst mich nicht so behandeln, Maya. Erst sagst du alle Termine mit Grace ab, dann meldest du dich wochenlang nicht und jetzt das? Ich habe selbst Pläne für heute Abend und ich bin es leid, immer alles umzuwerfen.« Ich hatte mit seiner Wut gerechnet und ich verstand sie. »Und was ist mit deiner Kündigung? Du kündigst und sagst es mir nicht einmal?«

Verdammt. Ich hatte nicht gedacht, dass sich die Nachricht so schnell verbreitete.

»Was siehst du in mir?«, fuhr er grimmig fort. »Denn momentan habe ich nicht den Hauch einer Ahnung. Sind wir noch Freunde? Oder bin ich nur dein Ersatzaufpasser für Grace?«

Ich lehnte mich an die Tür, sank hinab.

Warum war es so schwer, über diese Dinge zu reden?

»Musst du wirklich darüber nachdenken?« Seiner Entgeisterung nach deutete er mein Schweigen schrecklich falsch.

»Bei unserem letzten Treffen hast du mich gefragt, wie es mir geht. Ich sagte, es würde mir gutgehen. Erinnerst du dich?«

Ich spürte seine Verwirrung durch das Telefon.

Atmete durch.

Zwang mir die nächsten Worte ab.

»Ich habe gelogen.«

»Was ist los?« All die Wut und der Frust waren dahin. Jetzt fand sich nichts als Sorge in seiner Stimme.

»Alles.« Ich lehnte den Kopf an die Tür und ihre Kälte beruhigte meine überreizten Nerven.

»Reden wir darüber?«

Nein.

Nicht jetzt.

Nicht so.

Das Rattern des Fahrstuhls zerriss die Stille auf dem Flur und schnelle, dumpfe Schritte führten geradewegs hierher. Wahrscheinlich sollte ich aufstehen, bevor mich einer unserer Nachbarn hier sah, aber mir war nicht danach. Ich mochte, wie sich der Flur von hier aus anfühlte. Zum ersten Mal registrierte ich, dass die Lampen golden waren. Eine Million Mal war ich hierhergelaufen, doch ich hatte sie nie wirklich angesehen.

»Maya?«

Hank?

Am Handy.

Und vor mir.

Ich blinzelte, dachte kurzzeitig, mein Kopf würde mir einen abstrusen Streich spielen. Aber er sank in die Knie und seine Nähe löste so verdammt viel in mir aus, dass ich sicher war, dass ich ihn mir nicht einbildete.

Mit Verzögerung nahm ich das unnötig gewordene Handy vom Ohr. »Was machst du hier?«

»Mit dir schweigen, so wie es aussieht«, erwiderte er leise. »Wenn ich darf?«

Ich nickte langsam und er setzte sich neben mich. »Verrätst du mir, weshalb wir hier im Flur sind?« Seine Hand legte sich an meine. Vielleicht zufällig, vielleicht auch nicht. Für den Moment sollte sie genau dort bleiben.

»Weil mir das dahinter Angst macht.«

Hank starrte erst mich an, dann die Tür und dann wieder mich. »Bekomme ich mehr Infos?«

»Irgendwann.«

Seine Finger strichen über meine. »Ich hätte bei dir sein sollen«, raunte er mir zu. »Wenn ich nur begriffen hätte …«

»Ich wollte nicht, dass du es merkst. Oder sonst jemand.« Ohne darüber nachzudenken, legte ich den Kopf auf seine Schulter. Ich spürte seine Überraschung, aber schon schob sich sein Arm um mich und ich erinnerte mich daran, dass das hier dringend enden sollte.

»Du und Julie.« Ich bemühte mich, erfreut zu klingen, und scheiterte grandios. »Das ist super.«

Super?

Konnte sich bitte der Boden auftun und mich verschlucken?

»Super?«, kam es wie ein irritiertes Echo von Hank.

Hatte ich Lorenzo nicht versprochen, ehrlicher mit mir und meinen Gefühlen zu sein?

»Nein«, rang ich mir mühsam ab. »Eigentlich ist es scheiße.«

»Ok?« Die vertraute Falte schob sich in seine Stirn. »Ich finde die Verbindung ganz spannend.«

Spannend?

Das war der sonderbarste Grund überhaupt für eine Hochzeit. »Also bist du dir sicher?« Die Frage war raus, bevor ich sie aufhalten konnte.

Mist.

Ich hatte einen Plan gehabt.

Ihm und Julie alles Gute wünschen.

Beten, dass er mich nicht fragte, ob ich seine Trauzeugin wurde.

Auf der Hochzeit lächeln und verschwinden, bevor der Brautstrauß geworfen wurde.

Hank hatte sich entschieden.

Auch wenn er nicht so richtig begeistert klang, gab mir das nicht das Recht, mich einzumischen.

Oder?

»Was ist los, Maya?« Die Falte in seiner Stirn vertiefte sich. »Denn das sind sonderbar viele Gefühle …?«

Ich sah ihn an, fand sein schönes Gesicht, die spektakulären Augen, seine Wangen, die geschwungenen Lippen, die alles in mir zum Kribbeln brachten.

Verdammt.

Ich würde es mein Leben lang bereuen, wenn ich ihn ziehen ließ.

»Heirate nicht!«, stieß ich aus.

»… für ein Paper«, kam es gleichzeitig von Hank.

Er starrte mich an.

Ich ihn.

Und für den Augenblick schien sich keiner von uns beiden zu bewegen.

Oder zu atmen.

»Heiraten?« Hank fand seine Stimme vor mir wieder, doch sie war getränkt mit Fassungslosigkeit. »Julie?«

»Ein Paper?«

Was …?

Hatte ich da etwas schrecklich falsch verstanden? »Ihr arbeitet zusammen? Also NUR? Nichts anderes?«

»Wir hatten zwischendurch ein paar Dates, aber nach der Sache bei den Schaukeln …« Er räusperte sich. »Wieso glaubst du, ich könnte heiraten? Kein Mensch verlobt sich so schnell.«

Wortlos hielt ich ihm meine Hand mit Fynns Ring entgegen.

Den ultimativen Beweis.

»Punkt für dich«, gab er zu. »Aber trotzdem …«

»Grace sagte, sie solle Blumenkind sein?«

»Das war ein Scherz von Julie. Nachdem Grace auf der Hochzeit von Taira und Matt meinte, dass sie niemals mehr eines sein werde.« Ein Lächeln zupfte an seinen Lippen. Jetzt, wo die erste Irritation überwunden war, schien er etwas anderes zu registrieren. »Du wolltest also meine hypothetische Hochzeit crashen?«

»Das klingt ein wenig zu dramatisch.«

»Dafür klingt es bei dir, als weichst du mir aus. Wieder einmal.«

Er zog mich enger in seinen Arm.

Plötzlich kippte die Welt.

Und wir mit ihr.

Ich fand mich halb auf dem Boden, halb auf Hank wieder.

»Hank?« Lorenzo starrte sichtlich amüsiert auf uns herab, die Hand noch um die Türklinke liegend. »Alles in Ordnung bei euch?«

Hanks Augen weiteten sich, während er wohl versuchte, herauszufinden, wo Lorenzo herkam. Und weshalb wir uns auf dem Boden wiederfanden.

»Wir sollten nicht stören.« Von irgendwoher hörte ich Henry und ahnte, dass er Lorenzo hektisch ins Nebenzimmer winkte. Der verschwand tatsächlich und die Schlafzimmertür fiel betont laut ins Schloss.

»Was ist hier los?« Hank versuchte, sich aufzusetzen, und scheiterte, weil sein Arm noch immer um mich geschlungen war und nun unter mir lag. Ich machte keine Anstalten, ihn freizugeben. »Niemand schweigt so zauberhaft wie du«, erklärte Hank seufzend und sank zurück. »Aber manchmal machst du mich damit verrückt.« Heute gab es keinen Abstand zwischen uns. Im Gegenteil. Ich schob mich weiter über ihn. Er lächelte, als ich zu ihm hinunterblickte und einige meiner Haarsträhnen seine Stirn kitzelten.

Ich wollte das hier nicht auflösen.

Weil es ein perfekter Moment war.

Perfekte Momente sollte man festhalten.

»Nimm mich mit in deine Gedanken.« Er schob die Strähnen zurück hinter mein Ohr und ließ meine Haut kribbeln, wo er sie berührte.

»Das willst du nicht. Ich bin das pure Chaos.«

»Ich liebe dein Chaos«, kam es so liebevoll zurück, dass alles in mir leuchtete.

»Ich liebe dich.«

Erst als sich seine Augen entgeistert weiteten, begriff ich, dass die Worte meinem Kopf entschlüpft waren.

Ich wollte sie zurücknehmen.

Sie wieder in mir einsperren.

Und scheiterte, als ich sein Strahlen fand.

Wie ein Echo darauf wehte erneut Glück durch mich, hell und warm.

»Und ich liebe dich.« Sein Lächeln tanzte in seinen Augen und Sonnenstrahlen verliehen dem Seegrün einen goldenen Hauch. Er legte die Hand an mein Gesicht. Kurz fürchtete ich, er würde mich zu sich ziehen und küssen. Das konnte ich nicht. Nicht hier. Doch das schien Hank zu ahnen, sein Zeigefinger strich lediglich hauchzart über meine Wange, hinunter zu meinem Kinn und wieder zurück.

»Was ist mit George?« Zum ersten Mal registrierte ich, dass dieser raue Ton immer bei Hank mitschwang, wenn es um George ging.

»Wir haben uns seit der Hochzeit nicht mehr gesehen.«

Sein Finger setzte zu einer weiteren Runde an und ich schmiegte mich ihm entgegen. Er schien genau das Maß zu sein, das ich ertrug, und gleichzeitig war er das Minimum von dem, was ich von Hank brauchte. »Ich kann nicht behaupten, dass mir das leidtut.«

»Habe ich auch nicht erwartet.«

Er grinste. »Ich glaube selbst nicht, dass ich das sage, aber ich muss zurück.« Wieder strich er sanft über meine Wange. »Sonst schaffe ich es nicht rechtzeitig zu Gracie.«

»Das ist alles? Keine Fragen?« Widerwillig gab ich ihn frei und löste diesen Augenblick auf. Wir standen auf, fanden uns erneut voreinander wieder. Das Seegrün seiner Augen leuchtete so intensiv, dass ich mich darin verlor.

»Doch, einige, aber ich bau darauf, dass du mir die Antworten gibst, sobald du sie kennst.«

So, wie es in meinen Wangen zog, litt ich gerade unter einem Dauerlächeln.

»Ruf an, wenn du mich brauchst.« Er machte einen Schritt auf mich zu, legte seine Hand erneut an meine Wange, strich mit dem Daumen hinüber und stoppte hauchzart vor meinen Lippen. Nur eine winzige Berührung und doch ließ sie alles in mir erwartungsvoll kribbeln. »Dann bitte ich Mrs Sikuzo von oben, auf Gracie aufzupassen.«

Einer unserer Notfallpläne von früher.

Wir hatten schon so verdammt viele dunkle Nächte miteinander überstanden.

»Mach ich.« Diesmal war es mir ernst damit. Ich hauchte einen Kuss auf seinen Daumen. »Danke.«

»Na also«, erklärte Lorenzo vergnügt, als ich zu ihnen ins Schlafzimmer trat. »Du hast wieder Farbe bekommen. Was so ein kurzer Besuch alles ausrichten kann.« Henry und er tauschten einen vielsagenden Blick. Henry kannte beunruhigend viel von meinem Gedankenchaos und Lorenzo besaß ein feines Gespür für das, was um ihn herum geschah.

»Es gab einen Grund, weshalb ich die Tür geöffnet habe. Ich wollte euch nicht stören, aber wir haben etwas gefunden. In einem großen Umschlag aus einem Anwaltsbüro.« Henry räusperte sich und das aufgeregte Kribbeln fiel augenblicklich zusammen. Einen wunderbaren Moment lang hatte ich nicht einmal mehr dieses Chaos an Briefen drüben wahrgenommen. Da war nur noch Platz für uns gewesen. Doch nun zog Henry einen Umschlag hinter sich hervor und setzte damit meinen Herzschlag gleich für mehrere Sekunden aus.

Er war pastellrosa.

Wie mein Kleid auf unserem Abschlussball.

Wie die Wolke, auf der er auf mich warten wollte.

Es war ein Brief von Fynn.

Fynns Brief

Meine Schönste,

ich habe viele Fehler und dessen bin ich mir bewusst. Meine liebreizende Arroganz, meine Unzuverlässigkeit, meine Art, die Wahrheit manchmal zu meinen Gunsten zu verdrehen, sind ein paar davon.

Du kennst meine Fehler.

Dennoch hast du mich nie ändern wollen, nachdem wir zusammengefunden haben. Bei dir konnte ich immer ich sein – mit meinen Macken, mit den guten und den weniger guten Seiten. Gleichzeitig habe ich versucht, für dich die bestmögliche Version von mir zu sein.

Manchmal bin ich daran gescheitert.

Dieser Brief ist der Beweis meines Scheiterns.

Jetzt gerade liegst du neben mir und schläfst.

Ich könnte dich wecken, nein – ich sollte dich wecken und mit dir reden, aber ich kann es nicht. Deine Hand liegt auf deinem Bauch, als wollte sie selbst im Schlaf instinktiv schützen, was dort heranwächst. Unser Wunder.

Ich kann nicht mit dir über Ferres Enterprise sprechen. Dieses Thema würde alle anderen überlagern. Wir würden Zeit mit Streit vergeuden, die uns niemand wiedergibt.

Also mache ich das, was ich immer mache, wenn es richtig unangenehm wird – ich schiebe das Thema fort.

Irgendwann einmal wirst du diesen Brief bekommen und mich verfluchen und ja, ich verdiene jeden deiner Flüche.

Die Wahrheit ist manchmal so viel komplizierter als sie erscheint, Maya.

Aber ja, ich habe dich belogen.

Nicht die Beziehung zu meinem Vater ist die komplizierteste in meinem Leben.

Die zu Ferres Enterprise ist es.

Ich hatte immer vor, die Firma zu übernehmen. Auch wenn ich kein großer Fan des Ferres-Clubs bin, ist die Firma Teil unserer Familie und damit von mir.

Dann kamst du. Mit deinen Überzeugungen, deinem Leben, deiner Leidenschaft, und ich wusste, dass wir gemeinsam alles erreichen könnten.

Ich musste dir schwören, dass ich auf mein Erbe verzichte und meinen Vater dazu bringe, unser Kind nicht zu berücksichtigen. Da du diesen Brief gerade liest, ahnst du wahrscheinlich, dass das die Punkte waren, über die ich mit dir hätte reden sollen und an denen ich gescheitert bin.

So wie es aussieht, ist jetzt der Augenblick gekommen, an dem uns nichts anderes übrig bleibt, als das nachzuholen.

Ich wünsche unserer Tochter ein unbeschwertes, freies Leben ohne die Verpflichtungen meines Namens. Sie soll tun und lassen können, was sie will, erfahren, was das Leben für großartige Möglichkeiten bietet, und sich nicht mit Regeln und Zwängen auseinandersetzen. Davon hatten wir beide mehr als genug. Ich hoffe, bis hierhin habe ich noch deine Unterstützung, denn jetzt kommt der Teil, den ich dir aufbürden muss, weil du der stärkste und gerechteste Mensch bist, den ich kenne.

Wenn du diesen Brief liest, ist mein Vater gestorben. Erinnerst du dich an seine Wut bei der Zeugnisübergabe? Es ging nicht um das Nest, es ging um Ferres Enterprise. Bei dem Gespräch mit ihm am Morgen nach der Hochzeit habe ich ihm gesagt, wie sehr du die Firma hasst. Und dass er sie, sollte ich vor ihm sterben, nicht an unsere Kinder vererben darf. Dass du Ferres Enterprise nur für sie akzeptieren könntest, wenn das Erbe über mich kommt. Da du diesen Brief liest, hat seine Anwaltsarmee einen guten Job gemacht, denn dann habe ich die Firma geerbt.

Es tut mir leid, was ich dir jetzt sagen muss.

Ich vermache dir Ferres Enterprise, mit allem, was dazugehört.

Das, was wir beide am meisten hassen, gehört nur dir.

In den letzten Jahrzehnten hat sich die Firma in eine Richtung entwickelt, die wir verabscheuen. Hätte ich zugelassen, dass sie in andere Hände gelangt, würde all das weitergehen. Ich wollte irgendwann einmal mit dir darüber reden. Dir aufzeigen, was wir für Möglichkeiten hätten ...

Aber das Schicksal hatte seine eigenen Pläne mit uns.

Jetzt bitte ich dich, das für uns beide zu übernehmen. Ich will nicht, dass Ferres Enterprise bleibt, was es ist. Ich wünsche mir, dass du etwas Neues, Besseres daraus machst.

Für die Übergangszeit habe ich eine Treuhänderin eingesetzt, die einspringen wird, sobald das Erbe meines Vaters verlesen ist. Sie wird die Firma weiterführen, bis du bereit bist, sie offiziell zu übernehmen.

Du wolltest immer die Welt verändern.

Wenn das jemand schafft, dann du.
Tu es für mich, Maya.
Für unsere Tochter und unsere Enkelkinder.
Mach die Welt besser.
Ich liebe dich.
Ewig.

Kapitel 57

Die Welt stand still.

In meinen Ohren rauschte es.

Immer wieder und wieder las ich Fynns Worte.

Aber ich begriff sie nicht.

Weil es unmöglich war, zu begreifen, dass ausgerechnet mir Ferres Enterprise gehören sollte.

Ich blieb im Schlafzimmer, während ich im Nebenraum Henry und Lorenzo leise miteinander reden hörte. Seit Stunden schienen sie drüben Briefe zu sortieren.

Lorenzo klopfte und öffnete vorsichtig die Tür. »Wie fühlst du dich?« Seine Frage verriet, dass sie die Erbfolge auch ohne Fynns Brief herausbekommen hatten.

»Keine Ahnung.« Ich atmete tief ein, versuchte, die Emotionen zu benennen, wie er es mit mir geübt hatte, um die Stimmen in mir besser zuzuordnen. »Ich bin unfassbar wütend auf Fynn und gleichzeitig verstehe ich ihn irgendwie.«

Lorenzo nickte langsam. »Noch mehr?«

»Ich vermisse ihn. Wenn ich seine Briefe lese, fehlt er mir so heftig, dass ich nicht weiß, wie ich den nächsten Atemzug nehmen soll.«

»Du machst das gut.« Er drückte meine Hand, machte sich auf den Weg zur Tür, um mir wieder Ruhe zu geben.

»Lorenzo?« Er wandte sich zu mir um. »Denkst du …?« Meine Stimme brach und ich zwang mich, erneut anzusetzen. »Denkst du, Fynn würde es verstehen? Diese Gefühle für Hank?«

»Natürlich würde er das.« Da fand sich nicht das kleinste Stück Unsicherheit in seiner Miene. »Übrigens fragt Hank, ob wir morgen zum Abendessen vorbeikommen. Er und Gracie würden kochen?«

Ich fertigte Listen in meinem Kopf an und als die nicht mehr ausreichten, nahm ich mir Papiere, kritzelte darauf herum. Notierte Ideen, erste Anweisungen und Fragen, auf die ich Antworten brauchte. Die Blätter füllten sich beängstigend schnell.

Hin und wieder schoben mir Henry und Lorenzo Teller oder Tassen hin, damit ich nicht vergaß zu essen.

Ich hatte Jahre nach etwas gesucht, das mich begeisterte, und ich fand es ausgerechnet in der Firma, die ich hasste.

Auf eine Idee folgte die nächste und immer mehr strömte auf mich ein, diese Fülle an Möglichkeiten …

Wieder behielt Fynn recht – damals hätte mich Ferres Enterprise überfordert. Nun erkannte ich die Chancen, die er darin gesehen hatte. Ich sah sie auch.

Kapitel 58

»Hi.« Wenn Hanks Augen funkelten wie jetzt, musste ich einfach strahlen, weil für nichts anderes mehr Raum blieb.

Nur am Rande bekam ich mit, wie Henry und Lorenzo an uns vorbei ins Innere der Wohnung schlüpften.

»Hi«, gab ich zurück und durchbrach diesen sinnlosen Abstand zwischen uns und umarmte ihn. Er schien nur darauf gewartet zu haben, denn schon umschlossen mich seine Arme. Mein Herz hatte längst zu diesen schnellen Trommelschlägen angesetzt. Es war meinem Verstand voraus. Der fuhr immer noch zwischendurch zusammen, wenn ich in dieser überhaupt nicht freundschaftlichen Art an Hank dachte.

Es würde nicht leicht werden, diese Stimmen zum Verstummen zu bringen, aber ein Blick in sein Gesicht reichte, um sicher zu sein, dass ich es probieren musste.

Seine Nasenspitze fuhr über meine, suchte sich einen Weg über die Wange hin zu meinem Hals und Gänsehaut folgte seinen Berührungen wie ein Echo. »Wie lange können wir so herumstehen, ohne dass es sonderbar wird?«, raunte er mir zu.

»Ich finde nichts daran sonderbar«, raunte ich zurück.

»Mum!«

Und da war der Moment.

Hank und ich wichen augenblicklich auseinander.

Ganz kurz flackerte ein anderes Bild in mir auf.

Jemand, der von mir fortsprang, mit vergissmeinnichtfarbenen Augen wie die, die ich jetzt vor mir fand.

»Komm schon.« Grace umklammerte meine Hand und zog mich mit sich hinein.

Ich war lange nicht mehr hier gewesen. Essen köchelte auf dem Herd und der Geruch nach geschmortem Gemüse und Kräutern erfüllte die Küche und den offenen Essbereich. Der riesige Tisch war bereits eingedeckt. Gerade als ich verwirrt die Anzahl der Teller überflog, erklang ein hoher Freudenschrei hinter mir.

Ich fuhr herum und fand sie.

»Taira!« Grace sprang ihr um den Hals.

»Gracie, Schatz, bist du etwa wieder gewachsen?« Taira lachte, drückte sie voller Freude an sich. Einen Moment lang bestand ich nur aus Anspannung. Doch schon wechselte Grace zu Matt und Tairas Arme schlangen sich so fest um mich wie eh und je. »Keine Vorhaltungen, nur Liebe«, sagte sie und zwinkerte mir zu.

Lorenzo und Henry mischten sich dazu, während ich Matt begrüßte. Ein Klingeln ertönte, ohne wirklich bei mir anzukommen, das tat es erst, als Grace' wilder Jubelschrei die Wohnung durchdrang.

Mein Herz sackte tiefer.

»George ist hier?«

Taira nickte. »Geh in den Flur. Ihr beide solltet reden und dort kannst du ihn ohne den Trubel abfangen.« Offenbar wusste sie, dass ich George ähnlich ausgewichen war wie ihr und Matt.

Verdammt.

Warum musste Erwachsensein so anstrengend sein?

Hank kam aus dem Flur und bekam einen grimmigen Blick, dafür, dass er mich nicht gewarnt hatte. Doch der löste sich beinahe sofort auf, als ich realisierte, wer sich dort von Grace in den Wohnraum ziehen ließ.

»Was machst du hier?«

Tarve grinste und küsste meine Wangen. »Meine Lieblingsmenschen überraschen, natürlich.« Seine Augen funkelten übermütig. »Und, überrascht?«

»Und wie.« Mitten in unsere Umarmung schlang sich ein weiteres Paar Arme. »Gruppenumarmung.« *Nick war ebenfalls da!*

»Wo kommt ihr alle her?«

»Das ist unser Geheimnis«, erklärte Nick. »Aber ich habe einen Jetlag und brauche wirklich dringend eine Coke.«

»Dann komm zu mir rüber«, rief Hank aus der Küche. »Steht schon für dich im Kühlschrank bereit.«

»Mein Held!« Nick ließ mich los und Tarve wurde weiter zum Tisch gezerrt.

Blieb nur noch einer übrig.

Ich fand George im Flur, wo er anscheinend auf mich wartete.

»Hi«, sagte ich vorsichtig.

»Du redest also wieder mit mir?« Er mühte sich ein Lächeln ab.

»Ich habe mit niemandem geredet«, erwiderte ich leise. »Mir war nicht nach Reden zumute. Ihr wart nicht das Problem. Ich war das Problem oder bin es noch immer. Aber ich arbeite daran.«

Seine Miene wurde augenblicklich weicher. »Du bist kein Problem, Maya. Das warst du nie.« Ich atmete erleichtert auf, weil George es mir so einfach machte. »Was hättest du mir gesagt, wenn du gekonnt hättest?«

»Dass die Zeit mit dir schön und heilend war. Aber ich würde gern wieder zurück an den Punkt gehen, bevor wir uns zum ersten Mal geküsst haben.« Ich hatte mir die Worte so oft im Kopf zurechtgelegt, aber sie auszusprechen, war unglaublich schwer.

»Nehmen wir an, du hättest das gesagt, dann hätte ich darauf geantwortet, dass wir eine gute Zeit hatten. Doch wir wussten beide, dass es nichts Dauerhaftes wird. Tun wir so, als hätte es dieses Gespräch gegeben?«

»Unbedingt.« Nun umarmte ich ihn kurz und es fühlte sich tatsächlich an wie früher. Da fand sich nicht die kleinste Versuchung, ihn zu küssen. Lachen drang zu uns herüber.

»Hat Fynn euch zusammengetrommelt?«

George grinste. »Knapp daneben. Mehr Infos bekommst du von mir nicht. Also spar dir deine Schmeichelei.« Er stupste mir auf die Nasenspitze.

»Ich hatte nicht vor, dir zu schmeicheln.«

»Genau das ist der Grund, weshalb das mit uns nicht klappen konnte. Du schmeichelst meinem Ego zu wenig, Prinzessin.« George lachte, als ich ihm den Ellbogen sanft in die Rippen stieß, und hielt mich kurz fest. »Du siehst glücklich aus«, sagte er. »So hast du lange nicht mehr gewirkt. Versuch, das Gefühl festzuhalten, ok?«

Sie hatten mir alle einfach so vergeben, dass ich sie seit Monaten von mir wegstieß.

Sie forderten keine Entschuldigungen ein.

Es gab keine Vorwürfe.

Sie taten, als wäre nichts vorgefallen.

Es wurde die beste Nacht seit Ewigkeiten.

»Was macht die Wohnungssuche?« Tarve nahm sich eine weitere Portion vom Himbeerjoghurt und schleckte sich die Finger ab, als etwas darauffiel.

»Die läuft mies«, erwiderte ich und tauchte den Löffel in das Glas vor mir. »Ich habe zu lange gewartet. Jetzt sind die Studierenden eingefallen. Es gibt kaum verfügbare Wohnungen.«

Hank suchte meinen Blick. Dass ich bereit sein könnte, Fynns diesjährige Forderung noch einzuhalten, hätte er wohl nicht mehr gedacht. »Ihr könnt hier einziehen.«

Augenblicklich schienen auch alle anderen Blicke auf ihm zu landen. Der ungläubigste davon kam sicher von mir. »Nicht *hier*.« Hank lachte über die Entgeisterung, die ihm entgegenschlug. »Hier ins Haus. Ich habe gestern kurz mit meiner Nachbarin gesprochen. Sie hat vor, zu ihrer Tochter zu ziehen.« *Hank war oben gewesen, um abzusprechen, ob sie notfalls auf Grace aufpassen konnte.* »Überlegt es euch. Ich kann sofort den Hausverwalter anrufen.«

»Ja, ja, ja, ja, ja, ja, ja, ja, ja, ja … bitte, Mum«, rief Grace in diesem flehenden Ton, der selbst Steine dahinschmelzen ließ.

Mein Blick fuhr von ihr zu Hank und wieder zurück.

Das hier war Leben.

Ohne Sicherungsleine.

Ohne Handbuch.

Es wurde Zeit, wieder zu leben.

»Du hast Grace gehört.«

Es war eine dieser Nächte, die ewig hätten dauern können. Erst als irgendwann die Morgendämmerung einsetzte, fuhren selbst

George und die Jungs. Henry und Lorenzo hatten Grace nach Hause gebracht. Sie waren gekonnt sowohl über meine als auch über Hanks Erinnerungen daran hinweggegangen, dass Grace in ihrem Zimmer hier schlafen konnte. Stattdessen hatte Henry ihr ein Dutzend Gute-Nacht-Geschichten versprochen, während er ihr in die Jacke half. Lorenzo hatte mir beim Abschied zu verstehen gegeben, dass ich so lange bleiben sollte, wie ich wollte, und damit waren sie verschwunden.

Mein Blick hatte Hanks gefunden und wieder hatte es sich angefühlt wie vorhin an der Haustür.

Als könnten wir nicht damit aufhören, uns anzulächeln.

Also war ich geblieben.

Taira und Matt hatten als Nächstes begonnen, sich zu verabschieden. »Du und Hank?« Sie nutzte aus, dass die Männer gerade in ein Gespräch vertieft waren.

»Ich weiß nicht, was du meinst.«

»Na klar.« Sie verdrehte die Augen. »Jeder hier sieht, wie du ihn anschaust, Honey.«

»Was ist mit seinen Blicken?«

»Die haben sich nicht verändert. So sieht er dich schon lange an. Du hast es nur nie bemerkt.« Sie drückte mich. »Ich wusste, dass er mehr als ein Freund ist.«

»Er war ein Freund«, gab ich zurück und drückte sie ebenfalls. Halbherzige Umarmungen gab es in Tairas Welt nicht.

»Und dann?« Sie löste sich von mir, um herausfordernd die Augenbrauen zu heben. »Was ist passiert?«

»Liebe«, stieß ich aus und es war eine hilflose Mischung aus Entgeisterung, Lachen und Schnauben.

Nun war es still geworden.

Grace' Zimmer hatte ich nicht mehr betreten, seit ich kopfüber daraus geflüchtet war. Seitdem war ich auf der Schwelle stehen geblieben, bis ich schließlich nicht einmal mehr Hanks Wohnung betreten hatte.

In dem kleinen Raum hatte sich einiges verändert. Andere Bilder teilten sich den Platz an der Wand mit einer Kreidetafel, die Grace über und über mit Blumen bemalt hatte. Das Schlafsofa war einem Kinderbett gewichen, über das sich ein Stoffhimmel spannte und an dem ein Dutzend von Grace' gebastelten Sternen baumelten. Ein gut befülltes Bücherregal stand in der Ecke, beleuchtet von einer Lichterkette. Der Teppich war eines der wenigen Dinge, die geblieben waren, und mit ihm die drehende Lampe. Ich tippte auf den Schalter und sofort setzte sie sich in Bewegung, warf unzählige tänzelnde Lichter an die Wände. Wie damals.

Langsam sank ich auf den Teppich, auf die langen, weichen Fasern, und verlor mich im Anblick der Lichter.

Es war so friedlich.

Ruhig.

»Hier steckst du.«

Beinahe.

Meine Mundwinkel zuckten nach oben. Das taten sie seit gestern andauernd, wenn ich an Hank dachte.

Der würzige Geruch nach Kräutern füllte den Raum aus, als Hank zwei Tassen auf dem Boden abstellte und sich zu mir legte. »Wird irgendwie unser Ding. Auf dem Boden rumzuliegen.« Seine Augen lächelten mit seinem Mund um die Wette.

»Orte fühlen sich anders an, wenn du sie zu anderen Zeiten besuchst.«

Er ließ die Worte auf sich wirken und sein Lächeln verblasste. Erst jetzt schien ihm klar zu werden, wann genau ich zuletzt hier gelegen hatte. »Warum bist du damals geflüchtet?«

»Weil du mir Angst gemacht hast.«

Sein verständnisloser Blick brachte mich zum Schmunzeln. »Ich habe darüber nachgedacht, wie es sich anfühlt, dich zu küssen.«

Sein Lächeln kehrte zurück und ließ seine Augen leuchten. »Und jetzt?«

»Habe ich immer noch Angst.«

Ich wünschte, es wäre nicht so.

Doch das hier machte mir Angst.

Mich noch einmal auf jemanden einzulassen, schon der Gedanke war furchterregend – selbst wenn dieser jemand Hank war.

»Aber du bist hier.«

»Ja.«

»Ich finde, das klingt nach einem guten Anfang.« Seine Finger schoben sich zwischen meine. »Du bestimmst das Tempo. Ich bin gut darin, zu warten. Auf ein paar Jahre mehr kommt es nicht an.«

Einfach so löste er die Anspannung in meiner Brust. In seinem Blick fand sich so viel Wärme, dass alles in mir erwartungsvoll kribbelte.

»Das würde mir zu lang dauern«, raunte ich ihm zu und rutschte näher. Sein Arm legte sich sanft um mich. Mein Gesicht drängte sich an seines und ich nahm diesen würzigen Kräutergeruch an ihm wahr, den ich immerzu mit ihm verband. Er bewegte sich nicht, ließ zu, dass ich ihn erkundete. Meine Nasenspitze strich über seine, meine Finger über seine Lippen. Das Kribbeln in mir wurde übermächtig. »Darf ich dich küssen?«

»Immer«, flüsterte er und ich durchbrach auch noch diesen letzten Abstand zwischen uns.

Küsste ihn.

Es fühlte sich an wie Schweben.

Wie ein Feuer, das mich von innen heraus wärmte, ohne mich zu verbrennen.

Wie nach Hause kommen.

Siebtes Jahr

Tagebuch

Mein Schönster,

als du gegangen bist, hast du nicht nur mein Herz gebrochen.

Dich zu verlieren, hat mich gebrochen.

Vorher habe ich nicht geahnt, auf wie viele Arten ein Mensch zerbrechen kann.

Man sagt, die Zeit heilt alle Wunden, aber das stimmt nicht. Es gibt Wunden in mir, die niemals heilen, und jede davon trägt deinen Namen.

In den letzten Jahren hat sich der Schmerz verändert.

Er ist immer noch da, aber ich verliere mich nicht mehr in ihm.

Ich habe gelernt, mit ihm zu überleben.

Dank deiner Briefe und unserer Freunde.

Irgendwann hat es sich sogar wieder angefühlt wie ein Leben.

Ich habe mir geschworen, mich niemals mehr zu verlieben. Aber mein Herz hatte andere Pläne.

Es fühlt sich seltsam an, dir davon zu erzählen, aber noch seltsamer würde es sich anfühlen, dir nicht davon zu erzählen.

Du und ich sind eine Flutwelle.

Ein Wirbelsturm.

Eine Naturgewalt.

Ohne Anfang, ohne Ende.

Mit Hank ist es anders.

Wir sind ein Sommermorgen.

Wintersonnenstrahlen.

Der erste Schnee des Jahres.

Nicht nur Trauer scheint viele Gesichter zu haben, das gilt offenbar auch für Liebe.

Manchmal kämpft mein Kopf gegen mein Herz, erinnert mich daran, dass es tausend Gründe gäbe, zu fliehen, aber ich bleibe.

Weil ich es will.

Es verändert nichts an meiner Liebe zu dir.

Du fehlst mir so sehr, wie einem ein Mensch fehlen kann. Ich denke jeden Tag an dich. Deine Fotos waren das Erste, das Grace und ich in unserer neuen Wohnung aufgestellt haben.

Überall dort, wo ich bin, bist auch du.

Weil unsere Seelen untrennbar miteinander verbunden sind.

Aber ich liebe auch Hank.

Verzeihst du mir?

Ich liebe dich.

Ewig.

Fynns Brief

Meine Schönste,

ich denke oft darüber nach, was ich dir am meisten wünsche.

Es gibt so viel.

Ich wünsche dir Freunde, die dir Halt geben.

Aufgaben, die dich begeistern.

Die Zuversicht, dass du alles schaffen kannst.

Doch am meisten wünsche ich dir Liebe.

Es klingt bestimmt sonderbar, das von mir zu hören, aber in mir fühlt es sich nicht sonderbar an.

Du hast mir jeden Tag gezeigt, wie großartig das Leben ist, wenn man liebt. Wie vollkommen es ist, wenn dieser Mensch einen ebenfalls von ganzem Herzen liebt.

Liebe kann alles verändern, alles erreichen.

Liebe ist das wahrhaft Gute in der Welt.

Wie sollte ich wollen, dass sie ausgerechnet dir vorenthalten wird?

Ich wünsche mir, dass du liebst, dass da jemand ist, der dich ebenfalls liebt.

Verschwende das Leben nicht mit Zögern. Wenn du liebst, schrei es laut in die Welt, so laut, dass ich dich hören kann, und glaube mir, ich werde mich darüber aus tiefstem Herzen freuen – weil ich dich so unfassbar liebe.

Das ist, was ich mir dieses Jahr von dir wünsche.
Geh auf die Suche nach Liebe, Maya.
Wenn du sie gefunden hast, grüß sie von mir.
Sie ist das Beste von allem.
Ich liebe dich.
Ewig.

Kapitel 59

»Gras?« Verständnislos starrte ich auf den Teller in Hanks Händen. »Vielleicht müssen wir an deinen Kochkünsten arbeiten.«

Ich bekam nicht einmal ein Lächeln.

Das war ähnlich sonderbar wie die Grashalme auf dem Teller.

Und sein Blick.

»Okaayyy. Ist das Schweigen nicht mein Part?«

Wieder kein Lächeln, nur dieser Blick.

Zwar stellte er den Teller ab, doch gleichzeitig hatte ich dieses ungute Gefühl, dass er nur einen Augenblick meiner Musterung entgehen wollte.

Das Gefühl nahm zu, als mir aufging, dass er auch heute Morgen merkwürdig verhalten darauf reagiert hatte, dass ich Grace einweihen wollte.

Dabei waren wir jetzt ein halbes Jahr zusammen und es lief gut.

Mehr als das.

Manchmal kämpften mein Kopf und mein Herz noch miteinander, aber mittlerweile hatten die beiden sich damit arrangiert, dass es eine neue Art von *uns* gab.

Ich hatte gedacht, Hank würde sich freuen, dass ich bereit war, den nächsten Schritt zu machen.

Hatte er nicht.

Nicht so richtig.

Er war schnell zur Uni geeilt.

Bis gerade hatte ich angenommen, er hätte es eilig gehabt.

Offenbar nicht.

Und dass er Grace kurzfristig bei Charlotte untergebracht hatte, bedeutete wohl keinen Paarabend.

Eine unsichtbare Faust umkrallte mein Herz.

Presste es zusammen.

»Was ist los?«

Hank drehte sich langsam zu mir.

Seine Augen, die sonst voller Wärme waren, wirkten dunkel und leer.

Mein Herz setzte aus.

Ich war glücklich.

Zum ersten Mal seit Fynns Tod war ich wirklich glücklich.

Doch das, was ich in Hanks Gesicht fand, wirkte, als würde sich dieses Glück gleich auflösen.

Alles an mir wollte flüchten.

Damit nichts davon bei mir ankam.

»Machst du Schluss?« Die Worte stürzten aus mir heraus, bevor der Rest von mir es durch die Tür schaffte.

»Gott, nein!« Hanks Augen weiteten sich so ehrlich entgeistert, dass mein Herz seine Arbeit wieder aufnahm. »Ich liebe dich, Maya.« Er griff nach meiner Hand, hauchte einen Kuss darauf, so winzig, dass er kaum zählte. »Aber es gibt da etwas, das du wissen solltest, bevor du Grace …« Er ließ meine Hand los, fuhr sich durchs Haar. »Es tut mir leid. Alles davon.«

Ich kam nicht mehr mit.

Was konnte so schlimm sein, dass Hank es nicht einmal schaffte, mich richtig anzusehen?

»Sag es mir«, stieß ich aus und alles an mir schien nur noch aus Anspannung zu bestehen. »Denn ich stehe kurz davor, loszurennen.«

Mein Eingeständnis ließ ihn geräuschvoll aufatmen. »Du solltest das hier lesen«, sagte er und zog einen Briefumschlag unter einer Zeitung hervor. Der Umschlag war in der Mitte gefaltet und seine Knicke und Abnutzungen sprachen dafür, dass er nicht erst kürzlich geschrieben worden war.

Es war nur ein alter Brief.

Und trotzdem stoppte er die Welt.

Ich erkannte das Pastellrosa.

Erkannte die Handschrift darauf.

Er war von Fynn.

Und er war an Hank adressiert.

Fynns Brief

Hank,

in den letzten Monaten habe ich eine Menge wirklich sonderbarer Briefe geschrieben. Einige sonderbarer als die anderen, aber du, mein Freund, bekommst mit Abstand den sonderbarsten von mir.

Wenn du das hier liest, bin ich nicht mehr da. Und diese Tatsache führt dazu, dass wir beide reden müssen. Ich verspreche dir, dieser Brief wird um einiges unangenehmer als unser Kennenlernen, während du gerade dabei warst, mir meine Freundin auszuspannen.

Ich weiß, du würdest jetzt protestieren und sagen, dass du das nie vorhattest, aber das nimmt dem Ganzen ein wenig zu viel Dramatik. Findest du nicht? Na los, ich baue auf ein Schmunzeln von dir.

Natürlich geht es um Maya.

Ich habe ihr einmal versprochen, alles dafür zu tun, dass sie ein Happy End bekommt. Nur hatte das Schicksal andere Pläne mit uns.

Also habe ich angefangen, mir zu überlegen, was Maya benötigt, wenn ich nicht mehr da bin. Was mit ihr geschieht, wenn sie gezwungen ist, ohne mich weiterzumachen, und was sie braucht, um wieder glücklich zu werden und es zu bleiben.

Dafür habe ich begonnen, mir ihre Zukunft vorzustellen, andauernd. Ich habe mich gefragt, welche Entscheidungen sie wohl trifft, wohin sie geht oder ob sie bleibt. Welche Auswirkungen Grace auf sie hat und welche ihr.

Manchmal sind die Bilder verschwommen. Ich habe keine Ahnung, für welche Arbeit sie sich entscheidet. Da gibt es so viel, das ich ihr zutraue und in dem sie glänzen würde. Das sind diese Unsicherheiten, mit denen ich leben muss. Dann sind da andere, klare Bilder in meinem Kopf, wie dass sie für Grace funktionieren wird. Es beruhigt mich, zu wissen, dass sie einander haben. Aber auf Dauer reicht das nicht aus. Grace wird irgendwann ihre eigenen Wege gehen und das Leben erkunden. Es klingt wahrscheinlich merkwürdig, doch ich hoffe, dass Maya jemanden findet, der sie abgrundtief liebt und den sie liebt.

Immer, wenn ich versuche, mir dazu ein Bild vorzustellen, sehe ich dich an ihrer Seite.

Damals, an diesem ersten Morgen an der Uni, lag diese Faszination in deinem Blick, die gleiche wie am Abend, als wir Maya dabei beobachtet haben, wie sie dem armen Barkeeper zugesetzt hat. Diese Faszination ist geblieben, aber da ist etwas anderes dazugekommen, auch wenn wir beide nie darüber geredet haben. Es war etwas Wärmeres, Tieferes.

Du liebst sie, oder?

Glaub mir, das versteht niemand besser als ich.

Ich habe Maya nie davon erzählt. Das ist wahrscheinlich das einzige Gebiet, von dem sie keine Ahnung hat. Sie erkennt die Signale erst, wenn man sie quasi mit Leuchtschildern darauf aufmerksam macht.

Du hast also Zeit, bevor sie es herausfindet.

Das ist gut, denn die wirst du brauchen.

Maya wird nach meinem Tod zusammenbrechen, und das Ganze wahrscheinlich häufiger als einmal. Ich habe euch allen geschrieben und euch um einige Dinge gebeten, um für sie da zu sein. Aber von dir fordere ich mehr ein – gerade weil du sie liebst.

Kümmere dich um Maya und kümmere dich um Grace.

Sei für sie da, wann immer dich eine von ihnen braucht.

Ich kann dir nicht versprechen, dass Maya dich eines Tages ebenfalls liebt. Manchmal kommen mir die sinnfreisten Bilder in den Kopf, dann sehe ich Maya plötzlich bei George und denke mir, wie zur Hölle soll das möglich sein? Vielleicht wird sie sich Hals über Kopf in irgendjemanden verlieben, den sie auf dem Weg zur Straßenbahn kennenlernt. Das Leben ist voller Überraschungen. Gleichzeitig kenne ich nichts auf der Welt so gut wie Maya. Das sollte uns beiden Mut machen.

Es gibt einiges, was ich dir gern über sie sagen möchte, aber meine Zeit ist beschränkt und so bekommst du hier nur das Wichtigste.

Sag Maya niemals, dass sie über mich hinwegkommt, denn das wird sie nicht. Das weiß ich, weil ich das auch nicht würde, wären die Seiten vertauscht. Unsere Seelen sind auf eine Art miteinander verknüpft, die ich selbst nicht begreife. Wir hatten einfach unglaublich viel Glück. Doch genau das wird dafür sorgen, dass ich immer Teil von ihr sein werde. Es wird nie ein Tag vergehen, an dem sie nicht an mich denkt. Das solltest du wissen, wenn du bereit bist zu warten. Diese Sache zwischen euch kann nur funktionieren, wenn du in mir keinen Konkurrenten um ihre Liebe siehst, sondern weiterhin das, was du all die Zeit getan hast, einen Freund.

Es gibt Dinge, die euch die Zukunft einfacher machen werden, und damit meine ich nicht, dass du mit ihr lieber nicht in Clubs gehen solltest. Die allerwichtigste Regel lautet: Gib ihr Zeit. Gib ihr so viel Zeit, wie sie braucht. Wenn sie sich unter Druck gesetzt fühlt, geschieht etwas mit ihr, das sie von innen heraus auffrisst. Lass sie die Zweifel ausräumen und warte darauf, dass sie sicher ist.

Außerdem musst du Mayas Schweigen einordnen lernen. Es gibt ein Schweigen, wenn sie mit sich und ihren Gedanken beschäftigt ist, dann ist sie irgendwo anders und nicht bereit, dich dorthin mitzunehmen. Dieses Schweigen ist nervenzehrend. Halte es aus und halte es aus, wenn sie flüchtet, bedräng sie nicht.

Das andere Schweigen ist ganz leise und unauffällig, weil sie es verdeckt, und das macht es gefährlich. Sei dann an ihrer Seite, bleib da und bring sie dazu, mit Henry zu reden. Er weiß, was zu tun ist.

Kauf ihr niemals Blumen, stell keine Kerzen auf den Tisch, wenn du dir nicht ihren Zorn einhandeln willst. Ach, und kauf keine perfekten Tannenbäume mehr. Und wenn du ihr diesen Brief irgendwann zeigst, und ich weiß, dass du das wirst, weil du einer der ehrlichsten Menschen überhaupt bist, warte ab, bis sie sich entschieden hat.

Mach es auf keinen Fall vorher.

Und tu uns beiden einen Gefallen: Leg ihr ein wenig Gras dazu. Das ist etwas, das ich mir einmal aufheben wollte, für einen Moment, in dem Maya vor Zorn platzt.

Hier passt es perfekt.

Und noch ein letzter Rat: Warte auch dann auf sie, wenn du denkst, dass du keine Chance mehr hast.

Halte durch, solange du kannst.

Ich verspreche dir, es ist jeden einzelnen Tag davon wert, wenn sie sich dafür am Ende für dich entscheidet.

Mir war es jeden Tag davon wert.

Ich habe ein gutes Gefühl, wenn ich euch zusammen sehe.

Pass auf die beiden auf, Hank.

Sie sind das Kostbarste, das ich habe.

Ich wünsche euch alles Glück dieser Erde.

Dein Freund

Fynn

Kapitel 60

»Eine Anleitung?«

Ich wollte schreien, aber mehr als ein Flüstern schaffte es nicht aus mir heraus. »Fynn hat dir eine Gebrauchsanleitung für mich hinterlassen?«

»So war das nicht gemeint.« Nicht nur meine Stimme war dahin, das galt auch für Hanks.

»Ernsthaft?« Ich warf ihm die Seiten entgegen und sie flatterten auf den Boden. »Dieser ganze Brief ist eine Anleitung, wie du mich dazu bekommst, dich zu lieben!«

Warum hatte ich es nicht gesehen?

Fynn wollte im ersten Jahr, dass ich Tee kochte. Tee hatte ich immer mit Hank getrunken, wenn er vorbeikam. Das war von jeher unser Ding gewesen, weil Fynn keinen Tee trank. Ich hatte nur nie damit gerechnet, dass es ein Stoß in Richtung Hank sein könnte.

Und da war noch mehr. Fynn hatte mich zurück zur Uni geschickt, wo Hank arbeitete. Im Jahr darauf hatte er ausgerechnet ihn zur Verona Hall ausgesandt, nachdem ich emotional am Limit war. Nicht George.

Als ich Küsse hatte fangen sollen, versuchte Fynn, mich auf Hank aufmerksam zu machen.

All diese Dinge sollten hierherführen.

Zu Hank.

Ich hatte es nur nicht erkannt.

Bis jetzt.

»Ich habe nie um diesen Brief gebeten.« Hank wollte meine Hand greifen, aber ich wich ihm aus. So blieb sie in der Luft hängen und schien weder vorwärts noch zurück zu können.

»Dann hättest du ihn mir gezeigt!« Auch meine Stimme kehrte zurück und sie war rau vor Wut. Ich hatte beiden vertraut. »Nur hättest du deine Liste nicht mehr einsetzen können!«

»Das war nicht der Grund, weshalb ich ihn dir erst jetzt zeige«, protestierte er. »Ich habe gewusst, dass du mich von dir wegstößt, sobald du ihn liest. Genau das wäre geschehen, hätte ich ihn dir nach Fynns Beerdigung gezeigt. Oder ein Jahr danach, oder zwei …« Hank rieb sich über die Augen, in denen es verdächtig feucht schimmerte. »Du hättest mich, ohne mit der Wimper zu zucken, aus eurem Leben geworfen.«

Und wie ich das getan hätte.

»Dieser Brief ändert nichts daran, wer wir heute sind, Maya«, raunte er mir zu. »Es ändert nichts an unseren Gefühlen. Ja, ich bekam einen Wissensvorsprung, aber tu nicht so, als würde es einen Unterschied machen, hätte ich dir mal Blumen mitgebracht.«

»Weißt du nicht! Ich hasse Blumen abgrundtief!«

Nein, hierbei würde ich nicht bei dem kleinsten Punkt nachgeben.

Sie hatten mich hintergangen, alle beide!

Fynn hatte sich mit Hank zusammengetan, um ihm mein Herz zu überlassen, als wäre ich ein verdammter Pokal, den es weiterzureichen galt.

Ich wollte schreien.

Hank anschreien.

Fynn anschreien.

Aber es fühlte sich nicht an, als besäße ich genug Atem dafür.

»Du bist nur wütend, weil es ihm gelungen ist, oder?«, fuhr Hank sanfter fort. »Was, wenn wir beide andere Wege gegangen wären? Wenn wir uns nach Jahren wiedergetroffen hätten und ich dir diesen Brief gezeigt hätte?«

Ich bettete mich in mein Schweigen.

»Dann wärst du nicht wütend gewesen …«

Und schon beendete meine brennende Wut das Schweigen.

»Weil der Brief dann keine Auswirkungen gehabt hätte! Aber die hatte er!«

»Ja«, erwiderte Hank und setzte meiner Wut Sanftheit entgegen. »Ohne diesen Brief stünden wir nicht hier.« Die Überzeugung, mit der er das sagte, ließ meinen Zorn erschüttert innehalten. »An dem Tag, als wir uns kennenlernten, wollte ich dich fragen, ob du nach dem Pub mit mir ausgehst. Ich habe dich vorher gesehen, wie du jede dieser Gedenktafeln akribisch gelesen hast, während alle herumstanden und uns anstarrten. Normalerweise gibt es auf diesen Führungen immer die gleichen Fragen, aber du hast andere gestellt. Fynn hatte recht, irgendwas an dir hat mich fasziniert. Ich wollte mich lieber mit dir über das Anlegen von Kräuterbeeten im Unigarten unterhalten, als Fragen zum Kantinenessen zu beantworten. Doch kaum waren die anderen weg, tauchte Fynn auf und du hast gestrahlt. Das hast du immer, wenn du ihn gesehen hast. Und ja, es hat sich irgendwann angefühlt, als müsste es das großartigste Gefühl der Welt sein, so von dir angeschaut zu werden.«

Er atmete aus und zum ersten Mal wirkte er, als würde er am liebsten fliehen. »Ich habe es dir nie erzählt, aber ich bekam schon einmal eine Professorenanstellung angeboten. Im Ausland. Es war eine einmalige Chance, mein Traum. Ich habe angenommen. Kurz darauf hat sich Fynns Zustand kritisch verschlechtert …« Hank atmete auf, wohl ein Versuch, die Fassung zurückzugewinnen, die ihm gerade abhandengekommen war. »Dann bekam ich seinen Brief und er hat mich erschüttert. Auf so verdammt vielen Ebenen. Bis dahin habe ich mir eingeredet, das für dich sei eine Schwärmerei, die sich legen würde. Dass ich dich liebe, habe ich mir erst eingestanden, nachdem ich Fynns Brief gelesen habe. Anschließend wollte ich noch dringender weg. Ich habe mich nie in meinem Leben schuldiger gefühlt. Dann klingelte es und plötzlich war Taira mit dir und Grace hier. Und ich wusste, was das bedeutete. Fynns Tod hat mir das Herz gebrochen. Und dein Anblick hat es mir erneut gebrochen. Ich bat an der Uni um eine Verschiebung und um noch eine. Eine weitere. Und dann habe ich abgesagt. Nicht, weil ich gehofft habe, dass du mich irgendwann liebst. Sondern weil ich dich zu sehr liebte, um dich so zurückzulassen. Das habe ich durch Fynn erkannt. Wegen seines Briefes.« Schweigen spannte sich zwischen uns wie ein Zelt.

Das war so viel, was ich nicht gewusst hatte.

Änderte es was?

Mein Kopf war wie eine Schneekugel.

Gedanken wirbelten wie Flocken darin umher.

»Ich habe diesen Brief in den letzten Jahren oft verflucht«, fuhr Hank eindringlicher fort. »Aber wir stehen hier, weil Fynn diesen Brief geschrieben hat, Maya. Nicht wegen dieser Liste, sondern weil ich ihn gebraucht habe, um meine

Gefühle einzugestehen. Und ja, manchmal hat er sich angefühlt wie ein Hoffnungsschimmer.«

Ich öffnete den Mund, wollte etwas sagen und wusste doch nicht, was. Der Sturm in meinem Kopf ließ keinen klaren Gedanken zu.

»Das ist nicht alles«, sagte er sanft. »Mit ihm kam damals ein zweiter Brief.«

Nein.

Nicht noch mehr.

»Was steht drin?«

»Ich weiß es nicht. Er ist für dich.«

Fynns Brief

Meine Schönste,

meine Einzige,

mein Alles,

wenn du diesen Brief jemals in deinen Händen hältst, wird mich das unglaublich freuen. Dann hast du gefunden, was ich mir so dringend für dich wünsche. Liebe.

Ich weiß, du verfluchst mich gerade, wahrscheinlich so innig, dass ich die Wellen davon spüren werde. Und du hast recht. Ich bin dir eine Erklärung schuldig.

Du hast alles aufgegeben, um bei mir zu sein. Deine Familie, dein Leben, Prinzipien, die du einmal hattest, und die Zukunft, die du dir früher vorgestellt hast.

Das ist das größte Geschenk, das ich jemals bekommen habe.

Als ich dich damals im Krankenhaus neben mir fand und begriff, dass du uns gewählt hast, schwor ich mir, dich glücklich zu machen, damit du diese Wahl niemals bereust. Ich weiß, dass du jetzt den Kopf schüttelst, mir sagen willst, dass es deine Entscheidung war und dass ich nicht für dich verantwortlich bin. Schließlich bist du keine Schildkröte (Da fällt mir ein, was macht Mr Hemskey? Noch immer der gleiche Stoffel?). Aber manchmal bist du das. Du ziehst dich in deinen Panzer zurück, damit dich niemand erreicht. Das waren die Momente, die mir am meisten zugesetzt haben. Mit der Zeit haben wir beide das großartig gemeistert. Wie so ziemlich alles andere.

Aber jetzt frage ich mich, was mit dir geschieht, wenn ich nicht mehr da bin, und das, was ich sehe, macht mir Angst. Ich sehe dich, wie du deine Schutzwände aufbaust und dahinter in Trauer versinkst.

Das war dein Plan, oder? Dich mit Grace vor der Welt zu verkriechen, nur noch zu funktionieren, wenn du es musst, und deine Zeit absitzen.

Das kann ich nicht zulassen, Maya.

Ich denke, ich weiß, wie ich dich dazu bekomme, deine Deckung zu verlassen, aber ich glaube nicht, dass du es zulässt, wenn jemand anderes als ich versucht, dich hervorzulocken. Also habe ich begonnen, Briefe zu schreiben, und dass du diesen hier in deiner Hand hältst, zeigt mir, dass wir es gemeinsam geschafft haben.

Jetzt hoffe ich, dass das Gras deine Wut zumindest ein wenig dämpft. Ich habe dir doch gesagt, dass ich es mal damit versuchen werde – erinnerst du dich an unser erstes Foto in der Bibliothek? Hoffentlich wirkt es besser als diese albernen Blumen. Keine Ahnung, was ich mir damals dabei gedacht habe.

Aber ich weiß, was ich über dich und Hank denke.

Ich denke, ihr könntet glücklich werden.

Wenn ich euch zusammen sehe, habe ich immer das Gefühl, dass da etwas zwischen euch möglich gewesen wäre, gäbe es mich nicht.

Ist dir aufgefallen, dass du Hank nicht berührst? Du hältst diesen Abstand zu ihm. Ich habe es registriert, ich habe einiges registriert, während ich versucht habe, zu überlegen, wie ein Leben ohne mich für dich sein könnte.

Mich hast du am Anfang auch nicht berührt und wir kennen beide den Grund dafür. Also ja, ich stelle mir Hank an deiner Seite vor, und ich hoffe darauf, dass ich richtig liege, weil ich mir niemanden vorstellen kann, der besser zu dir passt – abgesehen von mir natürlich. Jetzt lächelst du hoffentlich.

Doch was wäre geschehen, wenn ich dir das gesagt hätte? Hank hätte nie eine Chance von dir bekommen, oder? Ausgerechnet mein Herz hat dir so viel abverlangt, dass du nicht bereit warst, deines noch einmal zu öffnen.

Deshalb habe ich nicht dir geschrieben, sondern Hank.

Und ich bereue nichts.

Hass mich dafür ein wenig.

Bis unsere Ewigkeit beginnt, ist dein Hass hoffentlich abgeflaut.

Anscheinend ist Hank jetzt gerade bei dir und du bei ihm – wie sollte ich etwas davon bereuen?

Das hier ist kein Abschied, meine Schönste, auch wenn dieser Brief anfängt, so schrecklich danach zu klingen. Du kannst mich nicht loslassen. Genauso wenig, wie ich dich loslassen kann. Da warten noch so viele Briefe auf dich. Aber von jetzt an wird es einfacher. Die schwierigsten Hürden hast du genommen und du hast jemanden, dem du erlaubst, dich aufzufangen und dich aus deiner Deckung herauszuziehen.

Ja, ich bin überzeugt, der Rest wird ein Kinderspiel.

Ich seh dir von oben zu und erzähle den Sternen von dir.

Ich liebe dich.

Ewig.

Kapitel 61

Ich saß lange auf dem Bett, las die Zeilen von Fynn, wieder und wieder. Bis all der Zorn verraucht war und nur Wärme übrig blieb. Dann legte ich den Brief des Mannes, den ich liebte, an die Seite und ging in Grace' Zimmer, wo der andere Mann, den ich liebte, darauf wartete, dass ich bereit war zu reden.

Er saß auf dem Teppich – unserem Teppich. Ich legte mich dazu, während sein Blick durchdringend auf mir hing.

»Du bist noch da.« Er sank zu mir herunter. Sein Kopf lag keinen Handbreit von mir entfernt und die goldenen Ringe um seine Pupillen schienen vor Anspannung zu flimmern. »Alles in Ordnung mit uns beiden?«

»Gibt es noch mehr Dinge, über die wir reden sollten? Weitere Pläne von Fynn? Wollt ihr mich zwingen, eine Pilotenlizenz zu machen? Soll ich einen Zoo übernehmen? Oder gründen wir mit Tarve eine Tauchschule?«

Hanks Augen weiteten sich entgeistert. »Gibt es da irgendwas in seinem Brief, das ich wissen sollte?«

»Vielleicht«, gab ich zurück. »Und vielleicht zeige ich ihn dir irgendwann. Vielleicht aber auch nicht.«

Ein Schmunzeln zupfte an seinem Mundwinkel. »Habe ich mir verdient.«

»Hast du. Habt ihr beide.«

»Also bekommen wir nächstes Jahr einen Zoo? Grace wird begeistert sein. Sie wird darauf bestehen, alle Tiere freizulassen.«

»Keine Ahnung.« Ich seufzte in den Teppich. »Es ist Fynn, da ist alles möglich.« Und noch während ich das sagte, flatterten die Libellen durch mich hindurch. »Manchmal will ich ihn hassen, aber ich schätze, ich liebe ihn zu sehr dafür.«

Hanks Schmunzeln wurde größer. »Dann baue ich ebenfalls auf Vergebung.«

»Bekommst du.« Ich beugte mich vor und küsste ihn und er zog mich so eng an sich, dass mich dieses Kribbeln bis in die Zehenspitzen ausfüllte.

»Das Gras scheint zu helfen«, flüsterte er. »Ich fürchte, ich muss Fynns Idee stehlen.« Es blitzte erleichtert in seinen Augen und ich konnte nicht anders als lächeln.

»Das fände er großartig.« Im Geiste sah ich schon Teller mit Gras gefüllt vor mir. Und das Bild gefiel mir. Fynn gehörte dazu. Er war Teil von uns. Ohne meine erste Liebe hätte es diese zweite nicht gegeben.

»Also sagen wir es Gracie morgen?« Hank schloss mich noch enger in seinen Arm und ich liebte alles an dem Strahlen, das ich auf seinem Gesicht fand.

»Lass uns sie abholen und es ihr direkt sagen«, raunte ich ihm zu. »Das Leben ist zu kurz, um zu zögern.«

Epilog

Irgendwann

»Hey, Schönster, ich hatte wieder diesen Traum. Es war wie nach einem langen, wundervollen Tag die Augen zu schließen. Mit all den Erinnerungen, die weiterfunkeln, und so viel Liebe, dass sie einen von innen heraus wärmt. Dann sah ich dieses helle Licht und ich wusste, dass du dahinter wartest und es Zeit war, zu gehen. Ich rannte hinein und es verwandelte sich in Vergissmeinnichtblau. Und du warst da.«

»Das war kein Traum«, raunte Fynn mir so liebevoll zu, dass Horden von Libellen durch mich stürmten. »Wie oft lässt du mich das noch sagen? Tausend Mal?«

»Mach Millionen Male daraus, schließlich gibt es eine Ewigkeit zu füllen.«

»Klingt eintönig. Wir hätten auch noch deine Listen mit all den Dingen, die du mir erzählen musst.«

Vergissmeinnichtfarbene Augen fanden meine.

Fanden mich.

Wie geborgen konnte man sich fühlen?

»Außerdem kommen mir da auch einige andere Ideen.« Sein Finger strich über meine Lippen. Das und dieses leicht schräge Lächeln, die Herausforderung, die darin lag, nahmen die Libellenhorden zum Anlass, erneut zu toben.

»Aber es fühlt sich an wie ein Traum.«

»Weil ich so traumhaft bin?« Haselnussfarbene Augenbrauen hoben sich provokant und sein Lächeln übertrug sich auf seine Augen, ließ es darin funkeln.

»Traumhaft arrogant vielleicht, Fynnigan.«

»Gott, hast du mir gefehlt.« Seine Lippen strichen über meine Wange, fuhren tiefer.

Konnte dieser Moment bitte niemals enden?

»Wieso denkst du, dass das hier nicht real ist?« Er stoppte kurz vor meinem Ohr. Die Frage war ähnlich sanft wie die Berührung seiner Lippen, als er sprach. Fynn schien genauso unfähig, sich von mir zu lösen wie ich mich von ihm.

»Weil sich nichts geändert hat? Weil sich alles anfühlt wie damals? Weil wir sind wie damals?« Ich spürte, wie sich seine Lippen an meinem Hals zu einem Lächeln verzogen.

»Du bist wahrscheinlich die Einzige, die sogar die Ewigkeit analysieren muss.«

»Und wenn es doch ein Traum ist?«

»Dann halten wir ihn so fest, dass er uns nicht entwischt.« Seine Arme legten sich enger um mich und ich drückte mich ihm entgegen, wollte diesen Moment inhalieren. Und den nächsten. Und den darauf.

Weil mir Fynn so gefehlt hatte.

Und er begriff wie immer, ohne dass es Worte brauchte. »Das hier hat kein Ende, Schönste«, flüsterte er mir zu. »Du und ich. Wir beide sind ewig.«

TW: Tod, Verlust, Trauer, Depressionen, Drogen, Alkohol

Nachwort

Das hier wird wahrscheinlich das einzige Nachwort, das sich anfühlt wie eine einzige Entschuldigung.

Als mir damals die Idee zu Mayas und Fynns Geschichte kam, habe ich zuerst Bilder vom Ende der Geschichte vor mir gesehen. Eine Liebe, die den Tod überdauert.

Erst langsam wurden daraus Schemen, die sich zu Gesichtern formten und ihre Stimmen fanden. Ich sah, wie Maya und Fynn sich an ihrem ersten Tag die Stufe teilten. War dabei, als Maya zu Fynn floh und Fynn vor seiner Diagnose.

Manchmal wollte ich beide umarmen.

Manchmal wollte ich sie schütteln.

Doch kaum eines meiner Paare hat es mir so einfach gemacht wie die beiden, die sich so nahtlos ineinander einfügten, als wäre es ihre Bestimmung, zusammen zu sein.

Und es war meine Bestimmung, sie zu trennen.

Ich habe geflucht.

Ich habe tausend Mal überlegt, die ganze Geschichte umzuschreiben und ihnen das Happy End zu geben, das sie verdienten.

Aber das Leben hat so oft kein Happy End.

So viele von uns haben bereits geliebte Menschen verloren und blieben mit dieser Trauer zurück. In Wintersonnenstrahlen geht es genau darum. Um Trauer, darum, zurückzubleiben und weiterzumachen. Ins Leben zurückzufinden, auch wenn sich die Tage dunkel anfühlen.

Und allen voran geht es um Liebe.

Ich verrate euch ein Geheimnis: Fynn ist mein Liebling. Von all meinen Figuren hat er sich am meisten in mein Herz geschlichen und dann habe ich es mir gebrochen.

Und dem ein oder anderem von euch ebenfalls.

Manche behaupten, es mache mir Spaß, die Herzen von Lesenden zu brechen – diesmal nicht.

Entschuldigung.

Jella

Du willst mehr über Organspende wissen?

Etwa 8.496 Menschen stehen in Deutschland auf der Warteliste für ein Spenderorgan. Für die teilweise langen Wartezeiten auf ein Organ gibt es verschiedene Gründe. Ein Grund ist, dass noch immer viele Menschen in Deutschland keinen Organspendeausweis besitzen. Dadurch stehen weitaus weniger Organe für eine Spende zur Verfügung, als benötigt würden. Inzwischen besitzen rund 36 Prozent der Deutschen einen Organspendeausweis.

(Quelle: https://www.transplantation-verstehen.de/etappen/die-wartezeit/postmortale-organspende)

Du möchtest dich umfassender zur Organspende informieren? Oder sogar einen Organspendeausweis beantragen?
Dann schau unbedingt hier vorbei
https://www.organspende-info.de/

»Häusliche Gewalt hat viele Formen: Tritte, Schläge oder unfreiwillige sexuelle Handlungen. Aber auch Nötigungen, Beleidigungen oder Demütigungen gehören dazu. Das heimtückische an dieser Gewalt: sie findet hinter verschlossenen Türen statt, im privaten Raum, und ist für andere meist unsichtbar.«

(Quelle: https://weisser-ring.de/haeuslichegewalt)

Bundesamt für Familie und zivilgesellschaftliche Aufgaben
https://www.hilfetelefon.de/gewalt-gegen-frauen/haeusliche-gewalt.html
(Beratung per Telefon, Sofort-Chat und Onlineberatung)

Weißer Ring:
https://weisser-ring.de/haeuslichegewalt
Opfer-Telefon 116 006 Bundesweit. Kostenfrei. Anonym. Ein Hilfsangebot des WEISSEN RINGS: 7 Tage die Woche von 7 bis 22 Uhr.

GESINE Frauenberatung.EN
https://www.gesine-intervention.de/gesine-frauenberatung-en/

Das Handzeichen als Notsignal bei Häuslicher Gewalt

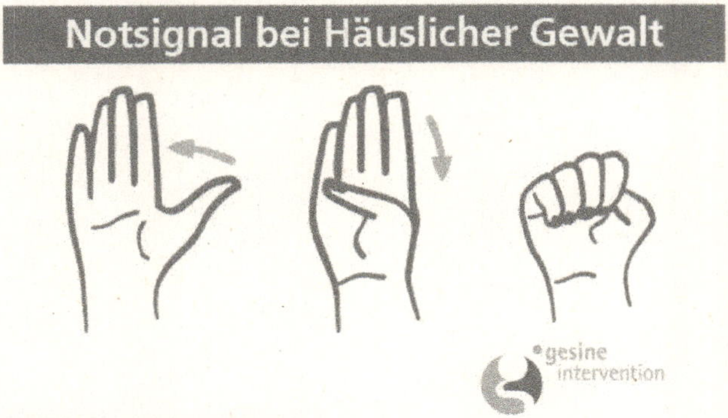

Was soll ich tun, wenn mir
jemand dieses Notsignal zeigt?

Ruhe bewahren!
Handeln!

Durch ja/nein Fragen oder nonverbale Gesten herausfinden, welche Hilfe gebraucht wird:

Polizei rufen?
Krankenwagen rufen?
Täter ablenken, um Flucht zu ermöglichen?

Das Zeichen kann Leben retten – wenn es alle kennen.

Danke

Es ist so weit, meine Herzensreihe endet – und wie sie endet. Keines meiner Bücher hat mir so viel abverlangt wie dieses und gleichzeitig gab es viele Leute, ohne die meine emotionale Achterbahnfahrt nicht möglich gewesen wäre.

Danke an meine Testleserinnen **Maya, Janina, Maja, Sandra, Lena** und **Verena**. Ich habe innerlich gezittert, als ihr das Manuskript gelesen habt. Ein Teil von mir hat erwartet, dass ihr es mir ab der zweiten Hälfte einfach zurückschickt. Aber das habt ihr nicht. Ihr habt mich verflucht (zu Recht), ihr habt geweint, mich noch mehr verflucht und ihr habt es so sehr geliebt, dass ihr damit auch diesen winzigen Restzweifel in mir zum Schweigen gebracht habt. Danke.

Danke an meine Fehlerfüchsinnen **Chiara, Patrizia, Stefania** und **Caroline**, dafür, dass ihr noch ein letztes Mal in Mayas und Fynns Geschichte eingetaucht seid. Danke für eure Begeisterung und eure Tränen.

Danke an **Christian**, mit niemandem lässt sich so gut über die Notwendigkeit eines »so« diskutieren. :-D

Danke an **Caro**, die es sich zur Aufgabe gemacht hat, jeden noch so winzigen Fehler in meinen Manuskripten zu finden. Ich bin immer wieder verblüfft, wie gut du das schaffst. (Und endlich habe ich mal wieder den Termin eingehalten. ;-))

Danke an meine **Eltern**, niemand von uns hätte wohl gedacht, dass ihr einmal stolz New-Adult-Bücher in euer Bücherregal stellen würdet. Schafft schon einmal Platz für die nächsten Reihen.

Danke an **Francis** für ein weiteres traumhaft schönes Cover. Nicht nur die Ewig-Reihe ist beendet, sondern auch die wundervollen Cover, mit denen du meine Geschichten eingekleidet hast. Mein Herz leidet. Aber dafür bleibt unsere Freundschaft und für die bin ich noch viel dankbarer.

Danke an meinen **Mann**, dafür, dass du mir wahlweise Schokolade und Taschentücher angereicht hast, während ich mich durch dieses Buch geschluchzt habe, das mein ganz persönliches Kryptonit ist.

Danke an meine **Kinder**. Die Geschichten, die ich schreibe, schreibe ich auch für euch. Ich hoffe, dass ihr sie irgendwann einmal lest und dass sie euch gefallen werden.

Danke an **euch**. Als ich den ersten Teil der Ewig-Reihe veröffentlichte, habe ich mich gefragt, ob ihr die Geschichte lesen werdet, weil sie so anders war, dass es mir jetzt noch schwerfällt, sie einzuordnen.
Und das habt ihr.
Eure begeisterten Nachrichten, eure wundervollen Rezensionen und eure Liebe für Maya und Fynn haben mich beflügelt.
Danke. Ich hoffe, wir sehen uns an dieser Stelle in einem meiner anderen Bücher wieder.

Instagram: @jella_benks
Homepage: www.jellabenks.de

Tausend Dank

Jella

Mehr von Jella Benks:

Die Goldene - Dystopische Liebesgeschichte (4 Bände)

Das System kennt deinen Platz. Doch was, wenn du dich an der Seite des falschen Mannes wiederfindest?

Anziehung ist gefährlich, Liebe nur Illusion und einzig das System weiß, wer zusammengehört. Darauf vertraut auch Liah, bis sie ausgerechnet Arjan – dem zukünftigen Präsidenten – als Partnerin zugeteilt wird, einem Mann, den sie verachtet.

Während sie sich in ihre vorbestimmte Rolle zwingt, zieht sie der geheimnisvolle Zayne in seinen Bann und bringt ihre Loyalität ins Schwanken. Gefangen in einem Strudel aus Rache, Verrat und düsteren Geheimnissen, muss Liah herausfinden, wer sich irrt.

Das unfehlbare System oder ihr Herz?

Noch mehr

Auf meiner Homepage findest du meinen Shop, in dem es neben limitierten Boxen und Illustrationen auch signierte Bücher zu kaufen gibt.
Außerdem hast du die Möglichkeit meinen Newsletter zu abonieren, um über alle Neuigkeiten zu Maya und Fynn und meinen weiteren Projekten informiert zu werden.

Jella